大家文学课

西方象征主义诗学

户思社 / 著

北京师范大学出版集团
BEIJING NORMAL UNIVERSITY PUBLISHING GROUP
北京师范大学出版社

图书在版编目（CIP）数据

西方象征主义诗学/户思社著. —北京：北京师范大学出版社，
2021.6
（大家文学课）
ISBN 978-7-303-26365-3

Ⅰ.①西⋯　Ⅱ.①户⋯　Ⅲ.①象征主义-诗学-研究-西方国家
Ⅳ.①I106.2

中国版本图书馆 CIP 数据核字（2020）第 181817 号

营　销　中　心　电　话　010-58807651
北师大出版社高等教育分社微信公众号　新外大街拾玖号

XIFANG XIANGZHENGZHUYI SHIXUE
出版发行：北京师范大学出版社　www.bnup.com
　　　　　北京市西城区新街口外大街 12-3 号
　　　　　邮政编码：100088
印　　刷：三河市兴达印务有限公司
经　　销：全国新华书店
开　　本：710 mm×1 000 mm　1/16
印　　张：22
字　　数：350 千字
版　　次：2021 年 6 月第 1 版
印　　次：2021 年 6 月第 1 次印刷
定　　价：58.00 元

策划编辑：周劲含　　　　　责任编辑：陈佳宵
美术编辑：李向昕　　　　　装帧设计：李向昕
责任校对：段立超　王志远　责任印制：马　洁

目　录

第一章　象征主义总论

　　说到象征主义，一般读者会联想到波德莱尔、兰波、马拉美和魏尔伦等。但是坐下来一番细究，实际情况则很可能与一般的见识有所不同。1891年，一位叫于勒·于雷(Jules Huret)的法国记者就"什么是象征主义"做了一项调查。当他把这一问题提给被认为象征主义教父的马拉美和魏尔伦时，魏尔伦是这样回答的：

　　　　我的感觉很好，也许我别无所有，但是却有感觉。……象征主义？我不明白——也许是德语吧。而且，象征主义到底为何物，我也不感兴趣。我痛苦，哭泣或者享受，我知道这都不是象征……我的本能中没有任何东西，迫使我寻找我自己流泪的原因；我不幸，写作的诗歌便悲伤，如此而已，除了本能所认为的美文之外，他们所说的别的种种讲究，并不存在![1]

　　当记者问马拉美"是你开创了这个新的文学运动吗?"，马拉美这样回答："我讨厌流派及所有诸如此类的东西。……我之所以被视为流派领袖，是由于我对青年人的意见兴趣甚浓，再就是也许我诚恳地认可年轻人的作品，的确给我们带来了新意。"[2]

　　此时，象征主义在法国已经成为家喻户晓的文学流派，但是，马拉美和魏尔伦这两位被公认为象征主义领袖的人物，一个承认自己是年轻人的

---

① Bertrand Marchal. *Lire le Symbolisme*. Paris: Dunod, 1993: 3.

② 潞潞主编：《面对面——外国著名诗人访谈、演说》，8页，北京，北京出版社，2003。

领袖，但并不承认他们的文学创新是流派，另一个则完全无视象征主义的存在。

一、象征主义诗歌的历史渊源和形成过程

象征一词源于古希腊语，最初的含义是指两件一起抛出去的东西的总和。古希腊语中象征的含义指一分为二的陶器，两个结盟城市的信使各执一块，见到自己的朋友或己方部队时，拿出自己的那块，便是"自己人"的证明。所以其最初的含义为"牌"或"块"，同时又因为这个词所表达的内涵，也有了"信条"的含义。古希腊词汇与古法语产生融合之后，"象征"成为佩戴在传教士身上的标志。到了15世纪的法国，又表示"信仰"，进而由实意词汇逐渐演化成抽象概念。所以象征表达了这样两层含义：两种事物的结合体，这种结合体的符号或者证明。著名诗人兼评论家梁宗岱先生论述道："所谓象征是藉有形寓无形，藉有限表无限，藉刹那抓住永恒，使我们只在梦中或出神底瞬间瞥见的遥遥的宇宙变成近在咫尺的现实世界，正如一个蓓蕾蕴蓄着炫熳芳菲的春信，一张落叶预奏那弥天漫地的秋声一样。"①落叶与秋声表达了一种象征关系，当落叶漫天飘荡时，秋天就已经在我们眼前了。具象的落叶在读者的认知世界里变换为抽象的秋声，象征着秋天。吴晓东在自己的著作《从卡夫卡到昆德拉——20世纪的小说和小说家》中使用了加缪关于象征的说法："一个象征的产生必须有两个平面，加缪说，一个平面是感觉的世界，一个平面是观念的世界。简单地说，就是用具象表达抽象。具象和抽象是一个统一体，互为前提。比如，十字架象征基督。一出现十字架我们就知道它象征基督，而不会联想到它是农民立在田里吓唬鸟的。在这里，十字架的具象形式和它的象征物是一个不可割裂的统一体。"②象征主义就是从象征一词中发展演化而来。1821年，古里亚诺夫第一次在自己的哲学作品中使用了象征主义，用来表现和概括一种难以言表和描述的精神活动和整体印象。罗伯特法语词典在解释象征主义时，使用

---

① 梁宗岱：《梁宗岱文集·Ⅱ评论卷》，67～68页，北京，中央编译出版社；香港，香港天汉图书公司，2003。

② 吴晓东：《从卡夫卡到昆德拉——20世纪的小说和小说家》，37页，北京，生活·读书·新知三联书店，2003。

了保尔·瓦莱里的定义："象征主义一词一方面让人联想到朦胧、神奇、对艺术的不懈追求；另一方面也从中发现了难以言状的美学精神或可见与不可见的事物之间的应和关系。"国内学者郭宏安在论及波德莱尔时这样说："有人说，象征主义的作品，写在纸上的只是它本身的一小半，是它的结果，而它的一大半，是写在作者的头脑之中。象征主义诗人对事物的观察、体验、分析、思考都是在他动笔之前就完成了的，写下的往往只是一记心弦的颤动，一缕感情的波纹，一次思想的闪光，其源其脉，都要读者根据诗人的暗示自己去猜想，而诗人也认为他们是能够猜得到的。"[①]

莫雷亚斯在《象征主义宣言》中论述了象征主义的探索目标："赋予思想一种敏感的形式，但这形式又并非是探索的目的，它既有助于表达思想，又从属于思想。同时就思想而言，决不能将它和其外表雷同的华丽长袍剥离开来。……在这种艺术中，自然景色，人类的行为，所有具体的表象都不表现它们自身，这些赋予感受力的表象是要体现它们与初发的思想之间的秘密的亲缘关系。""可见与不可见的事物"也好，"纸上的和头脑中的事物"也好，"表象和初发的思想"也罢，象征主义的重点在于表现它们之间的亲密关系。

1883年前的法国诗坛，人们很少注意类似兰波、科比埃尔和马拉美这样的诗人。就在这一年，魏尔伦在莱昂·特雷泽尼克出版社出版了《可诅咒的诗人》。翌年3月，瓦尼尔出版社也出版了这个小册子，虽然当时的评论并不多，发行量也很少，但成功却不容置疑。这个小册子最成功的地方就在于，年青一代的诗人可以了解并接受那些他们根本不知道的诗人。大众对已经渐渐淡出诗坛的兰波的了解还是因为一个名叫阿尔图·塞波的人，很多人误以为后者就是兰波，因为此人被称为"最伟大的诗人"。正是因为《可诅咒的诗人》，兰波才又作为"可诅咒的诗人"出现在读者的面前。马拉美出现在小册子中更让人觉得奇怪，因为他既不是一位具有反抗精神的人，也不完全令人陌生，而且他还活在人世，还在写作，但是魏尔伦认为他具有与众不同的智慧和策略，他是位传奇人物。就连仅仅在1873年发表过一本诗集《勉强的爱情》、在1875年不到30岁就去世的诗人科比埃尔，也因为

---

① ［法］波德莱尔：《恶之花》插图本，郭宏安译评，152页，桂林，漓江出版社，1992。

作品被收入《可诅咒的诗人》而名噪一时。但是《可诅咒的诗人》的最大贡献就在于集中宣传了象征主义诗人的创作，使他们在文坛的影响来了一次集体爆发。

同样也是在 1883 年，于斯曼发表了自己的自传体小说《逆流》，与魏尔伦的《可诅咒的诗人》一样，它的最大贡献就是帮助一群象征主义诗人得到公众的承认。波德莱尔是于斯曼最钟情的诗人，他通过书中人物德赛森特表达了对波德莱尔的崇敬之情，他认为后者"依靠一种肌肉丰满的语言，成功表达了无法表达的东西，他的语言比任何其他语言都更拥有那种美妙无比的力量，能以一种神奇、健康的语言，来明确表达疲倦的精神和忧伤的心灵最不可捉摸、最颤栗的死气沉沉的状态"①。最为重要的是，《逆流》挖掘并传播了波德莱尔的诗歌思想，按照于斯曼的说法，波德莱尔的审美观踩踏到不为人知的心灵阴影："疲倦的精神和忧伤的心灵最不可捉摸、最颤栗的死气沉沉的状态"成为诗人爱不释手的探究对象。保尔·瓦莱里在《文坛旧事》里描述了这本书的贡献："于斯曼叫 40 年前的青年认识了当时还无声无息的作家、默默无闻的画家、鲜为人知的艺术家。我就是读了这本书才知道魏尔伦、马拉美、奥迪龙·雷东和其他几个人的名字的，他们当时还几乎是无名之辈。"②在魏尔伦、于斯曼的影响下，象征主义的外部环境逐渐形成，象征主义诗人渐渐被公众接受和承认，被遗忘的远离文坛的诗人、依然活跃在文坛的诗人集中在象征主义的舞台上光彩亮相。

德国作曲家、音乐戏剧家瓦格纳被誉为"未来音乐"的旗手，但是，巴黎报界却就这位旗手散布了种种流言，也编造了罗西尼评瓦格纳的趣闻，挑拨两位音乐大师之间的关系。为了消除这些流言，瓦格纳在 1860 年造访了罗西尼，罗西尼这样鼓励瓦格纳："有哪个作曲家没尝过那滋味！我自己也未能幸免。想当年，《理发师》首演之夜，坐在乐池中用羽管键琴为宣叙调伴奏的我，提心吊胆，提防着那些满怀敌意的观众。我甚至觉得他们想要我的命。"③1870 年普法战争之后，瓦格纳曾经在法国被禁演。1883 年，

---

① [法]于斯曼：《逆流》，余中先译，187 页，上海，上海译文出版社，2016。

② 潞潞主编：《另一种写作——外国著名诗人散文、随笔》，81 页，北京，北京出版社，2003。

③ 辛丰年：《处处有音乐》，10 页，济南，山东画报出版社，2006。

瓦格纳去世，可是他的音乐在法国却越来越受到人们的喜爱和欢迎，巴黎的音乐厅里也越来越多地演奏他的作品。1885 年，为了进一步推广这位音乐家的作品，一个以他名字命名的杂志诞生了。《瓦格纳杂志》不但宣传音乐家本人的作品，同时也使孕育着象征理想的瓦格纳神话得以普及。在追随者的眼中，瓦格纳不但是音乐家，更是思想家，他是最早追求精神和象征艺术的大师。他的音乐中充满色彩，充满生命的感觉，波德莱尔在 1860 年 2 月 17 日写给瓦格纳的信中说道："您的音乐里充满了某种已经被提升、又使人向上的东西，某种渴望向更高处攀登的东西，某种过度的、极致的东西。为了说明这一点，请允许我借取绘画作为比较。我设想自己眼前扩展开一片极为广阔的红色。倘若这片红色代表激情，我便看见它渐渐地改变着，呈现出红色和粉红色的所有色调，最终变为熔炉中的那种炽白。描述某种更为强烈的炙热，描述更白的痕迹在其白色背景上留下的最后一道闪光，这大概会显得极为困难，甚至是不可能做到的。"[①] 著名作家托马斯·曼这样评论瓦格纳的音乐："的确，瓦格纳不仅在描画外在自然，描画暴风雨、暴风雪、沙沙作响的树叶、波澜壮阔的海浪、彩虹和跳动的火焰方面是个无与伦比的画家，而且他对人的天性、永恒的人心独具洞察力。"

美因茨大学的安诺·明根教授对此是这样评论的："如果我们考虑到图像艺术和自然景观对瓦格纳的重要性，那第一句从字面就可以理解。然而，第二句指的是瓦格纳留在听众心里的东西。他把自然景观融入了歌剧。音乐剧视觉理念的集中表现，即灯光和黑暗的艺术、虚拟的艺术和富有想象力的音乐的艺术是密切相关的。"[②] 瓦格纳就这样用音乐来表现"暴风雨、暴风雪、沙沙作响的树叶、波澜壮阔的海浪、彩虹和跳动的火焰"。色彩的音乐或者音乐的色彩在他生命的音符中延伸着，也影响着象征主义诗人。

以音乐家命名的《瓦格纳杂志》更是象征主义的宣言，其发刊词就是证明：

　　　　没有象征，艺术家的作品就不可能延伸至整个人类。象征更明显

---

① 潞潞主编：《准则与尺度——外国著名诗人文论》，18 页，北京，北京出版社，2003。

② ［德］安诺·明根：《进入音乐画面：理查德·瓦格纳与 19 世纪多媒体娱乐》，申颖译，183 页，武汉，长江文艺出版社，2006。

地来自传奇行为，而不是简单的历史事实。理查德·瓦格纳善于发现并总结民间神话中的内在精神。他属于已经过去的前人，但后来的读者读他，却会有同时代的感觉，并且常读常新，永不过时。①

《瓦格纳杂志》在其1885年8月8日号上刊登了马拉美的著名文章《理查德·瓦格纳，一个法国诗人的梦想》：

> 一切均被浸入原始的河流：并没有直到源头。
>
> ……
>
> 即使真正富有想象和抽象能力，也因此而具有诗意的法兰西思想投下一片亮光，也会做出这样的选择：它会在这一点上完全赞同创造者的艺术，鄙视、厌恶传奇。②

1886年1月8日号的《瓦格纳杂志》上，发表了马拉美、魏尔伦、勒内·吉尔、斯杜阿尔·梅里尔、夏尔·莫里斯、夏尔·维尼尔、托尔多·德·维茨瓦和爱德华·迪雅尔丹8位象征主义诗人纪念瓦格纳的诗作。一切准备就绪，象征主义的正式宣言必然会与这不寻常的1886年结缘，1886年也将成为象征主义历史上值得纪念的日子。如果说1883—1884年是马拉美和魏尔伦引领象征主义的话，1886年则是兰波年。这位已经停笔多年的诗坛天才与马拉美一起在1883年被魏尔伦誉为"可诅咒的诗人"，这个曾经发表《元音》《醉舟》等诗歌的兰波，突然间"复活"了或者说是突然间被人们重新认识了。1886年，《时尚》杂志发表了这位已经远离诗坛、远离文学、在非洲的大沙漠中漫游的诗人的重要诗篇：5—6月号上发表了兰波的《彩图集》，9月号上发表了《地狱一季》。就在同一年，《彩图集》被结集出版，其中有一段魏尔伦的注解特别引人注目："我们在这里给读者奉送的作品是1873—1875年这段时间，作者在比利时、英国和整个德国旅游期间撰写的。彩图集是英语单词 coloured plates，意即彩色图版，甚至就是兰波先生草稿所拟

---

① Bertrand Marchal. *Lire le Symbolisme*. Paris：Dunod，1993：46.

② 同上书。

的副标题。"

魏尔伦最后意味深长地说："听说他曾经有好几次差点丧命。对此我们并不知晓。但是假如果真如此，我们会无比悲伤。即便他现在安然无恙，也希望他能知道这一点。因为我们曾经是他的朋友，现在依然是他的朋友——虽然离他很远。"①

1886年发生在法国诗坛的另一个引人注目的事件，是年轻的比利时诗人勒内·吉尔发表了理论著作《语言的炼金术》，与兰波的《文字的炼金术》遥相呼应。勒内·吉尔是马拉美和瓦格纳的崇拜者，他在解读瓦格纳音乐的同时，试图追寻波德莱尔、兰波、马拉美和魏尔伦的诗歌主张。他在《语言的炼金术》中明确提出了诗歌要追求"听觉的色彩"的主张。他与波德莱尔的应和理论不同，他所追求的不是主观判断，而是客观万物间的、人的器官之间的应和。因此，兰波的《元音》中的"A是黑色，E是白色，I是红色，U是绿色，O是蓝色"，在勒内·吉尔的笔下变成了"A是管风琴，E是竖琴，I是小提琴，O是铜管乐器，U是长笛"。兰波所创造的"元音"和"听觉的色彩"在后者的笔下更加强烈。爱伦·坡说："人间的一张竖琴，也能弹奏出天使们不可能不熟悉的曲子，这就使我们时常感到惊人的愉快。因此，毫无疑问，我们将在诗与通常意义的音乐结合中，寻找到发展诗的最最广阔的领域。"②在勒内·吉尔发掘象征主义诗人理论的同时，象征主义诗歌的理论也在不断地完善和深入。

"在爱伦·坡身上，波德莱尔发现了一种可喜的病态，这种不健康的气质与劫后潜伏的病态一脉相通。不过，这种病态恰恰适于文学创作。爱伦·坡是个悲剧的灵魂酒瓶的奴隶，他于神迷的恍惚中写出诗篇，做着离奇的怪梦，再将梦生发成杰作。"③波德莱尔把爱伦·坡作品中的病态奉为圭臬，在自己的作品中把它推向极致，而且他把自己的作品结集发表并定名为《恶之花》。"这一朵朵'恶之花'——形式精美的诗歌，将成为'颓废派'的圣经。'颓废派'这个字在波德莱尔的追随者身上用得多少有些滥，它既指

---

① Bertrand Marchal. *Lire le Symbolisme*. Paris：Dunod，1993：47-48.

② 潞潞主编：《准则与尺度——外国著名诗人文论》，20页，北京，北京出版社，2003。

③ 潞潞主编：《命运与岁月——外国著名诗人传记、回忆》，42页，北京，北京出版社，2003。

这些人与众不同的外表，也指他们的艺术风格。《恶之花》感觉上的骚动将在以后许多年里搅乱诗人们的头脑，不但在法国，而且在英国也是这样。"①让·莫雷亚斯虽然是魏尔伦和马拉美的拥戴者，但是并不承认是他们的弟子，他是年青一代象征主义者的长兄。1885 年他建议评论界给"颓废派"换一个标签，也就是说用"象征派"替换"颓废派"。

1886 年的第三件大事是，为了回应保尔·布德 4 月 6 日在《时代》杂志上发表的一篇指责马拉美的文章，1886 年 9 月 18 日，30 岁的让·莫雷亚斯摆出一副象征主义领袖的面孔，在《费加罗》的文学版增刊上对此进行了答复，这篇文章被后人誉为"象征主义"宣言。在对象征主义进行总结的同时，让·莫雷亚斯也给出了自己对象征主义的定义："象征主义诗歌反对说教、宣言、错觉、客观描写，力图为理念披上感觉的形式，但是这种形式并非目的，而用来表达理念，形式本身则处在从属地位。理念也绝对不会因此而失去自己绚丽多彩的外衣。因为象征主义艺术最根本的特点就是永远也不会把理念集中在自己身上。"②让·莫雷亚斯的宣言发表之后，曾经与"颓废派""颓废派诗人"并存的"象征派"和"象征派诗人"终于可以独步天下了。尽管有些人因此把让·莫雷亚斯视为象征主义的领袖，但是瓦莱里却这样说："他们还宣布莫雷亚斯是这一新文学流派的领袖！当然，他算不上——只有马拉美才当之无愧。"③

让·莫雷亚斯所认为的象征主义到底是什么呢？首先，它拒绝文学的说教功能，拒绝浪漫主义，拒绝帕纳斯派（反对说教、宣言、错觉、客观描写等）。他所提倡的是一种柏拉图式的理想主义，用外在的形式表现内在的理念，理想才是诗歌所要追求的，才是形式之外的内在含义，是弦外之音。

无论读者接受与否，随着不断的总结归纳及其理论的日渐成熟，象征主义终于拥有了自己的一席之地。此外，象征主义逐渐得到承认和接受，还有一个非常重要的原因。那就是 1886 年 10 月，古斯塔夫·卡恩和让·莫

---

① 潞潞主编：《命运与岁月——外国著名诗人传记、回忆》，47 页，北京，北京出版社，2003。

② Bertrand Marchal. *Lire le Symbolisme*. Paris：Dunod，1993：50.

③ 金惠敏主编：《嚼着玫瑰花瓣的夜晚——瓦莱里与纪德通信选》，吴康茹、郭莲译，15 页，北京，经济日报出版社，2002。

雷亚斯创建了命名为《象征主义》的杂志。不过该杂志仅仅出版了 3 期就与"颓废派"同时寿终正寝了。11 月，爱德华·迪雅尔丹又创建了被视为象征主义阵地的《独立杂志》，该杂志成为象征主义诗人发表自己诗歌的园地，马拉美也打算在该杂志上发表自己的诗歌。随着兰波的复活和重生，以及象征主义理论的不断完善和成熟，在组织结构、舆论准备及外部环境等方面，象征主义已具备了一个文学流派所应具备的基本条件。

二、象征主义诗歌美学观的产生与嬗变

象征主义诗歌美学观的产生有着深刻的历史原因，也是文学本身发展的结果。以下拟从历史的角度审视象征主义的美学观，探索象征主义诗歌的形成过程及其与众不同的审美观。

论及象征主义诗歌美学观，我们不禁要这样发问，它与古典主义、启蒙主义、现实主义、帕纳斯派美学观有什么区别？从产生的时代看，古典主义产生于 17 世纪，象征主义则产生于 19 世纪，几乎与其他文学流派产生于同一时代。虽然象征主义与古典主义两者之间没有直接联系，但是细究古典主义美学观的演变过程，多少可以让我们感觉到二者间的某种联系。

1. 古典主义美学观

17 世纪的理论家给悲剧和喜剧以很重要的地位，撰写了不少有关悲剧和喜剧的著作。让·德·拉塔伊(Jean de la Taille)、皮埃尔·德·劳顿·德·埃加里尔(Pierre de Laudun d'Aigaliers)和沃科兰·德·拉弗雷纳(Vauquelin de la Fresnaye)的《戏剧艺术》分别出版于 1572 年、1598 年和 1605 年，雅克·佩尔蒂埃(Jacques Peletier)《法国诗诗艺》出版于 1555 年。他们最初只是打算对亚里士多德的诗歌理论进行评论，其中收录了两位著名意大利学者于勒-塞萨尔·斯卡利杰(Julius Caesar Scaliger)和卡斯泰尔韦特罗(Castelvetro)的评论。一般认为前者比较客观忠实地诠释了亚里士多德的诗歌理论，其中的观点也得到了大家的认可。但是后者在欣赏亚里士多德的同时，不断修改与删除其中的观点，增加了许多自己的观点，最后形成的是个人色彩非常浓厚的诗歌艺术理论。卡斯泰尔韦特罗是第一个提出并反复强调"三一律"，以及创建了逼真性理论的人。但是"三一律"并没有

就此成型，随着越来越多的理论家从不同的层面进行论述，"三一律"逐渐完善成熟。1630 年，夏普兰（Chapelain）给戈多（Godeau）写了《关于二十四小时的信》，对时间一致提出了自己的见解。1644 年拉迈斯纳尔蒂埃尔（La Mesnardière）的《诗歌艺术》问世；1640 年，奥比尼亚克神甫（l'abbé d'Aubignac）的《戏剧的实践》问世；1660 年，高乃依（Corneille）的有关戏剧理论的《关于"三一律"：情节、日期和地点的演讲》问世。尼古拉·布瓦洛在文学理论方面总结了高乃依、拉辛、莫里哀等作家的创作经验，1647 年，诗歌理论著作《论诗歌艺术》问世。这本书经路易十四过目，成为古典主义的法典。布瓦洛继承了亚里士多德的模仿说，认为"理性"是艺术的最高原则，提出理性、逼真、自然三位一体的主张：为了求美就要求真，也就必须模仿自然。布瓦洛把古代罗马作家的创作经验当作永恒不变的准则，制定了各种文学体裁必须遵循的法则，其中虽然有合理可取之处，但是作为创作法规却束缚了作家的创作才能。高乃依对"三一律"颇有微词，但还是尽量地适应"三一律"，按照"三一律"的要求写作。他的《熙德》曾受到官方的攻击，1638 年夏普兰起草的《法兰西学院对〈熙德〉的批评》，迫使他接受"三一律"。其他同时代的作家拉辛、拉法耶特夫人等也都比较顺应"三一律"的要求。所以他们不但成了这一理论的实践者，同时也成了捍卫者。

古典主义戏剧要求作家严格按照"三一律"写作，也就是说，按照时间一律、地点一律、情节一律的原则。时间一律就是要求剧情发展必须限制在 24 个小时内，地点一律就是剧情必须在某个固定的地点展开，情节一律就是一幕悲剧中只能有一个剧情。"三一律"也许有利于剧作家统一写作标准，但是同时，作家们却失去了创作的自由，所以高乃依认为，对批评家而言，"三一律"的作品也许更容易分析与评论，可是对艺术创作而言，就变得非常困难。浪漫主义作家们——特别是雨果——强烈地表现了他们的惊愕。他们难以想象，古典主义作家会像小学生一样接受"三一律"的要求和限制。因为艺术创造的自由、言论表达的自由及感情抒发的自由，全都在空间、时间和情节的限制中被淹没殆尽。所以纪德和瓦莱里认为，对于那些才华有限的作家，"三一律"或许还是个方便，但它极大地束缚了那些才华横溢的大师。当然也有古典主义作家在"三一律"规则中游刃有余，尽展才华，如拉辛、拉法耶特夫人等。他们在遵守规则的同时，写出了价值很高的作品。《安德洛玛刻》《费德尔》就是对"三一律"创作原则的最好注脚。随着时间的推移，越来越多的作家对这些写作规则提出质疑，就是没有异议的作家也逐渐摈弃了这些规则。但是，要想彻底废除"三一律"的影响，还需要等到浪漫主义的兴起。

2. 启蒙主义的美学观

18 世纪的启蒙主义在某种程度上强化了对人们在思想观念和文学理念上的禁锢，18 世纪的文学也体现出时代的特征。18 世纪的启蒙文学是在对中世纪的等级制度、政教合一的政治宗教制度的反叛中形成的。在启蒙主义者眼里，"贵族特权、门第观念、社会不平等、宗教狂热和宗教迫害，都被视为谬误与不合理"。启蒙文学对真理的追求、对理性的追求均体现了这种理念。

孟德斯鸠以《波斯人信札》揭示了封建社会的种种弊端，进而用《论法的精神》提出了解决这些弊端的办法，君主立宪为资本主义的建立奠定了法律基础，文学已经成为解决社会制度问题的钥匙。伏尔泰的作品涉猎社会科学的方方面面，他以文学的笔端触及社会问题，他以自己的作品表达了对专制暴政和宗教迫害的反对，提出了信仰自由和唯物主义的宇宙观，他的作品与其说是文学的，不如说是哲学的、科学的。

狄德罗的文学体裁涉及小说、戏剧等，主题多是揭露宗教生活的虚伪和黑暗，揭露教会的腐朽和违反人性，揭穿宗教的愚民言论，同时他还通过编写百科全书，启蒙大众，启迪人们的智慧。狄德罗一面以知识、智慧启迪人的思想，一面竭力挖掘文学的本体美学思想。狄德罗也发现了人身上的两种品格，一种是社会的、世俗的、充满才智的品质；另一种是隐藏在人的内心深处蠢蠢欲动的冲动或者犯罪欲望，这种冲动和欲望常常会发出自己的声音。狄德罗把这种声音比喻为"暗夜里孤独的野鸟""不驯服的生灵"，只有在别的鸟入睡时，天才才会点燃他的灯盏，它才"开始舒展歌喉，歌声响彻丛林，打破了夜的沉静和黑暗"。狄德罗希望文学作品能够摆脱传播思想的束缚，挖掘内心的冲动和欲望。显然，在作品中抒发内心需要、表现个人才华的狄德罗往往被忽视，《拉摩的侄儿》《宿命论者雅克和他的主人》以天才的对话体泄露了狄德罗内心的渴求，以幽默的笔调游戏着人生，也渴望展示文学自身的魅力。这些作品与 18 世纪的法国文学启蒙和道德说教的主流格格不入，甚至与狄德罗本人的其他著作也相去甚远，人们所认识的那个政治家、哲学家、思想家狄德罗，忽然成为天才艺术的创造者。这个希望通过作品为自己内心的渴望呼唤的艺术家却难以在法国得到认可，昆德拉点明了其中的缘由："这位严肃的百科全书作者一旦进入小说领域，就变成了一个游戏的思想家：他小说里没有一句话是严肃的，一切都是游戏。这就是为什么这部小说在法国极不受重视。实际上，这本书蕴藏了所有法国已经失去又拒绝找回的东西。今天人们喜欢思想甚于作品。《宿命论者雅克和他的主人》是无法翻译成思想语言的。"①昆德拉认为《宿命论者雅克和他的主人》所隐含的文学意义远不止于此，要复杂得多，他从中悟到了小说的本体含义，而不是其社会道德功能，小说的意义不在于感化与说教，而在于自身的结构和语言形式，在于语言的反复折叠所形成的复式结构，昆德拉在这部小说中发现了小说具有现代意义的特点，在这部小说中"五个叙述者相互打断，讲着小说的故事：作者本人（与读者对话），主人（与雅克对话），雅克（与他的主人对话），女店主（与她的听众对话），德阿尔西侯爵。每个故事的主导手段是对话（其精湛技巧是无与伦比的）。还有，叙述者通过对话来讲对话（对话套对话），以致小说的总体成了"高声进行的一场无边无际的交谈"②。出于对狄德罗小说的热爱和崇拜，昆德拉甚至写了几乎与狄德罗小说同名的剧本《雅克和他的主人》，昆德拉称作"是我自己的'狄德罗变奏'"③。狄德罗以艺术家的眼光洞察到了古典艺术发展到他那个时代所面临的严峻考验，苏联人阿基莫娃在1963年出版的关于狄德罗的文学传记中也论述了狄德罗所面临的形势："无论作者怎样绞尽脑汁，无论情节编造得多么离奇，无论有多少悲惨凄凉的场面，在这种悲剧和阴郁的传奇剧里，除了空洞无物的（按狄德罗的友人格里姆的说法，'世间绝无这类典型'）程式之外，一无所有。"④狄德罗看到了在巴黎的剧院里上演的传奇

---

① [法]米兰·昆德拉：《小说的艺术》，董强译，99页，上海，上海译文出版社，2004。

② [法]米兰·昆德拉：《雅克和他的主人》，郭宏安译，VIII页，上海，上海译文出版社，2011。

③ 同上书，XVIII页。

④ [苏联]阿·阿·阿基莫娃：《狄德罗》，赵永穆、陈行慧、赵仲元、罗正发、范国恩译，250～251页，北京，知识出版社，1984。

剧，面对这些空洞无物、程式化了的戏剧作品，狄德罗希望找回那个潜伏在人内心深处的本性，那个久违了的强烈的激情。狄德罗希望复活的是古代戏剧的体裁，而不是人物，"在狄德罗看来，在舞台上复活古代的悲剧就意味着同时复活社会性的演出，复活群众性的真正能打动人心的戏剧传统，复活'人民的诗歌'"①。他希望同时代的人能够成为这个舞台上的主角，他的这一观点得到了歌德的高度认可。

卢梭不仅通过自己的作品探索人类不平等的社会经济根源，同时也探索科学与艺术的关系，也就是说，他的作品不仅涉及理性，也涉及人性，不仅涉及科学，更涉及艺术，"自由和平等"的理念涉及了对人性的重视。"由于十八世纪自然科学和唯物主义哲学的发展，这种文学在人物和环境的描写、故事情节的叙述上，有较以前的小说戏剧更注重细节的真实。"②18世纪的文学家更多地以文学的视角论述历史、哲学、政治学、法学、经济学等方面的问题，因此文学史成为社会思潮史，文学完全被淹没在对人在自然科学和社会科学的启蒙之中，文学自身的价值和使命完全被启蒙和道德说教的使命所取代。对真理的追求使人们更容易以科学的视角来认识世界，向大众揭示所谓真实世界，其实这些启蒙主义者也许忘记了艺术也可以表现真理，卢梭显然注意到了在认知真理的过程中人的主观能动性和创造性，在从社会经济的角度分析社会不平等的根源的同时，他试图摆脱这种程序化、格式化的思维方式，把自己活生生的不可复制、难以归类的个人体验写进文学作品，以艺术的方式表现人类社会的不平等。"卢梭就是要把羞愧的、欢喜的、悲惨的热泪，或把爱呀、绝望呀、羞辱呀、精神的痛苦、狂喜的幻觉这些东西同所谓冰冷的逻辑、冷静的理智作个对照。"③这时，艺术体现出它不同于科学的力量，这是法兰西的土地上发出的有别于他人的声音。卢梭通过模仿英国芮迦德生的书信体小说创作了著名的《新爱洛伊丝》，卢梭在这里表达了朱莉和圣普乐之间被理性和道德所压抑的感

---

① ［苏联］阿·阿·阿基莫娃：《狄德罗》，赵永穆、陈行慧、赵仲元、罗正发、范国恩译，278页，北京，知识出版社，1984。

② 柳鸣九主编：《法国文学史》第一卷，225页，北京，人民文学出版社，2007。

③ ［英］以赛亚·伯林著、亨利·哈代编：《浪漫主义的根源》，吕梁等译，58页，南京，译林出版社，2008。

情，表达了人类对最美好的情感的向往和渴望，表达了自己内心深处对虚伪浮夸的社会的绝望，这种绝望源自人们对人类最美好感情的泯灭和冷淡。所以他主张要回归自然，在自然中过一种有规律的简朴生活，享受真正的快乐。在这部小说的序言，卢梭以告读者的形式表达了他对这部小说的期望："他们重新领略到大自然给予他们的快乐，真实的感情在他们心中复苏；意识到幸福近在咫尺，他们就会努力学习如何享受幸福。"①小说对人的基本权利的争取体现出作者的人文主义关怀，同时伤感主义的情调将会影响那个产生于世纪之初的病态心理："书信体的形式是作者能够让主人公大量倾诉自己的情感，对自己在爱情不自由、受尽压抑和束缚的处境中的种种苦痛、委屈、矛盾、失望、顾虑做细致的刻画和尽情的渲染，加上主人公缺少行动以及他们的爱情以悲剧告终，使整个作品具有一种感伤主义的情调。"②卢梭一直在寻找符合作者情感需要的表达方式，然而卢梭的这种声音在法国完全被启蒙主义的呼声所压制，可怜的卢梭只能在邻国德国和英国听到对自己的呼应。《新爱洛伊丝》表现出的"感伤主义的情调"影响到了歌德的创作，圣普乐的烦恼在歌德的作品里变成了《少年维特的烦恼》，歌德以感伤的形式既歌颂了人类美好的情感，又表达了这种情感受到的压抑。赫尔德、席勒对卢梭主张的崇尚个性解放、情感自由和赞美大自然的观点都很崇拜和认同，他们也从不同的角度推动了这些思想在德国的传播和发展，席勒甚至谱写过《卢梭颂》，以歌颂这位浪漫主义的先驱。德国的狂飙突进运动为浪漫主义的兴起揭开了序幕，而浪漫主义要想在法国崛起，还需要外力的推动，这些力量来自德国和英国。

德国戏剧改革家克里斯多夫·威利巴尔德·格鲁克对古代神话伊菲革涅亚公主的故事进行了改编，他从公主在奥利斯牺牲的场景中获得了灵感，在巴黎创作了歌剧《伊菲革涅亚在奥利斯》，歌剧一问世就得到了狄德罗和卢梭的喝彩，因为他们认为，这一歌剧终于摆脱了法国歌剧的矫揉造作和冷漠无情，摆脱了法国歌剧中音乐的贫乏和无力。他们所追寻的是能够打动人心的戏剧语言，能够与戏剧融为一体的音乐，唯有如此，才可以打动

---

① ［法］卢梭：《新爱洛伊丝》，李平沤、何三雅译，790 页，南京，译林出版社，1993。

② 柳鸣九主编：《法国文学史》第一卷，303 页，北京，人民文学出版社，2007。

观众的心。从狄德罗和卢梭对人的内心深处中最具人性、最具激情的、最能感动人的个性的追求就可以看出来，法国的启蒙主义已经由对人的智性的启迪返回到对人性的追求，而这种追求不仅仅停留在人自身的需要上，还表现在人在自然中剥去理智的伪装的自然感受和反应。狄德罗显然发现了文学作品的自然属性，发现了文学不同于科学，文学中的喜怒哀乐以嬉笑的形式而不是以说教启蒙的形式表现出来。狄德罗对作品的文学性的强调被强大的理性主义所压抑，但是他的作品中所透露出来的灵性和文学性却被德国人发现了。法国人忽视了诸如《宿命论者雅克和他的主人》《拉摩的侄儿》等具有文学灵性的作品，他们的注意力还集中在狄德罗的其他启蒙作品上。《拉摩的侄儿》得到了席勒和歌德的关注，1804 年，席勒告诉歌德说他手里有《拉摩的侄儿》的副本，歌德本人很崇拜法国的启蒙学者，尤其追捧狄德罗，所以他要去了这部作品并翻译成德语。1805 年，歌德翻译的《拉摩的侄儿》在德国出版。1821 年，当《拉摩的侄儿》在巴黎出版并引起轰动时，人们才发现原来作品是从德语翻译过来的，由此可见，狄德罗在作品中所表现出来的模糊的美并没有在法国得到充分的挖掘和认同，德国人更早地接受了法国人具有强烈的人文主义关怀的作品，并把这些作品在德国进行推广和宣传。

德国的启蒙主义虽然受到了法国启蒙运动的影响，但是德国人并没有被动地接受法国启蒙运动的主张，而是根据自身的需要汲取了法国启蒙主义者符合德国民族性格的成分，他们更多地接受了卢梭主张"个性解放""自由""返回自然"的哲学思想，歌颂"天才"和"力量"。这些主张与启蒙运动作家们所强调的理性、立法、道德、教育等产生了极大的对立和矛盾。他们认为推动社会进步和发展不能靠道德说教和传播道德信条，而是要依靠反抗。用言辞激烈、充满激情和富有感染力的语言揭露理性社会对人性的压抑、道德外衣下的虚伪。法国人自以为高雅的启蒙文学遭到了德国人的强烈反对。很显然，德国人首先发现了这种理性科学的思维方式给他们造成了很大的不适。他们试图进一步研究人们的认知能力，莱布尼兹的唯心主义理论认为，人假如能够认识物体，那就可以对认识对象有"明晰的认识"，而"明晰的认识"又可以分为"明确的认识"和"混乱的认识"两类："所谓'明确的认识'就像鉴定黄金成色那样能够把某一事物和其他类似的事物清楚地区别开来，而'混乱的认识'则还不能指出某一对象区别于其他对象的一切特征。"①鲍姆加登深受莱布尼兹的影响，把"明确的认识"和"混乱的认识"定义为高级认识论和低级认识论，高级认识论研究理性认识，就是逻辑学；低级认识论研究感性，就是美学。对理性的认识通过科学、逻辑学的方法区分人的思想，描绘出人的认识脉络，无论什么东西或者物体都可以通过科学的方法测量到它的质量或者长度，物体可以清晰地显露出自己的形状或者外表，启蒙主义者就是在这样的理性主义的光芒之中揭示对客观世界的认识，为人们指出通往真理的认知道路。理性主义就是在这样的过程中忽视了人的感情世界，忽视了人的灵魂的丰富多彩和千变万化，狄德罗、卢梭对人的感情世界的认识被人们忽视了，而对人的感情世界的认识，对感性的认识是一个更为复杂、无法量化的过程，因为它把认识的视角深入了人的灵魂之中，这种探究灵魂的认识论更暗合了德国人的心理。以赛亚·伯林在自己的著作《浪漫主义的根源》中这样论述当时德国人的精神状态："德国虔诚派的去向引发了一种强烈的内倾生活方式，大量感人、有趣但是相当个人化和情绪化的文学以及对知识分子的仇恨。更重要的是，它引发了对于法国、假发、丝袜、沙龙、腐败、将军、帝王及世上所有不可一世事实却是财富、罪过、邪恶之化身的宏大形象的强烈憎恶。对于那些虔诚而屈辱的人而言，仇恨是一种很自然的反应。"②身为德国人的约翰·乔治·哈曼如同自己的先辈圣·奥古斯丁在经历了一次荒唐而放荡不羁的个人生活之后，突然之间醒悟了。重读《圣经》时，他突然悟到了人的灵魂的强大需求和渴望，精神上的蜕变和升华突然之间完成了："他认识到犹太人的故事正是每个人的故事；当他读到路德记，读到约伯记，或读到亚伯拉罕受难时，上帝在直接对他的灵魂说话，告诉他有些精神性的东西具有无限的意义，远非那些表面的东西可以相比。"③约翰·乔治·哈曼以为，法国人自以为研究了一切，但是恰恰忘记了研究人的灵魂，人的所有外在的、物质的需要都已经按照事物的秩序安排好了，但却忽略了内在的需要，人

---

① 汝信：《论西方美学与艺术》，19页，桂林，广西师范大学出版社，1997。

② ［英］以赛亚·伯林著、亨利·哈代编：《浪漫主义的根源》，吕梁等译，43页，南京，译林出版社，2008。

③ 同上书，46页。

成为没有灵魂的活死人。这种人的内心需要就是人们对美好生活的憧憬，对艺术的渴望。另一位德国早期浪漫主义的代表人物谢林也发现了艺术在探索真理的过程中所扮演的不可替代的作用。他认为，除了在科学意识空间中对真理的探索之外，人的意识也可以创造性地认识真理，"这种创造性地开辟理解空间的东西应该归于诗的艺术"。赫尔德从表白论的角度进一步深化了这种美学思想，他认为，人无论做什么都会表达自己的思想，一件艺术品所表现出来的美不仅仅体现在它美丽的外表、对称的结构、匀称的线条，还表达了创造者的思想，也就是说创造者也通过它表白了自己的想法和情感。人的个性就会在情感的表白中表现出来，人对物质的关注已经转移到了物质身上所表现出来的人的个性上。康德强烈地反对一种人支配另一种人的社会制度，尤其反对政治意义上的家长专制制度，他特别强调人的独立性，他这样写道："谁依赖他人，谁就不再是一个人了，因为他失去了立足之地，不过是别人的附庸而已。"在强调理性的同时，康德特别注重理性与个性的结合，特别注重源于自然又超越自然的"第二自然"。从哈曼开始，到赫尔德和康德，我们可以清楚地看到，德国人对自然的重视，对人的个性的挖掘，对人的个性的张扬的表白无论是从哲学的角度，还是从文学的视角均要比法国人早，也比法国人深刻。斯塔尔夫人把德国文学划入西欧文学中的北方文学，认为德国人具有"趋于忧郁的气质"，"因而，他们的诗歌'色彩阴沉'、'更富有灵的倾向'，'足以使人们的思想进行最深刻的沉思'"①。德国人这种"富有灵的倾向"使他们更早地关注到人内心深处的需要，关注到人的思想对自由的渴望，人对呆板的模仿的唾弃，对自然中充满灵性的万物的崇拜和渴望，那些鲜活的形象成为他们创作不会枯竭的源泉。德国人的这一特性使他们更早地关注到人在社会中的作用，所以浪漫主义在德国获得突破也就理所当然了。

　　古典主义、启蒙主义与浪漫主义的集大成者，当数歌德和席勒。朱光潜先生是这样论述他们的："歌德和席勒是由浪漫主义转到古典主义的。一般文学史家大半只把他们看成德国古典主义的领袖，其实即使在他们中晚年的古典主义时代，他们也同时是浪漫主义的最有力的推动者和体现者，

---

① 柳鸣九主编：《法国文学史》第二卷，104页，北京，人民文学出版社，2007。

因为当时时代精神是浪漫主义的。"①既是古典主义的领袖，同时又反对启蒙主义的僵化和教条，又是浪漫主义的有力推动者和体现者，歌德和席勒成为集大成者。这些观念和思想在歌德和席勒的身上的表现又不尽相同，而不同之处恰恰体现了古典主义和浪漫主义不同的审美观。歌德在其《谈话录》中，不但表明了自己对古典主义和浪漫主义的定义，同时也谈到了他与席勒的分歧。"近代许多作品之所以是浪漫的，并非因为它们是新的，而是因为它们是软弱的、伤感的、病态的。古代作品之所以是古典的，也并非因为它们是古的，而是因为它们是强壮的、新鲜的、欢乐的、健康的……我主张诗要从客观世界出发的原则，认为只有这种诗是好的。但是席勒却用完全主观的方式写作，认为他走的才是正路。"②歌德所认为的古典主义诗歌至少具备这样的特点："强壮的、新鲜的、欢乐的、健康的……要从客观世界出发"，歌德的这一观点与狄德罗关于戏剧的论述很接近，歌德主张的古典主义不是简单地复活古代那些有生命力的作品，而是强调在古希腊悲剧的舞台上，观众感受到的是"人民的诗歌"，是卢梭所强调的自然的力量，这些来自生活和自然的声音和体会给古典主义注入了"强壮的、新鲜的、欢乐的、健康的"活力，从这一角度而言，歌德所主张创作的古典主义不是简单地重复古希腊的悲剧，而是像狄德罗所强调的那样，把来自现实中的活生生的人物和故事以戏剧的形式表现出来，歌德认为，这就是戏剧的活力，这样的戏剧是"强壮的、新鲜的、欢乐的、健康的"。也有学者从歌德强调的"要从客观世界出发"，从他主张挖掘客观世界本身所具有的美出发，把认同歌德这一主张的文学创作称作歌德派。哈佛大学的教授约翰·玛西在《文学的故事——写给大家看的西方文学史》里非常明确地谈到了浪漫派和歌德派的区别："对于浪漫派的放纵，对于个人内心独白和自我中心主义，歌德派是强烈反对的，他们的目标是这样一种完美的诗歌：客观的但不是个人私情的，虽没有大理石的冰冷却有着大理石雕像般的洁白、坚固和清晰；歌德派甚至把莎士比亚和但丁也列入'粗俗'的新古典主义的名

① 朱光潜：《西方美学史》，413页，北京，人民文学出版社，1984。
② 同上书，413～414页。

单中。"①这里，歌德特别强调了没有被诗人个性化的客观世界，这个独立存在的世界具有自身的且不受个人私情影响的美，歌德的这一美学观也影响到了法国的帕那斯派，戈蒂耶在《诗艺》中提出，"珐琅，云石，玛瑙。……精雕细刻，琢磨不止；要让你飘忽不定的梦想，借块玩石，化成磨不灭的形象"②。"珐琅，云石，玛瑙"均是来自客观世界具有独立美的物体，诗人所要追寻的正是它们身上没有被滥情主义所损伤的美。戈蒂耶特别反对文学的说教功能，强调文学自身的价值，这种价值本身也包含了主观的和客观的，他的诗歌审美观的变化与歌德的发展与变化有相似的地方。那个曾经在伤感的文学开始并盛行的时代追随歌德的戈蒂耶，后来也与歌德一样反对已经坠入滥情主义的伤感文学。戈蒂耶在《莫班小姐》的序言里提到了一个非常有趣的事实，他是这样说的："现在谈谈伤感小说。这是一种感情热烈、情致缠绵的小说。这种小说的父亲就是德国人维特，母亲是曼侬·莱斯戈。③ 在这篇序言的开头，我们便提到了那些道德方面的蛙虫以维护宗教和风化为名，死死缠住这种小说不放。批评界的虱子和人体的虱子一样，总是抛弃死尸而投奔活人。批评家们离开中世纪小说的尸体而奔向伤感小说的身躯，因为它的皮肤结实而有生气，大可以磨炼他们的牙齿。"④显而易见，戈蒂耶也和歌德一样，用结实而有生气的如《少年维特的烦恼》这样的伤感小说来反对以宗教和风化的名义压抑文学，但是当这样的文学误入歧途的时候，他们也毫不犹豫地去反对，这与他们当时的主张没有任何矛盾。雨果主张的浪漫主义美学原则其实也受到了歌德的影响，他强烈地呼吁文学恢复它歌颂人性美的本性，尤其要恢复凡人在戏剧中的作用，所以雨果认为原始时期的戏剧是抒情的，歌颂的是伟人，古代是史诗性的，描述的是巨人，近代则是戏剧性的，里面的人物是凡人。"抒情短歌歌唱永恒，史诗传诵历史，戏剧描绘人生。第一种诗的特征是纯朴，第

---

① ［美］约翰·玛西：《文学的故事——写给大家看的西方文学史》，于惠平译，317 页，贵阳，贵州人民出版社，2004。

② 程曾厚译：《法国诗选》，321～322 页，上海，复旦大学出版社，2004。

③ 维特为歌德《少年维特的烦恼》中的人物。曼侬·莱斯戈为十八世纪法国作家普雷沃神父的作品《曼侬·莱斯戈》中的女主人公。——作者注

④ 柳鸣九、罗新璋编选：《法国浪漫派作品选》，550 页，天津，天津人民出版社，1983。

二种是单纯，第三种是真实。"①雨果坚持在以凡人为舞台的戏剧中寻找真实，他也和歌德一样认为这样的戏剧才是"真实的"，这样的"真实产生于两种类型，即崇高优美与滑稽丑怪的非常自然的结合，这两种交织在戏剧中就如同交织在生活中和造物中一样"②。歌德反对的是诗人借着物抒发心中已经堕落到滥情的"软弱的、伤感的、病态的"感受。朱光潜先生在论述歌德诗歌美学观从强调个性到主张挖掘客观世界的美这一变化时这样说道："歌德为什么要这样反对浪漫主义呢？应该注意到上引两段话都在歌德晚年才发表，正当浪漫运动由积极的转变为消极的乃至反动的之后，'软弱的、伤感的、病态的'之类贬辞正是针对这种消极的反动的浪漫主义而加以斥责。这种消极的反动的浪漫主义正是和歌德自己的'诗要从客观世界出发'的原则背道而驰，是对德国民族文学发展不利的。"③歌德对美的认识的变化是一种发展的观点，所以从主观到客观也是真实的转变过程。歌德反对古典主义赋予文学的道德与说教功能，他试图用《少年维特的烦恼》来寻找属于自己心灵深处的真实感受，来反对说教与社会的清规戒律给个体造成的束缚："所有的清规戒律，不管你怎么讲，统统都会破坏我们对自然的真实感受，真实表现！"④当他对虚假、矫揉造作的诗歌开始厌弃的时候，也就自然而然地认为席勒所主张的主观诗歌是"软弱的、伤感的、病态的"，所以他不能认同席勒的这一诗歌观念。歌德诗歌美学思想的变化与文学的自身进程，以及他本人对美的认识有关，从时间的跨度而言，这种变化也很自然和正常。歌德和席勒的这种分歧并不存在本质的分歧，其实仅仅是认识论上的区别，席勒其实也特别强调美学意义上的真实，对自我的认同，对主观的写作方式的认同在某种程度上表现了自身的审美情趣，他所渴望的并不是歌德所说的那种"软弱的、伤感的、病态的"美，不是漂浮在灵魂表面的浮光掠影，而是能够触及人的灵魂深处的琴弦，是心灵的微微颤动和驰骋在心灵天空中的自由的号角，物体或者物质因此在那里消失了，客观理性不是他追寻的目标，超出自然的力量才是他追寻的目标，那是情感的

---

①　柳鸣九、罗新璋编选：《法国浪漫派作品选》，609 页，天津，天津人民出版社，1983。

②　同上书，609 页。

③　朱光潜：《西方美学史》，414 页，北京，人民文学出版社，1984。

④　[德]歌德：《少年维特的烦恼》，杨武能译，11 页，北京，人民文学出版社，1981。

自由奔放，天性的自由流露，是人丰富多彩的感知世界。追寻情感世界的真实与追寻客观世界的真实有异曲同工之妙，所以从本质上讲，席勒和歌德其实并没有实质的分歧。席勒把这样的感情定义为"激情"，人在激情的释放之中获得了超出自然的力量。席勒这样论述灵魂的力量："有些感情只是浮光掠影似地轻轻触及灵魂的表面，那么控制这些感情，便谈不上是艺术；但是在激动整个天性的风暴之中，而能保持心灵的自由，这却需要一种远比一切自然力量更为崇高的反抗能力。只有最为生动地表现了痛苦中的天性，才能表现道德上的自由。"①席勒的这种思想更能表现德国人在精神上的内在需求，灵魂的内省常常伴随着某种精神的渴望，在自由的天空中挥洒着浪漫情怀，德国就这样开始了自己在那个时代的表达人的需求的文学运动，它们必将在法国引起轰动并很快席卷这个国家。

　　法国从启蒙主义时期就萌发出来的对美的认识、对人的价值的挖掘在德国被更早更深刻地认识到了，这种认识上的不断进步和反复，使人类的认识从科学的、理性的扩展到人性的、非理性的，这种认识论上的不断深入，促使社会不断进步，人类不断发展、完善自己。

　　3. 浪漫主义诗歌的审美观

　　浪漫主义在法国的兴起，是19世纪30年代的事情。当时的法兰西正从一个封闭的社会，走向开放。此前的法国人，不知莎士比亚为何许人，对其近邻英国、德国的其他文学巨匠如歌德、席勒等，也是一无所知。当莎翁的作品在巴黎上演引起轰动，当歌德、席勒的作品被译成法语，引起人们的惊讶时，法国人这才开始如饥似渴地阅读和模仿这些来自国外的文学作品。法国的浪漫主义运动与当时的政治生态有密切的关系，在资产阶级发起民主运动与专制政权反复争斗的时期，许多作家的政治立场决定了他们的文学立场。文学与政治密不可分的关系使得文学运动不能成为独立的文学观念的辩论和斗争，而成为由政治立场所决定的文学立场的争论。夏多布里昂、拉马丁、维尼等贵族阶级的代表以文学表现了贵族阶级在失去地位时的悲观绝望的精神状态和阴暗病态的心理，客观地描写了19世纪初贵族阶级即将没落时的心理状态。他们的文学作品所表现的对失去的岁月

———————————

① ［德］席勒：《席勒文集Ⅵ》，张玉书选编，52页，北京，人民文学出版社，2005。

的怀念，曾经打造出那个时代让人痴迷的文学形象。1826 年的某一天，法兰西大剧院的经理泰勒伯爵请雨果和戏剧演员特勒玛（Tlma）吃饭，当时雨果正在写一出关于克伦威尔的悲剧，特勒玛对雨果说："请抓紧时间，我已经等不及了，真想快点演你写的剧本。"①然而此后不久，特勒玛便离开了人世。新剧甫成，斯人已去，对雨果和他所写的悲剧来说，这段现实成了真正的悲剧。剧本《克伦威尔》之所以在文学史上占有重要地位，并不是因为剧本本身，而是因为其序言的成功，是因为雨果在序言中表述了他的戏剧美学观。雨果建议人们彻底与古典主义的写作规则决裂，尤其是与统治着古典戏剧的时间与地点一律的规则决裂。"除了总的自然法则之外，别无其他法则……"《克伦威尔》被看作向古典主义写作规则和美学观发起进攻的号角，被看作新的文学流派的宣言。"把每一出戏剧的行动压缩在二十四小时以内，限制在一个撑着圆柱的大厅里，为了证明这种清规戒律的不近人情所作出的大声疾呼和舌枪唇剑，在今天的读者看来，仿佛正如那些受攻击的荒诞无稽的东西一样索然无味。但读者必须记着：在当时的法国，布瓦洛的权威仍然是至高无上、岿然不动的。"②《克伦威尔》开始公开发表的第二天，也就是 1827 年的 12 月 6 日，《环球》杂志为其发表了专刊。而且理所当然地要发表圣·勃夫的评论文章，但是圣·勃夫所写的两页有关剧本的文章并没有发表，取而代之的是另一位名叫勒穆萨（Remusat）的理论家的两篇很长的文章。这两篇文章分别发表于 1828 年 1 月 26 日和 2 月 2 日。由此可见，当时的传媒对雨果所表述的立场非常重视。"思想和艺术的自由在舆论法庭上赢得了自己的事业，整个运动都转向了雨果，在开创新的文学理论的同时，他也许不知不觉改变了所有人的哲学观点。"③雨果的观点遭到了保守主义的猛烈抨击，他们认为雨果滑向了自由主义的深渊。

雨果在《克伦威尔》的序言中，论述了浪漫主义的起源和特点，特别批

---

① Anne Martin-Fugier. *Les Romantiques* ：*figures de l'artiste*，1820-1840. Paris：Hachette littératures，1998：85.

② ［丹麦］勃兰兑斯：《十九世纪文学主流》第五分册，李宗杰译，21～22 页，北京，人民文学出版社，1982。

③ Anne Martin-Fugier. *Les Romantiques* ：*figures de l'artiste*，1820-1840. Paris：Hachette littératures，1998：85.

判了古典主义束缚文学创作的清规戒律，反对它所提出的"这种气派、那种程度、这个界限、那个范围"，他在破除古典主义对文学创作束缚的基础上，提出了以对照原则为核心的浪漫主义创作原则，认为美与丑、崇高优美和滑稽怪诞是一个不可分割的整体。文学的任务就是要把这些东西和谐、统一地放置在作品中。显而易见，雨果受到了德国浪漫主义的影响，尤其是康德关于个性与理性相结合的美学原则的影响。他在《克伦威尔》的序言中做了全面论述："近代诗神认为世界万物并非一切都美，事实上，丑就在美的旁边，畸形靠近着优美，粗俗藏在崇高的背后，恶与善并存，黑暗与光明相共。在基督教的忧郁精神和哲学批判精神影响下，诗歌将跨出震撼整个精神领域的、决定性的一大步，它将如自然本身一样，把阴影渗入光明，把滑稽丑怪结合崇高优美而又不使它们相混，也就是说，把肉体赋予灵魂，把兽性赋予灵智。"[1]道德、英雄主义、高大形象不再被抽象化、简单化，不再与恶习、丑陋、可笑割裂，而成为有血有肉的形象，成为真正的、生活在人们中间的人。"雨果的理论主张也有一般浪漫主义者所具有的推崇'天才'、强调个性、以自我为中心的偏向。"[2]所以，"在诗歌的形式和内容上，浪漫派能够摆脱羁绊，向着历史的深处、心灵的深处、无垠的时空自由地发展"[3]。从夏多布里昂、拉马丁到雨果，浪漫主义也从软弱、伤感、病态到强调个性与自我。象征主义作家在继承和接受这些特点的同时，极力寻求自己的创作道路。

4. 帕纳斯派的美学观

当浪漫主义从反对古典主义束缚人性的创作中摆脱出来以后，也经历了从盛到衰的过程。瓦莱里曾经这样评论："浪漫派诗人所关心的几乎只是对心灵最初活动的影响，他们尽力沟通心灵的激情，而不注意读者的存在，也不关心我所说过的形式的条件。"[4]当浪漫主义者提倡解放人性的创作衰落

---

[1]　柳鸣九、罗新璋编选：《法国浪漫派作品选》，608 页，天津，天津人民出版社，1983。

[2]　柳鸣九主编：《法国文学史》（中册），186 页，北京，人民文学出版社，1983。

[3]　[美]约翰·玛西：《文学的故事——写给大家看的西方文学史》，于惠平译，317 页，贵阳，贵州人民出版社，2004。

[4]　[法]保尔·瓦莱里：《瓦莱里散文选》，唐祖论、钱春绮译，93 页，天津，百花文艺出版社，2006。

之后，开始进入了无病呻吟、多愁善感的滥情主义。感情的自由抒发变成了廉价的宣泄，失去了真诚的浪漫派诗歌也遭到了新一代诗人的反感。他们希望能够把浪漫主义从滥情主义的误区中解救出来。一位名叫肖德才格的批评家批评浪漫派过分地推崇自我："他们幻想着在琴弦上歌唱自己，把自己当作他们大话的唯一主题，洋洋自得地颂扬他们生活中最微不足道的事情；他们像一个画家一辈子不知疲倦地以一百种方式画自己……他们临泉自赏……永远是我，我歌唱，我旅行，我爱，我哭，我痛苦，我嘲弄，我辱骂祖宗或祈祷上帝……"[1]19世纪30年代追随雨果的青年诗人戈蒂耶坚决反对崇尚古典主义创作方法的理论，反对艺术是思想道德的工具，提出了艺术至上的思想。支持他的观点的诗人不但有波德莱尔、魏尔伦和马拉美，还有后来的法朗士。这些崇尚"为艺术而艺术"诗歌观的诗人们的许多作品，分别于1866年、1871年和1876年发表在一个名为《当代帕纳斯》的不定期出版的刊物上，人们因此把这些诗人称作"帕纳斯派"。

帕纳斯派在矫正浪漫派诗人的滥情主义和反对为思想道德服务的同时，提出唯形式为美的观点。威廉·岗特在《美的历险》中对戈蒂耶的美学观点大加赞赏："法国人正是依靠了这种不断闪现的普遍思想，才鼓起了勇气，去建功立业，创造美的作品。'为艺术而艺术'的含义是'道德的目的、深刻的思想、审慎精密的思考'，所有这些陈腐体面的创作装饰物跟无拘无束的创作实践毫不相干，实际上，它们显然妨碍了创作精神。"[2]戈蒂耶认为，诗歌所要追求的是与思想无关的词句的华丽，所希望的是词句具有宝石般的特质，只有复杂的形式和诗歌的韵律、节奏才能够表达这种艺术，至于诗人的感情则可以放到一边。文学评论家泰纳认为诗歌应该表达感情，戈蒂耶则这样回答他："泰纳，你似乎也变成资产阶级的白痴了，居然要求诗歌表达感情。光芒四射的字眼，加上节奏和韵律，这就是诗歌。"[3]戈蒂耶在他的诗歌《诗艺》里进一步强调了形式的重要性："对，作品要称心如意，形式必须反复推敲，谈何容易，诗句，珐琅，云石，玛瑙。……精雕细刻，琢

---

① ［法］波德莱尔：《恶之花》插图本，郭宏安译评，127页，桂林，漓江出版社，1992。

② 潞潞主编：《命运与岁月——外国著名诗人传记、回忆》，43页，北京，北京出版社，2003。

③ 柳鸣九主编：《法国文学史》（中册），305页，北京，人民文学出版社，1983。

磨不止；要让你飘忽不定的梦想，借块玩石，化成磨不灭的形象。"①威廉·岗特在《美的历险》的论述可以帮助读者更深入地接受和理解戈蒂耶的这种美学思想："文学中运用辞藻的步骤，也像画家、雕塑家运用颜料、大理石或塑形金属一样，一块珍奇石头的名称，比如绿玉或绿玉髓，也正像调色板上丰富的颜料一样——是语言马赛克上能感觉到的一小块美丽色片，而词的意义比起词的声音唤起的印象来，则是次要的。"②词语的意义被排除在诗歌之外，只有摆脱了意义，作为词语形式的声音、节奏、韵律等才能尽情地表现自身的美。这种诗歌主张对波德莱尔等诗人的影响是显而易见的。马拉美认为："帕纳斯派实际上是诗歌形式的绝对维护者，为了形式他们甚至不惜牺牲自己的个性。而年轻的诗人们则是直接向音乐去吸取他们的灵感，简直就是前无古人的创举，但他们也只是为了减少帕纳斯派诗歌形式的生硬性罢了；依我看，这两种努力原是可以互相补充的。"③戈蒂耶所提出的美学原则就成为帕纳斯派的诗学原则，所以现在的文学史家大多倾向于将那些师从戈蒂耶，按照戈蒂耶诗学原则进行创作的诗人称为帕纳斯派。从反对古典主义出发，到拥护提倡诗歌表达主观感情的浪漫主义，又经历了诗歌仅是一种艺术形式、完全排除表达诗人感情的帕纳斯派，波德莱尔为象征主义寻到了属于自己的创作道路。

5. 象征主义的美学观

象征主义在某种程度上继承了浪漫主义的审美观，同时又将其夸大和发展，从而逐渐地形成了自己的审美观。"象征派则认为诗歌只是个人化的抒发，主张歌唱自我。他们认为，对于自己之外的真实，诗人是不可能描写的；象征主义的批评发言人里米高尔蒙特曾经说过，每个人的所作所为都是在表现自己个体的人格。"④浪漫主义所强调的个性、自我与象征主义的自我、个体人格又有什么不同呢？象征主义所排除的个人感情又与帕纳斯

---

① 程曾厚译：《法国诗选》，321～322 页，上海，复旦大学出版社，2004。

② 潞潞主编：《命运与岁月——外国著名诗人传记、回忆》，46 页，北京，北京出版社，2003。

③ 潞潞主编：《面对面——外国著名诗人访谈、演说》，7 页，北京，北京出版社，2003。

④ ［美］约翰·玛西：《文学的故事——写给大家看的西方文学史》，于惠平译，317～318 页，贵阳，贵州人民出版社，2004。

派的主张有何不同呢？

象征主义诗歌追求独立于主观之外的诗歌，追求自由的诗体。这种追求的渊源也许会追溯到爱伦·坡，他在《黑猫》中特别强调了本能在诗歌创作中的作用："本能非但不是一种低级理性，而也许是最精密的智能。它在真正的哲学家看来就正如神圣的智力直接作用于其创造物。"[①]本能作为创作的源泉，摆脱了所有的理性，但是所产生的效果却远远好于理性对人们的要求，本能原汁原味地反映了诗人与客观审美体在接触的瞬间所擦出的火花。波德莱尔就是沿着这样的思路和理念，构建起自己诗歌理论的基石，而他的诗歌理论又成为象征主义诗歌的基石。所以便有了波德莱尔的《恶之花》，那一朵朵排除了说教功能，排除了诗人理性思维的毒花，妖艳而又美丽地独自开放在诗坛。诚如瓦莱里所指出的那样："波德莱尔的最大光荣在于……孕育了几位伟大的诗人，无论魏尔伦，还是马拉美，还是兰波，倘若他们不是在关键的年龄阅读了《恶之花》，也就不会有后来的这几位诗坛大家。……魏尔伦和兰波在感情和感觉方面继承了波德莱尔，马拉美则在诗歌的完美和纯粹方面延伸了他。"[②]波德莱尔在继承浪漫主义的二元论的同时，把"恶"提升到了一个重要地位，其对立面就是理想，就是难以企及的人生目标。诗歌中反复强调的恶，其实是在暗示、象征被现实生活所压抑的理想与美德。但是，他在诗歌中所反复描述的恶——乞丐、僵尸、同性恋者等形象却无法得到读者的认同与理解，这就更强化了诗人"伤感、病态"的悲剧色彩。"二元论"中突出恶、描述恶的写作手法却彻底影响了后来的象征主义诗人的创作。波德莱尔的应和理论和"二元论"的诗歌观也就成了象征主义理论的基石。"个人受到的压抑，心灵的孤独，爱情的苦恼，对美的追求，对光明的向往，对神秘的困惑，这些浪漫派诗歌中经常出现的主题，虽然也经常出现在象征派诗人的笔下，却因表现手法的不同而呈现出另一种面貌。在表现手法上，他们普遍采用的是象征和暗示，以及能够激发联想的音乐感。象征在他们那里具有本体的意义，近于神话的启示。象征派诗人很少作抽象玄奥的沉思冥想，总是借助于丰富的形象来暗示幽

---

① 潞潞主编：《另一种写作——外国著名诗人散文、随笔》，12 页，北京，北京出版社，2003。

② 施蛰存主编：《戴望舒译诗集》，117～118 页，长沙，湖南人民出版社，1983。

微难明的内心世界。形象也往往模糊朦胧，只有诗人的思想是高度清晰的。与此同时，他们都非常重视词语的选择，甚至认为词语创造世界。"①

波德莱尔在《关于同时代几位诗人的思考》中对诗歌的意义提出了自己的见解："有一种错误……说得严重点是一种邪说，我所说的是寓教于乐，好像这是必然的结果，还有激情、事实和道德的邪说。很多人声称诗歌的目的是寓教于乐，诗歌若不是为了增强信心，不是为了美化风俗，就是为了展示那些有用的东西……诗歌，并不完全是为了探寻自我，责问灵魂，唤醒美好的记忆。它除了自身之外并无其他目的，它也不可能有其他目的。只有为了乐趣而写诗，写出的诗歌才会那么伟大、那么崇高，才无愧于诗歌，才称得上诗歌。"②"为了乐趣而写诗"进一步提升了主观本能与客观审美体之间的独特关系，诗歌不再是"探寻自我，责问灵魂，唤醒美好的记忆"的工具，诗人在创造的过程中也有了自己的独立地位。他们不再依附社会，依附道德。作为"洞察者"的兰波在写给自己的修辞学老师伊桑巴尔和朋友保尔·德梅尼的信中提出了"客观诗歌"和"我是他者"的论点："您所提倡的主观诗歌总是那么淡而无味。总有一天，我希望，许多其他人也和我一样，能够在您的原则里看到客观诗歌论，那时我就会真诚地看待您所做的一切。"③兰波特别强调了诗歌本体在审美中的重要性，他在把诗人排除在诗歌之外的同时，又渴望让诗人成为自己诗歌的主宰，成为能在"此世界"与"彼世界"畅通无阻的"通灵人"，能够自由地选择属于自己的文字。诗歌独立于诗人而存在，但是其造物主又是诗人。所以他认为："诗人是真正的盗火者。他要对人类，乃至动物负责。他应当让人感觉到、触摸到、聆听到他的创造。如果它从那边来时是规则的，就给它以形式，如果本无定型，就任其无形无状。找到一种语言。……这种语言将来自灵魂并为了灵魂包容一切，芳香、音调和色彩，并通过思想的碰撞，放射光芒。"④而魏尔伦对象

① ［法］波德莱尔：《恶之花》插图本，郭宏安译评，152～153页，桂林，漓江出版社，1992。

② Henri Mitterand. *Littérature*, *Textes et Documents*. *XIXᵉ siècle*. Paris：Nathan，1986：302.

③ Arthur Rimbaud. *Poésies*, *Une saison en enfer*, *Illuminations*. Paris：Gallimard，1984：199.

④ 潞潞主编：《倾诉并且言说——外国著名诗人书信、日记》，46页，北京，北京出版社，2003。

征主义诗歌理论的最大贡献就在于他所提倡的诗歌的音乐性，他在《诗艺》中提出"音乐高于一切"的主张，论述了诗歌所追求的音乐境界，所以音乐性成了象征主义诗歌的重要因素。马拉美对象征主义诗歌的贡献就在于他提出了诗歌的暗示性和召感事物的功能，并对诗歌语言的暗示性功能进行了反复的阐释，他的这一理论丰富和拓展了象征主义诗学的内涵，他对这些诗歌理论的讲解和诠释扩大了这一文学流派的影响，象征主义诗歌理论的基本特点也逐渐在这些代表人物的论述中闪现出来。追求独立于主观之外的诗歌，追求自由的诗体，"我是他者"，诗人被排除在诗歌之外，又没有脱离自己的诗歌，文字中所表现出来的自由和审美倾向，文字中所表现出来的纯洁和晶莹，文字中所表现出来的"还要音乐，只有音乐"的情结，所表现出来的"听觉的色彩"和召感事物的能力，从不同的角度，从不同的审美习惯反复地敲打着读者的感觉、刺激着读者的嗅觉、激荡着读者的听觉，是旋律、是色彩、是活力、是美妙的瞬间，是无法抹去的、回荡在周身的生命音符。

"因此，诗人们学会了：不总把他们的观念强加给诗。他们学会了隐身，学会了销匿，学会了让别的东西，而不是他们以往的自我或社会的自我说话。……这便是雅克·杜班(Jacques Dupin)说的'疯狂地无视我吧！'……'把我看不见的或阻碍我去识别的东西亮出来，让语言在施展中去撞击，去发现。'人们从中大体证实了马拉美的希求：'隐去诗人的措辞，将创造性让给词语本身。'"[1]

象征主义就这样从浪漫主义对古典主义的反叛中纠正并反叛了浪漫主义，也在帕纳斯派中萌芽并逐渐长出了自己的枝叶。

---

[1] 王家新、沈睿编选：《二十世纪外国重要诗人如是说》，116～117 页，郑州，河南人民出版社，1992。

第二章　夏尔·波德莱尔

一、生平与创作

"波德莱尔是现代及所有国家最伟大的诗人楷模。似乎每个人都准备将波德莱尔作为自己信仰的代言人。"这就是英国诗人艾略特对波德莱尔的评价。

夏尔·波德莱尔1821年4月21日出生在巴黎，出生时父亲已经62岁。父亲喜爱绘画、音乐和哲学，也十分疼爱自己的儿子，经常领着儿子在公园散步，向儿子讲述音乐、绘画、哲学、神学。那时的日子给波德莱尔留下了温馨的记忆："啊！对我来说，那些日子充满了母爱的温柔。我把无疑被你看作坏日子的那段时光称作'好日子'，这要请你原谅。不过我那时一直生活在你心里；你属于我，仅仅属于我一个人。你那时既是我的偶像，又是我的知己。"[①]虽然父亲去世时，他只有6岁，但是父亲对艺术的追求和执着，对生命的热爱和向往，影响了波德莱尔的一生。父亲的去世带给他的创伤还没有完全消退，波德莱尔又陷入新的痛苦之中。父亲去世不久，母亲再婚。波德莱尔对母亲与性格粗暴的欧皮克少将再婚十分反感，波德莱尔认为"他这个人既固执又笨拙"。母亲的改嫁也在年幼的波德莱尔心灵中留下了难以弥补的创伤，也逐渐促成了他反抗、叛逆的性格。为了避免波德莱尔与继父之间进一步的矛盾，他被送到寄宿学校，小小年纪已经体

①　潞潞主编：《倾诉并且言说——外国著名诗人书信、日记》，37页，北京，北京出版社，2003。

会到人生孤独，命运坎坷。他先是在里昂，后来在巴黎的路易大帝中学读书，后来被路易大帝中学开除。高中会考后，他进入大学学习法律。

为了表示对家庭的不满，他故意过着放荡不羁的生活，流连于巴黎的灯红酒绿之中。他的母亲对此十分担忧，所以决定让他离开巴黎一段时间，想通过改变环境来把他的生活引入正轨。1841年，波德莱尔在波尔多登上了南海号客货轮，目的地是印度的加尔各答。途中经过毛里求斯岛和留尼汪岛（当时称作波旁岛），起初波德莱尔无意岛上的美丽风光，还在怀念巴黎五光十色的生活，急于返回巴黎。但是这次旅行最终给他留下了难以忘怀的回忆，他沉溺在美好的异国风光之中，采集着生命的图画和印象。当他1842年返回巴黎时，他声称自己"口袋里装着智慧回来了"。这次旅行时间虽短，但是却给他的人生和以后的创作带来了无穷的财富。他不但体验了浩瀚的大海，接触了充满灵性的大自然，领略了异国风情，而且丰富了自己的人生经历。这一切将会影响到他一生的诗歌创作，同时也成了面对令人失望的现实时，波德莱尔留给自己的理想王国。异国风情使他产生了创作灵感，回到巴黎后不久，他就以此为题材写出了自己最早的诗作，表达了他对异国风情的怀念。

这时的巴黎在波德莱尔的眼中焕然一新：街道、旅馆、行人都是那么不同以往，都是那么新鲜可爱。形成对照的是自己的家庭，他再也无法忍受自己的家庭和欧皮克少将，他决定带着父亲留给他的一万法郎金币离家出走。他挥霍着父亲的遗产，过起了放荡不羁、灯红酒绿的生活，沉醉在巴黎女郎放荡的欢声笑语中。他出没于巴黎的高级旅店，穿着讲究，与众不同。他想用他所认为的高贵、文雅，甚至有些惊世骇俗的装束，来表示自己对世俗、低贱、无教养的蔑视；他想用在人前所表现出来的英武气概，表示对欧皮克少将的鄙视，同时也掩盖自己内心深处的痛苦。这个时期，他接触到了一批年轻画家，走进了他们的画室，同时也目睹和经历了巴尔扎克的《人间喜剧》的问世。浪漫主义逐渐被现实主义取代，"为艺术而艺术"的氛围也开始形成。波德莱尔就是在这种氛围中做着进入文坛的准备。虽然各种文学流派都对他产生了不同程度的影响，但他的追求既非现实主义，也非浪漫主义，也不主张"为艺术而艺术"。1843年，一个偶然的机会，他在一家小剧院邂逅了一个名叫让娜·杜瓦尔的混血女子，从此他的生命和创作都与她结下了不解之缘。他借此体验到巴黎吸毒者、地痞流氓的生活。他从身份低微的让娜·杜瓦尔身上发现不同寻常的生命活力和独特的美。但是，这个笨拙的女人总是让他失望，总是与他的理想相去甚远："让娜不但已经成了我幸福的障碍……而且也成了我思想全面发展的障碍。……她一度曾具有某些好的品质，但现在已经失去了它们。在我这方面，我获得的是更清楚的判断力。与一个人生活在一起，她对你的努力却没有表现出丝毫的感激之情。她用自己一成不变的笨拙甚至恶意阻碍你的种种努力，她把你看成她的仆人和私产。她是一个什么都不愿意学习的造物。你亲自教她，她也无动于衷。政治也好，文学也好，根本无法与她交流。更有甚者，她对我本人，并不尊重，对我的作品也毫无兴趣。我的手稿若没有发表，没换成钱，她就会扔进火里。"①生活在一起的这个女人真是让他无比烦恼，而另外一个女人，却令他充满希望和憧憬。这个女人就是萨巴蒂埃夫人。1852年波德莱尔开始出入萨巴蒂埃夫人的沙龙，那是一个上流社会和文化名流都向往的地方。波德莱尔把萨巴蒂埃夫人视为自己的诗神和保护神，视为自己梦寐以求的"远方的公主"，在她身上寄托了自己的精神向往和追求。他在1853年写给她的信中附上一首情诗："我像一个孩子或病人一样地以自我为中心。当我痛苦时我想着我爱的人们。通常我在诗歌中想着你，当我把诗歌写完之后，我无法抑制自己的希望，希望激发我诗情的人来读它——与此同时，我把自己隐藏起来，像一个非常害怕自己会显得荒谬可笑的人那样——在爱情中不是确实有些基本上滑稽可笑之处吗？"②他要把自己的生命体验写进诗歌，要用独特的方式写出不同的诗歌。他寻求着，可是发现天空、大地、海洋等已经有人涉及。他不愿意重复别人，更不愿意无病呻吟地写诗。因此，他不急于发表这个时期的诗歌创作，他希望自己的诗歌不同凡响。

　　他没有节制地挥霍父亲留下的家产，引起了家人的极度不安。1844年，波德莱尔家族召开家族会议，向法院申请将波德莱尔所剩的财产交由一个仲裁委员会控制。该委员会专门为他指定了公证人昂塞尔，专门负责管理

---

① 潞潞主编：《倾诉并且言说——外国著名诗人书信、日记》，28页，北京，北京出版社，2003。

② 同上书，21页。

他的财产和私人收入，对他每月的花销作了限制。1861 年 5 月，波德莱尔在写给母亲的信还耿耿于怀："我终于逃脱了。而从那时起，我就变成了地地道道的弃儿。我全身心地投入对快乐的追求，投入对刺激的无尽探索，旅行、精美家具、油画、姑娘，等等。今天，我正在为此受到残酷的惩罚。对那个仲裁委员会，我只能有一个认识，那就是，如今，我知道了钱的价值，知道了一切与它有关的事物的重要性。"①现实迫使他必须面对生活，必须解决自己吃饭问题，而他唯一能做的就是拿起笔，希望以此换取自己的生活费。他的诗作并未得到编辑先生们的青睐，他的有关画论的文章却受到了理论界的关注。他先后发表了《1845 年沙龙》和《1846 年沙龙》两部长篇画评。这些画评以其新颖的观点，敏锐的感觉和流畅的文字令评论界侧目。同时也因其中提出了现代美学中的许多重大命题，而奠定了波德莱尔在文学艺术领域的地位。同时在《1846 年沙龙》的封面上，波德莱尔预告了自己将要出版题为《累斯博斯女人》的诗集，这就是 11 年后出版的《恶之花》的雏形。1847 年，波德莱尔读到了一位名叫埃德加·爱伦·坡发表在《太平洋民主》杂志上的短篇小说《黑猫》，他抑制不住自己内心的激动："我已发现一位美国作家，他在我内心激起不同寻常的共鸣，我已经写了两篇关于他生平创作的文章，我是满怀激情写出来的……"②他被这位美国作家作品中所表达的思想、诗歌境界和诗歌语言所吸引，开始翻译这些作品，并持续了17 年。他在翻译埃德加·爱伦·坡的作品的同时，也不断地用自己的诗歌创作叙述着埃德加·爱伦·坡那种哀婉凄凉、郁郁寡欢的诗歌境界，也向往着通往彼岸的人造天堂和梦幻王国。"波德莱尔把自己当成了爱伦·坡，把他的话拿来当成自己的话。与其说波德莱尔受了爱伦·坡的影响，不如说他与爱伦·坡早有灵犀，不谋而合，一见之下，立即心领神会，契合无间。"③波德莱尔更加坚定了他的创作道路和方向，他陆续在不同的报纸杂志上发表自己的诗作，多次预告自己将要出版的诗集。1848 年 11 月，《酒商回声报》在广告中宣布波德莱尔的《边缘》将于次年 2 月出版；1850 年和 1851

---

① 潞潞主编：《倾诉并且言说——外国著名诗人书信、日记》，37 页，北京，北京出版社，2003。

② 同上书，28 页。

③ ［法］波德莱尔：《恶之花》插图本，郭宏安译评，18 页，桂林，漓江出版社，1992。

年，《家庭杂志》和《议会信使》又两次预告《边缘》诗集的出版。从《累斯博斯女人》到《边缘》，这些被誉为"意在表现现代青年骚乱和忧郁"，"表现现代青年骚乱历史"的诗集预示着《恶之花》出版的舆论准备已经成熟，波德莱尔的创作也进入高潮阶段。

　　1857 年 6 月 25 日，《恶之花》终于与读者见面，并立即引起了轰动，同时也引起了卫道士们的猛烈抨击。他们指责波德莱尔亵渎宗教，伤风败俗，说《恶之花》"丑恶与下流比肩，腥臭共腐败接踵"。刚刚因《包法利夫人》而审判福楼拜的第二帝国的法庭指责波德莱尔并追究其法律责任。有 3 首诗被指为亵渎宗教，8 首诗被指为伤风败俗。最后的审判结果是：亵渎宗教的罪名未能成立，伤风败俗的罪名成立，要求波德莱尔删除 6 首诗歌，罚款300 法郎。波德莱尔受到双重打击，没有从出版诗集中得到自己所希望的名利双收，他写信向母亲要钱也遭到拒绝。失望至极的波德莱尔一气之下病倒了，心理、债务和病魔的打击使他陷入绝望之中。后来他去了比利时，在那里作巡回讲座，强烈地希望以此来改变自己的状况。在此期间，他遭到病魔袭击，突然患了半身不遂和失语症。1867 年 8 月 31 日，他完成了自己在人世间的游走，在贫困与无奈中，在一直与他相伴的女人——让娜·杜瓦尔的怀抱里，离开了人世。他死后与先他而逝的母亲一起，被埋葬在巴黎蒙巴尔纳斯的公墓里。

二、诗歌美学观

　　什么是诗歌？波德莱尔在不同时期的论述中有过完全不同的观点。最初，波德莱尔认为诗歌具有实用目的。他曾经断言："艺术与道德是不可分割的"，他甚至嘲笑"为艺术而艺术"是"幼稚的空想"。但是后来受到了爱伦·坡的影响，对于诗歌的认识，他的观点逐渐发生了变化。什么是诗歌？他做出了内容不尽相同的回答。在《关于同时代几位诗人的思考》中，波德莱尔对诗歌提出了自己的见解："诗歌，并不完全是为了探寻自我，责问灵魂，唤醒美好的记忆，它除了自身之外并无其他目的，它也不可能有其他目的，只有为了乐趣而写诗，写作的诗歌才会那么伟大、那么崇高，才无愧于诗歌，才称得上诗歌。"①波德莱尔在自己为《恶之花》草拟的序言中是这样论述诗歌的"什么是诗？什么是诗歌的目的？就是把善同美区分开来，发掘恶中之美，让节奏和韵脚符合人对单调、匀称、惊奇等永恒的需要，让风格适应主题，灵感的虚荣和危险，等等"②。波德莱尔的诗歌美学也表现在他对诗歌与绘画、音乐和雕塑的关系的论述中："现代诗歌同时兼有绘画、音乐、雕塑、装饰艺术、嘲世哲学和分析精神的特点；不管它修饰得多么得体、多么巧妙，它总是明显地带有取之于各种不同的艺术的微妙之处。"③诗可以入画，可以与音乐相提并论，所以，诗歌是绘画，是音乐，是雕塑，是一种艺术门类。同时，他对美也提出了自己独特的看法："我发现了美的定义，我的美的定义。那是某种热烈的、忧郁的东西，其中有些茫然的、可供猜测的东西。……神秘、悔恨也是美的特点。"④诗歌与音乐、绘画等艺术的相互应和，诗歌自身的审美情趣和独立的审美存在构成了波德莱尔诗歌美学的主要内容。"热烈的、忧郁的东西，其中有些茫然的、可供猜测的东西。……神秘、悔恨"等也成了他对美的定义。忧郁成为波德莱尔作品非常突出的特点，也成为破解他对美的定义的钥匙。他的诗歌美学观点更多地存在于他的诗歌创作之中，只有通过对他诗歌创作的分析才能更多地理解他的诗歌美学观点。

三、《恶之花》及其他

《恶之花》发表于 1857 年，初次发表时共收诗 100 首，分为 5 部分；再版时删除了 6 首，同时又增加了 32 首，也就是现在公认的版本。

第一部分：忧郁与理想，共有诗歌 85 首，是诗集最重要的部分。诗人用十分凝重，甚至残酷的笔调刻画了存在于他身上的双重性格。一方面，他渴望追求理想的生活和境界；另一方面，他又被日常生活带给自己的"烦恼""晦气"，尤其是"忧郁"所纠缠，无法摆脱它给自己心灵所造成的痛苦。在这无望的困境中，诗人身心疲惫。忧郁是诗人为了表达多义、总和的"烦

---

① Henri Mitterand. *Littérature, Textes et Documents. XIXe siècle*. Paris：Nathan, 1986：302.

② [法]波德莱尔：《恶之花》插图本，郭宏安译评，103 页，桂林，漓江出版社，1992。

③ 同上书，102 页。

④ 同上书，113 页。

恼""晦气"，身心的苦难和痛苦而借用的英语词汇。"理想"和"忧郁"的双重多元性和对立造成了诗人的最大痛苦。厌恶了现实生活中的苦难和折磨，他在寻求属于自己的理想，以便远离苦难和烦恼，但是他屡次努力都无功而返，他也因此而更加绝望和痛苦。

第二部分：巴黎风貌，共有诗歌 18 首。诗人把巴黎描述成"蚂蚁般的城市"，充满梦幻，给创造者提供了一面多棱镜，既让他看到巴黎的丑陋、病态，又让他看到这个如魔术般的美妙城市的奇迹。诗人就淹没在这样的城市中，同时又在这里找到了自我和梦想中的理想。

第三部分：酒，共有诗歌 5 首。当诗人从梦幻中醒来，理想离他远去，他重新陷入失望之中，厌倦了巴黎的生活，厌倦了无望的现实，诗人只好借酒消愁，沉浸在醉酒之中，他试图以此忘记丑陋的现实，忘记现实中那个充满理想的自己。

第四部分：恶之花，共有诗歌 9 首。诗人看到了人类的劣根性、人类所犯下的罪行。淫荡的女人是这种罪恶的最直接的表现形式，诗人不无厌恶地看着人类丑恶的躯体，他没有勇气审视自己的肉体和灵魂。

第五部分：反抗，共有诗歌 3 首。绝望中的诗人怒火万丈，他不再相信上帝所承诺给人类的美好天堂，也许地狱中的撒旦才是他的希望，才能够把他从无穷的人间苦难中解救出来，所以他向撒旦提出了请求。

第六部分：死亡，共有诗歌 6 首。在经历了虚幻的天堂和人间地狱之后，诗人所有的幻想都破灭了。诗人、艺术家、穷人已经死去。新的希望也由此诞生，诗人将在人间做最后一次游走，以便能有新的发现和奇迹出现。

从忧郁与理想出发，诗人敏锐地捕捉到了现代社会带给生活和诗歌的机遇，摒弃对情感的抒发和强调，诗人渐渐地在现实生活、城市现代化中挖掘流动的诗意，穷人、乞丐、老妪、淫荡的女人等现代城市的元素构成了五彩缤纷的诗缘，真正拨动诗人内心的琴弦，心灵的微微颤抖传递到言语的指尖，泛起难以抑制的情感波澜。与现代生活息息相关的诗歌理念在不经意间触发了机缘的爆发，诗歌原力复活，持续长久地引领了诗歌现代性的变革与内涵。

1. 人与自然的应和、感官之间的相通

波德莱尔被视为象征主义的鼻祖。他不但继承了亚里士多德和古典主义的模仿论，而且继承和发展了浪漫主义的审美观。亚里士多德和古典主义的模仿论认为，现实世界是真实的，所以表现现实的艺术也是真实的。从现实出发，从自然出发就成为亚里士多德和古典主义美学观的重要特点。歌德进一步发挥了这一自然观，他不但强调了诗歌与现实的关系，"现实生活必须提供诗的机缘，又提供诗的材料。一个特殊具体的情境通过诗人的处理，就变成带有普遍性和诗意的东西"①，还特别强调了诗人与自然的关系。歌德所说的现实生活包含诗人的日常社会生活，包括整个自然界，歌德所描述的诗歌与现实之间的因果关系实际上是诗人和自然之间的关系：

> 我觉得，我认识你，自然，
> 所以我必须抓紧你。
> ……
> 自然啊，我对你多么怀念，
> 忠诚爱慕地探索你！
> 你将射出快活的喷泉，
> 从那无数的水管里。②

诗人与自然的关系就这样紧密地融合在一起。当诗人走向自然的时候，心中所萌发的遐想和惬意便不由自主地表现出来。歌德在《亲密的会晤》中是这样描述的：

> 我沿着山路，那样险峻而灰暗，
> 往下面走去，走向冬天的草原，
> 心神不定，想逃往附近的地方。
>
> 突然间像出现新的白日之光：
> 走来了一位少女，仿佛是天仙，

---

① 胡经之主编：《西方文艺理论名著教程》(上)，254 页，北京，北京大学出版社，1986。
② 同上书，255 页。

像诗人世界中的可爱的名媛，

理想的美人。我不再胡思乱想。①

　　自然世界与诗人的世界是那么和谐，诗人从与万物世界的应和中产生了心灵的极大满足和陶醉。雨果也在与古典主义的对抗中，强调了应和的生态诗歌美学观，提倡颂扬诗人的天性，讴歌自然。他强调："每个人身上都存在着音乐"，他哭泣、倾诉、欢笑，发出强弱、快慢、高低不同的声音，诗人的创造就来自表现这些最自然的声音和最自由的想象。诗人要像蜜蜂那样"张开金色的翅膀，飞来飞去，停在花朵上，吸取蜜汁，既不使花萼失去光彩，也不让花冠去其芬芳"。诗人不但要表现自然的声音，还要表现事物内部的顺序。"顺序是事物内部各种因素的合理安排，艺术家的自由创新就在于发现秩序，以丰富、自然、壮丽、奇特强烈的情感色彩表现这种秩序。"②

　　波德莱尔继承并发展了浪漫主义所强调的人与自然和谐相处的生态审美理论，并且进一步发扬光大了这一理论，从而奠定了象征主义人与自然相应和的审美观。"在他看来'世界是一个复杂的不可见的整体'，'是一部象形文字的字典'。表现周围世界的真实是小说的目的，而不是诗歌的目的，'诗表现的是更为真实的东西，即只在另一个世界才是充分真实的东西'。所谓'另一个世界'，乃是外部世界中万物之间、自然与人之间、人的各种感觉之间存在着的隐秘的、内在的、彼此呼应的关系。"③波德莱尔特别强调万物之间和人的感官之间的对应关系。对物的世界的探索使他发现了隐藏在物与诗歌之间的内在关系，诗歌与物的关联性使诗歌从此走向独立和自我，物的诗性是一种客观存在，能否发现其中的美，不仅取决于是否拥有发现美的眼睛，更取决于是否拥有敏锐的感知能力，以事物的立场发现存在于它们身上的诗性，这就是诗歌。波德莱尔为自己对物的诗性的发现而颤抖，他的诗歌终于走出了星空大地、山川河流，降落在物性之上，物性以诗意的形式展示自己的存在，它们之间的内在呼应为挖掘物的诗性

---

① ［德］歌德：《歌德名诗精选》，钱春绮译，71页，西安，太白文艺出版社，1997。

② 胡经之主编：《西方文艺理论名著教程》，390页，北京，北京大学出版社，1986。

③ 柳鸣九主编：《法国文学史》第二卷，232页，北京，人民文学出版社，2007。

提供了机缘。他认为宇宙万物之间，表面看去是没有次序杂乱无章的排列，实则存在着神秘的应和关系，而这种应和关系也必然反映在人用来认知自然的感官中。波德莱尔在《感应》一诗中对这种应和关系进行了具体描写：

> 自然是一座神殿，那里有活的柱子
> 不时发出一些含糊不清的声音；
> 行人经过该处，穿过象征的森林
> 森林露出亲切的眼光对人注视
>
> 仿佛远远传来一些悠长的回音，
> 互相混成幽昧而深邃的统一体，
> 像黑夜又像光明一样茫无边际，
> 芳香、色彩、音响全在互相感应。
>
> 有些芳香新鲜得像儿童肌肤一样，
> 柔和得像双簧管，绿油油像牧场，
> 另外一些、腐朽、丰富、得意扬扬，
>
> 具有一种无限的扩展力量，
> 仿佛琥珀，麝香，安息香和乳香，
> 在歌唱着精神和感官的狂热。①

波德莱尔在这首诗里，对应和生态美学理论作了最好的注解。在大自然神殿里，从表面上看，万事万物之间没有秩序杂乱无章。它们各自发声，彼此混杂，它们以各种形式展示其存在，似乎是在各行其是。但波德莱尔却认为，含糊不清的声音，只是事物的表象，是事物呈现给人们的一种假象。在通往真相的道路上，还有一位中介，那就是诗人。诗人可以由表面假象直探事物的真相。诗人认为，表面杂乱无章的事物间，存在一种内在

---

① 辜正坤主编：《世界名诗鉴赏词典》，北京，北京大学出版社，1990。

的应和关系，它们遥相呼应，共存于自然，构成了多姿多彩、变幻无穷的统一体。诗人通过象征着万物的符号，觅到了它们的真实存在。万物的存在形式不同，其表现形式也不尽相同——是可以遥望的草原，是可以触摸的肌肤，是可以聆听的音乐，是可以嗅闻的气味。而诗人呢，他"痴迷忘返，与这片浩瀚结为一体。他成为一个会移动的、喃喃自语的、它们中的一颗"①。它们的这种表现形式的差异决定了它们的存在形式的不同。视觉上的、嗅觉上的和触觉上的事物共同存在着，因此，它们之间的应和关系便引申为人体器官之间的互相应和。波德莱尔认为，作为自然中的万物，如"香水""孩童的肌肤""双簧管""绿色的草原"等，这些能够刺激人的嗅觉、视觉、听觉和触觉的万物，首先是以物体的形式存在。这些物体遥遥相对，相互感应，构成了浑然一体的世界。作者特别强调它们之间的应和关系，然后诗人令它们之间的应和关系进一步升华。他笔锋一转，把这种应和关系上升到这些万物所代表的抽象器官上，如香水代表嗅觉、绿色的草原代表着视觉、双簧管代表着听觉、孩童的肌肤代表着触觉。嗅觉告知心灵，听觉告知心灵，视觉告知心灵，触觉告知心灵，心灵感知广漠。在感知与嗅闻、与触摸之间，在感知与聆听、与凝视之间，诗人的感知世界扩展成了漫无边际的广漠，既互相应和，又互相交融。感知把嗅闻到的、触摸到的、聆听到的、凝视到的外部世界的万物统一在诗人的心灵中，化作心灵深处的丝丝快慰，化作了诗人丰富而曲折的感情世界。叶芝在《诗歌的象征主义》中这样论述："我宁愿认为，我们称之为情感的脚踩在我们的心灵上，感染我们，使我们摆脱心灵的桎梏；而当声音、色彩和形状间具有一种和谐联系，相互间存在一种优美的联系，它们仿佛变成一个色彩，一个声音，一个形状，从而唤起一种由它们互不相同的魅力构成的情感，合一的情感。"②这只情感的脚踩在心灵上，激起涟漪却无法准确传递，诗人只好借助看到、听到、触摸到的物，传递心声，因此色彩、声音、形状等泄漏了诗人的秘密，传递出诗人的情感，映射出诗人的心灵，使踩在心灵上的情感经由它们表现出来。诗人把万物间的应和关系高度提炼，使之升华为人体

---

① 张炜：《冬天的阅读》，177页，北京，东方出版中心，1997。

② 王家新、沈睿编选：《二十世纪外国重要诗人如是说》，54页，郑州，河南人民出版社，1992。

器官间的应和关系。升华后的这种关系赋予诗人以一叶知秋、见微知著的能力，同时也使其具备了贯通人体各器官的能力。换言之，人的器官之间的应和关系可以使诗人由嗅觉及触觉，由触觉而及听觉，由听觉而及视觉，由器官而及心灵。万物间的应对可及人的器官间的应对，反之，人的器官间的应对可及万物间的应对。诗人的任务是要通过自然中的万物，通过那些无序的事物重建诗歌王国的秩序。诚如彼埃尔·让·儒夫所说："思想和语言的高度统一、意义和文学符号的高度统一、大量心理活动现象的总和与富有吸引力的音节交替的高度统一，都要通过这种语言加以实现。"①

2. 二元对立关照下的现代理想主义

在浪漫主义的夕阳里，波德莱尔的早期诗作更多地表现出浪漫主义的特色，诸如："月亮做梦有更多的懒意"，"明亮的月亮"，"一串串眼泪"，"苍白的泪水"等。但是波德莱尔并没有在雨果等浪漫派诗人的树荫里前行，不再强调诗歌通过真善美所表现的道德功能，而是更多地强调诗歌内在的功能，所以有一些学者把他列入了唯美派的行列。然而波德莱尔通过恶引出的道德教训来表现他的美学思想，逐渐显现出自身的特色：应和与二元论的审美趋势、今天与昨天、现实与理想、此世界与彼世界、地狱与天堂的对立形成了鲜明的对照，诗人在这种对立之中痛苦地生活着。现实是残酷的，此世界是黑暗的，如同地狱，而诗人恰恰就生活在这样的世界里，这个世界又是诗人走向理想世界的必经之路。离开这里，寻求属于自己的理想和天堂，是诗人的希望。现实的、黑暗的、地狱般的此世界让诗人拥有了最真实、最新鲜的人生经验，而不是复制同时代人或者古人的经验。因此波德莱尔陷入深深的忧郁之中，真正能够打动自己的情感体验是丑陋的现实，让人绝望，看不到未来，虚假的滥情让人无法接受，忧郁就像每日的生活那样融入他的灵魂，成为他气质的一部分。他的忧郁既不来自丑陋的现实，也不来自无法企及的理想。他的忧郁来自委屈和被人误解，离世的父亲是这个世界上唯一能够理解他的人，他被母亲误解，她以世俗的眼光限制了诗人的追求。他被欧皮克少将所误解，这个不懂音乐、不懂绘画、不懂哲学的凡夫俗子激起了波德莱尔的极大愤慨。波德莱尔的痛苦还

---

① 王忠琪等译：《法国作家论文学》，332 页，北京，生活·读书·新知三联书店，1984。

来自大众对他的误解，1857年《恶之花》面世时，第二帝国的法庭就判决他堕落，责令他删除6首有伤风化的诗歌，同时对他进行了罚款。诗人的忧郁来自别人无法理解他对美的渴望与追求。"他的眼睛好像在说：'我是人类中最下等、最孤独的人，没有爱情，也没有友谊，在这一点上，我连最下等的动物都不如。可是，我也是为了理解和感受不朽的美而生的呀！女神啊，请怜悯我的哀伤和狂妄吧！'"①

　　诗人的忧郁来自"厌倦"，对折磨人肉体的现实的厌倦，对占据人精神的理想的厌倦，无法企及却又挥之不去，"哀伤和狂妄"是诗人内心世界的写照。没有人能真正理解他的追求，他多么希望脱离低俗无聊的生活，去追寻美好世界，所以他才会把自己想象成翱翔在天空中的"信天翁"。"诗人啊就好像这位云中之君，出没于暴风雨，敢把弓手笑看"，当它们翱翔在天空时是那么美丽舒展和自由自在，在这个搏击的世界里，诗人尽情地享受着天空带给自己的无穷想象，那是他灵魂栖息的地方，诗人与自然的暗恋是某种美丽的甜蜜。然而"一当水手们将其放在甲板上，这些青天之王，既笨拙又羞愧，就可怜地垂下了雪白的翅膀，仿佛两只桨拖在它们的身边"。它们一旦离开自己的世界便成为人类嘲讽的对象，它们因此变得那么不知所措。被这些凡夫俗子所代表的现实世界所误解造就了波德莱尔最大的忧郁，他没有力量摆脱眼前的水手们，只有委屈地与他们混迹在一起，内心的理想也因此遭到这些人肆无忌惮的蹂躏。真正动人心弦的不是叱咤在暴风雨中的"云中之君"，诗人刻意展示的不是正面形象带来的美，而往往是被人忽视却能够让人怦然心动的东西，是那个"云中之君"跌落在甲板上时所表现出的笨拙和可怜，遭到蹂躏时的堕落，翱翔在空中的优雅和舒展与甲板上的尴尬和堕落让美在这里错位，产生了某种非对称的冲击力，多维、复式的形象颂扬着语言的张力。这是波德莱尔诗歌的另一个侧面，而这也恰恰是我们经常会对《恶之花》产生误读的地方，是他诗歌中没有被挖掘、而诗人却反复告诫我们的东西。这也许是波德莱尔所强调的关于恶的美学思想，不幸、堕落、残忍之中呈现着某种美。诚如伊夫·博纳富瓦所说："这是作品的另一个侧面——这里，不幸出现了，压倒了美。有时候美被嘲

---

① ［法］波德莱尔：《巴黎的忧郁》，胡小跃译，27页，上海，上海文艺出版社，2006。

讽，被残忍地描绘于它的堕落的形式之中。"①痛苦的诗人如同那遭受嘲讽的青天之王，被扭曲在"堕落的形式之中"，然而诗人心中梦想的美依然在遥远的地平线那边诱惑着他，他只有继续着自己的梦想，把自己想象成"逃出樊篱的天鹅"，"它在尘埃中焦躁地梳理翅膀，心中怀念着故乡那美丽的湖；'水呀，你何时流？雷呀，你何时响？'"。它们在现实中"仿佛又可笑又崇高的流亡者，被无限的希望噬咬！"。天鹅在自己的世界里演绎着诗人的忧郁，已经逝去的希望和理想何时才能成为现实，诗人如同洁白的天鹅身处尘埃之中，心中却怀念着故乡那美丽的湖，尘埃里的肮脏与梦想中的纯洁，噬咬着诗人满怀希望的心，有谁能与诗人分担埋藏在心底的忧郁与痛苦、进入诗人的幻想世界，没有，这个世界到处都是对诗人的误解，诗人心中的委屈无处发泄，只有通过诗歌唱起心中的歌，追寻着自己的理想。梦幻中的女子，如同回忆中的闪光，片刻间便消失得无影无踪，仅留下诗人一声无奈的长叹：

> 喧闹的街巷在我周围叫喊。
> 颀长苗条，一身孝服，庄重忧愁，
> 一个女人走过，她那奢华的手
> 提起又摆动衣衫的彩色花边。
> ……
> 电光一闪……复归黑暗！——美人已去，
> 你的目光一瞥突然使我复活，
> 难道我从此只能会你于来世？
> 远远地走了！晚了！也许是永诀！②

在"喧闹的街巷"，诗人不经意间窥视到了"颀长苗条""庄重忧愁"的女子，偶发的事件赋予了诗人摆脱龌龊的能力，"你的目光一瞥突然使我复活"，已经逝去的过去通过她瞬间偶发的一瞥复活，现实中的女子被诗人瞬

① ［法］伊夫·博纳富瓦：《恶之花》，郭宏安译，61页，北京，作家出版社，2008。
② ［法］波德莱尔：《恶之花》插图本，郭宏安译评，130页，桂林，漓江出版社，1992。

间演绎成理想的女性，美丽无法复制，无法在现实中再现。那是茫茫人海中的灯光，指引着诗人的脚步。现实中的一切都是诗人通向理想的把手，诗人把现实中的所有忧郁、不满、失望都演化成理想、满足和希望。

　　让诗人憧憬的理想世界总是转瞬即逝，无法延续，美好的记忆去而复返，反复滋润着诗人的心灵。在已经逝去的记忆中，隐藏着诗人的精神家园，隐藏着芳香与音符，秀发把诗人引向了理想的精神家园，在那里响起了心灵的绝唱：

> 哦，浓密的头发直滚到脖子上！
> 哦，发卷，哦，充满慵懒的香气！
> 销魂！为了今晚使阴暗的卧房
> 让沉睡在头发中的回忆往上，
> 我把它像手帕般在空中摇曳。
>
> 懒洋洋的亚洲，火辣辣的非洲，
> 一个世界，遥远，消失，几乎死亡，
> 这芳香的森林在你的深处居留！
> 像别人的精神在音乐上飘游，
> 爱人！我的精神在香气中荡漾。[①]

　　想象中的爱人的头发，在空中飘荡，具象化的头发随风飘荡，荡起了记忆中的芳香，荡起了精神家园中的乐章。心灵化的头发又具有了实物的某种质感，成为可视、可触之物。视觉中的头发通过亲密的接触传递出某种性感和渴望，飘荡的视觉延绵不绝，挑动起神秘的触觉，"浓密的头发直滚到脖子上"，视觉、触觉渐渐地向嗅觉中的芳香、听觉中的音符过渡；现实中的头发也变得回味无穷，沉睡在头发中的记忆把我们引领到温馨性感的私密之地，摇曳的手帕又让我们荡起想象，感慨人生的生离死别，泛起

---

　　① 潞潞主编：《忧郁与荒原——外国著名诗人代表作品选》，9 页，北京，北京出版社，2003。

离别伤感的感情，空中摇曳的手帕让读者在内心产生强烈的意愿，希望那成为永恒的离别瞬间，用美国印第安纳大学教授卡林内斯库的话讲就是："作者带着微妙的悖论所说的'现时的记忆'（la mémoire du présent）。"①永远不要放下，定格在永恒现时的记忆中，卧房的空间充满记忆，强化时间概念，时间中的回忆又开拓出无垠的空间。时间、空间、记忆交织出隽永绵长的精神家园，那是诗人逃避现实时灵魂歇息的地方。

诗人所追寻的不仅仅是灵魂的栖息地，而是物质世界消亡之后的精神长存，因此"一个世界，遥远，消失，几乎死亡"，但是芳香却在消失的世界里存留，"我的精神在香气中荡漾"，肉体的消失不会妨碍爱的延续，物质的消失不会影响精神长存。"形式已消失，只留下依稀的梦"，"爱虽已解体，但我却记住，其形式和神圣本质！"②。这种来自现实却并非物质层面的呼唤是诗人在绝望时发出的声音："它能躲避腐朽，但不能躲避毁灭，因为它也经常遇到我们大家面临的危险。然而它是唯一的，无疑能够战胜死亡的。"③能够战胜死亡的唯有精神，精神依附在已经消亡的物质之上，成为物质的唯一存在形式，也成为唤醒物质的唯一力量。波德莱尔就这样摇摆在现实和理想、物质世界和精神世界之间，由此所形成的悖论及诗人不即不离的立场构成了其诗歌的基本框架。"对于精神能力的肯定最终否定了腐朽，这种精神能力始终在自身中保留着腐烂肉体的形式和神圣本质：肉体尽可以发霉、散落和毁灭，但其观念继续存在，这是一种牢不可破的、永恒的结构。"④物质世界是要消失的，肉体是要毁灭的，但是精神必然存留，灵魂必然会在消亡的世界游荡，寻找自己的栖息之地。

在诗人的眼中，这种栖息之地时而有形，时而无形。任何现实中的符号都会让诗人展开想象的翅膀，投入自己的世界。诗人甚至不惜借助葡萄酒与印度大麻增加生命体验，拓展诗歌空间，期望它们能够带给人幻觉，让人忘记时间和空间、现实和躯体，进入美妙的"人造天堂"："谁没有经历

---

① 周宪主编：《文化现代性精粹读本》，78～79 页，北京，中国人民大学出版社，2006。

② ［法］波德莱尔：《恶之花》，郭宏安译，72～73 页，上海，上海译文出版社，2009。

③ 王家新、沈睿编选：《二十世纪外国重要诗人如是说》，107 页，郑州，河南人民出版社，1992。

④ ［法］波德莱尔：《恶之花》插图本，郭宏安译评，149 页，桂林，漓江出版社，1992。

过葡萄酒所带来的深深的愉快呢？任何人都有需要平息的悔恨，需要回想的记忆，需要消除的痛苦，需要在西班牙建筑的城堡，这一切都曾乞灵于你——藏在葡萄酒树纤维中的神奇的上帝。"①葡萄酒可以平息人的悔恨，勾起人的回忆，消除人的痛苦。同时，不同地方所产的葡萄酒带给人的感官享受也不尽相同。不同的诗歌、戏剧和乐章需要不同的陶醉方式，世俗世界里的烦恼和忧郁都会随着酒力而演变成美丽的人间戏剧和不朽的生命乐章："自觉的音乐家应借助于香槟酒来创作喜歌剧。他会在酒中找到这一体裁所需要的轻快和不时泛起的喜悦。宗教音乐需要莱茵省或朱朗松地区的葡萄酒。一如思想的深层底蕴一样，这其中有一种醉人的苦涩味。但是，歌颂英雄的音乐也不能不要勃艮第葡萄酒，它具有严肃的热情与爱国主义的冲动。"②葡萄酒带给诗人的轻快、苦涩、热情都是那么让人陶醉，让人流连忘返，让人忘记人世间的忧郁和烦恼，它是诗人由此世界通向彼世界的中介。印度大麻则具有不同的功效："取之核桃大的一块，或一小角匙的用量，你就会获得幸福之感。这种完美的幸福之感充满醉意、青春的疯狂和无限的福乐。"③从葡萄酒到印度大麻，诗人不停地实践着自己关于新诗歌的理论，但是当诗人从醉酒中、从麻醉中醒来时，等待他的依然是现实中的黑暗和失望、忧郁和病态。希望埋葬在诗人的心中，整个世界在他的眼中变得漆黑一团："希望被打败，在哭泣，而暴戾的焦灼在我低垂的头顶把黑旗插上。"④死亡也许是他最后实践自己诗歌理论的机会。

> 哦死亡，老船长，起锚，时间到了！
> 这地方令人厌倦，哦死亡！开航！
> 如果说天空和海洋漆黑如墨，
> 你知道我们的心却充满阳光！

---

① 潞潞主编：《另一种写作——外国著名诗人散文、随笔》，23 页，北京，北京出版社，2003。

② 同上书，22 页。

③ 同上书，33 页。

④ ［法］波德莱尔：《恶之花》插图本，郭宏安译评，97 页，桂林，漓江出版社，1992。

　　倒出你的毒药，激励我们远航！
　　只要这火还灼着头脑，我们必
　　深入渊底，地狱天堂又有何妨？
　　到未知世界之底去发现新奇！①

　　离去，意味着放弃，离去，也意味着希望，忧郁与诱惑摧残着诗人，让他难以取舍。灵魂被压抑在绝望与憧憬之间，让他难以脱身，波德莱尔对这个世界彻底绝望了，无法承载由此所带来的忧郁，只好以自己的生命探究惊喜不断的未知世界，这就是让诗人迷狂，让诗人难以忘怀的诗歌世界。只有怀着孩提般的天真和聪慧，才会有不断涌现的新奇。"一般来说，孩子比大人更智慧。……他们感觉到自己处在一个新的未知的世界之中，因而对一切都充满着好奇，从来不强不知为知。"②诗人就是这个拥有智慧和天真的孩童，在未知的世界里畅游、探索并享受着美丽的生命。

　　3. 以"恶的意识"构建诗歌的美学价值

　　在善恶分明的时代，"恶"应该成为被批判或者摒弃的对象。然而当人们逐渐习惯了善的价值和审美思想之后，也常常会引发对恶的好奇。恶像难以摆脱的毒药一样始终诱惑着人们，让人们不由自主地走近它，人们对恶的探究始终都没有停止过。黑格尔在论述恶的美学时，也流露出矛盾的心理，一方面他拒绝承认恶的审美意义，认为恶是"乏味的，无意义的"，所以不允许恶成为审美的对象；另一方面，他也试图从反面为恶的美学划定范畴，他认为"残暴无情，不幸的事件，暴力的严厉和强权的无情"应该属于恶，"假如它们通过内涵丰富的伟大性格和目的得以提高和得到支持，那么在人们的想象中就还能了解和忍受；但是单纯的罪恶、嫉妒、胆怯和卑劣行径，始终只是令人憎恶"③。看得出黑格尔内心对恶的拒绝，他认为恶在有条件的情况下才有反转的可能，这样的悖论在其他人身上同样存在。

　　尼采曾经这样大胆预言："上帝死了，一切都应该重新评价"，尼采认

----

　　①　[法]波德莱尔：《恶之花》插图本，郭宏安译评，190页，桂林，漓江出版社，1992。
　　②　周国平：《各自的朝圣路》，399页，北京，东方出版社，1999。
　　③　[德]彼得-安德雷·阿尔特：《恶的美学》，宁瑛、王德峰、钟长盛译，1页，北京，中央编译出版社，2015。

为，上帝制定的善良的、符合道德的评价标准不再是唯一标准，应该重新评价一切，也包括恶。当然了，持这种观点的人不在少数，多样的生活方式、丰富的物质类别、复杂的人类思想都应该得到被重新评价的机会，所有善良的、罪恶的事物，积极的、消极的人类冲破了生存的牢笼，把自己的本来面目呈现出来。丰富多彩、昂扬向上的激情，颓废消极的情绪既展现了人社会的一面，也展现了内心的本能。19世纪法国的大师们一方面不断创造着具有人道主义精神的道德美学，也探究着完全不同的恶的美学，诗人们懂得了比道德之美更能打动人心的是呈现反抗的恶的美学。雨果依然走在对人的内心美德探究的道路上，但同时他也触及了恶的边缘，只不过他笔下的恶通过自身所具有的美好品德展示了美德的力量，使丑陋和邪恶具有了教化意义。卡西莫多丑陋的原始状态被雨果升华了，但不是依赖恶的意识或者状态，而是被赋予了道德的力量，以此来说明雨果关于恶的道德、丑陋的恶后面的高尚情操里面也包含了本能的欲望和纯真的对爱的向往。冉·阿让偷窃、欺骗等恶的行为，被雨果升华为对自己一生的仇人的宽恕和原谅，导致沙威投河自杀，雨果为恶赋予了意义，恶与美在他几部重要的作品里交相呼应，相互衬托，共同构筑起伟大性格和人物。诚如黑格尔所说"假如它们通过内涵丰富的伟大性格和目的得以提高和得到支持，那么在人们的想象中就还能了解和忍受"①。莫泊桑通过《羊脂球》这个应该属于恶的范畴的妓女形象挖掘了现代小说的内涵，让她在道貌岸然的正人君子面前显得高大无比，恶的形象在这里好像更有冲击力，因为它更真实，善良的道德在她面前变得渺小猥琐，丧失了教诲的力量。

于斯曼在《逆流》中也表达了自己对恶的偏好，他在小说发表二十年后的作者序言里谈到了对上帝的冒犯："而那种邪恶，尤其从淫荡的角度来看，已经钻入了人们疲竭的脑子。确实，神经的疾病、神经官能症，看来已经在心灵中打开了缝隙，而'恶的精神'通过这些缝隙钻了进来。"②在于斯曼看来，属于恶的精神的歇斯底里其实什么都解决不了，"它只能表明一种

---

① ［德］彼得-安德雷·阿尔特：《恶的美学》，宁瑛、王德峰、钟长盛译，1页，北京，中央编译出版社，2015。

② ［法］于斯曼：《逆流》，余中先译，11页，上海，上海译文出版社，2016。

物质状态，记下感觉的不可抗拒的骚动"①。心灵缝隙中溜进来的精神疾病感染了这片纯洁的领地，让灵魂产生了裂变，物质和精神如同相互渗透和影响的孪生姐妹释放着别样的美。歇斯底里在这里属于一种物质状态，作者把这种客观存在的状态和主观表达紧密地联系在一起，以事物的立场表达着主观对美的解读和认识，展示了异样的、让人怦然心动的美。《包法利夫人》以爱情的物质形式颠覆了道德制高点上的价值学说，刺破了虚伪的外表，以牺牲自己的躯体宣告了恶的胜利，她之所以能够打动人心，恰就在于她意识之中的精神追求，在肉体的、淫荡的男女关系之中，透射出她对生命的珍重，只不过这样的价值观在道德家虚伪的面纱下被彻底打碎，恶的美学意义在这里被无穷放大，让人们从不同的角度反思、批判道德美学的缺陷。

《卡门》源于小说，经歌剧和戏剧的广泛传播，它始终和伟人的名字联系在一起，梅里美、比才、布鲁克等。无论讲故事的人是谁，其内涵始终围绕着那个叫卡门的吉普赛人。1845 年，梅里美创作了《卡门》，1875 年 3 月 3 日，比才创作的歌剧《卡门》在巴黎喜歌剧院首演，引起极大争议。评论家这样嘲讽歌剧"这个不断又不留情地追求肉欲的可怜女人的病理状态是一个极为罕见的病例，她更能激起医生们的同情心，却无法让那些陪伴妻子和女儿来喜歌剧院的正直观众感兴趣"②，指责这是一部"淫秽的作品"。在观看首场演出的评论家中，诗人邦维尔是唯一理解《卡门》的人。他刊登在《国民报》上的文章就是证明："富有创意和抒情诗意的配乐向我们讲述了人物的焦躁不安、忌妒和失去理智的冲动。"③20 世纪英国戏剧大师彼得·布鲁克执导了《卡门的悲剧》，《纽约时报》著名评论员弗兰克·里奇评论其在美国的演出时这样说，舞台"是一个从四面八方接受命运打击的竞技场，这个圆形的斗牛场和演出所表现出来的无悔无恨的最后刺杀，自始至终，步步相合，紧密呼应"。正如米歇尔·图尔尼埃在《圣灵之风》中写到的那样："神话——如同所有的生灵一般——需要人类不断浇灌以获得新生，否

---

① [法]于斯曼：《逆流》，余中先译，11 页，上海，上海译文出版社，2016。
② [法]让·鲁瓦：《比才画传》，阎雪梅译，157 页，北京，中国人民大学出版社，2004。
③ 同上书，141 页。

则它无法生存。"①《卡门》的神话还在延续，她的形象摆脱了单一的道德美学的评判，也摆脱了创造者的影响，成为独立的神话。所有的创造者都被遗忘在他们所创造的人物后面，任由主人公自由自在地穿越时间隧道，拓展成长空间。卡门如同所有的生灵一般，在不同时代的创造者的不断浇灌之中获得新生，延续神话，所有的创造者的其他作品也和创造者一样遭遇了相同的命运，生活在卡门的阴影之中。高高在上的卡门以不同的形象展示存在，获得新生，其中一个非常重要的原因就是，恶的美学好像主导了这样的形象，放荡不羁，渴望自由，相信宿命，付出生命的代价也在所不惜。巫术、偷盗、狡诈等丑行没有遮拦她对爱的向往和渴望，她以不同的方式诠释着本能的真实、悲剧的力量。

弗洛伊德发现了这些秘密，他以科学的缜密全面系统地挖掘了存在于人的潜意识中的恶，恋母弑父式的邪恶思想通过科学的推理披上了合理的外衣，灵光一现的文学创作重新被压制在理性的固定模框之中，心灵深渊中所激起的涟漪和情感波动被理性抹去。然而深渊中的恶的意识时不时会在理性放松警惕时冲破牢笼，诱惑人们的身体和思想，为文学保留了自身的独特魅力。波德莱尔好像探测到了这些秘密，他摆脱了理性的桎梏，陶醉在自己所发现的未知世界里，成为文学史上的例外。

恶成为波德莱尔诗歌最重要的审美对象，从他对自己诗集的命名就可以看出他对恶的偏好，忧郁伤感等情愫都无法表达他对诗歌的希冀，他把自己反复预告的诗集标题最后定格在《恶之花》上，用恶定义了自己的诗歌梦想。诗人一定发现了恶这个不可抗拒的诱惑，竭力挖掘其中隐藏的秘密和别样内涵，诗歌因此打开了通往未知世界的锁孔，后面的眼睛窥视到了让主人欣喜若狂的恶花野草。罗兰·巴特谈论到《追忆似水年华》的一个人物时这样说："阿尔贝蒂娜无意中吐出一个粗俗的词'送上门的骚狐狸'，普鲁斯特，小说的叙述者听来觉得恶心：只此一字，丑相毕露，一个原来对小说是封闭着的、可怕的世界一下子披露了出来：女人的同性恋，粗俗的打情骂俏。通过语言的契机这个锁孔可以一下子窥出全貌。"②叙述者纯洁平

①　［法］让·鲁瓦：《比才画传》，阎雪梅译，1 页，北京，中国人民大学出版社，2004。
②　［法］罗兰·巴特：《恋人絮语》，汪耀进、武佩荣译，18 页，上海，上海人民出版社，2016。

静的美好世界里突然间泛起波澜，被引向"女人的同性恋"和"粗俗的打情骂俏"，叙述者也因此通过语言的锁孔窥视到了别样的真实世界。《恶之花》就是波德莱尔给我们打开的淫花毒草的世界。弗洛伊德认为，这样的恶一直以来被压制在潜意识里无法释放，好像是一个封闭的世界，从来没有展现在人们的面前。波德莱尔确定以《恶之花》的形式向世界宣布他所要探索的领域，他的目光穿越语言的锁孔，窥视到了在他看来一定是"未知的领域"。如同于斯曼在《逆流》中所说："他一直下到了无穷无尽的矿藏的深处，穿行在被人遗弃的或无人问津的坑道中，深入到了心灵底层那思想如怪异植物盘根错节的区域。"①《恶之花》这些"病态的花"如同一株株被誉为妖艳的毒草展现在我们面前。"就在那里，就在寄托了错乱、疾病、神秘的破伤风、荒淫奢靡的热烧、罪孽的伤寒与呕吐的那些边界附近，他发现了情感与思想的可怖更年期，正在'厌烦'这口死气沉沉的大钟底下酝酿。"②

波德莱尔在《恶之花》的卷首《告读者》里宣告了这样一个陌生而又诱人的世界："谬误、罪孽、吝啬、愚昧，占据人的精神，折磨人的肉体。"③黑格尔一定认为这些属于恶的东西是乏味的，没有意义的，没有内涵丰富的伟大性格和目的，在那样的时代这些也一定被人认为触碰到道德的底线，属于让人无法接受的恶，波德莱尔却让它们占据自己的精神，让它们成为无法抵御的魔鬼，读者由此进入了充满倒影的世界，道德意义上的善恶被任意颠覆了。"魔鬼牵着使我们活动的线！腐败恶臭，我们觉得魅力十足；每天我们都向地狱迈进一步，穿过恶浊的黑夜却并无反感。"诗人接着把这些"谬误、罪孽、吝啬、愚昧"具象化为"贫穷的荡子"，"万千蠕虫"，"奸淫、毒药、匕首和火焰"，"豺、豹子、母狗、猴子、蝎子、秃鹫，还有毒蛇"。它们潜伏在诗人的躯体之中，占据着诗人的精神，如同一朵朵盛开的恶之花，一点点毒化诗人，让他进入充满诱惑的恶的世界。它们不再具备伟大崇高的品行，它们其实就是某种现实存在，游荡在诗人的生活和精神之中，最后诗人道出了最丑陋的罪孽或者魔鬼："有一个更丑陋、更凶恶、

---

① ［法］于斯曼：《逆流》，余中先译，186 页，上海，上海译文出版社，2016。

② 同上书，186 页。

③ ［法］波德莱尔：《恶之花》，郭宏安译，5 页，上海，上海译文出版社，2009。

更卑鄙！……它叫'无聊'！"①

　　波德莱尔最渴望重新评价的就是道德功能之外的诗歌价值，对诗歌非道德功能的挖掘当然是他最魂牵梦萦的东西了。如果说上帝是一切善恶的评判者，与上帝相对应的是，诗人所向往的这些"恶的意识"的代表当然是撒旦了，诗人对撒旦的崇拜来自其所创造的与上帝不同的世界，所有被这个世界遗弃的"焦虑和恐慌""麻风病人，受诅咒的贱民""死亡""忌妒""流亡者""醉汉"等均受到撒旦的庇护。波德莱尔对撒旦的赞美是由衷的，因为他把自己比喻为世俗世界的撒旦，他与撒旦心灵相通。这个最高境界的恶人某种程度上成就了诗人，这个"三倍伟大的撒旦，久久抚慰我们受蛊惑的精神"②。在波德莱尔的眼里，这个被世人认定为恶的形象的"三倍伟大的撒旦"，其实就是古希腊神话中集占星术、魔法和炼金术于一身的赫尔墨斯神，是宙斯的传旨者和信使。他被视为行路者的保护神、商人的庇护神、雄辩之神，又被视为欺骗之术的创造者，被认为是魔法的庇护者，他的魔杖可使神与人入睡，也可使他们从梦中苏醒过来。波德莱尔把自己想象成撒旦式的神话人物、游荡在梦幻与现实之中的神的使者，发现物质的存在状态和诗人内心的精神骚动，诗人是真正的恶的创造者，是恶的价值的挖掘者，这个由撒旦引导的美学思想使诗歌获得了新生。在诗人的精神世界里，如同希腊神话里的赫尔墨斯神，"作为'经验丰富的炼金术士'，撒旦能够把人的意愿'化成青烟'，采用的方法就是把人的意愿消灭在自己的意图里"③。在这个恶的形象后面，诗人用魔术般的手段"掌控着我们的内心活动，控制着我们的内心情感"④，预言着恶的世界的诞生。《告读者》在《恶之花》的各个版本里均被置于卷首，预示着诗人对这个被暗喻为自己的撒旦的重视，世人眼中的恶在诗人的想象中是一个完全崭新的世界。

　　　　撒旦啊，我赞美你，光荣归于你，

---

① ［法］波德莱尔：《恶之花》，郭宏安译，7 页，上海，上海译文出版社，2009。

② 同上书，5 页。

③ ［德］彼得-安德雷·阿尔特：《恶的美学》，宁瑛、王德峰、钟长盛译，214 页，北京，中央编译出版社，2015。

④ 同上书，214 页。

> 你在地狱的深处，虽败志不移，
> 你暗中梦想着你为王的天外！
> 让我的灵魂有朝一日憩息在
> 智慧树下和你的身旁，那时候
> 树叶如新庙般隐蔽你的额头！①

诗人对撒旦的认同首先表现在对后者的赞美上，撒旦的现状并不能掩饰心中的理想。诗人以客观的视角，从撒旦的角度完成了现实与理想的对立，"地狱的深处"与"梦想着你为王的天外"把一个伟大的撒旦的形象展现在读者面前，一个失败了的撒旦被罚入地狱，然而却不放弃自己的梦想。然后诗人笔调一转，把内心对话化式的语调转换为祈使语调，"让我的灵魂有朝一日憩息在，智慧树下和你的身旁"，此时此刻，灵魂的种子就会在你的额头发出新芽，诗人在撒旦的身躯里获得新生，也完全认同了撒旦。上帝所创造的诗歌在颂扬着善，撒旦所创造的诗歌在颂扬着恶。善与恶只是不同的存在，表达着不同的审美思想和价值，善引导着社会价值的评判，恶挖掘着真实的自我存在。它们一定可以同时辉煌，照亮世界，满足自我。

对这个世界的失望包含了两层意义，对现实的失望迫使诗人进入诗歌世界，对已经步入滥情的诗歌失望，迫使诗人创作新的诗歌语言。诗人的感情已经进入狂怒的状态，狂怒表现了诗人的不满和失望，但是诗人并没有停留在狂怒的层面，他需要创造一个新的世界。上帝创造了人类，当他对人类的丑行不满意时，就有了摧毁人类的想法。波德莱尔对撒旦的赞美其实在很大程度上取决于后者所能产生的破坏力，所以这个在世俗世界以恶出名的撒旦成为波德莱尔摧毁那个已经没落的诗歌世界的巨人和赞美对象。伊夫·博纳富瓦把这种情结定义为魔鬼崇拜："在一个仇恨永恒的社会中，波德莱尔热爱恶，犹如一种绝对的惊跳。这种挑战之外的其他事情可以有助于他的魔鬼崇拜。一种愤怒，针对一种过于强大、在他的作品中生长以至于改变其意思的宗教的怨恨。"②

---

① ［法］波德莱尔：《恶之花》插图本，郭宏安译评，178 页，桂林，漓江出版社，1992。
② ［法］伊夫·博纳富瓦：《恶之花》，郭宏安译，61 页，北京，作家出版社，2008。

　　在波德莱尔所谓恶之花里，除了撒旦，诗人还反复使用其他有悖世俗道德标准的形象击打、动摇、摧毁诗歌的社会功能及其所颂扬的道德准则。世俗大众无法接受，传统诗歌认为他是异类，波德莱尔内心对魔鬼的渴望和向往一般人很难想象。诗人有意识地接近能够毁灭人类的魔鬼，渴望着某种犯罪："魔鬼不停地在我的身旁蠢动，像摸不着的空气在周围荡漾；我把它吞下，胸膛里阵阵灼痛，还充满了永恒的、罪恶的欲望。"①魔鬼时不时地用自己的邪恶魅力诱惑诗人，赋予诗人以特殊能量，激发了诗人内心难以抑制的冲动，他希望把这个让他"阵阵灼痛，还充满了永恒的、罪恶的欲望"的魔鬼塑造成自己王国的上帝，展示美丽田野中那些无人瞩目的妖艳野花，在诗歌中挖掘邪恶的魅力。波德莱尔对邪恶形象的挖掘呈现出多样化的特点，并在诗歌中反复地咏颂这些被称作为"恶"的形象：《女巨人》不再以侠士的形象出现，而成为诗人意淫的对象："我真想待在庞然的女郎身旁，仿佛女王脚下一只淫逸的猫。我真想看见她灵肉一齐开花，在可怕的嬉戏中自由地成熟；我就想酣睡在她乳房的荫下，仿佛山脚下一座平静的村庄。"②诗歌不再颂扬巨人的忠义侠胆，而把它描绘成诗人恣意放荡的对象，展示出女巨人身躯的阴柔之美，"开花的灵肉"，"暗藏的欲火"，"壮丽的身躯"，"乳房的荫下"以魔鬼的魅力勾住了读者被弗洛伊德称之为"潜意识"的内心欲望。

　　本能成为诗人无法抵御的诱惑，他不由自主地深入那个令人向往的领地，耕耘着欲望的美学。欲望经常与淫荡堕落联系在一起，成为人们评判波德莱尔诗歌的标准之一，欲望的真实表达也会被人们误解，成为受攻击的对象。曾经被第二帝国的法庭指控为"伤风败俗"的《吸血鬼的化身》，以大胆放荡的描述让那些卫道士们寝食难安，他们认为这样的诗"丑恶与下流比肩，腥臭共腐败接踵"③，波德莱尔无法替自己辩护，因为他在那里发现了未知的欲望之地："那女人，一边像炭上的蛇一样／扭动身体，在胸衣撑的钢丝上／揉捏乳房，一边从草莓似的口／流出这些浸透麝香味的话头：'我有潮湿的唇，我还知道如何／在卧床深处丢弃过时的道德。我在高高的乳房

---

　　① 　[法]波德莱尔：《恶之花》插图本，郭宏安译评，158页，桂林，漓江出版社，1992。

　　② 　同上书，35页。

　　③ 　同上书，22页。

上拭干泪水，让老人发出孩子般的欢笑声.'"①被理性压制的欲望犹如火山顶上的岩浆在诗人笔下喷射出来，那是能够灼伤道德和理性的岩浆，也是充满诱惑的欲望，摆在我们面前，冲击着我们的本能，让人身不由己地随着它行走，陷入欲望的深渊。欲望之美以真实可信的形象驳斥了"过时道德"的虚伪，鲜活的充满活力的邪恶之美以放荡的方式摧毁着我们的理性，诱惑着我们的灵魂，撕开了伪善的面纱。那一片未知的世界，如同人类的本能，显露出强大的力量，在波德莱尔的诗歌中喷涌而出。

波德莱尔以诗歌的形式在不经意间触及了人的灵魂深处被潜意识疏忽了、蒙骗了的未知世界，其中所释放的现代思想始终在对抗着人们赋予诗歌的启蒙和教育功能，而这种摆脱了理性控制的"恶的意识"恰是诗人最钟情的诗情，那是诗人最自由的灵魂之歌，诗人放弃了固守的道德卫士的立场，放歌颂扬这些"恶的意识"："风流女子"暗送给我们的"如袅娜的月"一般"奇特的目光"，淫妇送出的放荡的吻，莱斯波斯少女钟情的肉体徒然生出快乐，"温存可人却使人颓靡的乐音"，它们虽然充满罪恶，却让诗人充满向往，让诗人留恋。诗人由此拓展开来，进一步挖掘那个既不是海洋，也不是天空，而是灵魂的未知世界，发现的惊喜和狂热给了诗人巨大的力量。一个个让人瞠目结舌却又感叹不已的形象源源不断地出现在诗人的笔下，"恶的意识"成为诗人的审美情怀。

波德莱尔刻意寻求的是丑陋的物质世界和纯净的精神世界之间的矛盾，物质以丑陋的形式存在着，然而常常给予我们精神的想象。物质与精神的对立让审美之剑直刺人的灵魂，让人无法安宁。《吸血鬼》以对话和内心独白的形式表达了"我"和"你"难以离弃的关系，"你呀，壮似一群魔妖，疯疯癫癫，盛装而至，把我那受辱的精神，做成你的床和地产"②。诗人用"赌棍离不开赌博"，"酒鬼离不开酒瓶"，"腐尸离不开蛆虫"来形容这种关系。"吸血鬼""魔妖""酒鬼""腐尸"等被人们拒绝的恶的意识成为诗人内心世界的"一把快刀""一剂毒药"，来援救诗人的软弱无能。《腐尸》进一步提升了诗人对恶的探讨，那些让人恶心的形象进入了诗人的笔下："丑恶的腐尸"，

① ［法］波德莱尔：《恶之花》，郭宏安译，381 页，上海，上海译文出版社，2009。
② 同上书，76 页。

"淫荡的女人，把两腿抬高"，"腐败的肚子上苍蝇嗡嗡聚集，黑压压一大群蛆虫"，"一股黏稠的液体，顺着活的皮囊流动"等形象表述腐尸的繁衍变化与消失，物欲的消失是如此丑陋，无法唤起人们对美的幻想，蛆虫以令人厌恶的方式吞噬着爱的物质存在，爱的物质形式丑陋无比，难以产生美学体验。假如诗歌停留在这些毫无意义的恶的事物之上，诗歌就真的失去了它应该具备的美学价值，诗人却通过物质的升华与演变窥视到了物质与精神之间的交替变化，发现了丑陋的物质消失之后精神世界的愉悦，那是隐藏在丑陋腐朽形象后面的精神向往，"丑恶的腐尸""淫荡的女人""蛆虫""黏稠的液体"因此被拯救，演变为物质消亡之后的爱情记忆，穿越时空，物质消亡，爱情长存。而且诗歌以恶的意识描述丑恶的物质世界，以物质消亡之后的梦幻颂扬精神。"形式已消失，只留下依稀的梦"，物质与精神之间的依存关系成为诗人挥之不去的梦想。由物欲构成的各式各样的丑陋在这里被升华到精神层面，被赋予了美学涵义。《两个好姐妹》以象征的手法刻画了女同性恋者对诗歌主题的挑战，用"放荡和死亡""无休止的耕作，却永远不出产"等形象对抗完美的诗歌形象。"无论是伛偻残废的老妪，鲜血淋漓的凶手，两个卖淫少女的相互抚爱底亲昵与淫荡，腐烂臭秽的死尸和死尸上面喧哄的蝇蚋与汹涌着的虫蛆，一透过他底洪亮凄惶的声音，无不立刻辐射出一道强烈，阴森，庄严，凄美或澄净的光芒，在我们灵魂里散布一阵'新的颤栗'——在那一颤栗里，我们几乎等于重走但丁底全部《神曲》底里程，从地狱历净土以达天堂。"[①]从地狱抵达天堂的过程，灵魂所经历的颤栗才是诗人希冀的目的。"吸血鬼""腐尸""同性恋者""女乞丐""赤裸裸的尸体""被杀的女人""醉酒的拾破烂者""赌博"等无法进入诗歌这个大雅之堂的形象，成为读者不愿面对却无法回避的丑陋形象，灵魂的颤栗成为波德莱尔诗歌希冀捕捉的瞬间和咏颂的对象，诗人以自己的独特视觉，还原了道德外衣下的本质，还原了诗歌的本质。波德莱尔向世界展示了它们无法抵御的魅力，以此来对抗生了病的缪斯、诗神、美、芳香和音乐，他的心里所希冀的正是以撒旦的力量破坏这个世界的固有秩序和规律，因此他成

---

① 梁宗岱：《梁宗岱文集·Ⅱ评论卷》，79 页，北京，中央编译出版社；香港，香港天汉图书公司，2003。

了真、善、美诗歌的破坏者，成了恶的诗歌的创造者，他的诗歌如同一株妖艳的毒草使人难以把持，身不由己地走向前去把它拥抱。忧郁、孤独的波德莱尔打开了充满诱惑的潘多拉之盒，放出了里面形形色色的魔鬼，这个世界由此不得安宁，这个世界由此更加真实和绚丽多彩。

波德莱尔用自己独有的对人类进化过程中丑陋的物质存在和由此在人类的心灵中产生的邪恶欲望的挖掘，让伤害人的恶的花朵和毒草呈现出恶毒和诱人的双重面目。恶的美学就这样在与善的缠斗之中前行，渐渐地演化为独立的，同时又闪耀着良好愿望的审美体，我们从中看到了物质的存在形式和本质，我们也从中享受着形式裂变之后留在心灵深处的颤抖。人的本能在某种程度上就是物的本质，人和物最终殊途同归，成为波德莱尔诗歌"未知世界"唯一的真实。

4. 诗歌叙事中的复调尝试与寻求

波德莱尔以恶的主题从心底宣告了自己与诗歌道德功能、启蒙功能和宣教功能的对抗，这种反叛在叙事手法和诗歌结构上也可见一斑。米哈伊尔·巴赫金强调说："由各种声音组成的这种复调本身并不受'统一的作者意识'的束缚，并不'对象化，不囿于自身，不变成作者意识的单纯客体'。相反，作者的声音在这种长篇小说的结构里只是作为众多声音之中的一个施展身手。"①雨果在波德莱尔之前和同一时期的创作中也意识到了这个问题："对他说来，不存在无生命的对象，不存在抽象的东西。他可以使他们都讲话、都唱歌、都唉声叹气或者威胁恫吓。"②波德莱尔显然也注意到了这一点，他也一定厌倦了诗人以万能的叙述者出现在诗歌中的手法，他希望自己的审美观和价值观能通过不同的人物和声音传播出去，这些人物同时又不受作者意志的束缚，他们仅仅是作者实现自己叙事需要的声音，而这些声音最好既传达作者的思想观念和审美情绪，又符合人物自身和叙事需求。他在《人造天堂》里明确地表达了自己的主张："有时候自我消失了，那泛神派诗人所特有的客观性在你里面发展到那么反常的程度，你对外物的

---

① [俄]孔金、孔金娜：《巴赫金传》，张杰、万海松译，166页，上海，东方出版中心，2000。

② [法]保尔·瓦莱里：《瓦莱里散文选》，唐祖论、钱春绮译，96页，天津，百花文艺出版社，2006。

凝视竟使你忘记了你自己底存在，并且立即和它们混合起来了。……最初你把你底热情，欲望或忧郁加在树身上，它的呻吟和摇曳变成你底，不久你便是树了。"①《恶之花》的首篇以诗人、"他"出现，似乎包含了自传的成分。诗歌以诗人作为上帝的使者出现在"这厌倦的世界"开始，诗人从自传体的角度有意无意被认同为这首诗的作者，同时又被"他"、这个孩子反复替代出现，诗中的诗人、"他"和这个孩子与"我"、这首诗的作者通过第三人称区别开来，诗中的诗人、"他"和这个孩子与"我"的身份表现了这首诗的作者充实而独到的思想观念和艺术视角。随即产生了转换，主语从第三人称的诗人转换成"他的母亲"，诗歌作者的描述由此转换为叙事，叙事以描述中的诗人的母亲的内心独白展开，随即又产生了转换，"他的母亲"变成了第一人称"我"。母亲以"我"的身份继续叙事，抱怨不公的上帝赐予她的无法丢弃的礼物。"我"的独白形成了诗歌的内心对话，增加了叙事的真实性。"他的母亲恐怖万分，骂不绝声"，以及母亲对上帝的抱怨"我宁愿生下的是一团毒蛇，也不愿喂养这招人耻笑的东西！"。"我"采用了间接引语从诗人的角度叙述了母亲的感受，然后以直接引语的形式叙述了母亲的不满和无奈。诗歌的作者很快就收回了"我"的叙事权利，叙事又一次产生了转换，作者从自己的视角继续叙述，以接近诗人的口吻叙述了对母亲抱怨的不满。这时，作者通过"天使"转向了叙事的主体"这个被弃的孩子"，重新掌握了叙事的主导权，作者从叙述者的角度，掺杂着自传的成分来叙述他与自己成长的世界之间的关系。叙述随即由他转向"他的妻子"，以妻子的口吻叙述了夫妻之间的关系，妻子"我"的内心独白使夫妻关系不是从第三者的视角叙述出来，而是从关联方的视角，以内心对话化了的方式叙述出来。在"我"的叙述中，读者感受到了诗人所受到的轻蔑和侮辱。诗人在对话化了的妻子的叙述中，以"他"的身份处于奴役地位，被"我"所压制和误解。这时，叙事通过人称的变化再次转换，叙事主体自然而然地转向了"宁静的诗人"，他以"我"的口吻道出了心中的委屈和肩上所承担的使命。"我"的内心世界以内心对话化的形式叙述出来，形成了两组对话主体。

---

① 梁宗岱：《梁宗岱文集·Ⅱ评论卷》，73 页，北京，中央编译出版社；香港，香港天汉图书公司，2003。

"您，我的上帝"和"我们"为一组，"您"和"我"为另一组，在以两组对话主体构成的对话中，叙事在全诗的最后一段以中性的"它"结尾，表明我对"您，我的上帝""我们"和"我"之外的世界的迷恋。同时也是对诗人"可以随意成为自己或他人。他可以随心所欲地附在任何人身上，就像那些寻求躯壳的游魂"①的最好诠释。"它"暗示了他者、会成为任何人的那个人或者那件物，也许是波德莱尔已经捕捉然而还无法明示的未知世界。诗中的诗人、他和这个孩子、他的母亲、他的妻子与诗人、母亲的我和妻子的我、"您，我的上帝"和"我们""您"和"我"从不同的视角，以不同的声音传递了作者的审美观，这些代表了不同声部的人物形成了诗歌的复调和复式结构。诗人以同样的方式叙述了妻子、诗歌中的诗人对待命运的态度。诗人利用叙述视角的反复转换表达了不同的人——诗人、母亲、妻子对诗人所承担的使命的不同态度。《信天翁》中的主人公变成了"青天之王""有翼的旅行者"等，它们不是诗人，"诗人啊就好像这位云中之君"，诗人与诗歌中的人物之间存在明显的不对等关系。"海上的飞禽""青天之王""有翼的旅行者"在理想的层面传播了诗人的追求，水手们则通过他们对信天翁的嘲讽和嬉戏真实地表现了诗人对现实的无奈，诗人以双声结构构建了这首诗的复调。《高翔远举》中诗人更多地使用了间接引语和自由间接引语，既在空间上保持了诗人与现实的距离，同时使诗人的精神活动具有现实感。诗歌一开始没有点出主语，只是重复使用了表示动态的词汇，以"飞过池塘，飞过峡谷，飞过高山……"的动态结构引出主语，"我的精神，你活动轻灵矫健"，而这种动态在诗歌里面不是用动词表达的，而是以介词短语 au-dessus de 和 par-delà 表现出来的。这里诗人没有用"它"指代"我的精神"，而用"你"指代"我的精神"，既保留了间接引语的距离感，又保留直接引语的语调及由此产生的真实感和当下性特点。"我"是从诗歌的创作者的视觉进行描述的，"你"是从诗歌的内部结构进行描述的。描述"我"时，诗人置身诗外，描述"你"时，诗人置身诗中。"我"和"你"交叉在隐去的诗人身上，以不同的身份传递着诗人的声音。该诗的第四段发生了转换，诗人通过"那个羽翼坚强的人"转换到"他"这个可能在心里最接近诗人的人，他刚一出现就被"他的思想"打

---

① ［法］波德莱尔：《巴黎的忧郁》，胡小跃译，47 页，上海，上海文艺出版社，2006。

断，之后才以模糊的人回到叙述之中，这时诗人也用那个人确立了他至高无上的地位，因为那个人"翱翔在生活之上，轻易地听懂花儿以及无声的万物的语言"。唯有诗人，其他任何人是无法具备这种能力的。《我爱回忆那没有遮掩的岁月》以置身诗外的"我"开始，用神话世界的"男人和女人"，"他们和她们"拉开神话世界与现实之间的距离。然后诗人又置身诗中，"置身于男人和女人露出裸体的场面"，以自由间接引语的口吻既保留了诗人与他们的不同，同时保留了诗人似乎与他们面对面的虚幻现实："还有你们女人……而你们处女……"最后诗人把现实和虚幻、现在和过去通过第一人称复数融合在一起，构成了"我们"这个依然存在和已经"腐化的民族"。由"我"到"他们"、到"你们"、到"我们"，诗人既实现了现时的在场（以现在的"我"代表），也实现了现时的再现（以神话世界的"他们"代表），同时也描述了回忆中的真实（以"我"在回忆中与记忆中的"你们"的对话代表），最后描述了融合了过去与回忆的现实（以现实的"我们"代表），复式结构通过人称和句子结构的变化表现出来。保罗·德曼显然注意到了现时与现时的再现之间的矛盾："问题的悖论之处潜含于'现时的再现'这一提法。该提法结合了一个重复性样式和一个即时性样式，显然没有考虑到两者的不相容性。然而，这一潜在的张力支配着整篇评论的发展。从头至尾，波德莱尔始终处于现时的诱惑之下；在他眼里，任何时间意识都与现时紧密相连，以致记忆用于现时较之用于过去更为自然。……同样的时间两重性促使波德莱尔将现时的任何回想与'再现'、'记忆'，甚至'时间'这类词语联系在一起，而这些词语无一不在即时之表面唯一性中展示距离和差异的前景。然而，他的现代性，犹如尼采的现代性，同样是先前性之遗忘或取消。"①"我""我们""你们""他们""在即时之表面唯一性中"把现时、现时的再现、记忆等时间词语展示出来，联系在一起。他们不再是艺术视角中的客体，而是"有着自己充实而独到的思想观念的作者"在不同现时中的表现。此时此刻，"读者的眼前呈现出'有着众多的独立且不融合的声音和意识，由具有充分价值

---

　　①　［法］雅克·德里达：《多义的记忆——为保罗·德曼而作》，蒋梓骅译，74 页，北京，中央编译出版社，1999。

的不同声音组成真正的复调……'"①诗人以占有优势的多声话语和内心对话
化了的话语构建了诗歌的复式结构，同时又赋予了这些在复调中扮演不同
角色的声音以自己不可替代的价值和作用。

5. 游离在城市现代化与诗歌现代性之间的美学追求

瓦莱里曾经这样说道："波德莱尔的最大光荣……无疑就是他产生了几
位十分伟大的诗人。魏尔兰(Verlaine)，马拉美，韩波(Rimbaud)，如果未
在有决定性的年龄读了《恶之花》，那么他们也许不会有这样的成就。"②这些
诗人对诗歌理论和创作的探究受到了波德莱尔的影响，其中对他们影响最
大的就是波德莱尔对诗歌现代性问题的探讨。一直以来，人们对现代性的
探究从来没有停止过，现代性自然包含了现代这一纯粹的时间概念，波德
莱尔最重要的贡献体现在他对现代这一纯粹的时间概念的挖掘和扩展上。
在波德莱尔之前，现代和现代派只是时间概念，是早在 17 世纪就被文学家
用来区分那个时代与更古老的古希腊时期的时间概念，他们把古希腊人称
为古人，把当时的人成为现代人。弗朗索瓦·奥热埃在 1628 年为悲喜剧
《提尔和西顿》写的序言"告读者"中曾经这样说道："雅典人确实应该在品达
的诗歌中发现其他与我们现代人所关注的不一样的美，因为他们会毫无节
制地褒奖某个单一词语，诗人用来赞美他们的城市，而现在的王子们则会
把伊利亚德改编成颂扬自己的赞歌。"③弗朗索瓦·奥热埃的序言，被认为属
于现代派的理论，当时的现代派是指"那个时期悲喜剧的支持者的理论"④。
现代人则是那个时代的人，所以当时的现代派是相对概念，是相对于古希
腊人的悲喜剧理论。而现代人仅仅是一个以我所处的时代为中心、相对过
去的时间概念，更宽泛地讲，与过去的人相比，任何一个时代的人都可以
说自己是现代人，这样的纯属时间的概念在波德莱尔的审美思想里发生了
变化。从波德莱尔的诗歌创作中可以发现，现代不再仅仅是时间概念，它

---

① [俄]孔金、孔金娜：《巴赫金传》，张杰、万海松译，166 页，上海，东方出版中心，
2000。

② [法]保尔·瓦莱里：《波德莱尔的位置》，见《戴望舒译诗集》，117～118 页，长沙，湖南
人民出版社，1983。

③ Antoine Adam. *L'âge classique I*：1624-1660. Paris：Arthaud，1968：221.

④ 同上书。

有了更多的哲学美学意义，因此，与现代时间概念密切相关的现代性便产生了，这样的概念影响了一代又一代人，现代性的内涵也在不断翻新，随着时代的变迁而变化。始于波德莱尔的现代性研究甚至跨越了美学范畴，成为重要的方法论，被社会学、经济学、历史学、传播学、管理学等学科的研究人员借用，拓展了他们的研究范畴和视野。

城市现代化能够带给波德莱尔的是对现代生活的体验，这样的体验与时代的变迁密切相关，在古典主义、浪漫主义和城市现代化之间，诗人的审美选择显得尤为重要，沿着前人和同时代人已有的审美主张，忽视现代生活带来的鲜活体验，让波德莱尔感受到了人们对美的认识的缺陷和遗憾，现代生活更让他深切地感受到了其所存在的内在美，他想以客观的视觉去发现、挖掘这种来自活生生的现实的美。不同的人对现代生活体验的结果是不一样的，提出的主张也大相径庭。夏多布里昂在 1841 年开始写作、1849 年发表的《墓中回忆录》里第一次使用了现代性的概念，但是他所说的现代性是贬义词，是对粗俗的现代生活的否定，以此来赞美古代生活，反衬古代人所倡导的壮观和美，他"对照了一座乏味海关建筑的'粗俗与现代性'和一座'哥特式大门'所隐含的壮与美"①。可以看出，夏多布里昂的现代性其实还是时间概念，从时间上区分了古人和现代人的审美情趣，与诗人一样，在许多人眼里，城市现代化和现代生活带给人的并不都是美好体验，是对古代美的反叛。现代性一开始也不是对城市现代化的赞美和肯定，而是对现代生活的反思和批判，其基本出发点还是用传统的古典主义的审美思想认识现代社会，他们对现代生活带给人们思想观念和行为的变化视而不见，所以无从捕捉到新生活带给诗歌的巨大变革和潜在机遇。波德莱尔感受到了这种变化，也试图从美学的角度定义现代生活，他在 1863 年发表的《现代生活的画家》里首次使用了现代性的概念，同时对现代性做出了自己的诠释，这应该是第一次有人对现代性的内涵提出了解读，这样的解读影响了几代人，对现代性的不断探究推动了现代社会的进步，对现代社会的认知也在深入下去，现代性的概念已经从美学和哲学扩展到政治经济社会领域，对现代性与社会干预、现代性与经济建设、现代性与城市管理等

① 周宪主编：《文化现代性精粹读本》，78 页，北京，中国人民大学出版社，2006。

的研究全面展开。城市现代化和诗歌的现代美学探讨是在互相影响和相互介入之中不断成熟的，思想和理念对生活的引领让人类在传承和创造文明中前行，并不断给后来人留下遗产。

波德莱尔所处的时代让他必须面对这样的困惑和选择，他以他那个时代现代人的视角表现了这种困惑和选择，他既要面对古人的遗产，传承古人关于美的主张，同时他也要发现美，把存在于现代人生活中的美以自己的视角表现出来。他承认过去的艺术家的创造和价值，承认他们的艺术成就及带给人们的快乐；"不过，这些人表现的是过去，而今天我要谈的是表现现代风俗的绘画。"①波德莱尔刻意地区分过去与现在所带来的不一样的美，这样的区分 17 世纪就已经有了，是从时间的先后做一区分，但是他们却忽略了另外一个既属于时间又属于美学的问题，无论过去与现在，除了美自身之外，都可能存在一个现时的问题，这个现时的本质其实也是美的一部分。所以过去和现在既有美本身带给我们的愉悦情感，也有现时的本质。在《现代生活的画家》中，波德莱尔特别强调了过去的美和现时问题、现在的美和现时问题，对困惑他的美的本质和永恒性时间问题进行了分析，因此美在波德莱尔的思想里具有自身的本质属性，同时也具备了时间属性，而这样的时间属性在波德莱尔看来就是永恒的现时性。用波德莱尔自己的话讲就是"过去之有趣，不仅仅是由于艺术家善于从中提取的美，对这些艺术家来说，过去就是现在，而且还由于它的历史价值。现在也是如此，我们从对于现在的表现中获得的愉快不仅仅来源于它可能具有的美，而且来源于现在的本质属性"②。无论现在还是过去，波德莱尔其实不仅从历时性和现时性的角度区分了美，也指出其现时性的本质，剩下的问题就是如何进一步区分过去的现时和现在的现时，波德莱尔从美学哲学的角度提出了现代意义上的审美视角，也就是现代性的问题。

美国印第安纳大学教授卡林内斯库在对波德莱尔提出的现代性进行解读时特别强调了现代性的两个方面："现代性不仅仅是在其现实性、短暂特异性和信息内在性中被把握的现实，或《现代生活的画家》的作者带着微妙

---

① ［法］波德莱尔：《波德莱尔美学论文选》，郭宏安译，429～430 页，北京，人民文学出版社，2008。

② 同上书，430 页。

的悖论所说的'现时的记忆'（la mémoire du présent）；在美学上，它还是美（这种美甚至可以在邪恶与恐怖事物中见到）的某种更广泛特性，实际上就是不能从以往大师们那里学到或模仿到的美的本质性的一半，他只能靠人们自己去发现，靠他们感觉的敏锐性，靠他们对新事物的孩子式感受力，靠他们'持久而快'的好奇心——艺术的这一半是真正神奇的，它允许人们从现实中提取'变幻无常'（phantasmagoric）的东西。"①发现事物内在的瞬间变化，使之成为永恒的"现时的记忆"，现代性突然之间这么的清晰明了却又那么深不可测，它应该也像美那样需要有敏锐性、感受力和好奇心去捕捉和发现，所以在波德莱尔看来，现代性依然属于美学范畴。

　　让我们看看波德莱尔是如何定义现代性的，在 1863 年发表于《费加罗报》的那篇著名的长文《现代生活的画家》中，波德莱尔在评论画家康斯坦丁·居伊时第一次明确使用了"现代性"一语。他认为，康斯坦丁·居伊寻找的是"我们可以称为现代性的那种东西，因为再没有更好的词来表达我们现在谈的这一观念了。对他来说，问题在于从流行的东西中提取出它可能包含着的历史中富有诗意的东西，从无常中抽出永恒"②。波德莱尔接下来对现代性做了如下的论述："现代性是无常、瞬变、偶发的，这是艺术的一半，另一半是永恒而不变的。"③他认为人们"没有权利蔑视和忽略"。波德莱尔用"无常、瞬变、偶发"定义现代性，其实就是他那个时代的人们的生活状态，而这种现代生活属性是可以成为永恒的，现代性因此与生活节奏的变化和时间的瞬息万变息息相关，这样的属性也包含着与古典美不同却更让现代人追逐的美的形式。波德莱尔借用现代画家的形象，表达了自己对现代性的理解，此时人们刚刚开始摆脱传统生活观念，逐渐步入现代生活，这另外一种类型的生活引领了某种时尚和美，不但被当时的现代人接受，也会被未来的现代人接受并不断被注入新思想和新内容，演变还在继续，但是真正的变迁还没有产生，虚拟现实性是否会改变现代性的形式和内容？探索还在继续，但是它始终依附在永恒的现时性之上。

---

① 周宪主编：《文化现代性精粹读本》，78～79 页，北京，中国人民大学出版社，2006。

② ［法］波德莱尔：《美学珍玩》，郭宏安译，369 页，上海，上海译文出版社，2009。

③ 童明：《现代性赋格——十九世纪欧洲文学名著启示录》，50 页，桂林，广西师范大学出版社，2008。

　　保罗·德曼在论及波德莱尔借康斯坦丁·居伊的绘画表达自己的美学
观时以"幽灵"论之:"评论中的康斯坦丁·居伊本身是一个幽灵,与真画家
有某种相似之处,但又不同于真画家,因为他虚假地实现了仅仅潜在于真
人身上的东西。即使我们认为,评论中的人物是一个中介,被用来表达对
波德莱尔本人的作品的将来看法,我们仍可以说,在此看法中有一种类似
的躯壳脱离和意义窄化。"①评论中的画家和真正的画家之间产生了躯壳脱
离,躯壳里装入了诗人的灵魂,是一个真正的他者。波德莱尔借用康斯坦
丁·居伊的躯壳表达了自己对现代性的看法,现代性不但包含了"无常、瞬
变、偶发"等特点,而且还体现在以现时的在场和再现表现出来的"现时性"
上:"我们从现时的再现中获得的愉悦不仅在于现时可能展示的美,而且在
于现时的本质。"德里达特别指出:"这里,'现时的本质'(qualité essentielle
de présent)被正确地译为'presentness'(现时性),这能使读者更加重视本体
论差异,本质、单纯的现时和现时在场之间的差异。"②圣·奥古斯丁、卢
梭、夏多布里昂、拉马丁等文学前辈都在自己的作品中探索过时间的秘
密,试图通过回忆再现逝去的时间,他们的努力为后来者的思考提供了有
益的借鉴,他们以现时的再现表现了记忆的真实。波德莱尔试图通过时空
转换探索时间的意义,他窥视到了时间的秘密,这就是它的现时性:"是
的,时间又出现了;时间现在成了主宰;随着这个老头而来的还有他那些
恶魔般的随从:回忆、悔恨、痉挛、恐惧、惊慌、噩梦、愤怒和神经功能
症。……是的,时间在主宰,它重新建立起残暴的专制,而且,它用双重
的刺棒驱赶我,好像我就是一头牛:'叫吧,蠢货! 干活吧,奴隶! 活下
去,该死的!'"③现时成为这个世界的主宰,"建立起残暴的专制"④,其他
的任何时空变化都要受到它的控制,诗人在这里不但描述了时间的在场,
同时又试图对在场和再现加以区分,"时间又出现了"成为最容易感知的
在场,"回忆、悔恨、痉挛、恐惧、惊慌、噩梦、愤怒和神经功能症"以再

---

　　① [法]雅克·德里达:《多义的记忆——为保罗·德曼而作》,蒋梓骅译,74页,北京,中
央编译出版社,1999。

　　② 同上书,70~71页。

　　③ [法]波德莱尔:《巴黎的忧郁》,胡小跃译,18~19页,上海,上海文艺出版社,2006。

　　④ 同上书,18~19页。

现的方式表现现时性，依附在时间上表现时间，而且通过拟人的对话表现了时间的在场，时间仅仅证明了作为诗人的我的在场，回忆表现了作为诗人的我的再现。波德莱尔在《巴黎的忧郁·计划》里进一步论述了"偶发"及诗歌"现时性"特点带给诗人的幸福和快乐："快乐和幸福就在随便碰到的客栈里，就在偶然发现的客栈里，这里真是快乐极了。"[①]他对偶发带来的巨大快乐赞不绝口，意想不到的效果超出了正常的灵感和想象，他在《巴黎的忧郁·恶劣的玻璃匠》中这样声称："某些人身上这种奇幻的精神，并非是劳动或撮合的结果，而是偶然的灵感所致，这种灵感带有很大的情绪性，医生们说这是歇斯底里的情绪，那些比医生想得高明的人说这是邪恶的情绪，在欲望的强烈方面就非常相似，这种情绪不由分说地迫使我们去做出许多危险的或不合适的行动。"[②]在"偶发的灵感"支配下，作为"我"的他者疯狂地"抓起一只小花盆"砸向玻璃匠身旁的货架，他因此陶醉在自己的疯狂之中，他"瞬间变得无比快乐"。"偶发"最大限度地体现了时间的现代性，只有在这样的瞬间，我们才实实在在感受到作为时间的现代性的存在。"无常、瞬变、偶发"其实是对规律性、连续性、直线型的反叛，是对复调、网状的强调，这样的探索是从一个半世纪之前的波德莱尔开始的。

　　波德莱尔对现代性的强调也可能与当时社会的变迁密切相关，他敏锐地捕捉到了这种变化的本质，也就是说，社会变迁带来的审美变化。这种变化可以从波德莱尔喜欢和交往的女性身上看出，不同的美在波德莱尔的爱情观里、在他对爱情的态度上体现出来。萨巴蒂埃夫人庄重典雅，凸显传统女性的美，举止优雅，声音悦耳，戈蒂耶的女儿这样描绘她："秀发柔软光滑，呈金栗色，宛如起伏不断的波浪，光彩夺目。她肤色浅淡，皮肤光滑，脸上露出顽皮和聪明的神色，仿佛向四周发出幸福的光芒。"波德莱尔在自己的诗歌创作中，多次描绘萨巴蒂埃夫人呈现出来的美，读者可以从中窥视到波德莱尔诗歌的美学思想。1852 年 12 月 9 日，初次见到萨巴蒂埃夫人后的那天的晚上，波德莱尔为萨巴蒂埃夫人写了一首情诗，题名为

---

① ［法］波德莱尔：《巴黎的忧郁》，胡小跃译，100 页，上海，上海文艺出版社，2006。
② 同上书，35 页。

《给一位过于快乐的女郎》："你的容貌、举止、风度，美若一片美的风景；笑在你的脸上嬉戏，如晴天上一阵清风。"①波德莱尔在诗歌的附言中说道："这首诗的作者处于一种梦幻状态，他常常因诗中女士的形象处于这种状态，他热恋着这位女士，却又从未对她提起，但将永远对她怀有极其温馨的情感。"②女神一样的萨巴蒂埃夫人如同理想的女性，成为波德莱尔的精神依靠，她就像女神一样周旋在艺术家之间，享受艺术的崇拜，她高不可攀却又触手可及，她是那么的吸引波德莱尔；她是他柏拉图式的爱恋对象，"是远方的公主"，"是天使，是缪斯，是圣母"。另外一位对波德莱尔诗歌思想产生影响的女性是杜瓦尔，她是黑白混血姑娘，高个子，黑皮肤，厚嘴唇，头发卷曲，目光放肆，她的奔放真实同样让波德莱尔难以释怀；波德莱尔希望像纨绔子弟那样，需要这样的女子以完成他与这个社会的对抗，也希望从她身上发现另类的美。在波德莱尔的诗歌里，她是"无情、残忍的野兽"，"眼睛率真得令人惊异"，"温暖乳房的芳香"把诗人"引到气候迷人的地方"。在这个不同于萨巴蒂埃夫人的普通女性身上，波德莱尔感受到了来自生活的真实，还有这种真实赋予他的快乐。波德莱尔对杜瓦尔的感情是极为复杂的，一方面，她是鲜活的存在，活生生地带给波德莱尔快乐的感受，另一方面，她又是粗俗的，无法让诗人获得精神的满足，精神与物质的分裂成为波德莱尔最大的困扰，最后他还是选择了离开。离开而又无法放弃，波德莱尔内心的矛盾在这里显露无遗。即使离开了杜瓦尔，波德莱尔依旧牵挂着她，杜瓦尔始终是波德莱尔的"黑维纳斯"，给他的许多诗歌带来了创作灵感。正如波德莱尔在献给让娜·杜瓦尔的最后一首诗中所写的那样："但愿我对你的追忆虽已成为传闻，/犹如单调的扬琴令人生厌，/却依然像我这骄傲的诗韵/凭借这神奇的链环而永存。"③玛丽·多布伦是波德莱尔喜欢的另外一种类型的女人，诗人把她形容为"危险的女人""懒洋洋的魔女"："你若穿着宽大的裙鼓风而来，就像一艘美丽的船驶向大海，张起风帆，徐徐行走，有一种轻柔、慵懒、舒缓的节奏。"④诗人在玛丽·多布

---

① ［法］波德莱尔：《恶之花》，郭宏安译，275 页，上海，上海译文出版社，2009。
② Charles Baudelaire. *Ouvres complètes*. Paris：Gallimard，1975：1131.
③ ［法］波德莱尔：《恶之花》，文爱艺译，129 页，北京，作家出版社，2011。
④ ［法］波德莱尔：《恶之花》，郭宏安译，122 页，上海，上海译文出版社，2009。

伦身上可能并未感受到爱的回应，也无法体会到精神和物质无法统一的痛苦。

波德莱尔在现代生活中发现了理想的女性形象，新旧时代的变迁催生了新时代的女性形象，她就像一个新生的符合时代特质又与古典美完全不同的摩登的布尔乔亚。这样的形象具有现代社会的特质，从审美的角度让人眼前一亮，带给人们活力和新鲜感。布尔乔亚成为现代美学的开端，既是现代都市生活最吸引波德莱尔的地方，同样也是波德莱尔对古代美学思想的升华，诗人希望从那个可怜的缪斯身上挖掘出新寓意："我愿你充满强大思想的胸膛/总有人造访，散发健康的芳香，/你基督徒的血有节奏地奔涌。"[①]强大思想的胸膛、健康的芳香、血的奔涌等体现出新的充满活力的美学想象从过去的观念中喷出，如同旧"香水瓶，余香尚存，活生生地冒出复现的灵魂"[②]。波德莱尔给来自古代和现代生活的美学形象注入了现代思想，让它们以新的面目获得活力。

本雅明认为，波德莱尔的诗歌描绘的是支离破碎的现代经验，或者说，诗人已经无法在现代生活中寻觅到他梦想中的真实的完整的经验了。波德莱尔的这一诗歌体验完全吻合了本雅明所论及的现代经验，现代经验的匮乏使得传统出现了裂隙。历史常常会在特殊时期产生裂隙，现代化运动恰恰就是多重力量在社会动荡时期的政治、经济、文化、思想等领域产生的巨大变革。旧制度与大革命碰撞产生的裂隙还没有弥合，工业革命冲击下的无产阶级与资产阶级的斗争再次冲击了法兰西社会，剧烈动荡也为审美思想的变迁提供了机缘。1848年革命让波德莱尔目睹了这个被反复撕裂的时代的狼疮，他努力地在碎片化的社会形态中辨别前行的方向。即将消失但却依然顽固和蓬勃生长的力量在反复的较量中分出了胜负，确定了前进的方向，潮流就是内在力量的体现，波德莱尔捕捉到了暗流涌动的潮流，并努力地挖掘其中所隐含的美。

波德莱尔逐渐摒弃了浪漫的、抒情的、教化的、逃离现实的、寄情山水的诗歌思想，在出现裂隙的地方寻求到了生活和城市现代化所带来的现

---

① 　[法]波德莱尔：《恶之花》，郭宏安译，25～26页，上海，上海译文出版社，2009。

② 　同上书，113页。

代诗歌体验，他以游荡者的身份审视着现代城市带给人们的冲击和动荡，内心忧郁地注视着城市的裂变，同时又惊喜地发现了有别于传统的现代诗歌思想的表达方式，然后义无反顾地顺着这条路走了下去。旧的贵族式的说教依然维持着自己高高在上的地位，但是来自现代生活的新生力量渐渐地颠覆着诗歌的传统模式，这样的转变是渐进式的。当人们蓦然回首时，僵化的审美习惯已经成为记忆中曾经辉煌过的一段历史，现代化的潮流如同江河上的轻舟，早已经在千里之外。这种支离破碎的诗歌体验成为推动现代诗歌前行的强大动力，产生的影响和传播力也是持续而坚定的，现代生活的经验与波德莱尔的诗歌主张的"无常、瞬变、偶发"相吻合，成为他最受现当代文学家青睐的地方。米兰·昆德拉把这样的裂隙定义为"终极悖论"，他论及小说的终结（断裂）及在现代生活中无法实现自己梦想的困惑，他更在困惑之中提出了希望："这是不是在说，在'不属于它的世界'中，小说要消失？要让欧洲坠入'对存在的遗忘'？只剩下写作癖无尽的空话，只剩下小说历史终结之后的小说？……假如它还想继续发现尚未发现的，假如作为小说，它还想'进步'，那它只能逆着世界的进步而上。"①昆德拉从两个方面表达了波德莱尔式的困惑：现代小说的断裂及对未知的发现，这种断裂会是终结吗？显然不是，现代性体验越来越碎片化，对现实的不完整体验迫使写作最终回归自我，成为现代生活的一部分，作家试图通过对现代生活的碎片化体验构建相对完整统一的美学体验，使之成为文字实体，成为审美对象。诗人对这些零零散散飘落在自然和现代生活不同角落的碎片进行整理，让它们以文字的形式复原生活原始状态、真实的面目，文字成为生活的主宰，成为唯一接近真实、表达存在的可视之物，任何外界情感的干预都会使之走向歧途。罗兰·巴特更是把小说或者诗歌的终结归为"写作的零度"，他说，今日"不再有诗人，也不再有小说家，留下的只是写作"。诗歌或者小说从此丢失了外在的存在符号和身份，终结随着完成而构建："诗成为一种无可归约，不具传承的性质。它不再是属性而是实体。因此它能安然地放弃记号，因为它独立自足，无须向外显示其身份。"②诗歌以

---

① [法]米兰·昆德拉：《小说的艺术》，董强译，25页，上海，上海译文出版社，2004。

② [法]罗兰·巴尔特：《写作的零度》，李幼蒸译，25页，北京，中国人民大学出版社，2008。此处的罗兰·巴尔特即文中的罗兰·巴特。

独立的方式存在，表达了这个实体的本质，任何命名都会破坏诗歌的本质。"无常、瞬变、偶发"如同生活，也像诗歌，表现着生活和诗歌之间的应和关系，好像也表现着普鲁斯特在虚构的小说和真实的存在之间的对应关系，表现后者在瞬变、偶发的现实和永恒的记忆之间的对应关系。著名文学评论家安德烈·莫罗亚在论及普鲁斯特的这一特点时强调："自主的回忆不可能使我们感到过去突然在现在之中显露，而正是这种突然显露才使我们意识到自我的长存。发动机不由自主地回忆，才能找回失去的时间。"[①]这种源于波德莱尔的"无常、瞬变、偶发"在普鲁斯特的作品中被无限地延伸和扩大，成为作者唤醒过去的魔法，因为"他把无穷的根赠给所有的分芽，那是在他生命期限内他在生活环境中撒下的萌芽"[②]。

后期象征主义的代表瓦莱里在《关于诗歌的谈话》中把"无常、瞬变、偶发"比喻为"意外"，他是这样定义诗歌的："诗完全是不规则的、无常易变的、不由自主的而且是脆弱易碎的；我们失掉它，就像我们得到他一样都是意外。"[③]瞬间的情感变化为诗歌提供了最真实的表现途径，它也只能是瞬变社会中的一个点，发现、感受并捕捉这些点就成为现代的诗意生活。弗朗西斯·蓬热从事物的立场出发，试图从事物的成长变化中探索偶发的美，他称之为"极端复杂的法则：最完美的偶然控制着植物的新生和在地球表面的位置"[④]。事物中所固有的、然而时时刻刻都在演变的美成为蓬热演绎词语和诗歌意境的最好方式，这种美学思想的精髓就是事物的"物质功效"[⑤]，事物透出了诗歌的本质，蓬热用词语捕捉到了美的精髓。当代诗人让·贝罗尔追溯到这一现代诗歌观的源泉，他虽然没有明确波德莱尔在其中的作用，然而肯定了诗人们的努力："——连续性及直线型的终止，间断突变型的尝试。首先是诗人们看到了这一点，因为他们不再相信协调一致的自我

---

① ［法］马塞尔·普鲁斯特：《追忆似水年华》，施康强译，序 5 页，南京，译林出版社，1994。

② ［法］保尔·瓦莱里：《瓦莱里散文选》，唐祖论、钱春绮译，134 页，天津，百花文艺出版社，2006。

③ 同上书，309 页。

④ ［法］弗朗西斯·蓬热：《采取事物的立场》，徐爽译，78 页，上海，上海人民出版社，2009。

⑤ 同上书，78 页。

的存在。"①和谐统一的社会无法表现现代生活的形态，单一的线性结构只能表达枯燥乏味的美，间断突变给我们心灵的冲击更加多元和丰富，现代性的延续使波德莱尔的探究不断穿越时空隧道，以他人的思想照耀未来。

波德莱尔主张的现代性没有任何终极目的，他没有提出任何人文主义试图实现的理想，唯一的目标和理想就是注重诗歌的本质，就是咏唱诗歌。他主张的诗歌是反启蒙、反宣教的，是与启蒙思想相对立的。这种主张一直影响到现当代的文学理论，雅克·德里达在谈到自己关于文学的定义时，曾经用"允许讲述一切的奇怪建制"。当他解释这种"奇怪建制"时，我们依稀看到了波德莱尔的影子："其实，它（指文学）可能还有另外的基本作用，甚或没有作用，于本身之外毫无意义。……作家可能被认为是不负责任的。有时候，他可以——我甚至要说他必须——要求某种不负责任，至少是对于意识形态的权力机关。……这种不负责任的职责、这种拒绝就自己的思想式创作向权力机构作出回答的职责，也许正是自责感的最高形式。"②当我们在字里行间读出文学和文学家的独立使命时，那种与波德莱尔思想的暗合让人大吃一惊。当我们津津乐道地谈论德里达超前的文学观时，突然发现一百多年前的波德莱尔已经给出了自己的观点。波德莱尔所提倡的诗歌"并不完全是为了探寻自我，责问灵魂，唤醒美好的记忆"，与德里达所提倡的对"意识形态的权力机关的不负责任"一起排除了文学的社会属性，他们以不同的形式强调了文学的自身功能和目的。波德莱尔认为，诗歌"除了自身之外并无其他目的，它也不可能有其他目的"。德里达也特别强调了文学自身的意义，认为："它（指文学）可能还有另外的基本作用，甚或没有作用，于本身之外毫无意义。"德里达对波德莱尔诗歌美学的现代性进行了深入的探讨和分析，提出了自己的美学理论，他一定是受到《仙女的礼物》的影响，对语言中的"给"与"拿"的关系产生了极大的兴趣，他甚至通过分析波德莱尔的《假币》提出了"礼物"的概念："语言关系作为礼物关系，它的'给'与'拿'是同时发生的。德里达说，像是语言在自己折叠自己，在折叠

---

① 王家新、沈睿编选：《二十世纪外国重要诗人如是说》，117页，郑州，河南人民出版社，1992。

② ［法］雅克·德里达：《文学行动》，赵兴国等译，5~6页，北京，中国社会科学出版社，1998。

中向后撤退。从'给'恢复到'拿'，从'拿'恢复到'给'，这种复现就是语言的折叠效果。'词语意味'方向的自由保证了语义的自由。语言到处都可以为自己折出褶子，语言的漂浮有无限可能的方向。德里达说，这种情形像一个不必归还的礼物，因为没有送出去。"[①]"给"与"拿"的同时性，"折叠"的无限往返的特性完全发生在词语的多样性和不可复制性上，"词语意味"主宰了诗歌的自由方向，并使之无限延伸，向任意方向开放。文学的这一非社会责任、排除了自身之外的功能成了当代人继续探索的主题。让·贝罗尔在论及诗歌在当今社会的作用时，特别强调："使主体与社会分化，发出请愿，拒绝空洞的符号，重视某些被社会嘲弄的价值，提出警告和期望。"[②]对诗歌本身价值的追寻、对诗歌本质的挖掘、对非主流价值的重视，都成为现代诗歌的目的，波德莱尔对此的探究只能让今天的读者叹息他的伟大和超前。瓦莱特总结了里法特尔对波德莱尔诗歌的研究后这样写道："里法特尔之所以没有遭受借助词义分析的指责，没有掉进诠释的陷阱，是因为他一下子站在了词汇的高度：他认为，词义终究由词汇决定，应该把它们放置在词语、修辞和诗学背景中研究。"[③]他其实真正探究到了波德莱尔诗歌的本质，把诗歌的意义置于语言本身的环境之中，也就是说诗歌本身的环境之中，除此之外，别无他物。关于诗歌现代性的讨论因为波德莱尔而延续至今，喋喋不休，余音绕梁，也常常使文学误入歧途，迷失方向。

四、接受与影响

波德莱尔所处的时代正是文学流派纷争的时代，他踩着浪漫主义的夕阳，迎着帕纳斯派的曙光开始自己的文学生涯。他的诗歌不但从浪漫主义中汲取了营养、吸纳了帕纳斯派的有用成分，更开创了现代诗歌的先河。"波德莱尔继承浪漫派的传统，给予诗歌以最崇高的地位，但他与浪漫派诗人不同，不是把诗歌看作纯'心灵'的产物，而认为诗歌与现实有关，诗歌

---

①　金惠敏等：《西方美学史》第四卷，792 页，北京，中国社会科学出版社，2008。

②　王家新、沈睿编选：《二十世纪外国重要诗人如是说》，119 页，郑州，河南人民出版社，1992。

③　Bernard Valette. *Baudelaire*, *Spleen et Idéal*. Paris：Ellipses，1984：89-90.

与外部世界之间有一种特殊关系。"①排除诗歌的纯主观性,揭示了他与浪漫派诗人的不同,寻求诗歌与外部世界的关系又成为他认可帕纳斯派诗人的地方,后者特别强调诗歌的客观性,要求对外在世界精心描绘,以此来代替对内心世界的展示。这种客观性有时是对诗歌形式的雕琢,有时是对历史存在的揭示,有时是对现实状态,包括自然界的展示。他在浪漫派诗人那里继承了消极、忧郁的情感表述,在帕纳斯派诗人中继承了诗歌客观性的观点,更在美国诗人埃德加·爱伦·坡的作品中寻求到了哀婉凄凉、郁郁寡欢的诗歌境界。爱伦·坡对诗歌异端的批评在波德莱尔那里得到了响应。对虚伪的批评,对诗歌的教化功能的批评都对波德莱尔产生深刻的影响。

爱伦·坡对波德莱尔的吸引也许主要来自前者对新奇的渴望和追求,这是波德莱尔孜孜以求的梦想。波德莱尔在1856年发表的文章《埃德加·爱伦·坡的生平及其作品》中向自己崇敬的作家致敬:"唉!这个人超越了美学的最险峻的高峰,投入了人类智力最少探索的深渊;为了使想象力吃惊,为了吸引渴望着美的精神,它通过仿佛一阵没有间歇的风暴一样的一生,发现了新的表现方式和前所未有的手法……"②这种对"美学的最险峻的高峰""人类智力最少探索的深渊"的不断追求和深化,使波德莱尔陷入无限崇拜之中,也使他对爱伦·坡从诗歌主张到诗歌创作均赋予了巨大的认同。

爱伦·坡认为诗歌的最大敌人就是虚伪,其次便是诗歌的教化功能。他认为诗歌应该摒弃虚伪和教化。"我们这样想:单纯为诗而写诗,以及承认这是我们的意图,就会是承认我们自己极端缺乏真正的诗所具有的尊严和力量。——然而简单的事实却是这样,只要让我们内省自己的灵魂,我们立即就会在那里发现,天下没有比这样的一首诗——这一首诗本身——更加是彻底尊贵的、极端高尚的作品,这一首诗就是一首诗,此外再没有什么别的了——这一首诗完全是为诗而写的。"③这样的论断与波德莱尔的观点又是何其相似:"诗歌,并不完全是为了探寻自我,责问灵魂,唤醒美好

---

① 柳鸣九主编:《法国文学史》,317页,北京,人民文学出版社,1983。

② [法]波德莱尔:《波德莱尔美学论文选》,郭宏安译,160页,北京,人民文学出版社,2008。

③ 潞潞主编:《准则与尺度——外国著名诗人文论》,18页,北京,北京出版社,2003。

的记忆，它除了自身之外并无其他目的，它也不可能有其他目的，只有为了乐趣而写诗，写作的诗歌才会那么伟大，那么崇高，才无愧于诗歌，才称得上诗歌。"①波德莱尔甚至没有去区分他们之间的观点，他在《埃德加·爱伦·坡的生平及其作品》中重复强调了这种诗歌本体论的观点，它们之间好像是吻合的统一体："作为一个真正的诗人，他认为诗歌的目的和诗的原理属同一性质，诗除了自身之外不应再考虑别的东西。"②同时，埃德加·爱伦·坡对诗歌形式美、暗示性和音乐性的强调，以及他在诗歌中所表现的怪诞和梦幻色彩都极大地影响到了波德莱尔的诗歌创作。波德莱尔不但这样实践着爱伦·坡的诗歌理论，而且他还坚持了 17 年去翻译爱伦·坡的作品，狂热地享受着也许与自己生命体验接近的爱伦·坡的作品，也在这种体验中逐渐形成了属于自己的诗歌风格。瓦莱里曾经这样论述："爱伦·坡对于诗的观念表现在几篇论文之中，其中最重要的一篇（又是最少论及英国诗的技术的一篇）题名为《诗的原理》（The Poetic Principle）。波德莱尔是多么深切地为这篇文章所感动，他从而接受一种强烈的印象，竟至把它的内容，而且不仅内容，就连形式本身也在内，也都当作他自己的东西……他把其中最有意思的部分，差不多没有改头换面并颠倒字句，引用到他的《奇异的故事》的译本的序文中去。"③这也从另外一个侧面表明了波德莱尔和爱伦·坡之间这种异常默契的关系。瓦莱里在同一篇论文中进一步论述了两位诗人彼此的接受与影响："波特莱尔，爱德加·坡交换着价值。他们每个人把自己所有的给予另一个人；每个人接受自己所没有的。后者把整个新颖而深刻的思想体系交给前者。他启发他，使他丰饶，在种种题材上决定他的意见：结构的哲学，技巧的理论，对于现代的理解和斥责，例外性和某种奇异性的重要，贵族的态度，神秘性，对于优美和准确的嗜尚，甚至政治，整个波特莱尔都受到浸染，兴感，深造。波特莱尔却把一种无限的

---

①　Henri Mitterand, éd. *Littérature, Textes et Documents. XIXe siècle*. Paris：Nathan, 1986：302.

②　［法］波德莱尔：《波德莱尔美学论文选》，郭宏安译，160 页，北京，人民文学出版社，2008。

③　［法］瓦莱里：《波德莱尔的位置》，见《戴望舒译诗集》，114 页，长沙，湖南人民出版社，1983。

广袤给与坡的思想。他将它提供给未来。这种在马拉美（Mallarme）的名句中把诗人变作他自身的广袤，便是波特莱尔的行为，翻译，序文——这些都为可怜的坡的英灵打开那广袤并为他确保着。"①即便是波德莱尔身上的忧郁气质也好像受到了坡的影响："爱伦·坡的生活、品德、举止、肉体组成他这个人的整体的一切，仿佛是某种既黑暗又光明的东西呈现在我们面前。他的人格像他的作品一样，是奇特的、迷人的，打上了一种说不清楚的忧郁的印记。"②也就是说，波德莱尔从气质到价值完全认同坡对诗歌的看法，然后他把这种复杂的、瞬变的、偶发的情感表达出来，引领后来的人不断挖掘、超越，成就现代人的努力。坡把他的气质和诗歌美学思想传递给波德莱尔，也让自己的价值得以延续。

在美国文学史上，爱伦·坡的地位并不显赫，是后来的波德莱尔使得爱伦·坡声名鹊起，因为这两个名字总是被相提并论。更为可贵的是，波德莱尔又把这种影响传递下去，最终使这两个名字——爱伦·坡与波德莱尔——成为象征主义的象征。波德莱尔对雨果则怀着崇敬和羡慕，这可以从他对雨果的评论中看出。他认为雨果展示的世界是那么丰富多彩，让人无法找到更合适的词语来表达，他称雨果"是一个没有边界的天才。在他的作品中，仿佛是生活本身使我们眼花缭乱，把我们迷住了，裹住了。空气的透明，天空的穹顶，树木的面孔，动物的目光，房屋的轮廓，在他的书中都被一位熟练的风景画家的画笔勾勒出来了。他处处都灌注了生命的骚动"③。他还谈到了雨果对"爱情、战争、天伦之乐、穷人的忧伤、民族的壮美"等的描写，他对雨果的评价是"极端，无限"，在波德莱尔眼中，雨果就是一个世界，是包含了自然、海洋、星空等万物的世界，波德莱尔没有办法去复制、模仿，所以他要去寻找自己的世界，在未知世界里寻找新奇。

瓦莱里指出："魏尔伦作品中所发展着的亲切的感觉，以及神秘情绪和

---

① ［法］瓦莱里：《波德莱尔的位置》，见《戴望舒译诗集》，113 页，长沙，湖南人民出版社，1983。

② ［法］波德莱尔：《波德莱尔美学论文选》，郭宏安译，163～164 页，北京，人民文学出版社，2008。

③ 同上书，91 页。

感官热烈的有力而骚乱的混合；使韩波①的简短而猛烈的作品变成那么有力又那么有生气的那种登程的热狂，那种为宇宙所激起的性急的动作，那对感觉及其和谐的共鸣的深深的觉识，这些在波特莱尔的作品中都清楚地存在着而可以被辨认出来。……魏尔伦和韩波在情感和感觉方面继续了波特莱尔，马拉美却在完美和诗的纯粹的领域中延长了他。"②过去对瓦莱里的这段话没有更深刻的理解，总以为"他产生了几位伟大的诗人"的说法言过其实，甚至认为，虽然魏尔伦对流动的、朦胧的、轻灵的诗歌音乐的追求，马拉美对暗示和召唤事物的诗歌语言的追求，兰波的生态美学和"凭借幻觉、错觉写诗"的美学主张都与波德莱尔的应和理论有着千丝万缕的联系，但是马拉美、兰波、魏尔伦等人的诗歌创造要远远超过波德莱尔，然而当我们阅读到他们的诗歌《乐曲声中》《秋歌》时，我们依稀看到了波德莱尔的《音乐》《秋歌》的影子，波德莱尔在他们的作品中继续体现着强大的生命力。波德莱尔诗歌的现代性不仅体现在他对同时代诗人的影响上，这种当下的时间性特点在时间和空间中被当代人进一步挖掘。

波德莱尔对现代文学的贡献恐怕很难有人超越，他有关诗歌现代性的观念一直延续到当代也还在被人用不同的表述形式重复。有人说现代主义文学是从 1856 年福楼拜在《巴黎评论》上发表《包法利夫人》、1857 年波德莱尔发表《恶之花》开始的，由此可以看出这两个人对现代文学的影响。波德莱尔初期的创作以艺术评论见长，《1845 年沙龙》《1846 年沙龙》等在艺术界产生了很大的影响，他的诗歌创作更体现了他的美学思想，马拉美、兰波、魏尔伦等那个时代的诗人的诗歌创作均受到他的诗歌美学思想的影响。在他明确提出"现代性"一词之前，他早已经在自己的诗歌创作中实践了这一思想。

波德莱尔从雨果那里汲取了灵感，对诗歌的音乐与色彩产生了极大的兴趣，他专门撰文《对几位同代人的思考》，其中谈到的第一位同代人就是雨果，在雨果的身上，他感受到了来自自然的力量，这种力量隐藏在雨果的诗歌中，也深深地吸引了波德莱尔，这就是千变万化的自然给诗歌注入

---

① 此处的"韩波"即文中的"兰波"。

② ［法］瓦莱里：《波德莱尔的位置》，见《戴望舒译诗集》，117～118 页，长沙，湖南人民出版社，1983。

的神奇变化和多彩多姿。"雨果的诗句的音乐性与自然深刻的和谐相适应，他是一个雕塑家，在诗中削出事物的不能被人遗忘的外形；他是一位画家，用它们各自的颜色使其光彩夺目。"①关于诗歌的音乐性，波德莱尔曾经在自己的诗歌中这样写道："音色多轻柔，多隐蔽；然而或平静或发怒，声音总低沉而丰富。这就是魅力和秘密。"②这就是隐藏在自然中的秘密，诗人发现其形式、姿态和运动，所有自然的力量和谐地出现在诗句中，成为诗歌的一部分。他对音色的强调，对韵律、节奏的强调在魏尔伦的诗歌中被更明确大胆地叙述为"还要音乐，永远要音乐！让你的诗句插上翅膀，让人们感到它逃脱灵魂的羁绊，在另外的爱情天地里翱翔"③。音乐不再是表达情感的工具，已经成为诗歌的元素，被诗人物象化，继而心灵化了。

波德莱尔曾经在《巴黎的忧郁·众人》一诗里这样写道："诗人享受着这无与伦比的特权，他可以随意成为自己或他人。他可以随心所欲地附在任何人身上，就像那些寻求躯壳的游魂。"④波德莱尔笔下的"自己或他者"在兰波那里成为诗人讽刺那些自诩为作家的人的工具。"因为我是他者。……假如老朽们没有找到'自我'，只找到虚假的意义，我们还不至于要扫清这些数以万计的朽骨。"⑤他者的思想被马拉美进一步发挥，他主张"隐去诗人的措辞，将创造性让给词语本身"。他者的思想被兰波发扬光大之后穿越了时代，一直影响到现代的诗歌和美学观念。"一本书是另一个'自我'的产物，而不是表现在我们的习惯、社会、我们的恶习中的'自我'的产物。这个'自我'，如果我们想了解它，就要力图在我们的内心再创造出来：正是在我们的内心，我们才能达到它。"⑥普鲁斯特好像从作家的内心深处窥视到了他者，而且他把它看作自己创作的新的矿藏进行挖掘，其结果让全世界都为之震惊。拉康从无意识的角度探索到了这位他者，认为"无意识是另外一个

---

① [法]波德莱尔：《波德莱尔美学论文选》，郭宏安译，88 页，北京，人民文学出版社，2008。

② [法]波德莱尔：《恶之花》插图本，郭宏安译评，70 页，桂林，漓江出版社，1992。

③ 辜正坤主编：《世界名诗鉴赏词典》，448～449 页，北京，北京大学出版社，1990。

④ [法]波德莱尔：《巴黎的忧郁》，胡小跃译，47 页，上海，上海文艺出版社，2006。

⑤ [法]兰波：《兰波作品全集》，王以培译，329 页，北京，东方出版社，2000。

⑥ [法]马塞尔·普鲁斯特：《驳圣伯夫》，王道乾译，127 页，天津：百花文艺出版社，1992。

人在讲话"。关于这位他者，当代诗人让·贝罗尔进一步论述道："这是一个被社会磨灭、拒绝、消过毒的人，被弄成哑巴的受害者。他受着制约，他顺从，然而他渴望反抗。他有待于被表现，他应该去表现并自我显露。"①如果要从源头上论起的话，波德莱尔的影响早已经进入了关于美学的不同领域，在不同的空间吸收着阳光和营养。

波德莱尔是多么希冀异国文化，他的渴望竟梦幻般通过诗歌美学的现代性主张得以实现，这种主张不仅在西方文化背景中，而且也在中国文化背景中体现了当下的时间性特点。波德莱尔诗歌及其美学思想在中国的影响与中国的新文学运动有着密切的联系。中国诗体的大解放主要得益于外国现代诗歌形式的输入。五四运动以后，中国新诗受西方诗的影响，主要是间接的，就是通过翻译。白话译诗渐渐多了起来，译成的大部分是自由诗，译者大多为留学生。他们在国外获得了新的文学意识和眼光，从形式和内容上都为中国新诗注入了活力。正如茅盾所说，"我们翻开各国文学史来，常常看见译本的传入是本国文学史上一个新运动的导线；翻译诗的传入，至少在诗坛方面，要有这等的影响发生"。"而据尹康庄考证，中国最早谈及象征主义的译介文章是发表在 1918 年 5 月《新青年》上的陶履恭的文章《法比二大文豪之片影》"②。一年后，周作人在发表于《新青年》上的《小河》一诗的序言中，提到过波德莱尔和他的散文诗。20 年代初译介到中国最多且最有成就的要数波德莱尔的散文诗。仲密（周作人）在译波德莱尔散文诗八首的附记中称："……现代散文诗的流行，实在可以说是他的影响。"1918 年到 1924 年，《新青年》《晨报》《小说月报》《文学周报》《学灯》《文学旬刊》《语丝》等刊物上陆续发表了刘半农、周作人、沈颖、西谛（郑振铎）、苏兆龙等人翻译的屠格涅夫、波德莱尔的散文诗。1920 年到 1921 年，《少年中国》系统地介绍了法国象征主义产生的根源及过程，系统介绍了波德莱尔、魏尔伦和马拉美等象征主义诗歌的代表人物。有的刊物还专门发表了介绍和讨论散文诗的文章。如郑振铎在一篇文章中说，"我们要晓得诗的要素，决不在于有韵无韵"，而在于"诗的情绪与诗的想象，不必管他用什么

---

① 　王家新、沈睿编选：《二十世纪外国重要诗人如是说》，116 页，郑州，河南人民出版社，1992。

② 　陈太胜：《象征主义与中国现代诗学》，55 页，北京，北京大学出版社，2005。

形式来表现。有诗的本质、诗的情绪与诗的想象，而用散文来表现的是'诗'；没有诗的本质，而用韵文来表现的，决不是诗"。张闻天还翻译了长篇论文《波特来耳研究》①，发表在 1924 年 4 月版的《小说月报》第十五卷号外《法国文学研究专号》上。鲁迅是通过日文版和德文版翻译波德莱尔的诗歌的，1924 年 10 月 26 日，鲁迅在《晨报副镌》发表了波德莱尔的散文诗《自己发见的欢喜》的译文及译者附记："波特莱尔的散文诗，在原书上本有译文；但我用德文译一比较，却颇有几处不同。现在姑且参酌两本，译成中文。"②1924 年 12 月，徐志摩在《语丝》上发表了波德莱尔《恶之花》中的《死尸》的译文，他在序文中称赞该诗是"《恶之花》诗集里最恶亦最奇艳的一朵不朽的花"。徐志摩在自己的散文中这样论述波德莱尔："波特莱（Charles Baudelaire）一辈子话说得不多，至少我们能听见的不多，但他说出口的没有一句是废话。他不说废话因为他说不出口除了在他的意识里长到成熟琢磨得剔透的一些。他的话可以说没有一句不是从心灵里新鲜剖摘出来的。像是仙国里的花，他那新鲜，那光泽与香味，是长留不散的。"③李金发对波德莱尔的接受源于他在法国留学期间，他"特别喜欢颓废派 Charles Baudelaire 的《恶之花》及 Paul Verlaine 的象征派诗，将他的全集买来，愈看愈入神，他的书简全集，我亦从头细看，无形中羡慕他的性格及生活"④。戴望舒在他所翻译的《恶之花》掇英中不但谈到了国内学者对波德莱尔的翻译与评价，同时还把瓦莱里的文章《波德莱尔的位置》翻译出来作为该小册子的卷首，他在译后记中这样写道："对于指斥波特莱尔的作品含有'毒素'，以及忧郁，他会给中国新诗以不良影响等意见，文学史会给予更有根据的回答，而一种对于波特莱尔的更深更广的认识，也许会产生一种完全不同的见解。……以一种固定的尺度去度量一切文学作品，无疑会到处找到'毒素'的，而在这种尺度下，一切古典作品，从荷马开始都可以废弃了。至于影响呢，波特莱尔给予的是多方面的，要看我们怎样接受。只要不是皮毛

---

① 　此处的"波特来耳"及下文中的"波特莱尔""波特莱"，均为波德莱尔的不同译名。
② 　鲁迅：《鲁迅全集》卷 10，237 页，北京，人民文学出版社，1996。
③ 　徐志摩：《徐志摩散文集》，243 页，北京，西苑出版社，2006。
④ 　陈厚诚编：《李金发回忆录》，53 页，上海，东方出版中心，1998。

的模仿，能够从深度上接受他的影响，也许反而是可喜的吧。"①杜衡在《〈望舒草〉序》里论述了与波德莱尔相似的诗歌美学观："我们体味到诗是一种吞吞吐吐的东西，术语地来说，它底动机是在于表现自己与隐藏自己之间。"②梁宗岱对波德莱尔的接受更是建立在创造之上的，他的诗歌理论和创作无不打上波德莱尔的烙印，他在解释象征之道时说："像一切普遍而且基本的真理一样，象征之道也可以一以贯之，曰，'契合'而已。"③梁宗岱自己翻译了波德莱尔的《应和》一诗，而且对诗歌进行了解释："这首小诗不独在我们灵魂底眼前展开一片浩荡无边的景色——一片非人间的，却比我们所习见都鲜明的景色；并且启示给我们一个玄学上的深沉的基本真理，由这真理波德莱尔与17世纪一位大哲学家莱宾尼兹（Leibniz）遥遥握手，即是'生存不过是一片大和谐'。"④梁宗岱不但解释了波德莱尔的应和，解释了象征主义意境中的自我与自然的应和关系，更解释了生存的万物之间的大和谐。和谐之中的碎片让人体会到梁宗岱对波德莱尔诗歌现代性的领悟："宇宙底普遍完整的景象支离了，破碎了，甚至完全消失于我们目前了。"⑤王独清在他的文章中也对波德莱尔的精神提出了自己的理解，他认为："Baudelaire底精神，我以为便是真正诗人底精神。不但诗是最忌说明，诗人也是最忌求人了解！求人了解的诗人，只是一种迎合妇孺的卖唱者，不能算是纯粹的诗人！"⑥波德莱尔所倡导的音乐与色彩之间的应和也在他这里得到了回应，他在《再谭诗》中说自己更自觉地"想学法国象征派诗人，把'色'（Couleur）与'音'（Musique）放在文字中，使语言完全受我们底操纵"。关于卞之琳的诗的非个人化的观点，有学者这样论述道："一首诗（也可以说，任何一部文学作品）的作者，或隐含作者，叙述者，主人公都是主体在不同层次

---

① 施蛰存编：《戴望舒译诗集》，154页，长沙，湖南人民出版社，1983。

② 李杭春主编：《多维视野中的百部经典——中国现当代文学卷》，183页，杭州，浙江古籍出版社，2004。

③ 梁宗岱：《梁宗岱文集·Ⅱ评论卷》，68页，北京，中央编译出版社；香港，香港天汉图书公司，2003。

④ 同上书，70页。

⑤ 同上书，71页。

⑥ 孙玉石：《中国现代主义诗潮史论》，51页，北京，北京大学出版社，2010。

上的表现。"①具有现代意义的复调诗歌叙事手法、"我是他者"的诗歌主张可以追溯到波德莱尔:"他可以随意成为自己或他人。他可以随心所欲地附在任何人身上。"艾青主张"每天洗涤自己的感觉,从感觉里摄取制造形象的素材"。他对感觉素材的重视可以与波德莱尔从自然中摄取形象相媲美。他的诗歌创作在受到象征主义影响的同时,更把感情耕种在中国大地上,他用忧郁的芦笛倾诉着民族的苦难,也希冀着黎明的光辉。苦难中所隐含的曙光,梦幻中所吟唱的沉重使这位中国当代诗人更直接地从波德莱尔那里汲取了美学中的现代性,其当下的时间性特点在异国他乡也很突出。

中国的象征主义和现代派诗歌就是在翻译和借鉴中发展壮大的,其中波德莱尔的影响和作用不可低估:"在这一现代类型中出现的诗人,都直接或间接找到他们接受法国象征派诗和它在其他国家的衍变所产生的各种流派的影响,对此种方法进行了幼稚的尝试。这里包括波德莱尔代表的法国上个世纪的象征派诗,包括本世纪 20 年代瓦莱里代表的法国后期象征派诗,包括 20 年代初美国和英国的意象派诗歌运动,也包括由象征派衍变而来的未来派等诗潮和运动。这些诗潮或多或少地都在中国刚刚诞生的新诗中产生过影响,产生了一些富有现代性因素的试验的萌芽。"②

波德莱尔从爱伦·坡、从浪漫派和帕纳斯派诗人、从同时代的画家那里悟出并提出了诗歌的现代性,这一现代性具有与他同时代的当下时间性特点,具有当代人所处的时代的当下时间性特点,也具有当下的空间性特点,尽管后者必须通过时间来体现。那一行行波德莱尔犹如一声声叹息唤醒了记忆深处沉睡的倒影,缓缓越过时空,被当下的时空翻新,继而迈着矫健的步伐向未来走去。

五、经典评论

雅各布森和列维·斯特劳斯没有延续研究诗歌线性轨迹(阅读的含义)的方法,而是剖析诗歌的网状图形,以便能让诗歌的竖向应和(对应性、对

---

① 李杭春主编:《多维视野中的百部经典——中国现当代文学卷》,189 页,杭州,浙江古籍出版社,2004。

② 孙玉石:《中国现代主义诗潮史论》,20 页,北京,北京大学出版社,2010。

照)或者诗峰间(内在性)的应和呈现，这些应和使诗歌如音阶：结尾因此就可以回应开头，或者某一行诗预示另外一行诗，等等。因此，这些诗句绝对不能仅仅揭示其修辞效果，不能仅仅揭示读者所感受到的印象，而是要让读者渐渐领悟诗歌真谛。

因此，神秘好像无法穿越。米歇尔·里法特尔说得非常对，他指出了雅各布森和列维·斯特劳斯费力细致的结构主义方法与他们的大胆结论之间的差异。他装出一副天真的样子，指出无法抵御对诗歌诠释的冲动。我不敢确定是否理解，但是我相信在几乎世俗的分析方法和哲学的焰火之间有着天壤之别。里法特尔之所以没有遭受借助词义分析的指责，没有掉进诠释的陷阱，是因为他一下子站在了词汇的高度：他认为，词义终究由词汇决定，应该把它们放置在词语、修辞和诗学背景中研究。其研究比雄心勃勃的结构主义研究更接近传统的风格研究，所以更具有说服力。①

这种身后之大为人爱宠，这种精神的繁殖力，这种达到最高点的光荣，应该不仅仅依系于一些例外的状况。这些例外状况之一，便是那和诗的效能结合在一起的批判的智力。波特莱尔在这罕见的结合中得到一个主要的发现。他是生来富于感官而明确的；他是富于敏感的，而这敏感的要求便领导他去作形式的最精妙的探讨；但是如果他并没有由于心灵的好奇，无愧于在爱德加·坡(Edgar Poe)的作品中发现一个新的精神世界的机会，那么这些天赋无疑只会使他成为戈谛艾的一个敌手，或是巴拿斯派的一个高手艺术家而已。明锐的魔鬼，分析的精灵，论理与想象，神秘性与筹算的最新鲜最迷人的配合的发明者，深钻并利用艺术的一切方法的文学技师，他觉得这都在爱德加·坡身上显现出来，而使他惊异。这些许多独特的见解和异常的预期都使他迷醉。他的才能因而变形了，他的定命因而灿然改变了。

……

在一个完全不同的天空之下，在一个专注于自己物质的发展，还漠不关心于过去，正在组织自己的未来，把全部自由给与各种经验的

①　Bernard Valette. *Baudelaire*, *Spleen et Idéal*. Paris：Ellipses，1984：89-90.

民族之间，有一个人，在差不多同一个时候，用着清晰、敏锐、洞明（在一个有诗的创造禀赋的头脑中，这些是从来没有遇见达到这样的程度的），来考察性灵的事物，以及其间的文学产物。一直到爱德加·坡为止，文学的命题从来没有被人在它的前提中检验过，被人缩成为心理学的命题过，被人用那其中断然使用效果之理论和技术分析的方法去接触过。作品和读者的关系第一次被阐明而作为艺术的实证基础。这种分析，——而这便是以自己的价值向我们保证的一种情境，——在文学产品的一切领域中，也都清晰地可以应用并且证明。同样的观察，同样的辨别，同样的分量标志，同样的导线思想，也适合于那些用以对于感觉强力而粗暴地起作用的，用以征服爱好强烈的情感和奇异的故事的大众的作品，正如它们之支配那些最精练的样式和诗人创造的精微的组织一样。①

---

① ［法］保尔·瓦莱里：《波德莱尔的位置》，见《戴望舒译诗集》，106～112页，长沙，湖南人民出版社，1983。

第三章　保尔·魏尔伦

一、生平与创作

关于魏尔伦，瓦莱里这样描述："有多少次我眼见他从我的门前走过，嬉笑怒骂的他，用残疾人或流浪汉吓唬人的粗木棍擂着地面。"[1]

保尔·魏尔伦 1844 年 3 月 30 日出生于法国东北部城市梅斯的奥特·皮埃尔大街 2 号。他的父亲是位军官，但温柔体贴，母亲喜爱幻想。他们原本希望要一个女孩，但是母亲 3 次流产，父母在结婚 13 年后才有了这个儿子，所以他们对这位晚来的家伙钟爱有加。魏尔伦的童年是在充满温情的家庭里度过的，他在《智慧集》里这样写道："可怜的家伙！所有的遗产，洗礼的荣耀，你的基督教童年，爱你的母亲……你都糟蹋殆尽。"[2] 1845 年他父亲所在的部队搬到南部城市蒙彼利尔，这座城市给保尔·魏尔伦留下了深刻的记忆，他对所经历的事情记忆非常清晰："我特别怀念那些非凡的宗教庆典，城里的年轻人在那里聚会，他们穿着不同颜色的道袍，多数都是白色的，道袍套在头上，上面留了三个供观看和呼吸的小洞，让我吃惊不小。"[3] 早在少年时期，魏尔伦就钟情于诗歌并积极参加那个时代的文学运动，与戈蒂埃领导的当代帕纳斯派过从甚密。《当代帕纳斯》发表过他 8 首诗歌。他中学毕业后在巴黎市政厅当小职员，开始与当时的文艺圈交往。

---

① ［法］保尔·瓦莱里：《瓦莱里散文选》，唐祖论、钱春绮译，24 页，天津，百花文艺出版社，2006。

② Jacques-Henri Bornecque. *Verlaine*. Paris：Seuil，1966：10.

③ Alain Buisine. *Verlaine*：*Histoire d'un corps*. Paris：Tallandier，1995：25.

他早期的诗歌深受戈蒂埃的影响并打上了浪漫主义和帕纳斯派的烙印。

1866 年，他的第一本诗集《感伤集》问世，该诗集在写作技巧上娴熟地模仿了象征派诗人波德莱尔和帕纳斯派诗人勒孔特·德·李勒。1869 年，他的第二部诗集《戏装游乐图》出版，诗人描述了意大利喜剧人物和 18 世纪画家瓦托画中的田园风光，借此来实践帕纳斯派所提出的诗歌应该排除诗人感情的理论。他与玛蒂尔德·莫泰订婚后，经历了人生的一段幸福时光，写作了大量诗歌并收入诗集《美丽的歌谣》。订婚后，他的性情大变，不再到处拈花惹草，停止追求年轻姑娘，尽情享受爱情带给他的幸福时光。他相信这桩婚姻会给他带来巨大的心灵安慰。这段时间，他显示出旺盛的创作生命，他把自己创作的诗歌结集，在 1870 年见证他与玛蒂尔德·莫泰爱情的诗集《美丽的歌谣》问世。这些美丽的诗歌表现了这样一个强烈的愿望：平静而单纯的生活，美好而甜蜜的爱情。然而这样的生活并没有持续下去。

1870 年 9 月，他与兰波相遇。10 月，魏尔伦和瓦拉达决定带着兰波到魏兰·波瑶莫家里吃饭。魏尔伦急于向朋友们介绍这位诗歌天才，兰波也没有让他失望。饭间，他朗读了自己的《醉舟》，这首诗深深地打动了在座的听众。瓦拉达在 1871 年 10 月写给布莱蒙的信就可以证明："你没有去波瑶莫家吃晚饭实在是一大损失。在魏尔伦和我眼前展现了一位令人畏惧的诗人，他还不到 18 岁，名字叫阿尔图·兰波。他的手大脚大，一脸稚气，完全跟 13 岁的孩子没有区别，深黄色的眼睛，看似性格内向，但是好像更狂野，就是这位孩子征服了我的朋友们并让他们目瞪口呆，他的想象中充满力量和前所未有的颠覆。"①自从魏尔伦迷上兰波以后，他之前的平静生活和甜蜜爱情都不再让他留恋。1872 年，他抛下妻子，追寻着兰波从比利时到英国，与他在巴黎、伦敦和布鲁塞尔尽情地享受超出友情的关系带给他的刺激和欢快。他们时而相聚，时而分别，时而欢笑，时而哭泣。此时此刻，魏尔伦处在了一种癫狂、混乱和病态之中。与兰波的共同生活使他产生了新的诗歌主张，也给他带来新的诗歌创作体验。他的诗歌更加细腻，诗歌形式更加晶莹剔透。魏尔伦用心灵、用生命捕捉每一个词语、每一段

---

① Alain Buisine. *Verlaine*：*Histoire d'un corps*. Paris：Tallandier, 1995：181-182.

描述、每一个色彩所带来的效果、每一缕阳光所产生的神奇。他把诗歌天地变成了幻想和心灵驰骋真实的象征之地。魏尔伦与兰波的关系在两位天才诗人的生命中产生了不同的意义。兰波认为是《地狱一季》，魏尔伦认为是《无言浪漫曲》。1873 年，他与兰波的关系破裂，在比利时醉酒后开枪打伤了兰波，他因此被判了两年监禁。

1874 年，他把自己与兰波一起流浪途中的印象写成了《无言浪漫曲》，以此向自己的妻子玛蒂尔德·莫泰致歉。这本诗集是魏尔伦在布鲁塞尔的狱中完成的，面对世界和语言，作为诗人的造物主表现出了超越一切的态度，他不愿意像兰波那样去对抗生命、对抗生活，他也不愿意被自己的心魔、被内心的癫狂所异化。他之成为他者，是因为他把自己融进了多元化了的现实世界，他更愿意被现实中的不同事物与人、不同的自然风光所影响。他所希望的诗歌语言是那样的美丽，是那样绚丽多彩，并不是因为词语本身的意义，而是因为词语的音调；并不是因为词语的厚重，而是因为词语的乐章。很少有人把心灵的颤动与陶醉用短暂和物质的词语表现出来。《无言浪漫曲》就是他与兰波交往这种生命状态和过程的体现，词语因为曲调而存在，词语因为无言而浪漫。面对词语，诗人不再存在，无言的词语用自己的曲调倾诉着浪漫的故事，如流水，似江河，词语打开了一个美妙的心灵天地和诗歌世界。经历了轰鸣和癫狂的人生体验，魏尔伦终于皈依上帝，回归自我。这种回归与皈依体现为心灵的反思和醒悟。出狱后，魏尔伦过了几年的教徒生活，这一时期的诗歌被收录于诗集《智慧集》中。

据说《智慧集》是魏尔伦在比利时刺伤兰波之后被判入狱期间写作的诗歌的汇总，还有人说是他在获释之后撰写的。该诗集出版于 1881 年，其中的核心思想围绕着皈依和灵魂的回归。《智慧集》和《无言浪漫曲》是魏尔伦与兰波相处的那段日子的见证，充分地表现了魏尔伦思想的转变过程和心路历程。从迷狂、紊乱、沉醉到宁静致远，魏尔伦经历了大彻大悟。这两本诗集与兰波 1873 年前后出版的诗歌及其诗集《地狱一季》完整地记录了魏尔伦和兰波在经历同一事件时的不同感受和生命体验。

1884 年，魏尔伦的一部产生重要影响的作品《可诅咒的诗人》（不列颠百科全书译为《厄运诗人》——著者案）问世，重点向国人介绍被他认为是可诅咒的诗人，因为这些诗人在魏尔伦的眼里都是天才：兰波、马拉美、科比埃尔。已经渐渐淡出诗坛的兰波又作为可诅咒的诗人出现在读者的面前，马拉美这位象征主义的领袖人物继续着诗坛传奇，就连科比埃尔这位仅仅写过一本诗集《勉强的爱情》的诗人，也因为作品被收入《可诅咒的诗人》而名噪一时。魏尔伦是第一个使用"可诅咒的诗人"这样的词语来介绍这些象征主义诗人的人。表面看来，这些象征主义诗人被人诅咒，但是他们都是不同寻常的天才，绝对应该在法国文学史上占有一席之地。正因为这部著作，象征主义才从真正意义上被普通的法国读者所接受。他们终于从中发现了一批与浪漫主义诗人完全不同的诗人。所以，《可诅咒的诗人》赢得了年轻的象征主义诗人的喝彩和欢迎，魏尔伦也刚好借着他与兰波的不正常关系和这部著作的发表，彻底与当代帕纳斯派决裂。瓦莱里在谈到魏尔伦时这样说道："他来自艺术，又走出艺术。他摆脱了帕纳斯派，他处在，或者以为处在美学异教的末端。他反对雨果，反对勒孔特·德·李勒，反对邦维尔。他和马拉美关系良好，但马拉美和他是两个极端，这两个极端唯独在一件事——拥有几乎一样多的追随者和反对者——上相似。"①

　　魏尔伦晚年的诗歌代表着灵与肉的两种不同倾向，代表着他对纯洁灵魂的向往，同时又无法摆脱肉体的诱惑。在生活放荡的同时，他还在追寻诗歌的纯净。1884年，他把许多没有成集的旧作收录于《今昔集》，其中著名诗歌《诗艺》受到了象征派诗人的热烈推崇。1888年，"当人们以颓废诗人来对待他时，这种安排是比较正确的"。瓦莱里如是说。这一年，魏尔伦的《爱情集》出版，诗歌中充满虔诚的感情和对纯洁感情的向往。所以瓦莱里才发出了这样的感慨："品行不端、跟艰苦而又动荡的生活做斗争、不稳定的处境、在监狱和收容院内逗留、习惯性的酗酒、经常在下层社会鬼混和罪行本身，这些与文字优美的诗歌创作并不相悖。"②而与《爱情集》平行的，是1889年出版的他的《平行集》，这个诗集则收集了描绘他的放浪形骸的诗作。在灵与肉的矛盾中，魏尔伦用诗歌和文字顽强地继续着自己的生命。《今日作家》是他在1885—1893年完成的又一本著作。1896年1月，贫困潦倒中的魏尔伦在巴黎结束了自己的一生。他是"法国最纯粹的抒情诗人之

---

　　① ［法］保尔·瓦莱里：《瓦莱里散文选》，唐祖论、钱春绮译，27～28页，天津，百花文艺出版社，2006。

　　② 同上书，28页。

一，现代词语音乐的创始人，是从浪漫主义诗人过渡到象征主义的标志"①。

二、诗歌美学观

魏尔伦的诗歌美学主张见于收入《今昔集》的著名诗歌《诗艺》。其中的很多主张在继续了波德莱尔美学思想的同时，特别强调了音乐与词汇之间的关系，以及音乐在诗歌中的至高无上的地位。瓦莱里在谈到魏尔伦的这种追求时说道："魏尔伦身上的这种反动，鼓励他创造了一种与完美形式相反的形式，完美的形式使他厌烦。他有时候好像在音节和韵脚内探索，有时候似在寻觅最具瞬间音乐性的表达法。他甚至宣告他发明了一种诗艺：'音乐先于一切'。他为此偏爱诗的自由体……这种决定意味深远。"②

> 音乐高于一切，
> 最好用单音节，
> 朦胧与大气一体
> 轻盈无半点行迹。

"音乐高于一切"的起句在诗歌的结尾得到了进一步的强化：

> 还要音乐，永远要音乐！
> 让你的诗句插上翅膀，
> 让人们感到它逃脱灵魂的羁绊，
> 在另外的爱情天地里翱翔。③

第一，诗人强调了诗歌的音乐性，强调了"音乐高于一切"的观点。词汇所创造的音乐开启了另一个空间，除了飘浮的音符之外，那里是一片纯

---

① 中美联合编审委员会编：《简明不列颠百科全书》，242页，北京，中国大百科全书出版社，1986。
② ［法］保尔·瓦莱里：《瓦莱里散文选》，唐祖论、钱春绮译，28页，天津，百花文艺出版社，2006。
③ 辜正坤主编：《世界名诗鉴赏词典》，448～449页，北京，北京大学出版社，1990。

洁、轻盈、没有人间烟火的世界。词语符号被剥夺了所指，能指显示的只是他们的音乐天地，只是符号的音节形式。在诗歌所表现的音乐世界里，诗人不断强调词汇的音响效果，音节响亮的词汇，它们要有机的结合，形成词语的相互交融和共鸣，形成诗歌的交响曲。另外，诗人强调词语的节奏、韵律和动感，在浑然一体的交响世界里，飘动着单音节所代表的音符，它们的流动在"朦胧与大气一体"的诗歌空间里划出了一道道难以察觉而又美丽无比的生命轨迹，诗歌中的气息如同随风飘荡的音符，拨动了心灵的琴弦，"轻盈无半点行迹"，然而却留下了一丝心灵的颤动。叶芝把这样的时刻叙述为："我们既睡着又醒着的时刻，这个创造的时刻，用一种迷人的单调致使我们静寂，用种种起伏致使我们振奋，从而处于也许是真正出神入定的状态，于是思想从意愿的重负下解放，在象征中展开。"①同时诗人要求音韵平易近人，诗歌需要易于上口，避免说教和雄辩。

第二，诗人强调诗歌的表现形式和选择词语的方法："最难得的是灰色的歌，将模糊与清晰有机结合。"诗人由此表露出他所希望的诗歌境界：清晰与模糊、朦胧相结合，含义清晰的词汇中透出模糊、朦胧的诗意，如痴如梦，若明若暗，如梦似真。这样的诗歌境界又必须由充满暗示、象征和不同含义的词汇支撑，含义清晰的词汇则犹如朦胧境界中的一条小溪和线索，牵引着读者的思绪。词汇在清晰与模糊之间形成明暗对立的诗意世界，清晰的词汇好像一把利剑要刺透光尘后面的朦胧，挑落蒙在秀媚眼睛上的面纱，让"温馨的秋空中，闪烁熠熠星光的蔚蓝"。

第三，诗人强调了音乐与色调、与芳香之间的关系。魏尔伦继承了波德莱尔的应和理论，在强调音乐的主体地位时，特别指出不同的事物在人的感官中造成的不同反应。

> 让你的诗句成为真正的冒险，
> 在抽搐的晨风中缤纷
> 那晨风吹开落荷与百里香的花朵，

---

① 王家新、沈睿编选：《二十世纪外国重要诗人如是说》，56页，郑州，河南人民出版社，1992。

舍此一切都是文学赝品。①

现实的时空和空虚的想象构成了虚与实的诗歌空间，诗句断裂、飘浮其中，演化成飘荡的音符和花朵，好像真的被晨风吹开，漫天的飘香瞬间充斥在诗歌所构成的意境里。飘动的诗句随风而去，飘香的诗句空间成为无限的想象空间。"声音，或色彩，或形状，或所有这些，如果未曾建立成一种和谐的联系，他们的情感将只能在其他的思想中存在。"②这里的声音、色彩、芳香和形状构建了静中有动、动中含静、虚实相间的诗歌世界，既巧妙地把诗句的音乐性和它产生的视觉和嗅觉幻想结合在一起，又展示了魏尔伦希望创造的诗歌境界。"从那种通感割裂时间的效果中出现了一种审美的空间，在这'同质的、空无的'技术进步的节奏的缝隙中为灵魂辟出了一小块栖居之地；本雅明以他特有的方式把它定义为'气息'（Aura）。气息之所以是非意愿的回忆的庇护所，是因为'它极度地麻醉了时间感，并在它换来的同样的气息中引回了岁月'。……这种气息的效果在于它唤起感觉的不可穷尽性，因为花朵的馨香和一幅画的魅力本身都是滋养着审美的欲望的源泉。"③诗歌现实既是现实，又是梦幻。如现实，我们可以从中发现、感觉到事物的存在；如梦幻，我们无法捕捉事物，无法看见事物，因为事物来自诗人的灵魂，属于诗人心灵的吟唱。正如克洛岱尔所说："在他最出色的诗歌中，应该承认这类诗歌并不多，我们会产生这样的印象，意即不是一位作家在诉说，而是一位作家无法抑制的灵魂在诉说。"④没有了灵魂的吟唱，诗歌将失去所有华丽的外表，音乐也就成为失去依附物的空壳。

"追寻音乐高于一切，并不意味着仅仅注重节奏与音调，而是在反对话语分析模式时，孕育另外一种话语逻辑、一种框架与总和逻辑。目的是让词汇演奏，恰如音乐之于乐符或印象派画家之于色彩。魏尔伦的诗歌用配

---

① 辜正坤主编：《世界名诗鉴赏词典》，448～449 页，北京，北京大学出版社，1990。

② 王家新、沈睿编选：《二十世纪外国重要诗人如是说》，55 页，郑州，河南人民出版社，1992。

③ 胡经之主编：《西方文艺理论名著教程》（下），516～517 页，北京，北京大学出版社，1986。

④ Alain Buisine. *Verlaine*：*Histoire d'un corps*. Paris：Tallandier，1995：15-16.

合和和谐取代话语逻辑的音节及其句法结构。从此，词语失去了它们严格意义上的词义或者准确的描述，词语成为暗示艺术的素材。"①

三、作品分析

1. 从浪漫派到帕纳斯派的审美变化

从受浪漫派、帕纳斯派诗人和波德莱尔的影响开始，魏尔伦的诗歌创作逐渐形成自己的风格。他早期的诗歌虽然也有《美丽的歌谣》，但是更多地充满了愁情和对梦境的回忆，《亲切的梦》《秋歌》《月色》等大多沿用了浪漫主义、帕纳斯派和波德莱尔诗歌所表现的主题。《秋歌》更多地从浪漫主义那里吸收了灵感，多愁善感的性情与秋风秋色搅动起拉马丁式的"略有些伤感的悲哀"，像拉马丁的《湖》那样撩拨起对往事的回忆：

> 长久听啜泣
> 秋天的
> 梵哦玲
> 刺伤了我
> 忧郁
> 枯寂的心。

> 使人窒息，一切
> 又这样苍白，
> 钟声响着，
> 我想起
> 往昔的日子
> 不觉落泪。

> 我，犹如转莲
> 听凭恶风

---

① Bertrand Marchal. *Lire le Symbolisme*. Paris：Dunod，1993：87.

送我漂泊
海北天南
像一片
枯叶。①

　　"长久听啜泣"既没有点出听的主语，也没有点出啜泣的主语，句子的
倒装拉开了诗歌的空间，让"秋天的梵哦玲"展开，悠长地去刺伤我的心。
因为是秋天，才会有"秋天的梵哦玲"，因为忧郁、孤寂，心才会被刺伤。
外部世界与内心世界的反复撞击和回应穿越悠长的空间，零零散散而又非
常密切地作为整体出现。"窒息""苍白"的现实空间通过流动的钟声使岁月
倒流，过去与现在吻合，没有着落的心像秋天的枯叶，飘零在往昔的岁月
里。魏尔伦尽力使过去的回忆成为今日的现实，尽力模糊和麻痹时间感，
通过不同的时间概念让空间呈现多元、复式、开放的层次感。由词语构成
的复式空间中，时间感亦通过运动的词语表现出来，"啜泣""刺伤""送""漂
泊"等动词使整首诗充满悠长的韵律和节奏，动感十足，同时也充分地揭示
了诗人飘忽不定的心绪。"转莲""恶风""枯叶"等名词词组既勾画出空间的
不同层次，也表现了某种动感，与动词密切配合共同构建了整首诗的音乐
气息。"朦胧与大气一体，轻盈无半点行迹。"无迹可寻，却在诗人的内心深
处留下了秋天的哀叹和悲伤，主观情感通过看似具象实则虚幻的"梵哦玲"
"转莲""枯叶"得到挖掘，这些零散在诗行之间的具象物被诗人用强烈的情
感抒发心灵化了，浪漫主义的影子依稀闪现在魏尔伦初期的诗歌中。这首
诗中的"恶风""枯叶"与拉马丁《沉思集》的《孤独》所表达的感情又多么相似，
"林中的树叶纷纷扬扬，飘落大地，晚风吹起，满地的落叶被扫出山沟；而
我，完全可以和一枚枯叶相比：狂风暴雨，请你们把我也一起吹走吧！"②。
与拉马丁把自己比作林中的枯叶，直述让狂风暴雨带走相比，魏尔伦更加
注重物象世界的心灵化，使心灵牢牢地依附在物象之中，彼此浑然一体，
若有似无地击打着诗人和读者的内心世界。

---

　　①　辜正坤主编：《世界名诗鉴赏词典》，446 页，北京，北京大学出版社，1990。

　　②　程曾厚译：《法国诗选》，241 页，上海，复旦大学出版社，2004。

除了创作初期对浪漫主义的秉承之外，魏尔伦觉得泛滥的情感表达不能满足自己诗歌创作的需要。他既需要摆脱诗歌强加给诗人的社会和道德功能，也需要摆脱情感的过度宣泄造成的滥情主义倾向，还需要发现客观世界中的美。他似乎对帕纳斯派所主张的摒弃诗人主观感情，突出轮廓，增强造型美感的诗歌更感兴趣，他初期的诗歌大量地表现了这种思想。物象不再是诗人表达情感的工具，它自身展现出的视觉、听觉、嗅觉和触觉美感更多地引起了魏尔伦的关注，他对戈蒂耶"形式越难驾驭，作品就越加漂亮：诗句、大理石、玛瑙、珐琅"①的诗歌主张更是顶礼膜拜。早期《伤感集》中的《亲切的梦》，《美丽的歌谣》中的《月色》等诗歌中，这样的痕迹更加明显：

> 我经常做这个梦，挥之不去又离奇，
> 梦里的陌生女郎：我有爱，而她有情，
> 但是每个梦并不全是同一个人影，
> 但又不全是别人，她爱我，知我心意。
> ……
> 她的目光仿佛是一尊大理石雕像，
> 而她说话的声音，遥远，安静，又深沉，
> 这声音已经沉默，但是有余音绕梁。②

诗人用帕纳斯派的手法客观地描述了梦幻般的境遇，当诗人用梦幻和情爱表现内心的伤感时，对失去岁月的怀念更接近贵族浪漫主义对主观情绪的流露。然而当诗人对那个逝去的影像进行描述时，帕纳斯派的痕迹便一览无余，梦中的陌生女郎和影子被客观地展现在读者面前。整首诗的美全部表现在抽去了诗人情感的冰冷事物上，就连自己的梦中情人也"仿佛是一尊大理石雕像"，冷冰冰地没有热情、没有声音，在梦中闪现，缠绕着诗人的情感。用对物象本身的描述来表现诗人的审美情趣在魏尔伦早期的作

---

① 柳鸣九主编：《法国文学史》第二卷，223页，北京，人民文学出版社，1992。
② 程曾厚译：《法国诗选》，382页，上海，复旦大学出版社，2004。

品中非常突出，也在某种程度复原了诗歌自身的功能，纠正了浪漫派诗歌的滥情主义。

> 溶溶的月亮静悄悄，又愁又美，
> 使树林里的小鸟进入了梦乡，
> 使喷泉的水呜呜咽咽地沉醉，
> 苗条的水柱，四周是大理石像。①

　　轮廓、造型等摒弃了诗人情感的形式犹如一幅幅美丽、冰冷的静物画，展示着自然世界里未加修饰的形式美。用"溶溶""静悄悄""愁"和"美"来表现月亮的轮廓和形状，表现去除诗人情感后的状态。与此相对应的是对小鸟的描述，诗人摄取了这样的视角，没有描述小鸟的啼鸣，那样会破坏冷清的月光所构建的世界，作为衬托的小鸟只有以静物的形式出现，才会加重月亮的愁和美。诗歌中唯一的声音是喷泉的水呜呜咽咽，与静寂的月亮和树林相比，水的呜咽又是那么的孤寂和无助，在由"苗条的水柱"和"大理石像"等线条和造型构成的静物背景中唱起了孤寂的歌。魏尔伦还经常用"荒凉，冷落的古园""枯了的眼睛，瘪了的嘴唇"等来强调轮廓和造型所产生的超越情感的客观美。

　　当代帕纳斯派的印记在这首诗歌里显露无遗，就像戈蒂耶的《白色大调交响曲》所要表达的审美情趣一样，"是白色大理石暗冷的躯体，古代的诸神曾借以寄身；是取本色银器，取乳白石，有一点光就会色彩缤纷"②。

　　2. 被具象化的虚幻世界

　　当魏尔伦从他与兰波的故事中解脱出来时，他的诗歌创作也发生了变化，他对词语的所指功能的处理越来越淡化，对词语的音节、音调、节奏、韵律等越来越重视，所以他把自己与兰波的经历称为《无言浪漫曲》，词语失去了意义，成为有音节和韵律的浪漫曲。诗歌的意义不但可以透过若明若暗的词语捕捉，更可以透过由此所产生的无垠空间捕捉，所以《无言浪漫

---

① 程曾厚译：《法国诗选》，384 页，上海，复旦大学出版社，2004。

② 同上书，319 页。

曲》里便有了《泪洒我心中》的诗歌。

> 泪洒我心中，
> 像秋雨落满城，
> 何等缠绵的愁绪，
> 缭绕在我的心胸。
>
> 啊，这柔细的雨声，
> 跳荡在大地和屋顶；
> 啊，这缠绵的细雨之歌，
> 回荡在我怅惘的心中！①

魏尔伦始终坚持的是营造诗歌氛围，与内心的情绪相互回应，形成突破追求单一具象美或者心灵美的诗歌理念，《泪洒我心中》就是这一诗歌美学思想的实践。"泪洒我心中，像秋雨落满城"，泪水与细雨划出两个空间，一个出自诗人的情感世界，一个出自由心灵所引出的外部世界，当两个空间在这里交汇时，心灵之歌与自然之歌各自独立存在。"泪洒我心中"由一个无人称句开始时，诗人已经被排除在诗歌之外，但是这种看似排除了诗人感情的起句恰恰为诗人心中注入莫名情怀，无人称的"泪洒"与有我的"心中"以对立的形式开始，被物象化了的泪水注入了心灵之中，无我与有我的对立为整首诗奠定了基调。无我融入有我之后，心中的泪水化作"缠绵的愁绪"依附在我的心中，内心的无奈和愁绪因为有了秋雨而被放大，"像秋雨落满城"中的"像"随即把读者带出了诗人的感知世界，进入了由此产生的幻觉世界，有我随之被引向秋雨飘飘的想象之城，引向兰波所描述的秋雨之城，看似符合逻辑的"泪水"和"秋雨"非常巧妙地既表达了诗人的内心情感，同时又引用兰波的诗句暗含某种互文性特点，空间的张力和丰富的包容性显露无遗。无中生有的秋雨和城市又引出了自然之歌，想象的世界随之又变得真实起来，好像秋雨真正出现了，要不然"这柔细的雨声"何以能够"跳

---

① 辜正坤主编：《世界名诗鉴赏词典》，448 页，北京，北京大学出版社，1990。

荡在大地和屋顶"，诗人突然间好像真的把心灵物象化了，这些本来属于想象空间的细雨被注入了某种真实的质感。细雨敲打着大地和屋顶，回应着诗人的内心世界，然而诗人并没有在秋天的细雨中把自己的愁绪传递出去，相反更加重了他的这种愁绪。词语的韵律和着雨声在无垠的外部世界和诗人的内心世界流动，为朦胧模糊的空间注入动感和音乐。泪水与细雨突然间在朦胧的空间闪光显现，引发了诗人生命中的记忆空间。诗人用看似难以捕捉的词语，以及它们所勾画出的内心与外部世界，让记忆长河里难忘的故事在不同的空间流动和畅想。"记忆既可以长期潜伏，也可以突然复苏。……记忆是一种始终处在现实之中的现象，是被人体验过的与现实的永恒联系；它被模糊不清、混杂一起、一体或漂浮不定、特别或象征性的回忆所充斥，它对任何变化，各式各样的场景，审查或放映都很敏感。"①内心世界和外部世界同时闪亮起过去的记忆，与飘雨的城市和流泪的心交融在一起，因此，"这世界，就重叠在我们的心灵上。虽然我们不能穷尽它，但是它就在那儿，以文学的名义无止无休地诱惑着我们，召唤着我们"②。王国维所说的"无我之境，人唯于静中得之。有我之境，于由动之静时得之"，正是这首诗所要表现的境界，静时的无我之境和由动至静时的有我之境均被魏尔伦淋漓尽致地勾画出来。"他可能的全部恶行就是他内心恪守、扩展或是发展过这种美妙的发明力量，这种表达甜蜜、热忱、温柔凝聚的力量，没有一个人像他那样提供过。因为他擅长最能干诗人的一切精细敏锐。在外表看似平易，又具有天真的几乎稚童般音调的诗作中，没有人能像他那样懂得隐藏或是溶解一种完美艺术的源泉。"③魏尔伦用词语的能指表现虚幻的想象世界，也时不时以词语的所指表达物象的质感，既可以感知，亦能够触摸，词语以诗歌的名义反抗着强加在它们身上的社会道德功能。无我之境和有我之境兼而有之的诗歌境界，在魏尔伦《无言浪漫曲》以后的创作中愈发明显：

---

① Pierre Nora. *Les Lieux de mémoires*. Paris：Gallimard，1995：15.

② 史铁生：《灵魂的事》，36 页，天津，百花文艺出版社，2005。

③ ［法］保尔·瓦莱里：《瓦莱里散文选》，唐祖论、钱春绮译，25 页，天津，百花文艺出版社，2006。

> 屋顶上的那角天幕，
>
> 蔚蓝，宁静！
>
> 屋顶上那棵大树，
>
> 摇晃轻轻
>
> 钟声在眼前的天上，
>
> 悠悠响起。
>
> 鸟儿在眼前的树上，
>
> 哭哭啼啼。①

"两个相距越远的景象，它们所表现的现实越接近，它们的力量就会越强大。"宁静的天空与轻轻摇晃的大树一静一动，构成了眼前的无我之境，同时也构成对立的动静境界。这种无言的动静境界被天空的钟声和树上的鸟叫声打破，远处的钟声与身边的鸟声表现了近似的动感世界。眼前是诗人的视觉世界，远处是诗人的听觉世界，它们共同构成了具有震撼力的诗歌意境。诗人最终会寄托自我于复杂的无我之境。他的诗句既表达了诗人静如止水的心灵，同时也流露着对青春已逝的感慨：

> 你又如何虚扔，你呀，
>
> 哭泣阵阵，
>
> 你说，如何虚扔，你呀，
>
> 你的青春？

眼前宁静的诗歌空间，在动与静的变化之间，从近至远，由静到动。平静的空间中飘扬起钟声，流动着小鸟的叫声，诗歌空间突然产生了一种看不见的气息，由自然世界的境界透露出诗人的心境。气息由表及里，逐渐进入诗人的心灵，演化成线性的记忆长河，历时性和现时性又在这样的空间里交叉。景象、意象、气息亦动亦静地出现在这个由词语构成的诗歌

---

① 程曾厚译：《法国诗选》，387～388页，上海，复旦大学出版社，2004。

世界里，宁静的心境好像被某种不经意的东西所触动，无法摆脱。也许诗歌空间里流动的是记忆，也许是记忆印象。

> 我是我印象的一部分，
> 而我的全部印象才是我。

我没有用记忆，而是用了印象。因为往日并不都停留在我的记忆里，但往日的喧嚣与骚动永远都在我的印象中。因为记忆，只是阶段性的僵死记录，而印象是对全部生命变动不居的理解和感悟。记忆只是大脑被动的存储，印象则是心灵仰望神秘时，对记忆的激活、重组和创造。记忆可以丢失，但印象却可使丢失的记忆重新显现。一个简单的例证是：我们会忘记一行诗句，但如果我们的心绪走进了那句诗的意境，整个诗句就毫厘不爽地从我们记忆里浮现出来。①

四、接受与影响

魏尔伦继承了浪漫主义、帕纳斯派和波德莱尔的诗歌创作理论，受到了瓦格纳音乐创作理论的影响，并对中国现代诗歌产生了较大影响。徐志摩在《语丝》上发表的波德莱尔《恶之花》中的《死尸》的译文序中对象征主义所提倡的诗歌语言的音乐性，也就是魏尔伦强调的音乐高于一切的观点大加赞赏，指出"诗的真妙不在他的字义里，却在他不可捉摸的音节中"。这种主张与魏尔伦所主张的"朦胧与大气一体，轻盈无半点行迹"如出一辙。

受到魏尔伦等法国诗人的影响，在法留学时的李金发，就编了自己的第一本诗集《微雨》，并在国内出版，一时成为中国新诗诗坛上的一件大事。当时就有人称他为"魏尔伦的音调"。魏尔伦对李金发的影响，不但是文学界的判断，也得到李金发本人的确认。朱自清称李金发首先把"法国象征诗人的手法""介绍到中国诗里"。周作人等则给予了更高的评价，认为"其体裁、风格、情调都与现实流行的诗不同"。金丝燕曾经对两人的诗作过细致的对比研究。"按照金丝燕的研究，李金发对魏尔伦的接受，集中在诗体与

---

① 史铁生:《灵魂的事》，36～37页，天津，百花文艺出版社，2005。

形象上。李金发的《有感》一诗在诗的形式上源自魏尔伦的《秋歌》，而李金发与魏尔伦相类似的诗歌形式与题材有：秋、死叶、月夜、雨、琴声、钟声、灵魂等。"①李金发《一无所有》中的"风儿在窗外赶着雨点，屋瓦发出报复的沉吟，长林惟有灰死之色，给远山凭吊"②和《举世全是诱惑》中的"你向我洒泪洒得多了，给我心曲一个永远的回音"好像在回应魏尔伦的"啊，这柔细的雨声，跳荡在大地和屋顶；啊，这缠绵的细雨之歌，回荡在我怅惘的心中"，尤其是他的"微雨浅湿帘幕，正是浅湿我的心"与魏尔伦的"泪洒我心中，像秋雨落满城"所表现的情感和意境何其相似。当有人指出李金发的诗歌太过"欧化"时，他以自己师承魏尔伦作为挡箭牌，"对此，台湾学者杨允达曾经说：'李金发是第一个以法国象征技巧写诗的人，他师承魏伦（即魏尔伦，引者案）自认为魏伦的弟子。但是他的毛病就是没有学到魏伦锻炼语言文字的功夫。'"③由此可见，魏尔伦对李金发的影响。

穆木天在《谭诗》的诗学文章里写道："我忽的想作一个月光曲，用一种印象的写法，表现月光的运动与心的交响乐。我想表现漫射在空间的月光的振动，与草原林木水沟农田房屋的浮动的调和及水声风声的响动的振漾，和在轻轻的纱云中的月的运动的律的幻影"，和他所主张的"诗是一个有统一性有持续性的时空间的律动"在反复地强调诗歌的音乐性，他所希望的诗歌世界与魏尔伦的追求不谋而合："在人们神经上振动的可见而不可见可感而不可感的旋律的波，浓雾中若听见若听不见的远远的声音"，音乐性在诗歌中的作用显而易见。王独清"把'色'与'音'放在文字中"的提法也在音上更靠近魏尔伦。他认为"最高的作品"是"用很少的文字奏出和谐的音韵"，说自己最爱拉马丁、魏尔伦、兰波和拉佛格的作品，最倾心魏尔伦"De la musique avant toute chose"（音乐高于一切）的主张。梁宗岱也谈到要"彻底认识中国文字和白话底音乐性"。他指出："把文字来创造音乐，就是说，把诗提到音乐底境界，正是一切象征诗人在殊途中的共同倾向。"④

---

① 陈太胜：《象征主义与中国现代诗学》，65 页，北京，北京大学出版社，2005。

② 吴欢章：《中国十大现代流派诗选》，182~183 页，上海，上海文艺出版社，1989。

③ 陈太胜：《象征主义与中国现代诗学》，72 页，北京，北京大学出版社，2005。

④ 梁宗岱：《梁宗岱文集·Ⅱ评论卷》，14 页，北京，中央编译出版社；香港，香港天汉图书公司，2003。

据好友杜衡回忆，戴望舒在学习法文期间，曾经直接阅读过魏尔伦的作品，而且戴望舒还把魏尔伦的《瓦上长天》（又译《屋顶上的那角天幕》，著者案）和《泪珠飘落萦心曲》（又译《泪洒我心中》，著者案）等诗歌翻译成汉语，他的《老之将至》《秋天的梦》似乎也残留着魏尔伦诗歌的痕迹："怕这些记忆凋残了，一片一片地，像花一样；只留着垂枯的枝条，孤独地"，"秋天的梦是轻的，那是窈窕的牧女之恋"①。《雨巷》更是在魏尔伦强调音乐性的影响下写作的代表作。但是戴望舒更强调诗歌的本体意义，他主张："诗的韵律不在字的抑扬顿挫上，而在诗的情绪的抑扬顿挫上，即在诗情的程度上。"②这与魏尔伦所主张的表现的并非文字，而是诗歌的气息又是何其相似。"诗情"和"气息"在兼顾传统和现代的同时，更注重诗人的创新，以有形传递无形，以无形展现有形。戴望舒前期的诗歌创作把魏尔伦诗歌主张中的现代性和中国传统诗歌的审美需求完美地结合在一起，而且在现代诗歌中延伸了这种需求。"戴望舒的前期代表作《雨巷》，将法国早期象征派诗人魏尔伦追求语言的音乐性、意象的朦胧性与我国晚唐的婉约词风相融合，使'中国旧诗风'发生了现代意义上的'创造性转化'。《雨巷》的现代汉语意味，不仅表现在'雨巷'这一富有民族情结和充满汉语诗意的象征体的朦胧美，还突出体现了以诗人情结为内在结构的现代汉语音节的韵律美。叶圣陶称赞《雨巷》'替新诗的音节开了一个新的纪元'。诗人注重汉语音节，并不影响内心开拓及诗意发掘，因为音节安排服从并巧妙融入象征的诗意方式之中。"③魏尔伦主张文字的韵律、节奏、气息等，这些观点之所以能在中国产生更大的影响，是因为它们符合中国文人的传统审美习惯。

五、经典评论

勉强指出诗人魏尔伦与他同时代的某位诗人或者画家之间的相似之处，并没有意义。他不像画家，是色彩专家，不像他们那样表现自然中的光线或者关注自然中的静静青苔。他感觉比他们更像音乐家，更渴望使自己昏

①　戴望舒：《戴望舒精选集》，32页，北京，北京燕山出版社，2006。

②　同上书，135页。

③　李杭春主编：《多维视野中的百部经典——中国现当代文学卷》，187页，杭州，浙江古籍出版社，2004。

昏欲睡的梦幻，与福楼拜和莫泊桑需要丑化或展现的现实相平行。事实上，还有一个文学上的印象派。龚古尔兄弟是对此意识最清楚的作家，他们奉献了最出色的散文样本，而且我们在此希望把他们与其作品区分开来。早在1865年3月，马拉美就给加扎利写信提到了自己的《海洛狄亚德》："我在那里找到了描绘和记录稍纵即逝的印象的特殊而又亲密的方法。"我们知道雨果用一句让人吃惊然而却很准确的话称魏尔伦为"我可爱的印象派诗人"。有时我们希望把这种魏尔伦的印象派限定在其创作生涯的很短时间：1872—1874年，而且我们确信他随后就超越了这个时期。也许他变了，而且也明白了这种艺术因为单调所面临的窘境。但是，这种对所有事物的简单明了的感觉却为我们留下了袅袅余音，也在诗歌中留下了不可捕捉的感觉，内心感受和感情没有被排除，而且还得到了印象的补充。除了1873年夏天《智慧集》中那首非常著名的诗歌《希望燃起……》外，诗歌中的印象和含而不露的象征相结合（稻草的细枝也许是优雅，胡蜂也可能是女人，水抚摸着凹坑中的卵石），魏尔伦许多最美的诗歌依然属于印象派。与其说是创作，不如说是排列，而且诗歌中包含着逝去的时光中的悲剧成分，这些逝去的时光用对过去的怀念，用面对未来时的忧郁来装扮现在的印象。我们把魏尔伦那些最可能列入法兰西印象派诗歌集的诗歌列举如下：《今昔集》中的《清晨的天使》（最初用另外的标题在《当代帕纳斯》杂志发表），同一诗集中创作于他在狱中的几年（1873年10月）的《万花筒》，以及后来突然发表在《平行集》中的《边缘》，后者是一首关于想象的诗歌。①

---

①   Henri Peyre. *Qu'est-ce que le symbolisme?*. *Paris*: *P. U. F.*, 1974: 93-94.

第四章　阿尔图·兰波

一、生平与创作

可憎的伙伴并不知道真情：
在这个孩子身上修辞学的谎言
崩裂如水管，寒冷造就了一个诗人。①

　　这是被誉为"奥登一代"的英国诗人奥登在以《兰波》为标题的诗中对兰波的描画。

　　阿尔图·兰波 1854 年 10 月 20 日出生在法国的沙勒维尔，父亲是陆军军官，母亲生性专制，兰波深受其苦。少年兰波得不到母爱。他在上中学时，表现出了对诗歌的狂热并得到修辞老师的理解、鼓励和指导。他是最优秀的学生，但性格里已经表现出对世俗社会的鄙视和反抗，他感到自己身上萌发了对诗歌的偏爱和难以遏制的诗歌才华。1870 年，他以一篇拉丁诗获得学区竞赛第一名，还在巴黎的《大众杂志》发表了他的第一首诗《孤儿的新年礼物》。这一年 7 月，普法战争爆发，他失踪了。他只身乘火车来到了巴黎，因无钱买票，半路上被拘捕，后来他的老师代缴了罚款，才把他带回了沙勒维尔。到了 10 月，学校已经开学，他却辍学，再次出走，游荡于法国北部及比利时，过着饥寒交迫却无拘无束的生活。1871 年 2 月 25 日，他卖掉自己的手表，又去了巴黎，在极度饥寒中生活了半个月，于 3

---

① 潞潞主编：《忧郁与荒原——外国著名诗人代表作品选》，244 页，北京，北京出版社，2003。

月 10 日步行回到了沙勒维尔，之后他的性情大变，写出了许多愤世嫉俗、最激烈、最愤慨的诗歌，表达对现实生活的厌恶，对纯真生活的向往，以及善恶之间的搏斗意识。他经常饮酒，拒绝工作，反对宗教，不遵守纪律。3 月 28 日爆发了巴黎公社运动，5 月 28 日，巴黎公社被镇压在血泊之中。在此期间，对于兰波是否去过巴黎，人们的争议很大。4 月 18 日到 5 月 12 日，人们不知道他去了哪里。5 月 13 日他回到了沙勒维尔，给他的修辞学老师乔治·伊桑巴尔写了一封信，就是他的第一封所谓通灵人的信。信中兰波表达了对屠杀巴黎公社成员的强烈不满："我将是劳动者。当狂怒把我推向巴黎的战场时，我便有了这样的想法。无数的劳动者倒在了那里，而我还在给你写信！现在还要工作，我永远、永远都不再工作，我罢工了！"①同时提出了著名的"我是他者"的观点。两天以后的 5 月 15 日，他给自己老师的朋友保尔·德莫尼写了第二封所谓通灵人的信，提出了自己的诗歌理论。由于他的新美学思想无法用现存的语言形式表现，所以他提出要寻找能够表现自己感觉的语言，必须创造属于自己的感官语言。

　　1871 年 8 月，兰波把自己按照他提倡的诗歌意境所创作的几首新诗寄给了巴黎的魏尔伦，其中就包括那首著名的十四行诗《元音》。魏尔伦大为赞赏，立即复信欢迎他到巴黎去："来吧，亲爱的精灵，伟大的精灵，人们在呼唤你，人们在等待你。"9 月，兰波再次来到了巴黎，受到了沙尔·科鲁和魏尔伦的热烈欢迎。临行前，他写了一首技艺精湛、意境新颖的杰作《醉舟》。当他在朋友家里朗读了自己的新作之后，得到了大家的一致赏识，决定把他推荐给泰奥多尔·德·邦维尔。他先是在魏尔伦家里借宿了一段时间，随后他又先后在泰奥多尔·德·邦维尔和沙尔·科鲁家里借住。在巴黎期间(1871 年 9 月至 1872 年 7 月)，他和魏尔伦产生了超出友谊的情感，流言四起。1872 年年初，社会上对兰波的评价分为截然相反的两类，有人认为他是诗歌天才，有的人指责他没有与人交往的能力。为了兰波，魏尔伦整日与妻子争吵不休。无奈之中，兰波只好暂时离开巴黎，回到了沙勒维尔。不久后又去了比利时。这时的魏尔伦，表面上和妻子和好了。可是

---

① Arthur Rimbaud. *Poésies*，*Une saison en enfer*，*Illuminations*. Paris：Gallimard，1984：200.

到了 1872 年 7 月，魏尔伦抛开妻子，随兰波流浪到了伦敦。两个人贫困潦倒，争吵不断。兰波希望尽快摆脱魏尔伦的纠缠，到年底时，他又返回了沙勒维尔。到 1873 年年初，兰波又回到了重病的魏尔伦身旁。他们在伦敦一起散步，一起在博物馆朗诵诗歌，度过了几个月的时间。4 月，魏尔伦去了比利时，兰波去了罗什。他在那里又写了一些诗歌，成为后来出版的《地狱一季》的一部分。7 月，兰波来到布鲁塞尔，打算和魏尔伦一起返回伦敦。这时两人却发生了激烈争吵，兰波假意要离开魏尔伦返回巴黎时，被魏尔伦开枪打伤。兰波被人送到了马赛的圣约翰医院，一周后出院，回到了罗什的母亲身旁，在那里完成了散文诗集《地狱一季》，记录了他与魏尔伦那段不堪回首的生活："这是地狱，永恒的痛苦，瞧！无情之火升起来了，我受着应有的炙烤。滚开，魔鬼！…… 这仍是生活！假如永恒地罚入地狱！这难道不是一个想自残手足的人受到的应有惩罚？既然我相信是在地狱中，那我就是在地狱中了。"①兰波在《坏血统》这首诗里通过非常隐秘的方式解释了他与魏尔伦分别的原因："至于建立幸福生活，无论是否家庭生活……不，我无法做到。我太放荡不羁、太孱弱。只有劳动，生活才会多彩，古老的真理如是说：我、我的生活不是那么沉重呆滞，它飞翔、高高飘浮在行动——这个世界上珍贵的点上。"②诗集计划在布鲁塞尔出版，尽管兰波略带讽刺地标价 1 法郎，但还是因为他支付不起印刷费而束之高阁，直到 1901 年才被人发现。

1873 年成为兰波的转折之年，是他与魏尔伦分手的一年，也是他创作《地狱一季》的一年。所以，这一年是兰波的双重决裂之年：与魏尔伦分手，与表达个人感情的主观诗歌论者决裂，提出了新的文字的炼金术。从此以后，兰波开始浪迹天涯，1874 年 3 月，兰波又来到了伦敦。7 月他又到了英格兰的雷丁，一直在一家语言学校待到了 11 月，年底他回到了沙勒维尔。1873 年至 1875 年，他完成了早在《地狱一季》之前就开始创作的《彩图集》（又译为《灵光篇》，著者案），这部诗集直到 1886 年才得以出版，完稿

---

①　潞潞主编：《忧郁与荒原——外国著名诗人代表作品选》，30 页，北京，北京出版社，2003。

②　Arthur Rimbaud. *Poésies*, *Une saison en enfer*, *Illuminations*. Paris：Gallimard, 1984：130.

后兰波即与诗坛告别，开始了流浪生活。《彩图集》是一部散文诗集，是他诗歌创新的顶峰，这种诗体也是他简洁却充满神秘风格的最好表现形式。1875 年 2 月，在开始将近 15 年的冒险生活之前，他来到了斯图加特，再次见到了魏尔伦（也许是最后一次）。

1876 年，他与荷兰军队签订了 6 年的服役合同，1877 年，他回到了沙勒维尔，后加入了美国海军。他的足迹遍及欧、亚、非三大洲。1891 年，他在非洲旅行的途中膝盖剧痛，这从他 1891 年 2 月 20 日在津巴布韦的哈拉雷写给母亲的信中能找到证明："我现在很不好，至少我右腿上的静脉曲张让我痛苦不堪。这就是我们在这些凄凉的国家所收获的苦痛，静脉曲张因为感冒而更加复杂，而这里的天气并不冷，是这里的气候引起的。从今天算起，因为这可诅咒的右腿上的疼痛，我已经 15 个夜晚没有合眼了。"①他曾经希望去雅典，希望那里炎热的天气能够治好自己的病，他在无奈之中乘船回到了马赛，其中的疼痛无法想象，这也从他同年 5 月 21 日写给母亲的信中可以看出来："经历了可怕的疼痛之后，无法在雅典得到治疗，我乘邮船回法国。"

"经历了 13 天的痛苦之后，我于昨天到达。到达时过于虚弱，天气寒冷，我只好住进这里的教会医院，我每天付 10 法郎，含医生的费用。"②之后不久，他就被截取一条腿，11 月 10 日在马赛去世，年仅 37 岁。"他的创作生涯从 15 岁到 20 岁，虽然只有短短几年，但他却成了象征主义的典范。几乎没有哪个诗人像他那样成为人们如此热心研究的对象，也没有哪个诗人对现代诗歌产生的影响比他更大。"③

二、诗歌美学观

兰波在《文字的炼金术》里曾经叙述过自己最初的喜好："很久以来，我自诩能享有一切可能出现的风暴，可以嘲弄现代诗歌与绘画的名流。我喜

---

① Arthur Rimbaud. *Oeuvres III Illuminations suivi de Correspondance* (1873-1891). Paris：Flammarion，1989：139.

② 同上书，140 页。

③ 中美联合编审委员会编，《简明不列颠百科全书》卷 5，99 页，北京，中国大百科全书出版社，1986.

欢笨拙的绘画、门贴、墙上的装饰、街头艺人的画布、招牌、民间彩图、过时的文学、教堂里的拉丁文、满纸错别字的淫书、祖先的小说、童话、小人书、天真的小曲、单纯的节奏。"①他 15 岁时写给自己的修辞学老师的信阐述了自己的诗歌美学："事实上，您所坚持的原则中只有主观诗歌：您固执地回到大学框架之中就是证明。您总是作为一个什么都满足的人，其实又什么都没有做，也不想做什么。更不要说您所提倡的主观诗歌总是那么淡而无味。总有一天，我希望，许多其他人也和我一样，能够在您的原则里看到客观诗歌论，那时我就会真诚地看待您所做的一切。"②兰波所提倡的客观诗歌，就是他在这封信中所说的"我是他者"，诗歌中的人不是诗人，而是他者。换句话说，诗人被排除在诗歌之外，诗歌不再是诗人感情的表现场，诗歌是一个独立的审美体，人们从中所欣赏和仔细品味的是诗歌独立的结构。它所展示的独特的词语搭配、色彩搭配和音韵搭配，不需要其他任何人，包括诗人自己去作多余的解释和说明。想要独立于诗歌，诗人必然与众不同，他所希望成为的诗人是这样的人："我要做诗人，我努力使自己成为通灵人：您一定不明白，我也确实不知道如何给您解释。那就是要通过各种器官所造成的错乱触及不为人知的事物。痛苦是巨大的。但是，应该强大，成为诗人，一出生就是诗人，我认识到自己身上的诗人气质。"③通灵者的诗人，在他 5 月 15 日写给老师的朋友保尔·德莫尼的信中表达地更加明确：

> 想当诗人，首先就要研究关于他自身的全部知识；寻找其灵魂，并加以审视、体察、探究。一旦认识了自己的灵魂，就应该耕耘它。……
>
> 我认为应该是通灵者，使自己成为通灵者。
>
> 必须使各种感觉经历长期的、广泛的、有意识的错位，如各种形式的情爱、痛苦和癫狂，诗人才能成为通灵人；他寻找自我，并为保

---

① ［法］兰波：《兰波作品全集》，王以培译，203 页，北京，东方出版社，2000。

② Arthur Rimbaud. *Poésies*, *Une saison en enfer*, *Illuminations*. Paris：Gallimard，1984：199.

③ 同上书，199 页。

存自己的精华而遍尝苦药。在难以形容的折磨中，他需要坚定的信仰与超人的力量；他与众不同，成为伟大的病夫、伟大的罪犯、伟大的可诅咒者——至高无上的智者——因为他触及了未知，因为他培育了比任何人都丰富的灵魂，他触及未知，当他陷入迷狂，终于失去智慧的视觉时，他才真正看到了视觉本身。……

所以，诗人才是真正的盗火者。①

诗人应该具备穿越无限空间和灵魂的慧眼，应该摆脱常人所说的个人人格的束缚，应该成为"永恒"的代言人。现在的所有感官和语言环境均无法满足他创作新诗歌的愿望，无法满足他到达"未知事物"的愿望，所以他必须创造能满足自己新诗歌美学思想的语言。"我们对新的诗人期待着，要求他们在思想的形式上有所创新"——新的诗歌形式、新的诗歌语言、新的诗歌思想。

三、作品分析

兰波的诗歌创作分为四部分：诗歌、最新诗句（或新诗）、地狱一季、彩图集。这四部分最后被收在一本诗集里。

1891 年，自从诗集第一次出版以来，出版界就默认了这样的结构安排：诗集的"诗歌"部分收集了兰波从 1870 年 1 月 2 日发表在《大众杂志》上的《孤儿们的新年礼物》到 1871 年 9 月中旬出发去巴黎之前在沙勒维尔创作的《醉舟》的所有诗歌。这一部分共收录诗歌 41 首，既有深受波德莱尔影响的《感觉》《初夜》《致音乐》《恶》《冬日幻想》《我的流浪生活》，还有得到文学界一片喝彩的《元音》《七岁的诗人》《醉舟》等。

诗集的第二部分最新诗句（或新诗）收集了兰波 1872 年最新的诗歌创作，许多出版社在出版时也将其命名为"新诗"，也就是兰波最新发表的诗作。说是新诗，其实不过是相对而言较新而已。这一部分共收集了兰波的12 首最新诗作，与第一部分在创作上没有太多差别，依然采用的是韵律很

---

① Arthur Rimbaud. *Poésies*, *Une saison en enfer*, *Illuminations*. Paris：Gallimard，1984：202-203.

强的自由诗体。这一阶段的诗歌创作仅仅是第一阶段的延续。除此之外，并无非常引人注目的创作出现。第二部分的 12 首诗中，10 首有标题，2 首没有标题。大部分诗歌所表现的依然是波德莱尔式的主题：《眼泪》《渴望的喜剧》《卡西斯的河流》《清晨的好想法》《耐心的节日》《饥饿的节日》《记忆》等。也有出版社把第一和第二部分合在一起出版，统称为诗歌。

诗集的第三部分就是他的那本小册子《地狱一季》，强烈地表达了自己被罚入地狱的感受："我感觉自己像在地狱，所以，我就在地狱。"也可以说，这本小册子不是写出来的，是他倾尽全部身心的生命体验所构建的心灵大厦，他用一种强有力的手段，把自己的心路历程呈现给读者。最初他想用其他标题："我用散文写了一些小故事，总标题：异教徒之书或者黑人之书。太愚蠢、太天真了。"直到他与魏尔伦在布鲁塞尔的悲剧发生之后，他才找到了"那个既是对通灵人传奇工程的总结，又是对爱情体验忏悔的最后标题"。

诗集的第四部分是《彩图集》，这本小册子的写作所用的时间较之其他作品要长得多，兰波早在创作《地狱一季》之前就开始写这本小册子，一直到 1873 年的转折年之后。魏尔伦确认诗集标题是兰波自己的选择，但是在兰波的手稿里没有任何有关这本小册子标题的蛛丝马迹。因此，这本小册子就成了不解之谜，这些散文诗是兰波诗歌美学的最后见证：谜一样的、具有厚度、朦胧似深渊的文字，读来余味无穷。

兰波的诗歌创作虽然只有四个小部分，但是他带给诗坛的影响绝不是这一本诗歌集所能承载的，他的独特在于他不但继承了从波德莱尔开始的象征主义审美观，而且在创作过程中不断探索，不断创新，使象征主义的审美理论向深度和广度发展开拓。正因为如此，象征主义才能够经得起时间的考验，才能够在法国文学史上上承浪漫主义，下启现代派。兰波是如何继承和发展波德莱尔的审美理论，尤其是波德莱尔生态美学诗歌理论的，让我们从兰波的诗歌创作略加论述。

1. 对波德莱尔生态美学诗歌理论的继承

兰波初期的创作深受波德莱尔应和理论的影响。他不但试图寻求存在于事物中的应和关系，同时又强调诗人自己在自然中所扮演的角色，尽量显露出自己的诗歌特色，显露出诗歌的生态美学。波德莱尔的生态美学观的影响在他早期的诗作里非常明显，他是这样描述自然界中万物的关系的：

> 在那里，碧绿的土地在羊蹄下颤动，
> 大地的嘴唇轻吻着清亮的排箫，
> 蓝天下吹奏着伟大的抒情歌谣；
> 在那里，他站在原野上倾听，
> 活生生的自然发出回音；
> 那里的森林轻摇着歌唱的小鸟，
> 大地轻摇着人类，整个蓝色的沧海
> 和一切飞禽走兽，都在上帝的光辉里恋爱！①

"碧绿的土地在羊蹄下颤动"使视觉与触觉并列，"大地的嘴唇轻吻着清亮的排箫"把触觉与听觉交叉，"蓝天"与"歌谣"构成了视觉和听觉的统一，"他"与"自然""森林"与"小鸟"，以及"大地""人类""沧海"和"一切飞禽走兽"相互应和，歌唱着"生存不过是一片大和谐"。这种波德莱尔式的赞美，自然与人类的应和交叉必然上升为视觉、触觉和听觉的相互回应，它们各自展示着和谐的美丽和惬意。相互回应的大自然和人类既交叉融合又相互连接，同时它们也以运动的形态延伸向远方，延续的波纹和气息交叉在上帝所创造的世界里。同时，"碧绿的土地"，"清亮的排箫"，"蓝天下吹奏着伟大的抒情歌谣"，"他站在原野上倾听，活生生的自然发出回音"，"森林轻摇着歌唱的小鸟"，"整个蓝色的沧海和一切飞禽走兽"等，也反映在人的感觉世界里并在那里延伸交叉，升华为视觉、听觉和触觉的和谐统一。

兰波所强调的自然生态美学观从一开始就展示了他对动态生命的追求，他不愿意把生命固定在一个点上，他的寻求与众不同，他要把自己融进自然，成为自然中的一员。他在《感觉》一诗中是这样描述的：

> 夏日蓝色的黄昏，我走向小径
> 脚踩着小草，麦穗轻轻刺着我

---

① ［法］兰波：《兰波作品全集》，王以培译，11页，北京，东方出版社，2000。

幻想着，我脚下感到一阵清凉
任凭晚风轻抚着头发

我什么也不说，什么也不想
无垠的爱情涌进我的心房
我将远去，去得很远
像波希米亚人那样
扑向自然，幸福得如同跟女人相依①

走向自然，并达到与自然浑然一体的境界，是兰波对波德莱尔应和理论的继承，同时兰波又想把这种应和以另外一种形式表现出来。我"脚踩着小草"，而麦穗又"轻轻刺着我"。我与小草、麦穗，与脚下的清凉和晚风融合在自然这样的统一体中，因此心中产生了一种无名而又快意的空白。远去的思绪犹如诗人的脚步，在自然中遨游，与自然交汇。由此产生的美妙情怀既歌颂着自然与人相处的和谐，也歌颂着人在自然中所享受的绝对放松与自由。这首诗充满动态和节奏，通过"踩着""刺着""感觉""轻抚""涌进""去""扑向"等动词充分地表现着"我"这位他者与自然界中的不同物种之间的特殊关系，表现着"我"与自然相互融合的程度。兰波以这种动态的形式歌颂着不断变化的自然与人类的应和关系。

如果说兰波在《感觉》一诗中对波德莱尔应和理论的继承尚不太明显的话，那么在《我的流浪生活》中诗人对应和理论的借鉴及其生态美学观就相当明显了：

我将远去，双手插在羞涩的口袋里；
我的外套也一样成为理想；
我行走在天空下，女神！我是你的挚爱；
啊！我幻想着美丽无比的爱情！
……

---

① Arthur Rimbaud. *Poésies*, *Une saison en enfer*, *Illuminations*. Paris：Gallimard，1984：23.

　　　　我坐在路旁，侧耳细听
　　　　九月那美妙绝伦的黄昏
　　　　感到额头那滴滴露珠
　　　　如芳香四溢的美酒①

　　这些诗句已经对波德莱尔应和理论有所突破。兰波不但表现了诗人与自然那种难分难舍、如同情爱的融合关系，而且更进一步，用超越、绝对的形式去表现人与自然和谐相处的应和关系。这时，诗人陶醉在时间和空间中，陶醉在时间和空间构成的万物中，与自然中的一切那么和谐无间地融为一体。"必须使各种感觉经历长期的、广泛的、有意识的错位，各种形式的情爱、痛苦和癫狂，诗人才能成为通灵人……"②若非如此，诗人何以能"侧耳细听"，"九月那美妙绝伦的黄昏"，何以能感觉那"芳香四溢的美酒"。聆听那可看、可摸、可闻而不可听之物；感觉那可看、可嗅而不可感觉之物。在诗人的感觉世界里，听觉、嗅觉、视觉与触觉之间已经畅通无阻，可以任意转换，此时的诗人已经成为通灵人，说明兰波已经把波德莱尔的应和理论发展到一定的高度。诗人认为，世界的万物之间存在着一种天然应和、无需转换的关系，为了认知这种关系，人的器官之间必须"经历长期的、广泛的、有意识的错位"。这一时期，兰波的诗歌创作在继承了波德莱尔的应和理论的基础上，强调外部世界与诗人内部世界的对立与和谐关系；强调现实与理想之间的关系；强调感觉的错位在认知自然中的作用；强调彼岸的理想，那时诗人可以摆脱所有现实的忧郁和烦恼，可以与自然融为一体，诗人可以驾驭醉舟，进入让人沉醉的诗歌世界：

　　　　大自然苏醒了，光线陶醉了，
　　　　受着阳光的爱吻快活地颤栗了……③

---

　①　Arthur Rimbaud. *Poésies*, *Une saison en enfer*, *Illuminations*. Paris：Gallimard，1984：57.
　②　Ibid.，pp. 202-203.
　③　潞潞主编：《忧郁与荒原——外国著名诗人代表作品选》，17 页，北京，北京出版社，2003。

　　这不但是上帝送给孤儿们的新年礼物，更是自然送给诗人的礼物，诗人尽情地沐浴在上帝的光辉中。

> 从此我漂进了如诗的海面，
> 静静吮吸着群星的乳汁，
> 吞噬绿色的地平线；惨白而疯狂的浪尖，
> 偶尔会漂来一具沉思的浮尸……①

　　诗人在自己的世界里"静静吮吸着群星的乳汁，吞噬绿色的地平线"，而在他人的世界里如同"一叶迷失的轻舟陷入了杂草丛生的海湾"，然而他所追求的却是摆脱了他人影响的诗歌境界。诗人希望自己的世界"天光骤然染红了碧波，照彻迷狂与舒缓的节奏，比酒精更烈，比竖琴更辽阔"，碧绿与天色的融合在诗人的想象世界里伸展，穷尽在远方的地平线，穷尽在诗人的心灵深处。

　　兰波似乎并不满意"静静吮吸着群星的乳汁，吞噬绿色的地平线"，他希望摆脱波德莱尔式的应和论，他进一步借题发挥，把诗人与自然的这种应和关系提升为诗人的内心世界和心灵深处高度统一、高度融合的和谐关系，使波德莱尔人与自然应和的生态美学理论再向前跨越一步。

　　2. 对波德莱尔应和理论的发展

> A是黑色，E是白色，I是红色，U是绿色，O是蓝色：元音
> 总有一天我会说出你们神秘的出身
> ……②

　　在《元音》这首诗中，兰波似乎担心读者不理解他的这番良苦用心，干脆直接点明这种关系："A是黑色，E是白色，I是红色，U是绿色，O是蓝色"。显而易见，诗人是要通过这几个具体的元音：A、E、I、U、O来

---

① ［法］兰波：《兰波作品全集》，王以培译，137 页，北京，东方出版社，2000。
② Arthur Rimbaud. *Poésies*, *Une saison en enfer*, *Illuminations*. Paris：Gallimard, 1984：78.

对声音，即对能造成听觉的材料进行升华。与这五个元音相对应的乃是五种颜色：黑、白、红、绿、蓝。在展示对应的颜色的同时，元音呈现出渐进式推进(A、E、I、U、O)，静态的颜色与动态的元音在一种完美的对应中携手登场，动中有静、静中含动的诗歌状态成为整首诗的主旋律。兰波不再寻求，兰波已经认定 A 就是黑色，E 就是白色……元音就是颜色，声音就是色彩，听觉材料就是视觉材料。由此，兰波进一步描述道：

> A 是嗡嗡叫的苍蝇身上黑绒绒的紧身衣
> 围着臭气冲天的垃圾飞来舞去
> 阴影的海湾：
> E 是纯净洁白的蒸汽和帐篷
> 高傲的冰峰，白色的王冠，伞形花微微颤抖
> I 是愤怒或深深忏悔时
> 咳出鲜红的血，是美丽的双唇间的笑声
> U 是涟漪，是绿海那神奇无比的波动
> 是牛羊遍野的平静牧场
> 是炼金术印在智者额头那安详的皱纹①

A、E、I、U、O 这些可以产生音响效果的元音与那些可以看得见的黑色苍蝇，与那些可以嗅得着的臭气，与那些可以触摸的双唇，与那些可以听得见的笑语，与那些能够感觉到的海水波动、伞形花的颤抖之间已经没有任何阻拦，可谓一马平川，任意驰骋。由元音至黑色、白色、红色、绿色；再至"臭气冲天的垃圾"，"阴影的海湾"，"纯净洁白的蒸汽和帐篷"，"高傲的冰峰，白色的王冠，伞形花微微颤抖"，"咳出鲜红的血，美丽的双唇间的笑声"，"涟漪，是绿海那神奇无比的波动"，"牛羊遍野的平静牧场"和"智者额头那安详的皱纹"。元音被涂上了色彩，被诗人形象化、心灵化了。进而论之，诗人由元音和颜色出发，最后落脚至更广、更宽的其他

---

① Arthur Rimbaud. *Poésies*, *Une saison en enfer*, *Illuminations*. Paris：Gallimard, 1984：78-79.

事物上，它们共同构成了深邃广阔的统一体。诗人首先论述了物体之间的关系，随后论述了物与人的融合，自然界的物体成为诗人寄托诗情的对象，诗人的感悟通过这些具象的物体生动地表现出来。人与自然高度应和的生态美学关系已经上升到这种应和关系在诗人的心灵深处所带来的极大满足、极端和谐的不同感官之间的应和关系。诗人之陶醉已经不在山水之间、万物之间，而在其心灵升华的精神世界之中。假如我们对该诗进一步升华，即进一步论述兰波对波德莱尔应和理论的发展，这首由听觉和视觉始，由触觉、感觉和嗅觉而终的诗在最后才点出诗人的真正意图，兰波这样写道：

> O 是神圣的号角刺耳怪叫
> 人间天上一片寂静
> O 是欧米伽，他眼睛里发出的紫色的光①

　　这三行诗不但延伸着前几段诗对应和理论的运用，同时 O 作为神圣的号角也是 A、E、I、U、O 字母循环圈的终点，它不但是前面 4 个字母的延续，同时又是诗歌由此世界通向彼世界的开始。诗人描绘的那些怪诞形象给文学史留下了诸多的难解之谜。由此引发的不同诠释，反过来印证了这首诗的多元性。多元的诗歌才能创造出丰富多彩的文学，文学因此而充满张力，诗歌因此而魅力无穷。穷尽诗歌的含义，便成了一代又一代文学批评家们孜孜以求的目标。我们也来加入其中，就从这三行诗，来讨论兰波对波德莱尔应和理论的发展。

　　由于《元音》这首诗的不同寻常，我们不得不稍加驻足，对其中的关系作进一步探讨。在"神圣的号角""人间天上一片寂静"和"他眼睛里发出的紫色的光"之间，存在一种怎样的关系呢？尤其是"他眼睛里发出的紫色的光"，他的眼睛究竟是指谁的眼睛？让我们暂时放下这首诗，审视一下兰波的创作与主张。兰波在 1871 年 5 月 13 日给他的中学老师伊桑巴尔的信中这样写道："我要做诗人，我努力使自己成为通灵人……那就是要通过各种器

---

① 　Arthur Rimbaud. *Poésies*, *Une saison en enfer*, *Illuminations*. Paris: Gallimard, 1984: 79.

官所造成的错乱触及不为人知的事物。"①他在写给老师的朋友保尔·德·维尼的信中表达更加明确:"必须使各种感觉经历长期的、广泛的、有意识的错位,如各种形式的情爱、痛苦和癫狂,诗人才能成为通灵人;他寻找自我,并为保存自己的精华而饮尽毒药。在难以形容的折磨中,他需要坚定的信仰与超人的力量;他与众不同,成为伟大的病夫、伟大的罪犯、伟大的可诅咒者 —— 至高无上的智者 —— 因为他触及了未知,因为他培育了比任何人都丰富的灵魂,他触及未知,当他陷入迷狂,终于失去智慧的视觉时,他才真正看到了视觉本身。"②要想成为诗人,成为各个器官、各个词语间的通灵人,就要用各个器官的错位所造成的错觉和幻觉去感知千变万化的事物,去寻求那能确切表现这种错觉的词语,通过已经存在的词语创造新的不为人所知的诗歌。要想创造出一种全新的诗歌,诗人认为还必须通过对词语的反复精选,运用"文字的炼金术"才能达到目的。诗人正是通过自己独特的感官,通过听觉、视觉、感觉和嗅觉的交叉重叠,通过对表现那些错乱感觉的语言的寻求,创造出一种全新的、具有立体交叉感的诗歌。诗人的自豪也许就源于此:他在《地狱一季》中的《告别》那首诗里这样写道:"我创造了所有的节日,所有的辉煌,所有的悲剧。我试图创造新的花朵,新的星球,新的形象,新的语言。"③在另一首题为《文字的炼金术》里,诗人又这样写道:"我创造了元音的色彩! A 是黑色,E 是白色,I 是红色,U 是绿色,O 是蓝色。我通过本能的节奏,调整了每个辅音的运动和形态,我自豪地宣称自己创造的诗歌语言,总有一天会成为被人体的各个器官所接受的语言,我保留着对此的诠释权。"④

　　如果说波德莱尔的应和理论揭示了事物间、人体器官间较为简单的关系的话,兰波则刻意从全方位的角度寻求事物间那错综复杂的关系,以及它们对人的各个器官所造成的不同刺激。兰波在《地狱之夜》里表达了自己对波德莱尔诗歌美学的摒弃及自己的诗歌追求:" —— 够了!…… 人们给

---

① Arthur Rimbaud. *Poésies*, *Une saison en enfer*, *Illuminations*. Paris:Gallimard,1984:199.

② 同上书,202~203 页。

③ 同上书,151 页。

④· 同上书,10~11 页。

我讲的错误、魔法、虚假的芳香、纯洁的音乐。—— 我坚持真理，我看到正义：我有一种健康而既定的评断，我准备成为尽善尽美的人 …… 骄傲的人。"①他所追求的尽善尽美的诗歌就是通过对语言的寻求，来表现事物间的错综复杂的关系，来表现它们在人的感官中所创造的不同寻常的效果，就是通过感官效果的变幻创造出丰富多彩的诗歌。

这样，我们就可以明确地感觉到，兰波不但在生活中声称自己希望成为通灵人，而且在诗歌中大胆地表白自己就是诗歌的创造者，即诗歌世界的造物主，他就是这个世界的主宰。只有真正主宰诗歌语言的人，才能反复提炼，反复选择，创造出丰富多彩、让人应接不暇的《彩图集》。诗人在自己早期的诗歌创作中，就有过自喻为上帝的文字，他曾经这样比喻自己的诗歌："那里的森林轻摇着歌唱的小鸟，大地轻摇着人类，整个蓝色的沧海和一切飞禽走兽，都在上帝的光辉里恋爱！"②那就是诗人所创造的世界，那也是诗人所希冀的世界，诗人创造了自己的诗歌世界。

了解了诗人的这一思想和创作主张，我们就会对《元音》中这几句诗有比较清晰的认识。同时，按照兰波所说"我是他者"来推论，他者就应该是我，我和他者之间构成了同一关系。笔者认为，这段诗的最后一行，"他眼睛里发出的紫色的光"中的他，就相当于诗人所说的"他者"，作为"他者"的他应该就是"我是他者"中的我，也就是指诗人自己，诗人就是通灵者。由于有了这洞察一切的目光，诗人才能在词汇的世界里任意选择，任意组合，也才能通过对词汇的选择和组合创造出自己理想中的诗歌空间，创造出他主宰着的诗歌世界。诗人可以像造物主那样以自己的慧眼选择和抛弃自己的臣民：或让他们升入天堂，或把他们打入地狱，选择自己需要的词汇，抛弃世俗的词语。末世论不但讲到历史的终结，死人复活，而且还讲到最后的审判。末世论不但相信历史的终结，而且相信历史终结之后人类依然存在。最后的审判则决定他们的存在形式，苦难还是幸福。这样，我们也就可以对这段诗作出如下理解：神圣的号角吹响时，天上人间一片寂静，最后的审判即将来到，凡人、天使摒住呼吸，静静地等待着造物主的安排。

① 潞潞主编：《忧郁与荒原——外国著名诗人代表作品选》，30 页，北京，北京出版社，2003。

② ［法］兰波：《兰波作品全集》，王以培译，11 页，北京，东方出版社，2000。

此时此刻，造物主才双眼微睁，一片紫色的祥光降临宇宙。通过这一具有深刻文化背景的暗喻，诗人成了造物主，所造之物便是那崭新的诗歌世界。兰波在《坏血统》中这样写道："天使们的理性之歌，从拯救者们的舰上升起来：这是神圣之爱，两种爱！我可以因人间之爱而死去，因忠诚而死！我把灵魂留下来，他们会因我的离去而越来越痛苦！你从海上的遇难者中选择了我，而留下来的那些人难道不是我的朋友吗？拯救他们吧！……上帝造就了我的力量，我赞美上帝。"①诗人认为，上帝拯救了人类，上帝也造就了诗人的力量，让他拯救诗歌。诗人就是自己诗歌世界的主宰，他可以根据自己的喜好任意地选择适合自己审美标准的词汇，可以任意地用这些词汇创造自己的诗歌世界。至此，"那神圣的号角""天上人间一片寂静"和他眼睛里"紫色的光"便有了完整的答案。

由此可见，兰波在自己的诗歌创作中不但继承了波德莱尔的审美主张，而且通过对他的继承、发展拓展了象征主义的诗歌。兰波利用感觉上的错乱让声音与色彩互相转换，让气味与形状互相交错；通过听觉与视觉、嗅觉与触觉的反复重叠，反复转换，用那些活的语言和形象建造起了兰波诗歌世界的立体空间。那就是兰波所创造的节日，所创造的辉煌，所创造的与众不同的新诗歌、新的诗歌语言。中国当代作家张炜在谈论兰波时这样写道："他让人想到了一种奇迹。天才和艺术的成熟，它的展现，总需要起码的时间和过程，而兰波似乎把这一切都省略掉了。读他十几岁的诗作，人人都会对天才产生一种深刻的神秘感。遥遥感知着那个奇特的、也许几百年才会出现一个的灵魂，想象着人生的全部奥秘和美好——人的无穷无尽的创造力——无法不陷于深深的感动之中。"②

兰波的诗歌创作深受波德莱尔美学思想的影响，对未知充满好奇，他也希望如波德莱尔那般"深入渊底，地狱天堂又有何妨？到未知世界之底去发现新奇！"③。兰波更希望"抛开一切恐惧，去探索未知的地平线，你将赋

① 潞潞主编：《忧郁与荒原——外国著名诗人代表作品选》，28页，北京，北京出版社，2003。

② 张炜：《精神的丝缕》，102页，上海，上海人民出版社，1996。

③ ［法］波德莱尔：《恶之花》插图本，郭宏安译评，190页，桂林，漓江出版社，1992。

予它神圣的拯救！"①。在兰波的笔下，这个"未知的地平线"究竟在何方？这个让所有的人困惑的问题必然也缠绕着兰波，那个遥远的地平线承载着兰波的美学思想和诗歌追求，在永不停止的寻求和探索中，兰波窥视到了人类生命的起源地、西方文明与宗教的源头所拥有的古朴厚重的美；兰波也希望在城市现代化过程中发现被物质所掩盖的现代意义上的诗歌美学，与城市现代主义同步的诗歌现代性同样让诗人迷狂，他也孜孜不倦地在这个未知世界里探寻；兰波对"未知地平线"的探究最终落脚在对充满运动的辅音、充满色彩的元音的探究，辅音与元音的反复颠倒与错位泄露了诗人内心的秘密。未知的地平线尽头，拂去岁月的浮尘，舞动着来自生命与文化源头的形象。

3. 在未知的地平线探究诗歌的美学追求

兰波在初期的诗歌创作中表现了对人类生命起源的极大兴趣，他以初生牛犊不怕虎的气势宣告了兰波式诗歌的登场，人们在惊呼之余只有欣赏。在兰波的眼里，诗歌谈不上启蒙，诗歌谈不上滥情，诗歌俨然成为幻想的世界，诗人流连其中，在孕育生命的未知地平线，尽情地挥洒着自己的想象："太阳，这温柔与生命的火炉，将燃烧的爱情注入沉醉的泥土，当你躺在山谷，你会感觉大地正在受孕，并溢出鲜血"，这个由太阳与大地孕育出来的生命，由"燃烧的爱情"与"沉醉的泥土"结合而成的生命用"丰沛的乳汁和无限光明""孕育着芸芸众生！"。这是何等的气派和想象，诗人以气势磅礴的笔调叙述了太阳和大地之子的受孕与诞生，"燃烧的爱情""沉醉的泥土"与"溢出的鲜血"来预示多彩斑斓的人类的命运，激情、沉醉以最简洁的方式暗示了爱情的最高境界。兰波似乎根本没有陷入诗歌功能的怀疑论中，诗歌本体的观念从一开始就深深地植入他的创作之中。兰波很少谈论诗歌的功能，然而显而易见，他不希望诗歌妨碍人们的想象，妨碍人们的创造，他希望成为创造者，诗歌在诗人的生命中完成某种创造，体现自身价值，除此之外，诗歌不承担任何使命："我酿造了我的血。我的责任又将我放开。我不再想这些。其实我来自灵界，并不承担任何使命。"②兰波希望以自

---

① ［法］兰波：《兰波作品全集》，王以培译，16 页，北京，东方出版社，2000。

② 同上书，239 页。

己的方式解救人类被禁锢了的思维模式，因此，他才会这样呼吁和想象："思想，这匹被禁锢了太久太久的野马，让她从他的额头里窜出！她知道这是为什么！……让她欢蹦乱跳吧，人类将获得信心！"兰波似乎窥视到诗歌观念本身对人的思想的禁锢，回归本体让诗歌获得了更大的发展和想象空间。他对原始生命的追寻，对神话世界的向往，对原初的美的爱慕就这样成为诗歌的主题，成为他突破想象极限的栖息地。诗人把自己的笔端伸向了无垠的空间和深邃的历史，他在人类的起源地窥视到生命的本质，探索生命的意义："既然人类早已诞生，生命如此短暂，他来自何处？是沉浸在萌芽与胚胎的深海？还是在巨大的熔炉深处，自然之母使人复活？这活生生的造物，只为在麦田生长，在玫瑰丛中恋爱？……我们无从知晓！——我们被无知和狭隘的冥想所笼罩！"①这种来自人类起源地的原始美穿越历史隧道、浩瀚空间重重地击打诗人的身躯，深深地震撼着诗人的心灵："原初的美光芒一现，神灵便在肉体的祭坛上震颤！"时间和空间在远古的地平线上交织在一起，诗人置身其中，成为亘古至今曾经存在和依然存在的万物中的一员，里尔克这样论述诗人在其中的位置："他有如一个物置身于万物之中，无限地孤独，一切物与人的结合都退至共同的深处，那里浸润着一切生长者的根。"②人与物在源头的根处成为一体，生生不息，绵延不绝，在时空中行走至今，诗人从中寻觅到了厚重而古朴的美丽的生命轨迹。诗人好像从内心深处表达了自己的母性崇拜心理，母性在诗歌中成为某种图腾，任由诗人在其中奔驰自己的想象，"浸润着一切生长者的根"的地方化身为某种可以触摸的物质，它们经由诗人的手幻化为一个个充满神秘蕴涵的形象，思想的光辉在诗人与它们的接触碰撞之中闪现出来。诗人恰似充满深情的雕塑家，在自己的手里展现着那些让人类顶礼膜拜的众神形象，里尔克在罗丹的雕塑《永恒的美》中发现了类似的远古时代的让人久久不能忘怀的美："人们觉得突然间从这少女那慵懒、梦幻或孤独的姿势中，认出了一种原始的神圣姿态，遥远而残酷的宗教意识的女神曾经沉浸在这种姿态里。"③

---

① [法]兰波：《兰波作品全集》，王以培译，17～18页，北京，东方出版社，2000。
② [奥]里尔克：《里尔克散文》，冯至译，78页，北京，人民文学出版社，2008。
③ 同上书，21页。

　　兰波不满足仅仅停留在探究人类起源时的古朴与原始的美，他同时也把自己的想象伸向西方文化的源头，古希腊神话与《圣经》里的传奇故事在他的诗歌创作中以虚拟与现实交织的形式展现着诗人的美学追求。兰波在《太阳与肉身》中将自己的视觉停留在那些美丽的形象和瞬间，宙斯与欧罗巴的故事，颂扬着欧洲的起源和力量与美丽结合所流传的动人故事："骑在宙斯这头白牛的脖子上，欧罗巴赤身裸体，像个孩子一样晃来晃去，挥舞着洁白的手臂，扑向波浪中颤抖的天帝强壮的脖颈，天帝缓缓地向她投来朦胧的目光；她苍白如玉的面孔垂落在宙斯的额头，闭上眼睛，在神圣的一吻中死去，河水呜咽，金色的泡沫在她的头发上开满鲜花。"①希腊神话中记载了宙斯与他所喜爱的女子的爱情故事，远古的文化之根颂扬着人性的美丽和自由。宙斯化身成强壮的白牛，以自己的力量、轮廓和线条引诱了美丽的欧罗巴。后者无法抵御强大的阳性引力，扑向宙斯的怀抱，与天帝在颤抖之中完成了柔情与力量的完美结合。诗人以短暂的诗句捕捉到了神话中至高无上的天帝与神圣无比的圣母之间最古朴的情感流露，神话去掉了披在身上的光环，回归到诗人的人文关怀。其实诗人并没有就此住笔，而是继续在伟大的宇宙之神的爱情故事中挖掘人性的美丽，带着诗意和沉醉，诗人继续在古老的神话中展开想象的翅膀，唱响生命之歌："——在沙沙作响的夹竹桃与忘忧树之间，一只梦中的大天鹅情意绵绵地游来，用她雪白的翅膀拥抱勒达。"宙斯既可以以公牛的形象展示自己的力量美，也可以化身为情意绵绵的天鹅，在诗人所创造的物我融合的自然中间，为了爱，宙斯卸掉了自己身上的所有伪装，以优美的姿态缓缓地进入了勒达的梦中并与之缠绵。

　　古希腊神话中的英雄们在兰波的笔下以人的形象完成了诗人的诗歌追求，宙斯和欧罗巴、勒达的传奇故事被诗人演绎成展现力量与柔情、现实与梦幻的文字。当诗人以美妙绝伦来形容库普利斯时，他利用神话的形式赋予了诗歌以古朴典雅而又不失性感的美学特点："——当美妙绝伦的库普利斯经过，弯下她圆润灿烂的腰身，骄傲地露出丰盈的金色双乳，在她雪白的腹部点缀着黑色青苔。""圆润、丰盈"表现着库普利斯的成熟和线条美，

---

①　[法]兰波：《兰波作品全集》，王以培译，21页，北京，东方出版社，2000。

"雪白的腹部点缀着黑色青苔"散发着女性神秘的诱惑。美人的出现必然会引出英雄,兰波诗歌中的这位英雄就是古希腊神话中让人敬仰的赫拉克勒斯:"——赫拉克勒斯,这位驯兽者,光荣与力量的象征,魁梧的上身披着狮皮,昂起温柔而可怕的头颅,向着地平线走去!"美妙绝伦的库普利斯在这位光荣的希腊英雄眼里,就是远方的地平线,他昂着头走去,如同走向生命的母体、人类的起源地。他们尽情地展现着远古时期存留在人们记忆之中的古朴、简约、丰满、流畅的生命躯体。古希腊神话中多彩美丽的众神们在诗人的笔下纷纷展示各自的独特魅力:德律阿德斯这位林中仙女展示着守望者的孤寂和美丽:"呜咽的河水浸染了她的满头青丝,在阴暗的林间空地,青苔布满星辰,这位林中仙女,默默地仰望苍穹……"月神塞勒涅对自己心仪的少年恩底弥翁的柔情是那么让人心动:"轻轻地吻他,在苍白的光辉里,——心醉神迷的泉水在远方哭泣……"文化源头的这些形象不仅仅展现着自身健康、华丽、充满力量的生命之躯,也叙述着诗人的人文情怀和美学追求,他们经由诗人展现出诗歌的内在生命力。

诗人的文化寻求也是多元的,他不仅把笔端触向古希腊神话,也触向阿拉伯世界,更在诗歌中表现了浓郁的宗教文化色彩。萨拉丁也以幽默滑稽的形象出现在《吊死鬼舞会》中,那里也有兰波梦中的地平线:"群狼的回应来自紫色的林中,地平线上,天空辉映着地狱的深红……"《圣经》中的传说经常会成为他隐喻生命经历的素材,撒旦成为诗人的同类,甚至与诗人相比,魔王也许只能自叹不如,诗人在对恶的追寻中超越了所有的想象,魔王称他为"恶棍",称他"用你所有的胃口、你的私心和所有深重的罪孽,去赢得死亡"。诗人却不无骄傲地回答撒旦:"啊!我太富有了:——可是亲爱的撒旦,我请求您不要怒目而视!我知道您是不喜欢作家描写或是教训人的。"诗人更甚于撒旦,他成为可怕的异教徒,希望从基督那里得到自由的身躯,他这样质疑基督:"异教徒的血液重新归来,圣灵靠近,基督他为什么不帮我,不让我的灵魂自由、高贵?"诗人就这样用法国文学传统中的非主流的痞子形象来批评与奚落上帝:"我从未在基督或代表基督的上帝的劝告中发现自己。"《地狱一季》把自己的生命体验与宗教文化密切地结合在一起,吟唱着诗人经历错位时的苦痛,经历扭曲爱情时受到的折磨。尽管他把这种感情体验描述为地狱、"永恒的苦刑",但是依然抵御不住新奇的诱惑，在自己所认定的地平线尽头，吟唱着对生命的渴望和热爱。"我们不需要冒天下之大不韪去歌颂那种畸形之恋，可是我们现在更多地看的却是那种忘我的痴迷的寻求，那种令一个生命永远不能安分的、强大而特异的动力。"①"永远不能安分的、强大而特异的动力"使诗人不惜深入地狱般的深渊，感受痛苦和新奇。他在《地狱一夜》中这样描述自己生命历程中的感受："我曾吞过一大口毒药。……我焦渴、窒息，喊不出声。这就是地狱，永恒的苦刑！……这依然是生命！——即使永远被判入地狱！一个自残手足的人被判入了地狱，不是吗？我自认为身在地狱，因此我入了地狱。"②地狱不仅让人联想到西方的宗教文化，也让人联想到但丁。地狱对人的肉体的煎熬必然使人获得精神的升华，在地狱之中体验新奇和畸形的爱情，也是兰波对自己心目中那个地平线的探究。尽管这种探究充满磨难和"永恒的苦刑"，然而诗人好像凤凰在涅盘中重生："那是火焰与受火刑者一起升腾。"在经历了地狱的苦难和折磨之后，兰波依然使用《圣经》中的文化符号来表达自己升华了的内心世界，所以他的《彩图集》的首篇就以《洪水之后》来表达自己的真情实感，暗喻的宗教色彩非常强烈："正当洪水的意念趋于平静，一只野兔停在黄芪与飘忽不定的铃铛花间，透过蛛网，向彩虹致敬。"③对宗教的质疑，对宗教的反抗，既体现着兰波关于封建专制、关于宗教统治的启蒙主义思想，也闪烁着兰波对崇尚个性与自由思想的颂扬和渴望。里尔克好像在罗丹的雕塑里发现了同样的秘密，罗丹赋予物体的自由是多么让诗人留恋和渴望呀，这些来自宗教的人物形象成为艺术家的审美对象，这些被罗丹物象化的客体最大限度地获得了灵魂的自由："那些半人半马怪物、巨人和巨兽、海妖、森林之神的女人们，所有前基督教森林里的野性和凶猛的神兽，全都涌上他的笔端。于是他进行了创作。他把但丁梦境中所有的形象和形态都一一变成了现实，仿佛从自己记忆的动荡深渊里钩沉出来，并逐个赋予它们作为物体的某些自由。"④

　　"所有的不安都是源于生命深处的。他们是一些自觉的漂泊者流浪者。"

① 张炜：《冬天的阅读》，83页，上海，东方出版中心，1997。
② ［法］兰波：《兰波作品全集》，王以培译，194页，北京，东方出版社，2000。
③ 同上书，277页。
④ ［奥］里尔克：《里尔克散文》，冯至译，22页，北京，人民文学出版社，2008。

张炜在《冬天的阅读》中这样评价兰波，文字间充满崇敬和羡慕。源于生命深处的不安甚至让兰波不惜冒着触犯道德观念的危险，在同性的爱情中寻找未知的地平线。用他自己的话讲就是："出发，到新的爱与新的喧闹中去"（《彩图集·出发》），"你的头一转：新的爱情！你的头转回来：新的爱情！"（《彩图集·致一种理性》）。诗人不惜折磨自己的身躯，不惜体验与魏尔伦扭曲的爱情关系，以期寻求到让他魂系梦萦的新奇，这是诗人在经历了与魏尔伦轰轰烈烈而又荒诞不经的爱恋之后所得到的精神解脱和升华。有谁能够理解这种逃离的痛苦、迷恋新奇的执着，在迷茫和永不停歇之中，寻求生命赋予的所有神奇及未曾触及的地平线，兰波在流浪的季节、在地狱的季节收集到了无数美丽的彩图，他骄傲地向着天空中的彩虹致意。"我在所知甚少的这个天才的身上，找到那么多令人激动的东西。它们像五彩矿石，从黑夜中开采出来，收在手边。我为此久久地激动，一次又一次抚摸这些矿石。"①

4. 现代主义时期的失落与幻想

"现代性原为一种抽象的哲学构想，它出自一批心地善良的启蒙思想家之手，迭经修补，形成一幅理想蓝图。由此看来，现代性不啻是新生资本主义的梦想：它满腔激情，气势如虹，一扫中世纪蒙昧和封建传统的僵滞。从诞生之日起，现代性就不断向世界发布变革信息，许诺理性解决方案，发誓要把人类带入一个自由境界。"②现代主义的兴起与巴黎的城市规划有直接关系，当奥斯曼被第二帝国任命为巴黎城市改建工作的主要负责人时，他提出了巴黎的城市建设规划，这个规划对巴黎的城市现代化起到了非常重要的作用。与此同时，这种城市的现代性不但没有实现最初的理想，把人类带入更加美好的"自由境界"，反而对固有的一些人文理想和传统造成了极大的冲击，造成了现代与传统的割裂。本雅明在《发达资本主义时代的抒情诗人》一书中这样论述了奥斯曼对巴黎城所造成的破坏："他用可以想象的最谦卑的手段——铁锹、锄头、撬棍等等诸如此类的东西——革命性

---

① 张炜：《冬天的阅读》，84页，北京，东方出版中心，1997。

② 赵一凡：《从胡塞尔到德里达——西方文论讲稿》，13页，北京，生活·读书·新知三联书店，2007。

地改变了城市的相貌。这些简陋的工具造成的破坏程度是巨大的。"①这种现代意义上的城市化进程产生了思想观念上的大变革。"吉登斯说：西方现代性的伟大，在于它将人类一举拔离传统，并且带来前所未有闻的巨大变革。"②这些由外部世界的变化引起的对人的心灵的冲击首先映射在诗人们的心灵上，波德莱尔通过忧郁的笔调表达了对这种现代主义的反叛，以此来表达对逝去的城市和理想的怀念。兰波和波德莱尔一样，对这种物质意义上的现代主义表现出极大的反感和忧郁。

"城市，带着烟雾和纺织机的噪音，远远跟在我们身后。啊！那是另一个世界，上天祝福的居所，层层绿荫！南方使我想起我的童年一次次不幸的经历，郁闷的夏天，巨大的压力和繁琐的科学，而命运总是让它们离我远去。不！我们不要在这贫瘠的土地上度过夏季，在这里我们只会孤苦伶仃。愿这僵硬的手臂再也别延续这些'亲切的画面'。"③这是兰波在《彩图集·工人》一诗中对城市现代性与另一个世界的梦想之间的对抗所做的描绘，诗人的价值取向显而易见，眼前的具有现代性特点的城市开始纠缠人们的身体，现实中的城市已经被烟雾和噪音所取代，而跟在我们后边的"另一个世界"则是"上天祝福的居所，层层绿荫！"。曾经经历过的现实也让诗人失望，"南方的不幸经历，郁闷的夏天，巨大的压力和繁琐的科学"，所有这些与希望，与心灵毫无关系的记忆恰如眼前的城市，那里是"贫瘠的土地"，只会造成诗人的孤寂和失望，诗人从自己的内心深处表达了对这种"亲切的画面"的忧郁和反抗。诗人毫不犹豫地表达着对这种物欲横流的现代性城市的反感，心灵被包裹在这些巨大的物质之中而无法摆脱，理性、科学及现代性所展现给人们的是巨大的不适和失落。诗人被淹没在这样的城市之中，成为城市部件中的一个："我是现代大都会中的一介蜉蝣，一个情绪不算太坏的公民，因为所有的情绪都躲进了室内装潢和室外装饰，连

---

① ［德］本雅明：《发达资本主义时代的抒情诗人》，张旭东、魏文生译，105 页，北京，生活·读书·新知三联书店，2007。

② 赵一凡：《从胡塞尔到德里达——西方文论讲稿》，25 页，北京，生活·读书·新知三联书店，2007。

③ ［法］兰波：《兰波作品全集》，王以培译，248 页，北京，东方出版社，2000。

同那些城市蓝图。"①这个可以是任何人包括诗人自己的"我"被这种物质化了城市所淹没，人的身体也被认同为城市的一部分。一个僵硬、高度统一的现代性城市除了"室内装潢和室外装饰，连同那些城市蓝图"之外，诗人十分失落地只看到文化的没落，文字失去了内涵："这里，你看不见一丁点迷信的建筑痕迹。道德和箴言最终简化成最简单的白话！"②人与人之间的关系变得陌生，人的生活变得单一，人所从事的职业毫无兴趣，人就在这样的生活中老去。现代性城市犹如飘荡在这个大陆的幽灵正在渐渐吞噬我们的梦想："而我从窗口看见新的幽灵，透过浓重而永久的煤烟，飘向我们的绿荫，我们的夏夜！——新的复仇女神，出现在我们的村舍，我的故园，我的心灵之中，因为这里的一切好像是她们——无泪的死亡、我们活跃的女儿和女仆、绝望的爱情与在泥泞道路上呐喊着的美丽罪恶。"③面对眼前的景象和不断现代化的城市，兰波选择了逃离，"我所有的轻蔑都有原因：因为我逃离。我逃离。我自我辩解"④。出发是他永恒的选择，"看透了。形形色色的嘴脸一览无余。受够了。城市的喧嚣，黄昏与白昼，日复一日"⑤。出发是为了能够摆脱现代生活带来的痛苦、城市的喧嚣，然而，他自己清楚地意识到，这种逃离是无法规避现代生活给他造成的不适和痛苦的："不过，逃避现代的痛苦，这种好事我不去多想。"⑥而且，他的内心深处依然存留着对这所城市的留恋和希望，他希望建造的城市能如自己幻想的那般美丽，演绎现代与古典的完美结合，他在《城市Ⅱ》中强烈地表达了自己的这种梦想："一座座钟楼发出人民的呼声。建在尸骨之上的城堡奏出新奇的乐章。所有的传说都在流传演变，鹿群涌入市镇。风暴的天堂崩溃。野人在节日之夜载歌载舞。一时间，我落入巴格达动荡的长街，那儿的人群正在沉重的微风中歌唱着新生活的美丽，而那微风中依然飘荡着山间传说中的幽灵，人们从中重新找回了自己。"⑦这是他所处的生活，这是诗人希冀的生

① ［法］兰波：《兰波作品全集》，王以培译，250 页，北京，东方出版社，2000。
② 同上书，250 页。
③ 同上书，250 页。
④ 同上书，214 页。
⑤ 同上书，241 页。
⑥ 同上书，215 页。
⑦ 同上书，252～253 页。

活，然而这也是诗人自己所创造的梦幻。诗人以此来对抗现时的、眼前的城市，所以他对梦幻中的景色表达了深深的憧憬："怎样美好的怀抱，怎样的良辰吉日才能让我在睡梦之中，在轻微的动作之间，重返这片幽静？"兰波把城市现代化所造成的不适很快地转变成某种认可，诗人在继续留恋古老岁月用建筑艺术打上的烙印的同时，指责现代观念的野蛮："这座古城官邸远远超出现代野蛮观念中所能产生的最庞大的设想。人们永远无法描述那由亘古不变的灰色苍天、古建筑群中的帝国之光，以及泥土之上永恒的皑皑白雪所共同酿造的阴沉的时日。"①诗人一方面表达了对古代建筑的缅怀和崇敬；一方面也向这座逐渐现代化了的城市致敬："人们以一种独特而壮丽的风格重建了这座美妙绝伦的古典建筑。……公园通过绝妙的艺术手段再现了原始自然。……不了解我们这个时代的人是无法领略的。……郊区和巴黎漂亮的街道一样优雅，可以享受光彩夺目的空气；民主的元素就是数百个灵魂，在那里，房屋互不相连；郊区神奇地与乡村浑然一体；'公爵领地'，那些森林和神奇的庄稼遍布永恒的西方，在那里，野性的贵族们在他们自己创造的光芒里捕猎自身的传奇。"②由《城市Ⅰ》中的对现代城市生活的失落和失望，到《城市Ⅱ》中对现代城市生活的憧憬与幻想，兰波在《城市Ⅲ》中颂扬了古典与现代的完美结合，也表达了自己的现代美学观念。在现代主义时期，诗人在城市现代化的过程中，发现了诗歌的"未知地平线"。

5. 追求质感与色彩的诗歌语言

新的诗歌语言是兰波步入诗坛就确定的目标，他多次在自己的诗歌里重复自己对新奇的渴望和向往，波德莱尔所说的"深入渊底，地狱天堂又何妨？到未知世界之底去发现新奇！"更加让他不能忘怀。他在自己的诗歌里反复地咏颂着这个伟大的理想："而当你看见人类轻蔑古老的枷锁，抛开一切恐惧，去探索未知的地平线，你将赋予它神圣的拯救！"③

"探索"成了兰波挥之不去的梦想，"未知的地平线"成了兰波魂系梦萦的地方。他希望"探求一切，认知一切！"，他更渴望探索波德莱尔式的未知世界里的新奇。他在那里展示词语的色彩、自然的神奇、心灵的渴望，未

---

① ［法］兰波：《兰波作品全集》，王以培译，255 页，北京，东方出版社，2000。

② 同上书，255～256 页。

③ 同上书，16 页。

知世界在兰波的诗歌里可以分为三个方面：一个是具象化的物质世界，一个是心灵化的精神世界，一个是组合千变万化的词语世界。外部世界主要用色彩强烈的景色来表现，精神世界主要用心灵的震撼来表现，词语的世界主要用词语的错位来表现，它们常常同时出现，从不同的层面冲击读者的视角和心灵。他的第一首诗《孤儿的新年礼物》就表现出了这些特点，他用"雪白的纱裙"表现新年的"茫茫晨雾"，用"温热、鲜红"表现"太阳的热吻"。这些被物象化了的景色只有化作诗人内心的吟唱时才显现出无比巨大的力量和震撼，诗人自己也反复地使用"战栗""颤动"等词汇来表现对心灵与自然的吟唱："新年披着茫茫晨雾，轻轻展开她雪白的纱裙，哭泣着微笑，战栗着歌吟……""他们时常在清晨的金铃中战栗，那金属的音调，久久地、久久地在玻璃罩里震响……"自然也被拟人化，与诗人一起唱着大地之歌，唱着生命之歌："大自然苏醒，光芒陶醉……半裸的大地欣然复苏，在太阳的热吻中，幸福地颤动……"

兰波在自己诗歌创作的开始阶段，无法摆脱借用具象的物质世界表达精神世界的手法，强烈的感情色彩、丰富的内心想象在兰波这位 15 岁的少年的笔下以一种让人震撼的方式展开。兰波用意思相同或者相近的词语的重复来加重这种色彩和情感效果，来强调诗歌延绵不绝的韵律和节奏。例如他用意思接近的"颤抖、飘扬"来表现"长长的白窗帘"随风荡漾的动态效果，用"久久地、久久地"的重叠表达清晨的金铃"在玻璃罩里震响"的音响效果，用"白"来加强"雪"的色彩，用"白茫茫""温柔"来修饰孩子的睡梦，"寒冬""冰雪封冻"修饰孩子们的"巢"。现实中的"寒冬""冰雪封冻"与梦幻中的"纯洁""温柔"形成强烈的对照，词语的重复、词义的重叠产生了反复与回荡的音响与节奏效果，荡漾的激情和冲击力通过兰波丰富多彩的词语展现在读者面前。

兰波非常注意使用充满动感的词汇赋予诗歌某种特殊的韵律，请看《醉舟》飘逸流荡的节奏，词语带着诗人的想象顺流而下，一泻千里："沿着沉沉的河水顺流而下……河水便托着我漂流天涯。"诗人用写实的笔端描述了诗人驾着小舟漂荡在河流之上，任凭河流带着自己漂向远方，诗人在漂荡之中逐渐醉去，进入想象的幻觉世界，诗人依然以舒缓悠扬的节奏继续着自己的沉醉之旅："从此我漂进了如诗的海面，静静吮吸着群星的乳汁，吞噬绿色的地平线；此时天光骤然染红了碧波，照彻迷狂与舒缓的节奏。"诗人以"漂进""吮吸""吞噬""染红""照彻"等韵律十足的动词牢牢把握着诗歌的节奏，使之在浩瀚的空间之中飘逸，"如诗的海面""群星的乳汁""绿色的地平线""碧波"也因为这些词语而旋转飘动起来。诗人运用词语的变化不断来变换诗歌的节奏，他时而用"鸟粪和纷乱的鸟叫从栗色眼睛的飞鸟之间纷纷飘坠"，"静静地吸烟，在紫气中升腾，自由自在"，"披着新月形的电光，我急速奔流"表达自由自在的翱翔、奔放不羁的行走。诗人的思想在没有遮拦的大海天空中唱响自由的颂歌，迅疾而自由的节奏挥洒着诗人的豪情；时而以饱蘸深情的笔端抒发内心的渴望："我梦见雪花纷飞的绿色夜晚，缓缓升腾，亲吻大海的眼睛"，诗人以"雪花纷飞的绿色夜晚，缓缓升腾"表现梦幻中的节奏，抒发内心深处的情感需求，这种舒缓、悠长的韵律与急促的节奏相互交叉，有张有弛，尽情地展示着诗人心中难以穷尽的情怀。词语本身在诗歌中以自己独立的存在和起伏变化赋予了诗歌以内在的韵律和节奏，引领着诗歌的情绪，赋予了诗歌某种特殊的流动的气息。

　　古典主义诗歌把审美的注意力集中在物象上，挖掘了物质世界所具有的美；浪漫派诗人更注意把自己的感情寄托在物象上，挖掘诗人希望表达的审美观；兰波在小小的年纪，已经敏锐地捕捉到词语在诗歌中的重要性，他以现代人的观念试图挖掘诗歌中还没有被发现的美。词语在兰波诗歌的审美体系中扮演着重要角色，词语已经成为兰波诗歌的审美对象。诗歌不再仅仅局限于它的社会功能，也不仅仅满足于诗人的自然属性，它成为一个独立的审美体，构成这种审美体的要素就是词语。兰波显然注意到了词语在诗歌中的独立作用，他不仅追寻词语的节奏和韵律，注意辅音的运动、元音的色彩，用他自己的话讲就是："我发明了元音的色彩！我规定每个辅音的形状与变动。总有一天，我将凭借本能的节奏，发明一种足以贯通一切感受的诗歌文字，我保留其中的诠释权。"[①]词语在以词义表达韵律节奏的同时，诗人为它们规定了自身的轨迹，引领着诗歌自身的运动，空白寂静也被纳入了诗歌自身的韵律和节奏之中，色彩把物质和幻觉紧密地结合在一起。"这起初是一种探索，我默写寂静与夜色，记录无可名状的事物。我

---

① ［法］兰波：《兰波作品全集》，王以培译，203～204 页，北京，东方出版社，2000。

确定缤纷的幻影。"①

词语在赋予物象以丰富多彩的真实世界的同时，也表达了变幻莫测的幻影世界，自身的变化就体现了文字的真实。物象的真实既有可触摸的物质本身，也有物质自身所具有的色彩和形态，因此色彩和形态最后都落脚在真情实感的物象之上，与物象一起构成真实的物质世界，如《捉虱的姐妹》中的"银亮的指甲""纷乱的鲜花""浓密而沾满露珠的头发"，《醉舟》中的"金光闪闪的鱼""栗色眼睛的飞鸟"等。"指甲""鲜花""头发""鱼""飞鸟"等具象物赋予了词语某种可以触摸的质感，使"银亮""纷乱""浓密而沾满露珠""金光闪闪""栗色眼睛"坠落在具有质感的具象物上，词语成为可以触摸的物象，表达着诗人的审美情绪。

诗人在用质感十足的词语表达某种真实之外，也通过词语的搭配，展示"缤纷的幻影"，看似有形的词语却在诗意的空间飘逸。《初领圣体》中的"甜蜜的回忆映入他的脑海""他的灵魂陷入深深的悲伤""他的身心，笼罩着星期天纯真的幻觉，他有着红色的梦"等诗句用"回忆、脑海""灵魂、悲伤""幻觉、梦"这些非具象的词语来表现诗人意向中的"缤纷的幻影"，具象的消失让读者在空灵中感知诗情的流动。"甜蜜的回忆"、"灵魂"、"身心"等无法捕捉的词语融入"脑海""悲伤""幻觉""梦"等抽象的词语之中，构成诗人心中美丽而又多彩的幻影，看吧，在那充满时空感的天空，飘满了幻觉者的灵魂。这些飘荡的文字，可望而不可即，不可即却又如影随形，如《记忆》中的"丘陵、小桥的影子"，具象的"丘陵、小桥"却只能依赖抽象的"影子"来表达它们的存在，这种以抽象表具象、以具象展示抽象的表现手法被兰波推向极致。

为了使词语具有通透的质感，兰波经常以名词替代形容词，使名词失去某种具象作用，让形容词获得色彩十足的通透感。诗人在《记忆》中不说女人洁白的身体在阳光里闪现，而说"女人身体在阳光里闪现的洁白"，不说烟消云散的粉红的芦苇，而说"烟消云散的芦苇的粉红"，以物质（身体、芦苇）的色彩来代替物质本身，使诗歌落脚在缤纷却又属于非具象物质的色彩之上，而不是物质本身上，兰波表达了具象物质的通透和空灵。这样的

---

① ［法］兰波：《兰波作品全集》，王以培译，204 页，北京，东方出版社，2000。

词语搭配，已经成为兰波诗歌创作的惯用手法，诗人隐去了，词语本身也隐去了，只留下了缤纷的色彩代替词语在诗歌中游荡。"风中的玫瑰，月桂树枝头与纷飞乐音的鲜红"，"陈旧的碧绿"，"用里约热内卢的金黄取代莱茵河的碧蓝"，"鲜红"，"碧绿"，"金黄、碧蓝"在诗歌中成为主角，它们在唱着色彩的颂歌。在辅音的运动之中、元音的色彩之中、词语的错位搭配之中，读者窥视到了诗人内心深处的"未知地平线"。

"未知地平线"成了兰波魂系梦萦的地方，那里既有诗人对古朴厚重的生命起源与源远流长的文化之根的新奇的探索，也有诗人对现代主义意义上的诗歌美学的关照，更隐藏着诗人对难以割舍的词语的把玩和恋恋不舍。"未知地平线"是诗人兰波诗意的栖息地。

四、接受与影响

兰波是一位特立独行的诗人，他以自己独有的方式追捧着、影响着他那个时代的诗人，他以更加大胆的追求影响着现代乃至当代的诗人们，现当代诗歌的内涵也不断地被翻新、挖掘，兰波的影响早已经跨越了国界，在大西洋彼岸，在神秘的东方他的影响时至今日还在继续。

兰波所生活的时代决定了他对浪漫主义、帕纳斯派和波德莱尔的亲近，他最初崇拜浪漫主义，以加入帕纳斯派为荣，渴望成为一个帕纳斯派诗人，也特别渴望能够在《当代帕纳斯》杂志上发表自己的诗作，他 1870 年 5 月 24 日写给自己称之为导师的泰奥多尔·德·邦维尔的信就是证明："我之所以让优秀的出版商阿尔方斯·勒梅尔转给你这些诗，因为我热爱所有的诗人，所有杰出的帕尔纳斯诗人，——因为诗人就是帕尔纳斯派[1]，——向往理想之美；因为您是沙龙的继承者，我们 1830 年的导师们的兄弟，一个真正的浪漫诗人，我天生爱您。……我也将成为一名帕尔纳斯诗人！"[2]兰波寄给邦维尔的三首诗歌是《感觉》《奥菲利娅》和用拉丁文写作标题的《唯一的信仰》（后改为《太阳与躯体》，著者案），他甚至有点低声下气地哀求邦维尔："如果您能使 *Credo in unam*（《唯一的信仰》，著者案）在帕尔纳斯诗群中占有一

---

① 即文中提到的"帕纳斯"派。
② ［法］兰波：《兰波作品全集》，王以培译，319 页，北京，东方出版社，2000。

席之地，我会高兴得发疯……我将成为帕尔纳斯派的末等诗人：这将成为诗人们的'信仰'……"①而且他在信中多次称邦维尔为导师。1871 年他又一次写信给邦维尔，在寄出自己新近创作的诗歌的同时，再次表达他对这位诗人的热爱："我将永远热爱邦维尔的诗"，他如是说。他在 1871 年 5 月写给德梅尼的书信中，也把邦维尔等人尊为通灵者："后期浪漫派是典型的通灵者：泰奥菲勒·戈蒂耶、勒孔特·德·李斯勒、泰奥多尔·德·邦维尔。然而观察无形、倾听无声与重新揭示死去事物的精神是两回事。"②兰波确实在某些方面把邦维尔作为自己追寻的榜样，他甚至写过一首致泰奥多尔·德·邦维尔的诗，以诗歌的方式与邦维尔探讨诗歌，并对后者诗歌创作的得失发表了自己的观点，这就是《与诗人谈花》。兰波在这首诗里，不仅表达了对邦维尔诗歌的认同和向往，他对诗人所拥有的"风中的玫瑰，月桂树枝头与纷飞乐音的鲜红！"表示出极大的羡慕，尤其是对"当邦维尔先生使之化作血色的飞雪，陌生人的眼光在邪恶的文字中晕眩！"的诗句表示敬仰。邦维尔诗歌的韵律和节奏，以及搭配奇特的色彩、神色宁静的草原、蓝色的睡莲或向日葵让兰波神往。同时，兰波也直率地指出邦维尔诗歌创作的不足："可是亲爱的，现在，——这是真理——艺术已不允许以长如蟒蛇的六音步诗来描述惊人的桉树。"但是就这三首诗歌和其他兰波早期所创造的诗歌而言，其中帕纳斯派的影响不见得有多大，除了帕纳斯派的少量印记如"肉体，大理石，鲜花，维纳斯"之外，倒是在这些诗歌里，看到了波德莱尔的某些诗歌的印记。例如，他在《太阳与躯体》中所描述的让人陶醉的景致：

> 他曾显现于浩瀚的蓝色波光，
> 波浪散发出肉花的芳香，
> 玫瑰色的肚脐将涌出雪沫，
> 这胜利的明眸仙女
> 使林间夜莺与心中的爱情放声歌唱！

---

① [法]兰波：《兰波作品全集》，王以培译，320 页，北京，东方出版社，2000。
② 同上书，333 页。

　　这些表现色与香、物象与心灵密切相关的印记在他后来写给德梅尼的信中也比较明确地提出来，进一步说明他对波德莱尔的敬仰和崇拜："这种语言来自灵魂并为了灵魂，包容一切：芳香、音调和色彩，并通过思想的碰撞，放射光芒。……波德莱尔是第一位通灵者，诗人的皇帝，真正的上帝。"①波德莱尔对精神和感官的狂热歌唱很快在兰波那里引起了共鸣，得到了回应。兰波不但希望像波德莱尔那样歌唱精神和感官之间的契合，更希望通过对物质之间的契合的摧毁达到更高层次的契合，所以，他要追寻词语之间、感官之间的错位以歌唱精神和感官的狂热。因此，兰波笔下的词语之间的关系更加密切和直接，波德莱尔笔下的"有些芳香新鲜得像儿童肌肤一样，柔和得像双簧管，绿油油像牧场"体现了一种物与物之间的相像关系，而兰波的"A是黑色，E是白色，I是红色，U是绿色，O是蓝色"则体现了一种由物质抽象出来的声音与色彩之间的对应关系，兰波试图提升和发展这种关系，物与物的关系既直接又抽象，契合的概念渐渐在兰波那里演变成通灵者。对象征主义的影响，兰波不像马拉美那么直接。很多时候他是通过作品来传递这种影响，但是他的影响，并不亚于马拉美。当象征主义诗人重新审视兰波并发现他的价值的时候，他已经搁笔多年。当这位被魏尔伦誉为"可诅咒的诗人"突然间在文学界被人们重新认识的时候，崇敬、赞美接踵而至，对兰波散文诗的模仿也成为一种时尚，成为年轻诗人进入文学界的捷径：年轻的比利时诗人勒内·吉尔发表了理论著作《语言的炼金术》，与兰波的《文字的炼金术》遥相呼应。勒内·吉尔是马拉美和瓦格纳的崇拜者，但是他对兰波的模仿达到了无以复加的地步，兰波的"A是黑色，E是白色，I是红色，U是绿色，O是蓝色"，在勒内·吉尔的笔下变成了"A是管风琴，E是竖琴，I是小提琴，O是铜管乐器，U是长笛"。《醉舟》《元音》等诗歌曾经是那么风靡，是那么让那个时代的诗人们陶醉，瓦莱里曾经为纪德抄写兰波的《醉舟》，而且在书信中表达了对该诗的崇拜。他在1891年写给纪德的信中说道："我为大海那样的景物之美所陶醉，他那毫不畏惧、想征服一切的冒险精神是我竭尽全力所要理解的……为了理解海之魂，请您再读读这首绝妙的诗《醉舟》。这首诗奇妙绝伦，但又有真

---

　　①　[法]兰波：《兰波作品全集》，王以培译，331～333 页，北京，东方出版社，2000。

情实感，的确令人有点不可思议——简直就像地中海的罗盘。"①

皮埃尔·勒韦迪对诗歌的创新、对诗歌的现代性、对诗歌语言的重视似乎也闪现着现代人的思想，勒韦迪对新奇的诗歌的追求在诗人看来并不是刻意为之，而是一种自然而然的情感抒发，此时此刻的诗歌才真正具备了现代感。"只是拼命地努力去写一些奇特得令人惊异的作品是徒劳无益的，独特性是不带痕迹的。它是自然而然地突然产生的，多半是在出乎你意料的一瞬间出现的，在这一瞬间，你仿佛觉得你是在写一些最平常的随时可能发生的事物，毫无神妙之处。"②皮埃尔·勒韦迪强调新奇与平常的关系，特别是新奇与瞬间的契合，与波德莱尔、兰波所提倡的瞬变是非常吻合的。兰波的神奇之处恰恰就在于自然而然之中的不同寻常，新奇的诗歌在他的笔下是那么顺其自然，不带任何做作的痕迹，皮埃尔·勒韦迪深切感悟到兰波的诗情和追求，其思想深处与兰波的契合在现代诗人中是非常少见的。皮埃尔·勒韦迪对词语本身的思考也会不由自主地让人想到兰波："诗是用词体现出来的，并且只能用词来体现，而词又是诗的暗礁。一个词就足以把一首最美的诗给葬送了。"③诗人对词语的选择在诗歌创作中是多么重要，诗人需要像炼金术者那样反复提炼笔下的词语，避免词语成为诗歌的暗礁，读者也许在皮埃尔·勒韦迪的话语里对现代意义上的文字的炼金术有了更加深刻的理解和体会。勒韦迪也和兰波一样，在人体的行动之中，在现实的生活中，寻求着属于自己的诗歌，诗人与诗歌、生活与诗歌就这样密切地结合在一起。他处的生活、他者的诗人深入未曾探究的人的潜意识之中，努力地在那片"未知的地平线"追寻新奇，他们这种永不停止追求的思想影响到那些渴望超越现实的超现实主义者，兰波、勒韦迪的诗学就这样在诗歌的长河中延续下去。

在1886年那个神奇的年份，保罗·克洛岱尔有一次在塞纳河边散步时偶然发现了发表在《时尚》杂志上的《彩图集》，内心的激动和狂喜使他无法

① 金惠敏主编：《嚼着玫瑰花瓣的夜晚——瓦莱里与纪德通信选》，吴康如、郭莲译，101页，北京，经济日报出版社，2002。

② 王家新、沈睿编选：《二十世纪外国重要诗人如是说》，98页，郑州，河南人民出版社，1992。

③ 同上书，100页。

自己:"刹那间,他与这些反叛、狂热诗句的作者便有了一种心神的交流。"①9月,他又阅读并背诵了兰波的《地狱一季》,这种内心的交流和碰撞成为保罗·克洛岱尔保持了一生的精神寄托,他从来都没有改变过对兰波的崇敬,用他自己的话讲,他与兰波有着某种神交,水乳交融,难以割裂:"我通过精神和诗歌的本能感觉到与他相连,如此隐约又如此亲密地交流着,仿佛他就是我自身的一部分。"②从兰波的身上他听到了诗歌对他的召唤,诗歌不再是某种被动的生活态度,也不再是他逃避家庭的避难所,诗歌是召唤,是由词语、音节和图像构成的《彩图集》,诗歌是疯狂的灵魂的哭泣和咏唱,兰波不但改变了生活,而且创造了生活,只有上帝才拥有这样的能量和权力。他听到了来自内心深处的召唤,听到了诗歌和上帝的召唤:"哦,上帝,我听到自己疯狂的灵魂在哭泣,在歌唱!"③

　　勒内·夏尔在 1965 年为伽利玛出版社出版的兰波全集所作的序中写道:"我们被警告:在我们的脚和它踢起的石头之间,在我们的目光和巡视的田野之间,除了诗歌,这个世界便一无是处。"④兰波对诗歌的反叛,对生活的反叛和逃离,都在勒内·夏尔的笔下找到了回应,后者均给予了最大的理解和宽容,他甚至专门写过一首诗来赞美这种行为,诗歌的标题就是《你出走的好,兰波》。勒内·夏尔以兰波的口吻认同了后者的行为,同时也表达了自己对现代生活的失望:"这肉身和灵魂的大冲力,这击中靶子使之粉碎的圆炮弹,对,一个人的生命,就在这里。……你出走的好,兰波!我们是几个人——绝对地相信,可能的幸福与你同在。"⑤兰波的诗歌有着巨大的冲击力,兰波就像出膛的炮弹,射向"巴黎诗人的愚蠢",射向"狗屁诗人的小咖啡馆,赐给牲畜的地狱,狡猾者的商业,以及庸人的问候"⑥。勒内·夏尔就这样解读着兰波,反抗着让人失望的诗坛。他的这些诗句如同

　　① [法]多米尼克·博纳:《克洛岱尔情结:卡米耶与保罗的一生》,王恬译,107 页,上海,华东师范大学出版社,2010。
　　② 同上书,109 页。
　　③ 同上书,109 页。
　　④ Arthur Rimbaud. *Poésies*, *Une saison en enfer*, *Illuminations*. Paris:Gallimard,1984:10.
　　⑤ [法]弗朗西斯·雅姆等:《法国九人诗选》,树才编译,169 页,上海,上海人民出版社,2009。
　　⑥ 同上书,169 页。

兰波诗歌中的"喷吐着红红火舌的子弹"一样，射向了人类的一切罪恶与虚伪。勒内·夏尔也像兰波那样在人类的起源地，在神秘的宗教文化的起源地，窥视"后人类内在的未来生活"。当兰波所说的"洪水的意念趋于平静"时，勒内·夏尔重新提起了这个让人类颤栗的瞬间，恐惧、庆幸等复杂的人类情感在诗歌《原初的瞬间》中再次以独特的视角冲击着读者的心灵："在我们面前，我们曾经见到大水涌过。他来自母腹，一下子，就淹没了山峦。这不是自身命运奔突的一道急流，而是一头无法表达的野兽，我们是这头野兽的语言和存在。"①语言在诗人无法明示的内心世界里转化成滔滔不绝的洪水，肆意着奔流而去，读者的意念难以穷尽隐藏在语言长河的深渊中的奔腾。语言在运动，那是《原初的瞬间》的生命爆发，强劲有力地歌唱起了生命的赞歌。勒内·夏尔对兰波的理解发自内心，是对其诗歌观念和内涵的认同，在现代主义时期，他追寻和热爱诗歌，以期从中寻找到失落的曾经："在城市的大街上，曾经有着我的爱。在破碎的时间里，它将去哪里？这并不重要。它不再是我的爱。每个人都可以谈论它。它不再忆及。谁，真正地爱着爱，远远地，照亮着爱，使它不会跌落？"②勒内·夏尔"在城市的大街上"，"在破碎的时间里"，像兰波那样寻求失落在其中的梦幻、珍爱，对真理、对生命的追寻穿越了时间和空间，诗人遥遥地与兰波相望，试图有所发现。读者隐隐约约地窥视到了兰波心底的那种渴望，诗人因此体会到了某种慰藉。

安托南·阿尔托也许在兰波的诗歌里体验到的是一种无形的渗透和穿越，他的诗歌时不时会显露出兰波诗歌的痕迹，尽管不动声色，然而我们却感受到那种浓郁的韵味，也许安托南·阿尔托以此来表达自己对兰波的崇敬和爱戴，同时也常常表现出他对兰波的某种反叛。他这样调侃兰波的生活在别处，指出"生活是空的，脑袋在远处"。安托南·阿尔托出生于兰波去世的马赛，出生时间与兰波去世的时间相差不多，他的诗歌常常让读者想到那位孤独的通灵者，他的诗歌中好像随时都有兰波式的句子，那种辅音的运动会使读者联想到兰波，兰波的"神圣的号角穿越人间天上的寂静"

---

① [法]弗朗西斯·雅姆等：《法国九人诗选》，树才编译，137页，上海，上海人民出版社，2009。

② 同上书，168页。

在安托南·阿尔托的诗歌中成为："生活穿过浓发丛丛的诗人的思想"，寂静和思想这两个非物质化的词语被可以感知的词语穿越了。兰波用《文字的炼金术》制造自己的文字幻觉，用自己的文字幻觉解释他的文字魔法，文字在幻觉中升腾为漂浮的符号。安托南·阿尔托的诗歌继续着文字的使命，他的"文字从梦中滋生/像一朵花，或一只玻璃杯/装满形式和烟"①。文字在梦幻中散去，最后缓缓地落脚在具有物象的实体上，任由读者嗅闻和触摸。兰波沉醉在"沉沉的河水""如诗的海面"，追寻思想的流动、灵魂的沉静，幻觉之中的想象如浮云般在诗人的内心深处泛起，成为久久不能挥去的跟随者。安托南·阿尔托继续着兰波式的沉醉，在深不可测的想象世界里，完成对自身的穿越，身躯和精神如同拥有质感的词语，颂扬着自身的追逐，词语一次次穿越理念和身躯，碰撞出新的空间："对自我的苦苦追寻/穿透正超越自身/啊！让冰块的柴堆/同想念它的精神会合。"②物质和精神在相互穿越之中跌落在词语上，发出了重重的回音，诗人在歌唱着精神的狂热。在对词语的追寻之中，可即的物质与不可即的精神在追寻中交替出现，岁月和空间从遥远的深渊被带回："深不可测的古老追逐/在欢乐中向外渗漏/感觉灵敏的肉欲，迷醉/在真正的歌唱的水晶中。"③安托南·阿尔托在继承与创新之中展现着诗歌的永恒魅力，他被誉为兰波之后的又一位通灵者。

　　"未知"曾经带着兰波的幻想，指引着兰波的脚步，穿梭于自然和灵魂之中，菲利普·雅各泰带着对诗歌的梦想，踏上了寻梦、寻美的历程。"夏日蓝色的黄昏，我走向小径/脚踩着小草，麦穗轻轻刺着我/幻想着，我脚下感到一阵清凉/任凭晚风轻抚着头发。"兰波在色彩斑斓、惆怅浪漫的黄昏，走向自然，去寻求触觉中的涌动，感觉中的清凉和柔情，梦幻、美伴随着脚步和文字涌上诗人的心头。菲利普·雅各泰《踩着月亮的脚步》，"走进一幢水宅的内部/走向一次又一次敞开，朝向某种/如青草般细弱而闪亮的事物：/我无所畏惧地走进草丛，/我感激大地的清新，/踩着月亮的脚

---

① ［法］弗朗西斯·雅姆等：《法国九人诗选》，树才编译，142 页，上海，上海人民出版社，2009。

② 同上书，137 页。

③ 同上书，137 页。

步，我说是，又逃走……"①白昼褪去了事物的外衣，月光还原了事物的本质，诗人因此在与事物接触的瞬间，深入事物的内部，那份曾经让兰波神往的清新弥漫了菲利普·雅各泰的灵魂，美在神秘的接触中被捕捉到了，旋即诗人又继续着自己的行程。菲利普·雅各泰在自己的感知世界里，想象和寻求着美，然而诗人心中的美到底会出现在什么地方呢？它也许会出现在任何可能的地方。菲利普·雅各泰赋予了自己心中的美以特殊而又具有现代思想的概念。"女子在尘埃里叫喊"，"城市带着它的噪音"，"沙造的庞大帝国"，"影与光的游戏"不是诗人所追寻的美，美是其他地方瞬间显现出来的亮光："在流水的深渊之上，瞬间在闪光"，"瞬变、偶发"之中，事物的本质闪现出来。诗人是在瞬间对词语的捕捉中发现事物的本质，事物的本质没有任何社会功能，事物的本质体现在此时此刻，体现在现时的表述："能言说的事物，似乎，不论表象，/对我来说，重要的是说出它，忽略/所有的美和光荣。"②菲利普·雅各泰试图穿越所有的空间，感知生命的涌动，诗情在对词语的追寻中撞击着读者的心灵，物与物的交流和渗透低吟着词与词的相互撞击："纱雾，树林，湿润的石头，/水追随的国度，/像一个夜的女郎，/多雨而炎热的美。"③心灵的碎片散落在一个个鲜活而又动态的形象上，词语时而新鲜如画中的美景，展示着宁静的物象："纱雾，树林，湿润的石头"，时而像漫游的水，把自己的舞步覆盖在散落的碎片上，一动一静之中，泄露了诗人对事物本质的感悟和追寻，诗人的行为落脚在无限美丽的心灵之中，读者在平静之中感悟到了兰波式的呐喊。

兰波的影响，尤其是他的诗歌主张如同抵挡不住的诱惑受到了后来者的追捧。美国垮掉的一代或者后垮掉的一代诗人安妮·沃尔德曼在一首诗《快讲女》里以兰波的著名论断："我是他者"作为题记，以诗歌的形式对"他者"进行了诠释："我是一个呐喊的女人/我是一个说话的女人/我是一个有

---

① ［法］菲利普·雅各泰：《菲利普·雅各泰诗选（1946—1967）》，姜丹丹译，93 页，上海，上海人民出版社，2009。

② 同上书，74 页。

③ 同上书，75 页。

情调的女人/我是一个无懈可击的女人/我是一个有情欲的女人……"①他者作为一个抽象的物，也是一个认知的中心，可以任意地辐射向不同的方向，也可以无限多地象征不同的物体。如同"书"这个高度抽象的词语演变成无数可能的具象的书籍一样，安妮·沃尔德曼把他者演化成"有五官感觉的人""多重天地的女人""做梦的女人""魔房里的艺术家"，"'我'已经不再是个人的'我'。我用我的声音和身体进入了诗歌场"②。兰波是否被模仿？我们难以定论，然而对五官的触及，对他者多样性的触及，对梦幻的触及，以及对文字魔法的触及都难免让读者联想到那个发明创造了"他者"的诗人兰波。身份寻求在狄金森的诗歌中以否定和提问方式表现出来，"我谁也不是——你是谁？"③我由复式成为单层，又从单层变成复式，我的概念不断扩展，在反复争夺中越来越多元和开放。他者引起了那么多的争论和翘首，那是兰波的荣耀，也是诗歌的荣耀。

在中国，较之于其他法国象征主义大诗人，兰波的名字虽然不如他们响亮。但细检中国现代文学史，就会发现，兰波之于中国，还是有着相当的影响的。茅盾等人认为19世纪后半叶是"象征主义大盛时期"，"开道者"为波德莱尔和魏尔伦，"创设者"是马拉美。朱光潜认为魏尔伦等象征主义诗人把声音抬到主要地位，有"'着色的听觉'(colourhearing)一种心理变态，听到声音，就见到颜色"。其实这种"着色的听觉"始于波德莱尔，发扬光大于兰波。有评论者认为李金发的诗歌在表现神经艺术的本色时，"有属于视觉的敏感"，如同兰波的"母音有色"。早期兰波在中国的影响与波德莱尔、魏尔伦等的主张密不可分。穆木天所说的"我要深汲到最纤纤的潜在意识，听最深邃的最远的不死的而永远死的音乐。诗的内生命的内射，一般人找不着不可知的远的世界，深的大的最高生命"，与兰波对生命的探索，及其所提出的"改变生活"、寻求新的诗歌语言如出一辙。王独清也说过，兰波是他最喜爱的四位法国诗人之一。王独清将兰波的《元音》中的"A是黑色，E是白色，I是红色，U是绿色，O是蓝色"称作发现"'色''音'感觉的交错"，认为这才是"最高的艺术"。他努力学习"兰波将本为抽象符号的字母

① 唐晓渡、西川主编：《当代国际诗坛》，102页，北京，作家出版社，2008。

② 同上书，110页。

③ 潘洗尘、树才主编：《译诗》第二卷，99页，武汉，长江文艺出版社，2013。

与色彩相连，形成一种虽谐音但组合纯属任意性的结构"，所以他才在《玫瑰花》中写下了"水绿色的灯下""淡黄的头发""深蓝的眼睛"和"苍白的面颊"等表示颜色的语言结构。兰波主张隐去诗人，寻求文字中独立的诗意；而王独清则论述过"我们必须下最苦的功夫，不要完全相信什么 Inspiration（灵感，引者按）"。王独清主张"下最苦的功夫"锤炼文字，兰波则有"文字的炼金术"的见解。尤其是王独清所提出的"音""色""力"的诗歌主张与兰波等四位法国诗人的理论可谓不谋而合，殊途同归。

戴望舒在受到魏尔伦的影响写下著名的《雨巷》后，诗歌创作发生了很大变化，他在《论诗零札》中说"诗不能借重音乐，他应该去了音乐的成分"，"新的诗应该有新的情绪和表现这情绪的形式"，"诗的韵律不应只有浮浅的存在。它不应存在于文字的音韵抑扬这表面，而应存在于诗情的抑扬顿挫这内里"①。金丝燕认为："这里，戴望舒将诗情与字句（即文字）对立，文字成为表现的工具——鞋子。这一文字——工具观点与法国象征派的文字——创造论者相去甚远。兰波、马拉美、吉尔等诗人在诗歌上试图隐去诗人，自然也包括诗情，而寻求文字本身的撞击性、偶然性、创造性，以使字词在诗的世界摆脱原有的约定俗成的意义，即散文世界的意义。……文字不再是工具，文字是诗歌创造本身。"②戴望舒诗歌创作的这种变化并非"借重音乐"与"去音乐"的变化，而是他对诗歌本身的认识进一步深化的变化。兰波提出的"文字的炼金术"更加深刻地揭示了诗歌创作的内在因素及其所产生的无穷变化，这些观点促使戴望舒围绕诗歌反复思考，也引起了他诗歌创作的深刻变化，这种变化与兰波等诗人的影响不无关系。

我们还能说什么，恐怕什么都不能，兰波是这样的诗人，不需要说得太多："诗人兰波足矣，诗人兰波无限。"勒内·夏尔如是说。

五、经典评论

兰波仅适宜从诗学的角度看待，难道这会让人气愤吗？他的作品和生

---

① 戴望舒：《戴望舒精选集》，138 页，北京，北京燕山出版社，2006。
② 金丝燕：《文学接受与文化过滤——中国对法国象征主义诗歌的接受》，332 页，北京，中国人民大学出版社，1994。

活是那么融合。他作品的每一个动作、他生命的每一个时刻都属于这样的工程，阿波罗和柏拉图好像使之走向完美：诗歌所展示的，最不隐蔽的东西，作为规则从我们身边滑过，而属于崇高现象的东西则那么亲切地萦绕在我们身旁。我们被警告：在我们的脚和它踢起的石头之间，在我们的目光和巡视的田野之间，除了诗歌，这个世界便一无是处。真正的生活，不容置疑的巨人只有在诗歌的脊梁上才能构建。然而人类没有（或者永远不会有，或者还没有）这样至高无上的权力去随意拥有这种真正的生活，去随意产生快感，除非在短暂的闪光中获得类似快感高潮的体验。而在随后的黑暗之中，多亏这些短暂的闪光带给我们的认知，时间在流逝所产生的可怕空白和属于我们的渴望预感之间，只会是极端诗歌及其所预告的通灵的未来状况，时间将分享、流逝，然而有利于我们的，一半是果园，一半是荒漠。

兰波惧怕自己的发现，他的剧院中所上演的剧本让他惧怕，又让他眷恋。他担心未知世界是真实的，因此，他也担心自己在认知世界里经历的冒险是真实的，这些点点滴滴积累起来的沉重的冒险经历将会导致自我的丧失。狡诈的诗人努力将咄咄逼人的现实放置在充满想象的空间，使之蒙上东方传奇、《圣经》色彩，他那令人叫绝的死亡本能将逐渐弱化、逐渐弱小。然而，狡诈是无用的，惧怕得到了证实，冒险确实存在。他所追寻和体验的生命境遇，就这样凸显，如同一对牛角，用它那两只尖角刺入诗人的灵魂和躯体。[①]

---

① Arthur Rimbaud. *Poésies*, *Une saison en enfer*, *Illuminations*. Paris: Gallimard, 1984: 139-140.

第五章　斯丹凡·马拉美

一、生平与创作

"从梦想到说话的过程占据了这个非常简朴的生命，一个具有异常敏锐智力的所有组合的生命。他活着就是为了在自身中实现令人惊叹的种种变革。在宇宙中，除了最终得到表现，他看不到其他可想象的命运。"[①]斯丹凡·马拉美在 1885 年 11 月 16 日写给魏尔伦的信中谈到了自己的家世："是的，我是 1842 年 3 月 18 日出生在巴黎，我出生的那条街现在叫拉菲利埃。我的父亲和母亲……一直处于高官的位子，我却逃避了从我襁褓中就被注定了的这种官僚生涯。我可以在我的好几位先人那里找到与登记局的行当完全是两码事的舞文弄墨的嗜好。……刚才我说'巴黎的家族'，因为我一直生活在巴黎，但我们的原籍却是布尔基宁、洛林甚至荷兰。"

"我很小的时候——7 岁时，就失去了母亲。先由祖母抚养，她很疼爱我。随后进寄宿学校和中学。"[②]他 15 岁时失去了姐姐，他的童年既悲伤又封闭，他的生活苍白而呆板。"他是一个很内向的人。"克洛岱尔如是说。这位性格内向的人从小却立下了志愿，希望将来能做大诗人："我有一颗拉马丁的灵魂，暗暗向往有朝一日能取代贝朗瑞，因为我在朋友的家里遇到过

---

① ［法］保尔·瓦莱里：《瓦莱里散文选》，唐祖论、钱春绮译，116 页，天津，百花文艺出版社，2006。

② 潞潞主编：《倾诉并且言说——外国著名诗人书信、日记》，71 页，北京，北京出版社，2003。

他。似乎要做到这一点不大容易。但我长期坚持，写了一百个小本子的诗，作为成为诗人的准备。假如我记性好的话，它们会永远存留在我的心灵里。"①1862 年中学毕业以后，这位爱伦·坡的狂热追寻者认为自己没有其他能力糊口，所以就出发到英国，目的是为了学习英语，以便能翻译或者阅读到原版的爱伦·坡的作品，并在未来的岁月里找一份教英语的工作。用他自己的话讲："学了点英语，只是为了更好地读爱伦·坡的书。20 岁去英国，主要是为了逃避；同时也想练练英语，还希望能在一个清静的地方当个教师，解决生存问题。后来我还结了婚，因此而更加拮据。"②1863 年以后，他如愿以偿，真的找到了一个英语教师的位置，先后在几个外省城市，如图尔隆、贝桑松、阿维尼翁等地教授英语。直到 1871 年，他才返回巴黎。

　　除了受到爱伦·坡的影响之外，马拉美对帕纳斯派的诗歌表现出极大的兴趣，随后又喜欢上了波德莱尔。他曾经宣称有必要创作一部难以阅读的作品，因为这样的作品才能表现他的雄心壮志。他对这部书的定义为："一部书，一部多卷本的地地道道的书，一部事先构思好的讲求建筑艺术的书，而不是偶然灵感——即使这些灵感是美妙绝伦的——的集子……我要走得更远，我要说：书使人相信只有一本书，被某人——或者说某天才——不经意间写成的经典。"③所以马拉美在创作中自觉不自觉地表现波德莱尔诗歌中的主题：遨游、远航、他乡等；逃避、拒绝让人伤心同时又充满诱惑的现实世界；对童年友谊或过去时光的怀念；对内心黑夜的呼唤，因为它可以使人的心灵"在绝对黑暗的感觉中深入前行"。

　　马拉美诗歌创作的变化来自《海洛狄亚德》。1864 年开始创作时是悲剧，后来在马拉美的诗歌创作计划中成为一部规模宏大的诗剧，但他生前只完成了三个片段。这个未完成的诗剧后来发表在 1869 年的《当代帕纳斯》上。《海洛狄亚德》表现了人类的生存困境，以及意境纯洁而冰冷虚无的世界。写得最精彩，后来也最著名的，是第二个片段——海洛狄亚德同奶妈的对

---

① 潞潞主编：《倾诉并且言说——外国著名诗人书信、日记》，71～72 页，北京，北京出版社，2003。

② 同上书，71～72 页。

③ 同上书，72 页。

话。海洛狄亚德临镜驻足，惊叹于自己的美貌而忘记了世俗的一切诱惑。"海洛狄亚德让我产生无限的遐想，这位身披海蓝色纱丽的海洛狄亚德，她的金发如燃烧的金色的火焰，她身着节日绚目的盛装，但表情却凄婉动人。她双手捧着镜子，孤芳自赏，孤影自怜，痴迷于镜中的幻影。"①镜中的自恋形象成了马拉美的虚拟诗歌世界，同时也是马拉美形成自己创作风格的开始。他1864年10月底写给朋友加扎利的信中宣称自己找到了表达事物的新方法，他希望使之成为自己诗歌创作的主要法则："我终于开始创作我的《海洛狄亚德》，我心惊胆战，因为我在创造一种必须来自崭新诗歌的语言，我可以用下面这样的词汇定义它：描绘，非事物，而是其所产生的效果。诗句摆在那里，不应该由词语组成，而应该由意图组成。面对感觉，所有的话语悄无踪影。"②关于《海洛狄亚德》，他在同一封信里做了进一步说明："我选择了一个可怕的题目，当其中的感觉很敏锐时，就会让人觉得可怕，而当它们飘浮不定时，又会拥有神秘事物的奇怪态度。我的诗句，时不时会让人痛苦而且会像刀剑那样伤人。而我却从中找到了亲密和独特的描绘和记录瞬间印象的方法。更让人忐忑不安的是，这些印象前后相接，如同交响乐中的音符。我常常整日自问，这些印象是否能与那些印象相伴，它们之间的相关性和效果又是什么。"③因此，《海洛狄亚德》标志着一个里程碑，标志着他与帕纳斯派和波德莱尔诗歌主题的决裂，他的诗歌创作进入了具有强烈的个人特色的阶段。因此在经历了苦难、困惑的怀疑时代之后，马拉美才会这样宣称："我死了，又复活了。"他用另一种形式实践兰波"我是他者"的主张："应该做一些超乎寻常或异乎寻常的事情，这样做总能得到回报，如作者的省略，作者的死亡等。"④

标志着马拉美之"死与复活"的另一首诗，是《牧神的午后》。马拉美在创作被他自己称为"沉默的音乐"之作《海洛狄亚德》的时候，同时开始构思

---

① 金惠敏主编：《嚼着玫瑰花瓣的夜晚——瓦莱里与纪德通信选》，吴康茹、郭莲译，21页，北京，经济日报出版社，2002。

② Paul Bénichou. *Selon Mallarmé*. Paris：Gallimard，1995：38.

③ 同上书，39页。

④ ［法］雅克·德里达：《文学行动》，赵兴国等译，328页，北京，中国社会科学出版社，1998。

《牧神的午后》这首长诗。1865 年春天开始动手写作，最初起名为《牧神的独白》，也是计划写给剧院的剧本。然而写好的诗剧送给法兰西剧院时，却遭到了否定。后来马拉美又想在《当代帕纳斯》上发表，也遭到拒绝。到了1876 年，经过反复修改的诗剧才以豪华单行本出版。谈到《牧神的午后》时，马拉美对他的朋友加扎利说："或许你懂，需要付出多少个绝望的夜晚和梦想的白天，才能写出独特的诗句（至今我还没有写出这样的诗句），才能写出称得上是在至高无上的神秘中使人分享诗人灵魂的诗句。"①《牧神的午后》也给其他艺术家带来了创作灵感。法国著名音乐家德彪西根据这首诗写了一首题为《牧神的午后》的前奏曲。然而在公众一致看好的同时，评论界的反响却不尽相同。《费加罗报》的达古尔这样批评："这类乐曲写起来挺有意思，但听起来却乏味得很！""但是马拉美却写信给德彪西，说他的乐曲和自己的诗文可以说是珠联璧合。如果说略有不同的话，那就是在思乡之情方面，以及在光影之间，作曲家比他做得更加细腻丰富。"②为了回应评论界的指责，德彪西在谈到音乐和诗歌的关系时这样说道："由于为了与原诗的总体印象更加切近，音乐的发展就显得艰难……更确切地说，这是一种将所有细小微妙的差别都容纳于一个模式中的尝试，我的努力在逻辑上是可以被证明的。目前，这种（作曲）趋势仍在紧随（象征派）诗歌的上升而加剧，而且还对原诗的所述所感进行美的修饰……末尾以一个长句结束了全诗：'爱侣，永别了！我将会看到你幻化而成的浮影。'"③所以说，《海洛狄亚德》和《牧神的午后》标志着马拉美诗歌创作的新起点，标志着象征主义诗歌马拉美时代的来临。

　　1870 年以后马拉美的创作开始明显彰显出自己的个性。1873 年在《戈蒂耶之墓》杂志上发表的《葬礼上的祝酒词》，1887 年被《独立杂志》再次刊印。1872 年 10 月 23 日，著名诗人戈蒂耶逝世，有位名叫格拉迪尼的人建议出一本诗歌集纪念戈蒂耶。戈蒂耶的女婿采纳了这个建议，每一位参加

---

①　[法]雅克·德里达：《文学行动》，赵兴国等译，39 页，北京，中国社会科学出版社，1998。

②　[法]让·巴拉凯：《德彪西画传》，储围围等译，119 页，北京，中国人民大学出版社，2004。

③　同上书，120 页。

的人都必须用诗歌的形式表达对这位大师的致意。马拉美既要按照要求发表祝词，用诗歌向这位大师致意，同时还想表达自己的诗歌主张，这首诗就是在这种背景下产生的。1883年，魏尔伦在《吕岱斯》杂志上发表的《可诅咒的诗人》中引用了马拉美的《当阴影威胁时……》，虽然这首诗发表于1883年，但是它的写作年代要早。这首诗所表现的主题比较接近《葬礼上的祝酒词》，这一点得到了马拉美的确认，他在寄给魏尔伦一组将要发表在《可诅咒的诗人》中的诗歌时写信给魏尔伦："我寄给你的诗歌是过去创作的。"其中有写作于1876年的《爱伦·坡墓志铭》，还有更早时期的《圣女》和《诗歌的供奉》(1865)。1875年，美国巴尔的摩为纪念爱伦·坡逝世25周年，要立一座纪念像。当时的组委会主席赖斯小姐邀请马拉美为纪念活动作诗，马拉美把自己创作的《爱伦·坡墓志铭》翻译成英语，寄往美国。1877年这首诗发表在《爱伦·坡纪念文集》上，在1883年由魏尔伦结集出版以前，这首诗还被作过修改。1877年11月，他创作了《十四行诗》，这首诗直到1913年才第一次发表在《新法兰西杂志》诗歌卷上，后来又被收入《马拉美诗歌全集》。1883年，马拉美突然间受到魏尔伦的《可诅咒的诗人》和于斯曼的《逆流》的眷顾，俨然成为象征主义的领袖。他每星期二下午在巴黎罗马大街的住宅接待来访的客人，这些客人就是崇拜他的年轻的诗人们，他向他们讲解自己的诗歌主张，与他们一起切磋诗艺，他与年轻诗人们的聚会被称作星期二集会。但是他始终不愿意承认流派之类的说法："我讨厌流派以及一切类似流派的东西。……我之所以被视为流派领袖，这首先由于我对青年人的意见总是有兴趣；其次也许由于我诚恳地承认青年人的作品的确给我们带来了新的东西。"①

马拉美补充了自己的诗集，增加了一些即兴创作的诗歌，但是他所期望的还是那本他用毕生精力所撰写的"书"。这样一本书的概念从马拉美步入诗坛初期就已经产生了，随着时间的推移、场景的变化而有所不同。马拉美第一次提到这本"书"是在1866年夏天，他把阴性名词"著作"写成阳性名词："今年夏天，我无限努力地创作一部纯洁、美丽的著作"（著作在法语里是阴性名词，这里作者用的是阳性名词，著者案）。他在写给欧巴乃尔的

---

① 潞潞主编：《面对面——外国著名诗人访谈、演说》，8页，北京，北京出版社，2003。

书信中说，要用 20 年时间写作一部 5 卷本的"书"，他已经有了写作计划；他在写给加扎利的书信中又说这本书将是"关于虚无的精神主张"，由 3 首诗、4 篇散文诗组成，计划用 10 年时间完成；他在写给维里尔的书信中说自己的余生中还有两本书要创作，"一本完全绝对，表现美；另一本则属于自己，灰暗的寓意中充满虚无"①。但是这一切都没有一个最终的答案，他所说的那本书到底是什么，却无人知晓。他在 1866—1867 年的书信中曾经打算把《海洛狄亚德》列进这本"书"中，他用了两个冬天也没有完成这首长诗。直到 1885 年 11 月，在他写给魏尔伦的书信中，才清楚地描述了那本"书"："对大地做出神秘教理般的解释是诗人唯一的使命，是杰出的文学技巧；因为书的节奏本身是客观地、活生生地伸入到书页里，叠合成梦幻或颂歌的方程。"②然而，到底哪一本书或哪些诗歌、散文能够表达马拉美理念中的书，也许每一个创作时期会有不同的答案，但是，马拉美对诗歌使命的探究、对诗歌技巧的探究始终是他难以忘怀的使命，始终是他梦想中的"书"。

取名为《散文诗》的诗歌发表于 1885 年，后来没有太大的修改，但是今天发现的两部手稿却与最终发表的诗歌相去甚远。1954 年 12 月 25 日发表在《费加罗文学版》上的手稿由亨利·蒙托点评，另一部手稿见 1968 年尼载出版社出版的《马拉美资料大全》，由卡尔·巴比埃点评。这两部手稿均没有《散文诗》的标题，也没有诗歌的题记。1885 年 3 月，马拉美在《独立杂志》上发表了《贞洁、活力……（天鹅十四行诗）》，但是这首诗歌的创作年代不断引起人们的争论。有人认为，这首诗歌写于 1870 年以前，有的人认为，创作时间应在 1870 年之后。在这个悲剧题材中，诗歌表现了诗人实现理想过程中的悲剧，特别是马拉美经历《海洛狄亚德》危机年代时的主题在这首诗歌中再次出现，理想中的天鹅，志存高远的天鹅被冰封的湖扼杀。《让我进入你的故事》于 1886 年发表在 6 月 13 日—20 日号的《时尚》杂志上，是一首十四行诗。1887 年 1 月，《独立杂志》发表了他的《我的书籍重新合上……》，实现理想过程中所经历的悲剧重新出现在这首诗歌里，理想在现

① Paul Bénichou. *Selon Mallarmé*. Paris：Gallimard，1995：55.
② 潞潞主编：《倾诉并且言说——外国著名诗人书信、日记》，72 页，北京，北京出版社，2003。

实中被"毁灭",遥远的地方仅仅留下了当年的辉煌,冰冷、饥饿在诗歌中再现。《飘动的头发》最早发表在《艺术与时髦》1887年12月号上,是题目为《集市叫卖》的散文诗的一部分。1889年《飘动的头发》作为十四行诗单独发表在《神甫》第一期上,1890年,《青年比利时》2月号上发表了十四行诗《飘动的头发》中的《集市叫卖》。马拉美经常把这首诗歌单独发表,但是它与《飘动的头发》的联系却无法改变。当死神渐渐临近时,1897年,他在《宇宙》杂志上发表了自己完整的诗歌主张和创作经验,以及彰显其诗歌技巧的诗作《骰子一掷永远取消不了偶然》,展示了诗人将自己的精神世界和自然界近于融合为一体的空蒙境界。这首充满神秘色彩的诗歌发表后不久,马拉美就于1898年9月9日在瓦尔万枫丹白露附近的别墅里谢世了。

二、诗歌美学观

1. 诗歌的音乐性

早期的马拉美就关注并敏感于诗歌的音乐性,从《海洛狄亚德》的音乐序曲到《骰子一掷永远取消不了偶然》的发表,还有《牧神的午后》等,马拉美的所有诗歌创作都表现出了他对音乐的追求。1891年,他接受法国记者于勒·于雷(Jules Huret)关于《牧神的午后》的采访时,这样定义自己的诗歌主张:"我试图在亚历山大诗体旁边,在它的所有的内容中增加一种日常的文字游戏,周围有钢琴伴奏,如同人们所说,是诗人自己所做的伴奏,而那些官方诗歌只有在重大聚会中才会走出羁绊。"①他在接受"谈文学运动"采访时更加明确地说出了诗歌与音乐的不可分割的关系,"我们只求在诗歌中放进较多的空气,在气势宏伟的诗句之间,创造一种流动的、变化的东西,而这正是前一时期诗歌所缺少的。在乐队中,突然听到一段嘹亮的铜管乐的演奏,当然很美,但是如果只有铜管乐,就会使人厌倦。年轻人尽量延长庄严乐调间的距离,为的是使这种乐调在它们能产生整体效果时才出现。亚历山大诗体也是如此;这种诗体不是什么人发明的,它是语言这个工具天然的产物。从今以后,它不会再像今天这样执拗、呆板,而是显

———————————
① Bertrand Marchal. *Lire le Symbolisme*. Paris:Dunod,1993:92.

得更自由，更新颖，更轻灵。"①

　　马拉美对诗歌音乐性的主张与传统意义上的定义有较大的区别，黑格尔在《美学》中，对音乐与诗歌的关系曾经作过这样的论述："在诗里声音本身并不那么复杂，并不是由人造的乐器发出来的，也不是用丰富的艺术形式组合成的，它只是把人类语言器官所发出的语音降低成为单纯的符号，这符号本身并无意义，只因为标志出某些观念，才获得价值。因此声音在诗里一般是一种独立的感性客观存在物，作为情感和观念的单纯符号，正因为它只是这种符号，它就具有本身固有的外在性和客观性。"②马拉美对音乐在诗歌中所起的作用的要求远远高于黑格尔的要求，"我所做的音乐，可以称之为，不是人们从词语音调的相近性之间所取得的，这样的想象自然而然；但是除此之外，话语排列所产生的神奇，或者说话语只能停留在这样的状态，作为与读者物质交流的工具，如同钢琴的键盘。确实在字里行间和目光上面，是一种绝对纯洁的交流，不需要像乐队那样要求软弦和直升式活塞，这些已经工业化了；诗歌与乐队一样，只不过它是文学的或者沉默的"③。诗人不但要用文字为自己的诗歌伴奏，而且要在"诗歌中放进更多的空气"，在诗句之间"创造一种流动的、变化的东西"，在词与词之间"尽量延长庄严乐调间的距离"。流动的空气产生动感，产生韵律，词语之间的延长符又产生了节奏。词语已经不是一种单纯的客观存在，不是一种单纯的音节符号，而有了更多的流动、变化的气息，有了更多的停顿、延续，自身的多样性从客观和内涵上尽情地表现着独立的存在。被排除在意义之外的词语已经勾画出来一幅美丽的音乐画卷，立体的音乐不但表现在诗句与诗句之间，表现在它们的神奇排列之中，也表现在每个诗句中词语的节奏变化和流动之间，表现在词语的停顿与延续之间。词语如同乐队的乐器，与读者产生了神奇的关系，这种关系成为一种物质存在的关系，词汇成了这种物质关系中最基本的元素。音乐的支离破碎及其间所产生的网状空间进一步说明现代诗歌对音乐性的要求："以线条十分清晰见长的乐调已经成为过去，代之而起的是一种无穷无尽的破碎的乐调，它丰富了音乐

---

①　潞潞主编：《面对面——外国著名诗人访谈、演说》，6～7页，北京，北京出版社，2003。

②　［德］黑格尔：《美学》第三卷（上册），340页，北京，商务印书馆，1984。

③　Bertrand Marchal. *Lire le Symbolisme*. Paris：Dunod，1993：92.

的内容，同时又使人不感到音调的抑扬顿挫太着痕迹。"①这种破碎的乐调在诗歌之中又形成新的语言："诗行使用若干音、形单位给语言重新创造出一种完整、新异的词语，魔术般地将言语隔离起来……"②德里达在论述马拉美诗歌词语的统一性时这样说："马拉美在寻求词语的统一性时，营造音、形单位和意义的和谐时，也使词语被瓦解并释放出能量。词语对于他已经不再是语言的首要成分，其后果非常深远。"③瓦莱里在谈到马拉美对音乐的喜好时曾经说过："马拉美每个星期天都去听音乐会。他听音乐会全神贯注，不仅仅是为了音乐本身，而且是为了努力发掘音乐的奥秘。他手指中夹着一支铅笔，从乐曲中记录下他认为对诗有用的东西，他想从中提取不同的关系类型，把它们移植到语言领域。"④但与前人不同的是，在诗歌与音乐的关系上，他把诗歌视为最高的和支配的艺术，认为音乐可以使诗歌取得暗示的、象征的最佳效果。

2. 召唤事物的诗歌

马拉美在接受法兰西记者于雷的采访时，阐明了自己的诗歌美学观："诗歌中应该永远存在着难解之谜，文学的目的在于召唤事物，而不能有其他目的。""世界最终的目的就是为了写出一本完美的书。"⑤诗歌如何召唤事物？要想召唤事物就必须使存在的语言隐身，隐身的语言才能激发更多的想象："诗歌中只能有隐语的存在。对事物进行观察时，意象从事物所引起的梦幻中振翼而起，那就是诗……一点一滴地去复活一件东西，从而展示出一种精神状态，或者选择一件东西，通过一连串疑难的解答去揭示其中的精神状态：必须充分发挥构成象征的这种神秘作用。"⑥存在是一种状态，诗歌就是要揭示这种状态。从事物的起点开始，终点将会是最原始的存在形式；同时，当存在本身就是答案时，诗歌就是通过一连串的推理和求证，

① 潞潞主编：《面对面——外国著名诗人访谈、演说》，6 页，北京，北京出版社，2003。

② [法]雅克·德里达：《文学行动》，赵兴国等译，331 页，北京，中国社会科学出版社，1998。

③ 同上书，331 页。

④ 潞潞主编：《另一种写作——外国著名诗人散文、随笔》，80 页，北京，北京出版社，2003。

⑤ 潞潞主编：《面对面——外国著名诗人访谈、演说》，8～9 页，北京，北京出版社，2003。

⑥ 同上书，8 页。

证明存在的合理性，也就是诗歌的合理性。换句话说，隐语可以是推理过程中的不同符号，引发无尽的想象，引领着读者奔向终点的答案；也可以是终点的答案，本身就是一个语音场和词义场，引发无尽的同音和同义想象。诗歌不是要说出一种事物，而是要唤起人们对它们的想象，暗示它们的存在，因此，诗歌永远都会是个谜："直陈其事，这就等于取消了诗歌四分之三的趣味，这种趣味原是要一点点地去领会它的。暗示，才是我们的理想。"①

三、作品分析

马拉美的诗歌创作以对波德莱尔诗歌的模仿开始，但是却颠覆了后者诗歌创作的二元审美观。在马拉美的笔下，波德莱尔诗歌中的理想已经成为缠绕着诗人的噩梦"从容而冷静"，它就是"美丽如花朵一般可爱"的蓝天，懒洋洋地对诗人"发出嘲讽"，"无所作为的诗人感到难堪，他行经痛苦的贫瘠沙漠，诅咒自己的天才"。遨游，远航，他乡，逃避、拒绝让人伤心同时又充满诱惑的现实世界等波德莱尔诗歌中的主题在马拉美早期的诗歌中充分地表现出来：

> 我闭上眼睛逃跑，可我总感到蓝天
> 却以令人震惊的悔恨那一般强烈，
> 注视我这空虚的灵魂。何处逃？哪片
> 黑夜可用来盖住蓝天伤人的轻蔑？②

曾经让波德莱尔可望而不可即的理想成为马拉美挥之不去的梦魇，诗人害怕在波德莱尔式的理想中前行，他希望逃避现实中的理想。理想在马拉美的诗歌《蓝天》中已经成为妨碍他前行、嘲笑他无能为力的象征。理想的力量与诗人的空虚和无能形成了鲜明的对比，所以诗人只有走进"绝对的黑夜"，因为在黑夜中诗人才能够寻找给他带来光明的诗句，因为"黑夜可

---

① 董学文主编：《西方文学理论史》，211 页，北京，北京大学出版社，2005。
② 程曾厚译：《法国诗选》，366～367 页，上海，复旦大学出版社，2004。

用来盖住蓝天伤人的轻蔑"，因为黑夜里有绝望，只有绝望的夜晚才能让诗人写出让人称道的诗歌，诗人在呼唤黑夜的同时，也寄希望于远方的大雾，因为大雾和黑夜一样可以掩盖嘲讽诗人的蓝天，因此，诗人发出了这样的呼唤：

> 大雾，请升起！播撒你雾蒙蒙的云烟，
> 向空中播撒破破烂烂的雾气浓浓，
> 去淹没秋季混沌杂乱的青灰色脸，
> 请建造一座巨大而又寂静的天穹！
> ……①

诗人的梦想出现了，不是在理想中，而是在大雾升腾之后所形成的苍穹中，没有人能够捕捉到诗人的心绪，黑夜里，大雾中，读者试图寻找诗人那双恍惚的眼睛：迷茫而执着，透明而闪亮，不断闪现着前行。

同样的主题在他早期的诗歌中经常出现：

> 爱折磨人的梦想
> 怡然陶醉在哀愁的馥郁，
> 没有懊悔，没有惆怅，
> 在萦怀着她的心中留下一掬采撷的梦。②

《显现》把理想描述成折磨人却又让人无法抵御的梦想，但是诗人的这种理想经常在残酷的现实面前被击碎。波德莱尔笔下那极富象征意义的天鹅便是最好的注脚："冰封的湖""紧紧缠绕着羽毛的泥地"，在一片纯净的世界里展示出理想与现实之间的巨大反差，展示出遥远美丽的理想如何在冰冷的现实中被扼杀，"往日的天鹅正在回忆起她自己"。这矛盾恰恰成为《天鹅十四行诗》最迷人的地方："若明，若暗，既有这份明白，吸引读者，

---

① 程曾厚译：《法国诗选》，366～367 页，上海，复旦大学出版社，2004。
② 潞潞主编：《忧郁与荒原——外国著名诗人代表作品选》，36 页，北京，北京出版社，2003。

又有这份隐晦，把人迷住。"①与过去岁月的缠绵同时也表现出诗人的失落，法国文学传统中的"黄昏""秋叶"等也在马拉美的诗歌中反复演化："我的灵魂飞向你的眉额，那里是梦境"，"灵魂""梦境"等无法捕捉的幻影飘落在"宛若忧郁的花园中"，因此灵魂随着花园的流水荡漾："那束忠实洁白的水流向着太空叹息！"载着诗人寄托的流水的叹息引起了太空的回应："太空把无限的颓唐映入池塘"，"映入池塘的颓唐"就是"黄昏的秋阳"，当后者"拖着一缕尾光挨过，死寂的水面，那里落叶的萎黄随风悠游，画出一道冰冷的犁沟"。《叹》就这样在天空、在池塘、在秋叶中穿过，留下了淡淡的袅袅余音。"黄昏的秋阳"使人联想到波德莱尔"晚秋柔黄的秋阳""浪漫主义的夕阳"，以及圣伯甫的"夕阳拖着黄色的光翎"。"诗人用'落叶的萎黄'而不用萎黄的落叶，意在摆脱一种物质实感，而造成一种空幻和灵动的意象色彩。"②

1. 诗歌语言的召唤功能

马拉美在早期的《蓝天》《海风》《花》《叹》《烟斗》等诗歌中继承了波德莱尔"过去与现在""现实与理想""此世界与彼世界"等对立的二元审美主张，而且也经常用通感的方式表达物质世界的千变万化、情感世界的丰富多彩，同时他的诗歌的表现形式比波德莱尔更加丰富和多变，他在寻求属于自己的诗歌创作原则，这种寻求既有语言层面上的探索，也有文化层面的关照，更有诗歌本体的思索，通过从不同的视角探讨诗歌的美学意义，深化诗歌的内涵，寻求诗歌语言的内在张力，诗歌的本质便呈现在读者面前。

马拉美的诗歌常常以词语召唤词语，词语有音有形有意义，词语的音可以唤起音，形可以唤起形，意义可以唤起意义，词语具有了物质的形态，这些不同的形态暗示了迥异的物质世界，词语的韵律和节奏会唤起它的形状和色彩。《海风》中"我阅读了所有的书"与"我感到海鸟沉醉了"等诗句中的"书"从音和形(livre)上唤起了"沉醉"(ivre)，"天空"(les cieux)唤起了"古老"(les vieux)和"眼睛"(les yeux)，"沉浮"(trempe)唤起了"灯光"(lampe)，逃离(fuir)唤起了黑夜(nuit)、忧愁(ennui)等，相似的音、形单位相互回

①　程曾厚译：《法国诗选》，372 页，上海，复旦大学出版社，2004。

②　辜正坤主编：《世界名诗鉴赏词典》，440~441 页，北京，北京大学出版社，1990。

应，音韵唤起了音韵，它们之间产生了某种回应和延伸，构成了不同的音韵库；形状唤起了形状，形成了应和绵延。词语的意义也紧密相连，相互回应和呼唤。"也许，船桅唤来了风暴/大风起时，也会随船一起沉没/船桅消失了、消失了，绿叶盛茂的小岛不见了……/然而，我的心却听见了水手的歌声!"①诗歌的结尾处反复出现的船桅不但唤起了大风，也唤起了海上风暴，而且船桅也唤起了水手和小岛，风暴同时又唤起了沉船，水手和小岛又唤起了绿树茂盛和歌声。因此，船桅把"大风""海上风暴""沉船""水手""小岛""歌声"等联系起来，"结果形成了一个庞大的意义库"②。风声唤起了色彩，色彩又唤起了歌声。此时，声与声、声与形、声与意义均相互呼应，在诗歌中形成美丽的整体。这种词语的相互召唤，在其他诗歌中不断延伸，创造着词语本身的奇迹。

《显现》在静谧的梦境中奏出了小提琴如泣似诉的旋律，词语之间的呼应和召唤使这种旋律如同韵味十足的气息在诗行中流动：

> 明月添愁。赛拉芬们垂泪
> 沉入梦境，手捏琴弓，在花雾的
> 静谧中，拉着断肠的提琴，
> 白色的呜咽翔过彩云朵朵的苍穹。③

词语的世界被物质化了，展现了诗人理念中的现实"明月添愁。赛拉芬们垂泪"，"明月"既是物质的，又是非物质的，既是具象的，又是抽象的，读者既能观看到它的形状，也能通过光亮感知它的存在。明月在召唤着忧愁，还是孤单？"明月"因为别人而添愁，还是"明月"为别人添愁？忧愁属于主观，还是客观？诗人通过主客体视角的反复变化多元地反映出诗人的审美情绪，简单的词语召唤起深藏在每个人心中的情感波澜，词语由个体向整体穿越，词语的召唤功能通过其形态、其含义、其象征渐次展开。每

---

① Henry Nicolas. *Mallarmé et le symbolisme*. Paris：Larousse，1972：34.

② ［法］雅克·德里达：《文学行动》，赵兴国等译，329 页，北京，中国社会科学出版社，1998。

③ 辜正坤主编：《世界名诗鉴赏词典》，440～441 页，北京，北京大学出版社，1990。

一个词语都会成为可能的中心点，召唤起与自身或关系密切，或关系疏远的其他事物，符号"明月"不但唤醒了其他音形和意义和谐的符号（白色，冰凉，忧愁，大理石等），尤其重要的是，这样的符号还会召唤起下一个符号，"明月"召唤起了"赛拉芬们"（意大利古画中的乐仙，著者案），并使之成为另外一个中心点，与其他事物构成另外的意义库，"赛拉芬们"唤起了"沉入梦境，手捏琴弓，拉着……提琴"，唤起了"梦境、花雾、静谧"，"添愁"召唤起了"垂泪、断肠"，寂静（明月）唤起了声响（小提琴），表达了词语音、形的不同形态，词语的中心点由"明月添愁"移动到了"赛拉芬们垂泪"。垂泪的乐仙们"拉着断肠的提琴"，琴声既应和前面的明月，以现时的在场的视角揭开了诗人并非完全现实的心理状况，又打开了那个与现实密切相关的梦境，以现时的再现的视角混淆了此情此景。梦境中的提琴不但唤起了沉寂，打破了沉寂，而且唤起了"白色的呜咽"和"彩云朵朵的苍穹"，白色的张力不仅体现在对自身含义的延伸上，既可以表现色彩，亦可以表现音响和空间（白色，空白，停顿，空间等），还可以"把一件事与另一件事联系起来，结果形成一个庞大的意义库（白雪，寒冷，死亡，大理石等；白天鹅，翅膀，羽扇等；处女，纯洁，处女膜等；纸页，画布，面罩，轻纱，牛奶，精液，银河，星星，等等）。它散布在马拉美的全部文本之中，仿佛象征符号有一种磁化作用"[1]。符号白色所形成的意义库不断扩展，既有色彩的延伸——由白色到彩云，到白雪、白天鹅、洁白等，也有由白色所产生的启迪：白雪让人联想到"寒冷，死亡，大理石等"，白天鹅呼唤起"翅膀，羽扇等"，洁白引人联想起"处女，纯洁，处女膜等"，还唤起了声音和其他色彩（呜咽、彩云、苍穹），甚至色彩的形状（彩云朵朵），并由后者延伸至"洁白如雪的芳星"，波德莱尔式的通感以暗示的方式表达了马拉美对唤起事物的能力的挖掘，事物内在的联系以非常隐蔽的形式展现在读者面前，琴声裹着色彩在苍穹中划出美丽的舞步，留下了阵阵芳香。由"明月"而起的诗句在完成了音、形意义的拓展和延伸之后，渐渐地转化为诗人的精神思绪。忧愁、美丽的梦境，痛苦、欢快的提琴既带着无限的惆怅，又

---

① ［法］雅克·德里达：《文学行动》，赵兴国等译，329～330页，北京，中国社会科学出版社，1998。

抒发着诗人内心的愉悦。提琴和色彩构成的梦境就这样在马拉美的诗歌里继续着:"爱折磨人的梦想","怡然陶醉在哀愁的馥郁"。因此惆怅、愉悦的琴声,"白色的呜咽","彩云朵朵的苍穹"和陶醉、哀愁的馥郁交融,触动诗人内心的琴弦,使他"在萦怀着她的心中留下一掬采撷的梦",他觉得"往昔,她走过我受宠的孩提时的酣睡,用她那半拢的双手撒下洁白如雪的芳星"。纪尔拜·雷乌特写道:"马拉美的这首诗写于他由于波德莱尔的著作而名声大噪的时代,在这首诗里他采用了通感的技法:呜咽的声音和白色的通感('白色的呜咽'),感官的通感,笑的显现唤出陶醉在芳香之中的星束('洁白如雪的芳星')。但是这首诗与其说是波德莱尔式的,不如说是马拉美式的,人们可以从朦胧的和带着眷恋的梦幻的基调上找到一种个人风格的象征主义。"①。词语既从音、形和意义上召唤起自身丰富多样的一面,还召唤起其他词语,促使延绵不绝的意境不断伸向意义的无穷尽处,让读者应接不暇,回味无穷。"这些诗的气氛往往接近于英国拉菲尔前派绘画的气氛:表达上的忧郁情调,轮廓上的光辉的不确定性,形象的音乐性和文字上的某种天真结合了起来。"②

词语召唤事物的功能,不仅表现在音色之间的联系上,同类或者相似事物之间的召唤和回应是马拉美诗歌的另一特点,《牧神的午后》向读者展示了符号密集而又延绵不绝的流动:"只要有水声潺潺,我的排箫总要让树林/充满和谐;双管外的唯一的风立即吹送,/在它把萧韵散发在冷雨中/以前,那是在没有一片浮云的天空,/那是灵感产生的人造的风,显眼而宁静,/那是回到天上去的风。"③"水"作为具象的物质表现了某种通透的质感,"水声"暗示了时间和生命的流动,这种可见可触的流动处于不断变化之中,在时空穿越的过程歌唱着诗人对生命的吟唱。"水声"召唤起"排箫",时间的流动唱响了气息的延绵不绝、如影随形,在树林里聚集成一片和谐,气息因为风的吹送具有了似有形却难以捕捉的韵律。"排箫"与源自诗人灵感的气息"在没有一片浮云的天空"与诗人的内心世界渐渐契合,直到"萧韵"

① 辜正坤主编:《世界名诗鉴赏词典》,440~441页,北京,北京大学出版社,1990。
② 同上书,440~441页。
③ 潞潞主编:《忧郁与荒原——外国著名诗人代表作品选》,32~33页,北京,北京出版社,2003。

召唤起"冷雨"，那些气息的灵魂才散发在冷雨中，洒落成雨的碎片，诗人的心也在突然间下沉，破碎在裹着"排箫"和"灵感产生的人造的风"的冷雨之中。声音在相互召唤和回应之中渐渐撩拨起诗人内心深处的情绪，诗情也就在词语的回荡之中传递出去，马拉美寻求到了词语的"音、形单位和意义的和谐"。这些"音、形单位和意义"同时又是开放的符号，向着与自己在"音、形单位和意义"上相同或者相似的符号开放，引发读者的无限想象。德里达在分析诗歌语言的特点时，从接受美学的角度将其定义为"给"与"拿"的关系。德里达说，"像是语言在自己折叠自己，在折叠中向后撤退"[①]。诗人和读者在反复的给予与接受的过程中，产生了语言的折叠效果，赋予了诗歌更加多样的美学形式，形成了诗歌的复式结构，也为读者提供了无限接受的可能。词语"走向一次又一次敞开，朝向某种/如青草般细弱而闪亮的事物"[②]。

2. 虚幻的审美对象

马拉美诗歌创作的变化来自《海洛狄亚德》和《牧神的午后》，马拉美所创造的虚幻世界在这些诗歌里得到尽情表现。"'意象是在刹那间所表现出来的理性与感性的情结'，情结带有强烈的情感色彩，它不是一般意义上的立象呈意，而是物象心灵化和心灵物象化的交融性十分明显的晶体；是体现了心灵与物象的美感联姻，是既来自物象对诗人的刺激，又挣脱了自然具象而升腾到了相应思情高度的一种把握形态和感悟途径；是从实际的、客体的秩序中抽取而来，又为新的感知而存在的诗人的创造物——虚幻的审美'对象'。"[③]"虚幻的审美'对象'"是马拉美在诗歌创作过程中的自我提升和完善的反映，是马拉美在对自我诗歌美学观的否定之后的一次复活，这次复活的最重要的标志就是借着诗剧《海洛狄亚德》抒发自己的诗情。

"虚幻的审美'对象'"让读者很容易就联想到那喀索斯这位河神和仙女的儿子。河神和仙女得到天神的预示，不能让儿子看到自己的形象，那喀索斯把自己封闭在一个狭小的个人空间里，追求完美，孤芳自赏。他只爱

---

①　金惠敏等:《西方美学史》第四卷，792页，北京，中国社会科学出版社，2008。

②　[法]菲利普·雅各泰:《菲利普·雅各泰诗选(1946—1967)》，姜丹丹译，93页，上海，上海人民出版社，2009。

③　杨匡汉:《中国新诗学》，118～119页，北京，人民出版社，2005。

自己，不爱任何人。因此当回声女神厄科（Echo）爱上他，向他求爱时，遭到了他无情的拒绝。厄科很绝望。她隐居在岩洞和石壁之间，一天天地憔悴，最后死去。她已幻作无形，只留下叹息。由于寂寞和郁闷，只要有人叫她，她就立即作答。天神为了惩罚那喀索斯，使他路过水边时看到了水中自己的影子，他因此便徘徊、留恋于自己水中的倒影，一刻不肯离去。最后他默默地死在水边，化作水仙花。

自恋其实是洁身自好的极端形式，那个自恋的那喀索斯已经成为某种文化符号，引诱着人们追寻那个绝对形象。马拉美对来自文化渊源地的幻影情有独钟，以诗歌的形式反复颂扬着心中那个恋着水中影子的少年，那个飘摇不定、最后化作美丽的水仙花的少年。

《海洛狄亚德》触动了马拉美审美思想最敏感的神经，让诗人爱不释手。当海洛狄亚德临镜驻足，惊叹于自己的美貌而忘记了世俗的一切诱惑时，诗人也不由自主地沉浸在自己所创造的幻影之中，那个在自己的幻影中无法自拔的"海洛狄亚德让我产生无限的遐想，这位身披海蓝色纱丽的海洛狄亚德，她的金发如燃烧的金色的火焰，她身着节日绚目的盛装，但表情却凄婉动人。她双手捧着镜子，孤芳自赏，孤影自怜，痴迷于镜中的幻影"[1]。显露在诗歌中的形象隐喻着厚重的文化渊源，秘密地建立起诗人与自己所崇拜的文化符号之间的关系，诗人也在历史和文化的境遇中驻足自赏，幻想着那个曾经存在于遥远的时空隧道中的美丽少年，《海洛狄亚德》这个超越了所有具象美的幻影以色彩、韵律飘逸在我们的想象之中，存留下虚实融合的诗意景象。

对"虚幻的审美'对象'"的追逐在《牧神的午后》中达到了极致，诗人以水为媒，让牧神追逐那一个个飞舞在诗人想象中的仙女们，水雾蒙蒙的虚幻世界成为诗人的审美对象，文字如同唯一可以触摸的物质，飞舞在水雾之中，梦幻般的美在纯净无比的诗歌里这样展现：古老的沉沉夜色中，飞出了诗人的梦想，"带着迷离睡意"，进入梦幻世界。

---

① 金惠敏主编：《嚼着玫瑰花瓣的夜晚——瓦莱里与纪德通信选》，吴康茹、郭莲译，21 页，北京，经济日报出版社，2002。

这些仙女，我要让她们永存，

她们轻盈的红润那样明艳照人，

在层层灌木的睡梦中随风飞舞，我眷恋的难道是梦吗？①

　　评论家蒂波岱这样写道："这首诗形成了一个完美的简单而提纯了的中心点，一切朝柔韧发展的方向和一切才华横溢的阶段全都汇聚到了这个集中点上来了。"这首诗歌的开篇试图以定格的手法让梦幻永恒，被片刻定格了的仙女们也许就是那个"完美的简单而提纯了的中心点"，这个固定的点很快就被仙女们飘动的形态打破，"轻盈的红润"高度凝练了仙女们的形态，也使之成为诗人眼中最佳的"虚幻的审美'对象'"。具有质感的"层层灌木"被幻化为诗人的睡梦，睡梦中飞出诗人心中的美，"轻盈的红润"恰如其分地表达了这种虚实交汇，希望表达虚的轻盈有质感，希望表达实的红润在飘动。"完美的简单而提纯了的中心点"就是诗人梦中的这点红润，美丽的色彩拽出了仙女们轻盈的飘动，在诗人所创造的虚幻世界里随风飞舞。《牧神的午后》中的牧神"为了克服那追求玫瑰理想的缺陷"，"从你宛若泪泉的冷淡而湛蓝的眼睛里，从你的贞洁里飞出迷茫的幻觉"。这种幻觉在音乐声中不断变幻，演绎出诗人纯净的心灵世界，这些纯净、美丽的形象一会是"飞舞的天鹅，水中仙女"，一会是"亭亭玉立的水仙，每一朵都很纯洁"。在一片茫茫的世界里，仙女们的肌肤"是那样光艳，粉红，在天光中熠烁"，"我的笛声浇洒林丛"，肌肤、色彩、笛声交替着在梦幻中闪现，成为诗人梦醒后也难以忘怀的回忆，因为我"曾经被庄严的牙齿神秘地咬过一口"。此时此刻，咬过我一口的仙女不知所踪。诗人又回到梦中，用意象、笛声和飘动的影子创造出虚幻的诗歌世界。诗人抽去了所有具象化了的物质，用"在悠长的独奏中绮梦纷纷，我们用美与轻信之歌间的缤纷玄思来戏弄身边的美；让爱的私语如逝梦一样轻，如闭目冥思中清脆、惆怅如丝如缕的笛声一样柔美"来表现心灵的流动。"绮梦纷纷""缤纷玄思""爱的私语""如丝如缕的笛声"等纯洁柔美的非具象物质不断延伸着诗人心灵的波涛，演绎

---

　　① 潞潞主编：《忧郁与荒原——外国著名诗人代表作品选》，33 页，北京，北京出版社，2003。

着爱与梦幻的重叠交错。诗人随着自己的笛声进入了梦乡，发出了这样的感叹："啊，仙女，让我们充实自己的回忆。"因此，"我沉入欢欣，把空笛举向夏日的晴空，将气息吹向她那光润的玉肌，带着贪婪的陶醉，一直注视到傍晚"。婀娜多姿的仙女们闪现在诗人的幻觉世界里，似真如假，让人难以释怀。"或许你懂得，需要付出多少个绝望的夜晚和梦想的白天，才能写出独特的诗句（至今我还没有写出这样的诗句），才能写称得上是在至高无上的神秘中使人分享诗人灵魂的诗句"①，比较清楚地表现了马拉美写这首诗时所花费的心血，以及诗人的诗歌审美追求。"作品越是经过苦思冥想，越是迭遭否认拒绝，就越是被不断投入到不灭的希望火焰中。艺术的对象受到伟大心灵的攻击就纯净了。艺术家逐渐抛弃那些粗糙笼统的幻影，他们从自己精神毅力中获取到大量见不到的业绩。严酷的选择吞噬了他许多岁月。而完成一词也不复有什么意义，因为思想凭借自身将一事无成。"②何时才能够在"绮梦纷纷""缤纷玄思""爱的私语""如丝如缕的笛声"中寻到那个可以捕捉的仙女，也许诗人并不真的想去寻到那个其实在现实中根本不存在的人，他所寻求的是存在于他想象中、被他幻化的仙女，诗人最后的独白表达了内心深处最真实的思想。此时此刻，也许德彪西根据诗歌所创作的音乐更确切地表现了诗人的思想。"这种（作曲）趋势仍在紧随（象征派）诗歌的上升而加剧，而且还对原诗的所述所感进行美的修饰……末尾以一个长句结束了全诗：'爱侣，永别了！我将会看到你幻化而成的浮影。'"③"幻化而成的浮影"如同神话中的水仙花，绽放在时空交错的隧道之中，轻轻地牵动了诗人心灵里最敏感的神经，这就是马拉美心中永远的梦幻，虚幻的审美对象揭示了马拉美某种诗歌追求，马拉美在自己的精神中找到了物质世界并不存在的美，他对此时此刻的逼近，让他希望对美丽的幻觉的追寻尽可能逼近现实。诚如他 1866 年 7 月写给卡扎利斯的信中所说的那样"找到了虚无以后，我找到了美"。

---

① Paul Bénichou. *Selon Mallarmé*. Paris：Gallimard，1995：39.

② ［法］保尔·瓦莱里：《瓦莱里散文选》，唐祖论、钱春绮译，115 页，天津，百花文艺出版社，2006。

③ ［法］让·巴拉凯：《德彪西画传》，储国围等译，120 页，北京，中国人民大学出版社，2004。

3.“诗人的死亡”

“诗人的死亡”的理念其实早在波德莱尔时代已经触及，即排除诗人的情感、恢复诗歌自身功能的理念被越来越多的人所接受，马拉美似乎在自己的诗歌实践中更加深切地领悟到了这样的真谛，随着他诗歌创作的不断个性化，“抛弃粗糙笼统幻影”，追求纯净、晦涩、隐义的倾向愈加明显。马拉美甚至在自己的创作实践中感悟到死亡对诗歌存在的重要性，死亡可能是诗人通向真理的必经之路，因此，马拉美在经历了追寻理想的失败之后，通过创作《海洛狄亚德》才会这样宣称：“我死了，又复活了。”死亡在诗人眼里包含了两层含义：一层是那个追寻波德莱尔式理想的诗人已经死去，马拉美式的诗人复活了；另一层是复活意味着寻找到诗歌的真谛，也就是说诗人在诗歌里死亡，诗歌摆脱诗人的控制，独自绽放生命的活力。波德莱尔、兰波已经悟到了诗人对诗歌的影响，试图让诗歌取得独自的力量。在马拉美眼里，死亡就是“应该做一些超乎寻常或异乎寻常的事情，这样做总能得到回报，如作者的省略，作者的死亡等”①。

法国当代著名诗人伊夫·博纳富瓦曾经这样说道：“如果不存在没有话语的诗——马拉美本人承认这一点——，如何能够拯救真实、崇高，如果不是通过对死亡的呼唤？通过固执的苛求，死亡被说出来，或者更有甚者，死亡说话？但是，为此首先应该揭露被承认的快乐或痛苦。然后，让说话的人认同死亡吧。”②因此，话语必须表达死亡，说话的人必须认同死亡，诗歌才“能够拯救真实、崇高”，获得独特的生命力。话语意义的消失，词语以音、形单位的形式存在反而使话语摆脱了诗人的控制，每一个音、形单位与其他音、形单位各自独立成为不同的段落和碎片，在断裂和空白处，意义被省略了，诗人被省略了，话语彰显了自身的力量。《骰子一掷永远取消不了偶然》把话语权利的实践推向了极致，话语在与诗人的抗争中获得了独立权利。

可以记忆的危机

① ［法］雅克·德里达：《文学行动》，赵兴国等译，328 页，北京，中国社会科学出版社，1998。

② 唐晓渡、西川主编：《当代国际诗坛》，58 页，北京，作家出版社，2008。

没有任何事情

或者

完成的事件可以获得结果

人类的

会发生①

就这样在诗句中撕裂出无法想象的空白和词语间的断层。词语之间的空白和断层引发了意义的断层，词语或者词组独立地存在于诗歌之中，好像摆脱了诗人的羁绊。"没有任何事情"，"会发生"，被"或者""完成的事件""人类"所割裂。如碎片般破碎的段落按照不同的词语组合奔向各自的搭配对象，自行组建起诗歌行间的逻辑关系。词语的路径是清晰的，但是当它们各自在语言的丛林中交叉时，读者已经迷失了方向，仅仅在词语的呢喃中体验着词语过后留下的长长空白和悠长余音。这种倾向在整首诗中延续，词汇的音节和能指形成了这样的集中点，以自动书写的方式分别向各自的方向散发、延伸。空白、断裂和词语一起构成了诗歌的一部分，又使词语摆脱了诗人的控制，获得了自身在诗歌中的独立地位，并以此颂扬诗歌，暗示诗歌的意义。

马拉美通过对"音、形单位"的深度挖掘，表达自己对诗歌审美的渴望和追求，有时这种"音、形单位"的和谐以复杂和晦涩的形式展现在读者面前，让读者无所适从，却又怀着 份好奇，不愿意放弃对这些文字符号意义的探究。马拉美曾经在1868年写过一首表现自己对这种复杂晦涩的"音、形单位"进行探索的诗歌，然而阴差阳错一直没有发表，至1887年发表时无论题目和内容均发生了变化。马拉美在论及自己这首题为《十四行诗》的诗歌时说道："我的《十四行诗》相反，我是说，假如有的话，这首诗的含义是通过词语自身内部的组合表现出来的……"②词语内部的组合从音、形单位上讲就很复杂怪异，让读者无法捉摸，当Onyx唤起Phoenix，Ptyx，Styx时，词语的意义由缟玛瑙转向了海枣属植物，随即消失了，读者在复杂的

---

① Henry Nicolas. *Mallarmé et le symbolisme*. Paris：Larousse，1972：112-113.

② Ibid. ，44.

由词语的意义引起的物质世界里迷失了，词语用音和形表达着自身的存在，也许马拉美就是想通过这种复杂的形式展现自己的诗歌主张，隐讳地表达诗歌的内在含义。如果说 Onyx 和 Phoenix 从词语上讲还表达了某种意义的话，在这首《十四行诗》里完全是音、形单位的 Ptyx，Styx 则完全剥夺了诗人的权利，它们在词语的森林里歌唱着诗歌的胜利，诗人不复存在，空留词语在风中摇曳，散发出美妙的音韵和图像。"从此，能指不再让自己被横穿过去，它坚守，抵抗，存在，把注意力引向自己。"①词语所指的消失让读者摆脱了诗人强加给词语的意义，意义的消失意味着诗人的隐去，也许这就是罗兰·巴特所说的"写作的零度"，写作的热情仅仅留下了最后的残余，能指建立了作者与读者之间亲密的关系，诗人思想的余温仅仅停留在对词语音、形单位的关照上："思想似乎在一片空虚中愉快地升起于装饰性字词之上，于是写作从这片空虚出发，越过了整个逐渐凝固的状态：首先是一种目光的对象，然后是一种劳作的对象，最终是一种'谋杀'的对象，今日它达到了其最后的变体——'不在'。"②思想不再由词语的所指完成，而散发在那些词语所构成的音韵和图像之中，诗人已经被谋杀，写作不复存在，任由词语或窃窃私语，或引吭高歌，它们相互应答，疯狂地无视着写作，无视着诗人。它们引领着写作按照自身的轨迹书写，引领着诗人服从词语的命令，写作场里它们成为唯一的主人。词语符号成为它们存在的唯一标志，诚如法国当代诗人安德烈·维尔泰所写："红不似其他，仅如这红色的在场。"③

"因此，诗人们学会了：不总把他们的观念强加给诗。他们学会了隐身，学会了销匿，学会了让别的东西，而不是他们以往的自我或社会的自我说话。……这便是雅克·杜班（Jacques Dupin）说的'疯狂地无视我吧！'……'把我看不见的或阻碍我去识别的东西亮出来，让语言在施展中去撞击去发现。'人们从中大体证实了马拉美的希求：'隐去诗人的措辞，将创

① [法]雅克·德里达：《文学行动》，赵兴国等译，328～329 页，北京，中国社会科学出版社，1998。

② [法]罗兰·巴尔特：《写作的零度》，李幼蒸译，11～12 页，北京，中国人民大学出版社，2008。

③ 潘洗尘、树才主编：《译诗》第二卷，105 页，武汉，长江文艺出版社，2013。

造性让给词语本身。'"①

马拉美对诗歌现代性的探索既继承了从波德莱尔开始的诗歌美学思想，也由此出发不断修正诗歌的本体含义。词语在诗歌创作中的自由度和独立性越来越突出，诗人最终不得不让位于词语。具有理性逻辑关系的话语分析模式逐渐被词语的本体关系所取代，呈现出包容、多元、开放的词语空间。这种话语模式的根源来自诗人的欲望，正是"固定产生的欲望促使情感无限丰富导致形状无限多样"②。读者无须再按照作家强加给词语的意义去理解，他们拥有了更多的选择余地，更大的再创造空间，作者和读者"在想象之中，我们从此（只要你读）被紧锁在一种兄弟的拥抱、作者与读者的经典爱抚之中。我们是一体。我说'我'的时候，也意指'你'"③。作者和读者对词语拥有了相同的权力，他们又因为词语而存在和联系在一起，模仿性阅读到创造性阅读成为可能。

四、接受与影响

马拉美的影响要从他在巴黎的星期二集会开始，许多年轻诗人每个星期来到这里听马拉美讲解诗歌理论，而后他们用这些理论指导自己的诗歌创作，这对法国文学乃至世界文学都产生了巨大的影响。但是关于影响本身，马拉美自己并非有意为之，星期二的集会在客观上为马拉美传播自己的诗歌主张，提供了条件和机会。他在写给魏尔伦的书信中也有所提及："亲爱的魏尔伦，你的《可诅咒的诗人》、于斯曼的《逆流》是我的长期以来的空虚的星期二集会所感兴趣的，年轻的诗人们喜爱我们（马拉美主义者除外），人们以为我是企图产生某种影响，其实我们在那里也只是会会面而已。"在星期二集会的来客中有后来成为后期象征主义代表的著名诗人瓦莱里、克洛岱尔，还有纪德等。1880—1898 年，星期二集会改在了星期日举行，地点也由罗马大街改为马拉美在巴黎近郊的乡间别墅瓦尔万，别墅靠

---

① 王家新、沈睿编选：《二十世纪外国重要诗人如是说》，116~117 页，郑州，河南人民出版社，1992。

② [法]弗朗西斯·蓬热：《采取事物的立场》，徐爽译，77 页，上海，上海人民出版社，2009。

③ 潘洗尘、树才主编：《译诗》第二卷，164 页，武汉，长江文艺出版社，2013。

近枫丹白露，面对塞纳河。克洛岱尔、拉佛格、瓦莱里、纪德等均来此集会讨论诗艺。马拉美也成了瓦莱里和纪德通信中经常谈论的话题。《骰子一掷永远取消不了偶然》刚刚在文艺评论期刊《国际都市》上发表，5月9日纪德立刻从意大利写信给马拉美："它展示了如此简洁的令人钦佩的文学上的大胆尝试；它似乎达到一个高度，就像一个非常高的海岬，奇特地向外突出，它的前方什么也没有，只有夜晚、大海和充满曙光的天空。最后一页让我产生一种寒冷的情感，一种类似贝多芬某段交响曲激起的那种情感。"①瓦莱里在写给纪德的信中也提到了这个细节："昨天我去了瓦尔万，自然是被那里迷人的邀请吸引去的。只有马拉美是一个真正纯朴直率的人，所以，每个人也应以同样简单的方式来结束交谈。……在那里我读了你评论马拉美的《骰子一掷永远取消不了偶然》的信。"②纪德在写给瓦莱里的信中也谈到了他们之间的关系及自己对马拉美的感情："马拉美已把你的诗给了我。既然他批评了这些诗，他一定是很看重它们的。其中有几首诗我以前没有见过，我为之感到欢欣鼓舞。还有几首就不那么好了——但这也只是与你自己其他的诗相比较而言。……在巴黎我差不多就见到亨利·德·雷尼耶一个人，再有就是马拉美了。我的确很依恋他。"③纪德甚至谈到亨利·德·雷尼耶的担心："有一件事让他（亨利·德·雷尼耶）感到担忧。因为他尚不知道您很年轻，没有完全定型，因此也许他会担心马拉美对您的影响太深。"④瓦莱里在谈到马拉美对自己的影响时说："在我年纪轻轻，才20岁时，也就是精神变化正处于奇特奥妙的关键时刻，我受到马拉美著作的冲击；我知道了诧异，刹那的内心惊骇、眩晕，以及和那个年龄的偶像断绝关系。我觉得自己变成了一个狂热的崇拜者；我受到了一种决定性的精神征服，进展得像雷雨一般迅速。"⑤关于瓦莱里和马拉美之间的关系，梁宗岱在《诗与真》中这样论述："梵乐希（瓦莱里，著者案）尤不讳言他是马拉美——那

---

① 金惠敏主编：《嚼着玫瑰花瓣的夜晚——瓦莱里与纪德通信选》，吴康茹、郭莲译，263页，北京，经济日报出版社，2002。

② 同上书，262～263页。

③ 同上书，145页。

④ 同上书，94页。

⑤ 潞潞主编：《忧郁与荒原——外国著名诗人书信、日记》，62页，北京，北京出版社，2003。

最丰富，最新颖，最复杂的字的音乐底创造者——之嫡裔。他从没有说到马拉美而不说及自己的，也没有说及自己而不说及马拉美的。……就是他底诗之修词和影像之构造，精锐的读者，尽可以依稀地寻出马拉美底痕迹。"①

法国现代诗歌无法回避马拉美，中国现代诗歌也不可避免地受到马拉美的影响，尤其是马拉美有关诗歌理论的主张总能在中国诗人那里得到回应。马拉美在《谈文学运动》中指出，"直陈其事，就等于取消了诗歌四分之三的趣味，这种趣味原是要一点点地去领会它的。暗示，才是我们的理想"。中国的穆木天也明确提出了诗的暗示性："诗的世界是潜在意识的世界。诗是要有大的暗示。诗的世界因在平常的生活中，但在平常生活的深处。诗是要暗示出人的生命内的深秘。诗是要暗示的，诗是最忌说明的"②。马拉美关于"诗歌中应该永远存在着难解之谜，文学的目的在于召唤事物，而不能有其他目的"，"诗歌中只能有隐语的存在。对事物进行观察时，意象从事物所引起的梦幻中振翼而起，那就是诗"的观点在穆木天的论述中随处可见，"我想表现漫射在空间的月光的振动，与草原林木水沟农田房屋的浮动的调和及水声风声的响动的振漾，和在轻轻的纱云中的月的运动的律的幻影"。穆木天所期望的诗歌意境不正是马拉美在《牧神的午后》中所创造的"在悠长的独奏中绮梦纷纷，我们用美与轻信之歌间的缤纷玄思来戏弄身边的美；让爱的私语如逝梦一样轻，如闭目冥思中清脆、惆怅如丝如缕的笛声一样柔美"的梦境吗？诗歌就这样在他们的笔下被魔幻化了。同时穆木天所主张的诗歌的音乐性的观点更接近马拉美对诗歌音乐性的认识。戴望舒在创作的初期受到了魏尔伦诗歌的影响，但是，他后来的诗歌理论和创作更多地与马拉美相似，所以他才会在《诗论零札》中这样论述："把不是'诗'的成分从诗里放逐出去。所谓不是'诗'的成分，我的意思是说在组织起来时对于诗并非必须的东西。例如通常认为美丽的词藻，铿锵的音韵，等等。"③驱逐诗歌不需要的辞藻和音韵，让诗歌没有其他目的地独立存在，

---

① 梁宗岱：《梁宗岱文集·Ⅱ评论卷》，20 页，北京，中央编译出版社；香港，香港天汉图书公司，2003。

② 转引自陈太胜：《象征主义与中国现代诗学》，78～79 页，北京，北京大学出版社，2005。

③ 戴望舒：《戴望舒精选集》，138 页，北京，北京燕山出版社，2006。

好像就是马拉美诗歌主张的另外一种论述方式。梁宗岱在他 1934 年发表的《象征主义》中也谈到了象征的意义："（一）是融洽或无间；（二）是含蓄或无限。所谓融洽是指一首诗底情与景，意与象底惝恍迷离，融成一片；含蓄是指它暗示给我们的意义和兴味底丰富和隽永。"这些观点更接近马拉美通过具体的"客观事物"和"意象"来表现情感和思想。梁宗岱在同年发表的《谈诗》一文提出了"纯诗"的观点："所谓纯诗，便是摒除一切客观的写景，叙事，说理以至感伤的情调，而纯粹凭借那构成它底形体的元素——音乐和色彩——产生一种符咒似的暗示力，以唤起我们感官与想象底感应，而超度我们底灵魂到一种神游物表的光明极乐的境域。""纯诗"是马拉美所主张的诗歌的最高境界，只有通过"音""色""暗示"等手段才可以企及。"纯诗理论"在瓦莱里那里得以继承并发扬光大，梁宗岱对纯诗理论的接受，源于马拉美，完善于瓦莱里。

五、经典评论

　　诗人身上：耳朵在说话，嘴巴在聆听；智慧、警觉在梦想，进入童年的回忆；只有在睡梦中才能看清楚；意象和幻觉在观看；缺位和空白在创造。

保尔·瓦莱里

　　一首诗永远也不会写完——每次都是因为发生意外才写完，也就是说才与公众见面。常常是因为厌恶，出版商的督促或者想到了另外一首诗……至于我，我发现同样的主题，几乎同样的词汇可以无穷无尽地反复使用，可以占据整个一生。"止于致善"就是努力。

保尔·瓦莱里

　　除了文本的意义，即内容之外，修辞从来还关心过其他事情吗？它所限定的替代总是从一个丰满的意义转向另一个丰满的意义；即使一个替代了另一个，它也只是作为意义才成为修辞的主题，即使这个意义作为能指或所谓载体的位置上，仍然如此。但是这样的修辞不涉及意指形式（无论音还是形）或句法效果，至少是词语控制落不到它们身上。一个意义之所以能确定，是为了让修辞或批评在文本面前有东西看或有事情做。

　　然而马拉美的所有文本，即使在它组织得最强有力的地方，意义仍然是不确定的；从此，能指不再让自己被横穿过去，它坚守，抵抗，存在，把注意力引向自己。写作之劳不再是一层透明的能媒。它抓住我们的注意力并且强迫我们在它面前戛然止步或与它一起工作，因为我们不可能朝它所"意指"的方向挥挥手就把它跨越过去。我们不妨从《英语词语》的段落中套用一句以表达这一永久的警告："读者，摆在你眼前的是，一件书写的作品⋯⋯"①

雅克·德里达

---

　　① ［法］雅克·德里达：《文学行动》，赵兴国等译，328～329页，北京，中国社会科学出版社，1998。

第六章　洛特雷阿蒙

一、绪言

所有深邃的思想都有一个面具，开启面具的过程往往扑朔迷离。洛特雷阿蒙就是这样一位戴着面具的人物。纵观一个多世纪，这位年仅 24 岁就离开人世的诗人，文学批评界对他的关注此起彼伏。由于其作品的复杂性和极端性，各方学者对这个曾经一度被置于世界诗歌发展史边缘地带的诗人众说纷纭、莫衷一是。

"我明白，我行将完全毁灭。"的确，除了《马尔多罗之歌》、两部分别题为《诗一》《诗二》的文学评论和几封书信之外，他短暂的生命留给我们的线索少之又少。然而他的作品却如洪水猛兽一般充满了反叛和摧毁，对一个没有丝毫防备的头脑来说是"不安全的"。有人认为洛特雷阿蒙的作品充斥梦呓般的胡言乱语，只是一个不羁少年的信口雌黄，根本称不上文学作品；也有人认为作者是哗众取宠、不怀好意的恶作剧制造者，说他的作品是一个骗局、一种滑稽现象。对这些评论意见，好像洛特雷阿蒙在自己的诗句中就曾经预见了："古老的海洋，你的水是苦涩的，味道和批评界评论美术、科学和一切事物时分泌的胆汁一模一样。如果一个人有点天才，那他就被当作白痴。"①

在肯定的评论中，最重要的评论来自超现实主义流派。布勒东认为洛特雷阿蒙代表了现代诗歌的强大动力。阿拉贡说："一旦我们开始品味《马

---

① 韩耀成、王逢振主编：《外国争议作家·作品大观》，134 页，南京，译林出版社，1992。

尔多罗之歌》，所有的诗歌都会显得乏味而且做作。"

　　洛特雷阿蒙的作品《马尔多罗之歌》（*Les chants de Maldoror*）和《诗一》《诗二》（*Poésies Ⅰ et Ⅱ*）分别出版于 1868 年和 1870 年。《马尔多罗之歌》由六支歌组成，各个部分之间似乎无法找寻出一条贯穿始终的线索，他的思想犹如天马行空，极具复杂性和极端性，如同一个语言谵妄症的病态狂人的胡言乱语。然而，这篇散文诗的题目就已经道出了一个最为根本的逻辑主线，即"生命之恶"，因为我们可以把"Maldoror"看作"mal d'aurore"的谐音，后者意为"黎明之恶"，而黎明通常被当作生命的开始，所以从中衍发出"生命之恶"。纵观第一支歌到第六支歌，充满了对血淋淋的作恶场景如痴如醉的描绘，疯狂地采用最荒谬的办法来达到情感的释放，来拒绝社会秩序、理性传统、道德规范，所有这些怪诞、邪恶、肮脏、残酷，作为恶的表现，都被统摄于文本之内，所以说"恶是生命的必然属性"。《诗一》《诗二》更是两篇以"剽窃"和"粘贴"为创作手法的作品，对传统文学语言的颠覆达到了顶峰。

　　洛特雷阿蒙的《马尔多罗之歌》全集于 1869 年交给拉特鲁瓦出版社出版，但是由于当时严格的审查制度而最终未能面世。几年后，这个版本由拉特鲁瓦出版社卖给了在比利时的法国编辑兼书商洛泽。洛泽为原版本更换了封面并注明 1874 年出版。1885 年，正是在洛泽的书店里，《马尔多罗之歌》引起了《青年比利时》主编马尔斯·瓦尔和几个为该杂志撰稿的诗人的注意，从此开始在一些作家中传阅。随后，该作品又被推荐给于斯曼、布洛伊等人。在诗人死去 20 年后的 1890 年，《马尔多罗之歌》的再版是诗人真正意义上的复活。1891 年，古尔蒙在名为 *Le Mercure de France* 的杂志中再次提到这部作品，他认为，"如果精神病医生读过这本书，他们会将作者归入受迫害狂之列，因为他只看到了他本人和上帝，而且上帝令他不安"。拉尔博于 1914 年 2 月在 *La Phalange* 中分析并评价《马尔多罗之歌》，阿拉贡称之为"极其珍贵的资料"。而后，阿拉贡和布勒东都抄写了保存在法国国家图书馆里的《马尔多罗之歌》和《诗》，并且在 1919 年 4 月和 5 月的第二期、第三期《文学》杂志中对作品的内容进行了详细地介绍，极力赞扬了这种文学革命，奉洛特雷阿蒙为超现实主义的先驱，并写下了《洛特雷阿蒙代表了现代诗歌的绝对状态：听听超现实主义的革命！》。布勒东说："直到今天，我都完全不能冷静地看待这种好像超越了一切人类之所能的意义。"布洛伊评价说："至于文学形式，在这里找不到。这里是流动的熔岩，是荒诞、邪恶和凶残。"对文学界的墨守成规与故步自封极为不满的超现实主义创始人之一的艾吕雅则称："在 1866 年到 1875 年，诗人们都在系统化地将行将分裂的东西聚合在一起，洛特雷阿蒙做得比任何人都坚决。"

在整个 20 世纪中，以布勒东为首的超现实主义者掀起了对洛特雷阿蒙及其作品的评论高潮。而后，在三四十年代，有蓬热、巴什拉（Gaston Bachelard）、布朗肖（Maurice Blanchot）等人在法国的文学评论期刊或杂志上发表了大量的举足轻重的评论文章。1960—1970 年，《马尔多罗之歌》再次成为评论界关注的焦点。索勒尔（Philippe Sollers）、普莱奈（Marcelin Pleynet）、德保尔（Guy Debord）等人都给予洛特雷阿蒙以相当高的评价。其中，德保尔说："又一次，在夜里，我看见一道闪电，不知道这道电光落在何处，突然间，整个夜晚都被照亮了。在艺术上，只有洛特雷阿蒙的作品《论诗》如同这道电光一样令我震撼。"[1]20 世纪 70 年代之后，评论界对洛特雷阿蒙的关注才稍显平寂，但是有关诗人的学术讨论会和评论文章仍然不断出现，毕竟这是一个非同寻常的灵魂。

二、生平与创作

洛特雷阿蒙，原名伊齐多尔·杜卡斯。他的父亲弗朗索瓦·杜卡斯是一所公立小学的教员，于 1839 年离开萨尔尼涅（Sarnignet），前往乌拉圭。当时的南美洲接收了大量法国移民，如于勒·拉弗格（Jules Laforgue）就出生在乌拉圭首都蒙得维蒂亚，他的父母都是法国塔布人。几年后，弗朗索瓦·杜卡斯成为法国驻乌拉圭领事馆总领事，并在此期间积聚了一笔不小的财富。1846 年 2 月 21 日，已有身孕的达芙萨克与弗朗索瓦·杜卡斯结婚，并于 1846 年 4 月 4 日生下了伊齐多尔·杜卡斯。1847 年 12 月 9 日，也就是小杜卡斯出生 17 个月的时候，达芙萨克离开了人世。特别的出身与缺失母爱的成长环境，对于一名儿童性格发展所起的消极作用显而易见。诗人所表现出的异样气质，或许也与这些有着千丝万缕的关联。

---

① Valéry Hugotte. *Les Chants de Maldoror*. Paris：P. U. F.，1999：120.

伊齐多尔·杜卡斯出生在一座被围困的城市。1839年，法国政府支持的乌拉圭红党总统里韦拉流放了白党领袖奥里韦。同年，在阿根廷独裁者罗萨斯支持下的白党向红党发起进攻，乌拉圭就这样被内战搞得四分五裂。伊齐多尔·杜卡斯的童年时代就是在这样一个动荡国家中相对安稳的家庭中度过的。在这个被称为"小巴黎"的蒙得维蒂亚，乌拉圭传统和法国文化都在伊齐多尔·杜卡斯身上留下了烙印。1859年，诗人被父亲送到法国塔布的一所皇家中学寄宿就读。诗人在那里结识了达泽（Dazet），此人在《马尔多罗之歌》首次出版的第一支歌中反复出现，而后又以其姓名首字母和各种动物名称指代出现，而且还是《诗一》《诗二》的首位受题词者。当时达泽8岁，诗人13岁。这次相识对诗人产生了重要的影响。大多有关伊齐多尔·杜卡斯生平的研究都试图挖掘他和这个小男孩之间友谊的秘密，也许在达泽身上可以找出受马尔多罗暴力虐待的所有少年人物的原型。

伊齐多尔·杜卡斯于1862年8月离开塔布，1863年10月到波城，我们对他在此期间的经历一无所知。在波城，他跟随安斯坦（Hinstin）学习修辞。据伊齐多尔·杜卡斯同班同学日后回忆，安斯坦是一位非常传统的修辞教师，对诗人当时已经表现出的离经叛道大为光火。这位老师也是《论诗》的受题词者之一。1865年，诗人完成了哲学班课程后，顺利通过文学业士考试。之后在波城待了一年准备参加理学业士考试，但是否顺利通过，我们无从知晓。1867年5月，他回到蒙得维蒂亚，一年后又回到了法国，他的父亲在巴黎为他租了一间公寓。

1868年8月，诗人匿名自费出版了"第一支歌"。他给好几位批评家寄去了样书，其中包括雨果。在给这位当时处于流放中的文豪的信里，他这样结束："我颤抖着给您写这封信。我，这个世纪的无名小卒，而您，这个世纪的泰斗。"1869年年初，一本名为《灵魂的芬芳》的诗集再次收入了"第一支歌"。虽然已两次出版，《马尔多罗之歌》还是不为人所知，诗人不但没有气馁，创作之热情反而见涨。从1869年夏开始，诗人逐步完成了"六支歌"，并交给拉特鲁瓦出版社出版，这是唯一署名为洛特雷阿蒙的作品。这个笔名"洛特雷阿蒙"是从欧仁·苏的作品人物"Latréaumont"而来的。事实上，由于害怕第二帝国的文化审查，拉特鲁瓦出版社拒绝发行如此丑恶的作品。洛特雷阿蒙的名字一直隐没在阴影中。诗人并没有继续尝试出版《马尔多罗之歌》，而是以真名伊齐多尔·杜卡斯写了《诗一》《诗二》，以期征服漠然的批评界和大众读者。《诗一》《诗二》以使人惊奇的"剽窃"为特征，诗人将沃夫纳格（Vauvenargues）、帕斯卡（Pascal）和拉罗什富科（La Rochefoucauld）的句子加以修改后据为己有。《诗一》《诗二》好像是一个"将要出版"的书的序言，诗人打算写其余的部分吗？1870 年的法国面临着普法战争，"将要出版"的书被无限期地搁置了——1870 年 10 月 24 日，诗人在他的寓所里去世了，神秘的死亡引起了种种猜测，简短的死亡证明书也未能说明什么问题：

> 伊齐多尔·吕西安·杜卡斯，作家，卒年 24 岁。生于蒙得维蒂亚（南美洲），今天早上八时死于富布尔—蒙马特七号寓所中。未婚（没有其他信息）。

真的没有什么别的信息了吗？诗人写道："我即将断气时写下了这些文字。"好像已经预示着什么。19 世纪最血腥、最令人迷惑的作品的作者在第二帝国灭亡的时候死去了。

三、作品分析

洛特雷阿蒙的作品《马尔多罗之歌》中的第一支歌出版于 1868 年。从时间上来讲，这正是法国浪漫主义方兴未艾、象征主义悄然兴起的时期。19 世纪下半叶以后，欧洲资产阶级知识分子彷徨、苦闷、找不到出路，更希望在文学艺术领域中另辟蹊径。他们否定文艺的思想性，反对文艺的现实性和社会功用，渴望摆脱现实生活的桎梏，主张"为艺术而艺术"，提倡形式主义，否定文艺遗产，拒绝文艺传统，破坏艺术的基本形式和基本法则，反对现实主义和自然主义。[1] 出现了一批以标新立异、诡异怪诞的手法迎合读者的好奇心，求助于古籍中记载的，或与印象派画家的幻觉一致的超自然现象作为诗歌题材以刺激读者的感官的诗人。但这些作品并没有给读者留下深刻印象。

---

[1]　参见陈振尧主编：《法国文学史》，312 页，北京，外语教学与研究出版社，1989。

　　虽然莫雷亚斯于 1886 年在《费加罗报》上发表象征派宣言，但事实上已经有波德莱尔、魏尔伦、兰波、马拉美等象征主义的先锋创作了大量的象征主义作品。因此，韦勒克认为，较为宽广意义上的象征主义可以看作从奈瓦尔和波德莱尔到克洛岱尔和瓦莱里的一场法国文学运动。其实笔者以为，应该回避通过作品年代，来给洛特雷阿蒙的作品定性的方法。我们完全可以把他的作品看作起源于爱伦·坡，始于奈瓦尔和波德莱尔，以法国象征派为中心，辐射影响到欧美，波及亚洲及拉丁美洲的国际性文学运动的一个分子。正如洛特雷阿蒙在 1869 年 10 月写给《恶之花》的出版商马拉西斯(Poulet Malassis)的信中所说的那样，"我像密茨凯维奇、拜伦、弥尔顿、苏特、缪塞、波德莱尔那样歌颂恶"。

　　面对灵魂最隐秘的运动，面对反复无常的悲伤，面对神经官能症的有幻觉的忧郁，洛特雷阿蒙选择了叛逆、反抗，在颇具象征主义现代派的作品中充满了对一切传统的叛逆。他的"反文学性"正如莫里亚克出版于 1958 年的重要文学理论著作《当代反文学》中所讲的那样，"反文学，也就是从平板拘谨的传统中解放出来的文学，它被这种传统赋予了一种贬义，它是永远也无人可以达到的极端，是自人类有了写作活动以来所有诚实的人奔赴的一种方向"。在艺术手法上，"反文学与传统的写作风格彻底决裂，通过暗示、象征、对比、隐喻、烘托、意象、意识流等手法，揭示了人物内心的奥秘，表现了人物的意识活动；在结构上，反文学通过变化突兀或多层次的结构，让时空变得错乱不堪"[1]。的确，洛特雷阿蒙正是这样致力于描写罪恶、疯狂、狂妄且充满怪诞，甚至凶残的行为。他运用辛辣嘲讽的文字，以黑色小说的手法，将一切都夸张到惊世骇俗的地步。在夸张而狂热的描述中充满吸血鬼、死亡、坟墓、残杀、同性恋、变异、畸形、人格分裂等内容，表现了一种病态的、反常的审美情趣。通读全诗，可以看出这是一篇造反宣言，正如诗人在诗中所写："我的诗歌就是要千方百计攻击人这只畜生，以及本不该孕育这种寄生虫的造物主。"诗中充满了对人和上帝的强烈憎恨、辛辣讽刺和无情咒骂，文字大胆，百无禁忌。因此，《马尔多罗之歌》堪称"反文学"作品的典范，从而被超现实主义者视若神明。

---

　　① 张晓明：《20 世纪法国主流文学的独特阐释》，载《四川外国语学报》，2004(1)。

从体裁上来讲，《马尔多罗之歌》的体裁归属一直是西方批评界争论的焦点。这部以叙事诗形式出现的作品被认为是诗体小说、诗体散文、散文诗。目前，大多数学者认为《马尔多罗之歌》的体裁是散文诗。正如诗人在第六支歌的第一节中所说："……以散文的形式（但我肯定效果将极富诗意）……"

"法国中世纪有一种半是散文半是诗歌的文学样式，叫做 la chantefable，意为歌唱的寓言，诗歌的部分要唱，散文的部分要说……代表作是产生于 13 世纪初的《奥卡森与尼柯莱特》，其散文部分抑扬顿挫，铿锵悦耳，被称作'节律散文'（la prose cadencée），从发展链条上看，与现代散文诗有某种联系，但它们中间的一个根本区别是，节律散文是散文，而散文诗是诗，而且散文诗的特点并不表现为'抑扬顿挫，铿锵悦耳'。这种半诗半散文的'弹词'进一步发展，便出现了一种介于日常语言和诗歌语言之间的散文，很快流行开来，并于 1540 年获得了'诗意散文'（la prose poétique）这一名称。17 世纪的古典主义者是严格区分诗与散文的，作家们被告诫要'十分注意在散文中避免用韵'。只有莫里哀例外，他不仅在句中应用这种文体，并且用过'诗的散文'一词。进入 18 世纪，法国诗歌呈现出一种衰败景象，诗人的感情倾诉不再能忍受诗的节奏和格律的束缚，而要寻求一种自由的表达，于是散文乘虚而入……诗亦或非诗，形式上的节奏和韵律并不是决定因素。……在法国诗人非诗律化的斗争中，翻译起了决定性作用，例如，贺拉斯、塔西佗、弥尔顿等人的作品都被译成了散文。……可以说，是翻译家首先进行了散文诗的尝试。……进入 19 世纪，随着诗歌观念的更新，诗人们开拓了诗歌内容的新领域，进行了诗歌表现形式和表现手法的多种实验，现代自由诗和现代散文诗的出现，标志着诗歌史新时代的来临。"①在法国开散文诗之先河的是贝特朗，其作品《夜之卡斯帕尔》（*Gaspard de la nuit*）出版于 1842 年，这标志着法国散文诗作为一个独立的文类诞生。正如研究家里谢（J. Richer）所说，"贝特朗在文字的海洋里扔下一只瓶，日后波德莱尔，马拉美，可能还有兰波和阿波利奈尔，都大口畅饮瓶中的仙水"。在法国，从贝特朗、波德莱尔、兰波、洛特雷阿蒙到圣·琼·佩斯；在美

---

① ［法］波德莱尔：《巴黎的忧郁》，郭宏安译，5～9 页，广州，花城出版社，2004。

国，从惠特曼到金斯伯格，他们使现代散文诗无论内容和形式都具有挑战性的叛逆精神。它是新的思维的诗、新的语言的诗。

洛特雷阿蒙的《马尔多罗之歌》，这部"对未来诗学的预先解释"的作品，无疑是继贝特朗和波德莱尔之后的法国散文诗中屈指可数的上品，它与贝特朗的《夜之卡斯帕尔》、波德莱尔的《巴黎的忧郁》，兰波的两部散文诗集《地狱一季》和《彩图集》同属里程碑式的杰作。《马尔多罗之歌》舍弃了诗的韵律和节奏，诗句的节奏不再依赖分行而呈现散文式的分布。每支歌节数不定，每节长短不一，有时采取排比或回环的句式，造成反复咏叹的气势，达到了形式上的创新。正如苏珊·贝尔纳所说，"散文诗具有有机的统一性、无功利性的特点。也就是说，一首散文诗无论多么复杂，表面上多么自由，它必须形成一个整体，一个封闭的世界，否则它可能失去诗的特性。无功利性是说，一首散文诗以自身为目的，它可以具有某些叙述和描写的功能，但是必须知道如何超越，如何在一个整体内只为诗的意图而起作用，换句话说，一首散文诗没有时间性，没有目的性，并不展现为一系列的事件或思想，它在读者面前呈现为一个物、一个没有时间性的整体。一首散文诗不进行脱离主题的道德的论述或解释性的展开，总之，它摆脱了一切属于散文的特点，而追求诗的统一和致密。"①《马尔多罗之歌》恰恰印证了散文诗的上述特点。

1. 第一支歌

在第一节，作者就对读者提出了警告："愿大胆的、一时变得和这本读物一样凶猛的读者不迷失方向，找到偏僻的险路，穿过荒凉的沼泽——这些阴森的、浸透毒汁的篇章；因为，如果他在阅读中疑神疑鬼，逻辑不严密，思想不集中，书中散发的致命烟雾就会遮蔽他的灵魂，仿佛水淹没了糖。"②这是否在告诉我们，面对这样一本读物，必须透过现象看本质，看清楚作者所谓"恶"是否真的是"恶"呢？马尔多罗"不是骗子，承认事实，自称残忍"，但这正是无恶不作的主人公的可贵之处，与那些"比岩石更坚硬，比铸铁更呆板，比鲨鱼更凶残，比青年更蛮横，比罪犯更疯狂，比骗子更

---

① [法]波德莱尔：《巴黎的忧郁》，郭宏安译，13页，广州，花城出版社，2004。
② [法]洛特雷阿蒙：《马尔多罗之歌》，车槿山译，30页，郑州，河南人民出版社，1995。

背信弃义，比演员更异想天开，比教士更具个性，胜过天地间最不动声色、最冷漠无情的生灵"的伪善的人相比，主人公是值得颂扬的。"哎，什么是善？什么是恶？它们是一回事儿，表明我们疯狂地采用最荒谬的办法来达到无限的热情和枉然？或者，它们是两件不同的事？"在那个悲观、消极、厌世情绪占据世人灵魂的年代，面对善与恶，作者感到同样的迷茫。然而，纵观《马尔多罗之歌》，不能简单地以"善恶二元论"来进行价值批判，作者，或者更具体地说是主人公，他徘徊在善恶之间。

第一支歌中有大量的排比句式，其中气势最为磅礴的就是对古老的海洋的咏叹，每节以"古老的海洋"开始，以"我向你致敬，古老的海洋"结束，与其他呓语、谵言，以及对传统文学疯狂的攻击相比，这一部分的文字并没有显得十分突兀、癫狂，作者将古老的海洋的"辽阔""深邃""博大"与人类的"狭隘""肤浅""自私和伪善"相比，"古老的海洋，你哺育的各种各样的鱼独自生活，没有发誓要博爱"，而人类"不论老幼，每个人都像野人般生活在自己的洞穴中，极少出去看望和他一样蜷缩在另一个洞穴中的同类"。因为人类的狭隘，"如果一个人有点天才，那他就被当作白痴；如果另一个人形体健美，那他就是丑陋的驼背"。如同当时彷徨、郁闷的世人一样，"我经常自问，海洋的深度和人心的深度哪一个更容易认识……两者中间哪个更深，哪个更不可捉摸：是海洋还是人心？……我可以说，尽管海洋深不可测，他与人心在深度这一特性上的较量却不是对手"。

2. 第二支歌

"我拿起创作第二支歌的羽笔"，然而，却受到了来自"天国的警察"的阻挠，接着又是一幅血腥的场面出现在读者面前，在血肉横飞的描写中，作者亵渎神明，辱骂宗教，痛斥造物主，"一个由人粪和黄金制造的御座，那个自封的造物主端坐在上面，心怀愚蠢的骄傲，身披用医院中未洗的床单做成的裹尸布"。这个丑恶的造物主声称："我创造了你们，因此我有权随意处置你们。"这样的造物主所创造的世界中的所谓"人类的仁慈"被追赶马车的小男孩儿的境遇撕碎。诗人自导自演了马尔多罗与陌生人在花园里的对话，似乎是诗人对巴尔扎克的作品《高老头》中人物的无意识借用，"清除自己的敌人。这就是我最终要说的，以便让你明白当前社会建立在什么基础之上"。接着，开始了对虱子的描绘。虱子让"世界人民都吻着他们那奴隶的锁链，一起跪倒在庄严的教堂广场上，跪倒在安放着这个丑陋、嗜血的偶像的台座前"，这种渺小却数量巨大的肮脏昆虫恰恰是出现在《马尔多罗之歌》中非常奇异且拥有强大力量的动物形象之一。无数个虱子的力量足以歼灭人类，而人类显得那样的脆弱和渺小。面对遇难船只上人们的挣扎，马尔多罗从旁观者变为参与者，只为"让一切落入我手中的东西都必须死"。

3. 第三支歌

第三支歌仅由五节组成，但是内容却充满了暴力、疯狂，令人不寒而栗。其中，马尔多罗和他的獒狗强暴小姑娘的场景充分体现了他人性中撒旦的一面、虐待狂的一面。善良、纯洁、天真是他的敌人；散布恐惧、无恶不作是他的天职。正如有些评论家提出的那样，《马尔多罗之歌》是一部动物寓言集，形形色色的动物在作品中占据了重要的位置。例如，在第三支歌中，鹰与龙的战斗便是如此。洛特雷阿蒙在创作中的惯用手法再次得到体现，他将《圣经》中的角色进行了象征反转，龙不再代表"恶"，而代表"希望"，鹰不再代表"希望"，而代表"恶"，那么，在战斗中鹰的胜利便是"恶"的胜利。第三支歌仍然充斥着对上帝的毫无倦息的诅咒。最令人震撼的便是上帝到妓院寻欢的故事。上帝被描绘成一个放浪形骸、荒淫无耻的好色之徒。"我开始非常仔细地看，我看到了，这是一根头发……我的主人把我遗忘在这个房间，他没有回来找我。他从床上起身后，梳理了他那香气四溢的头发却没有发现我已经掉落在地上了……在投入女人的怀抱后，他把我抛弃在这间与世隔绝的房间里。"诗人通过一根被上帝遗落在妓院式的女修道院的头发对上帝发起猛烈的攻击，揭露上帝的罪行。修道院变成了妓院，令人想起了萨德。

4. 第四支歌

在这一部分中，作者继续着荒诞不经的叙述，"我很脏。虱子咬我。公猪看到我就呕吐。麻风使我身上布满鱼鳞般的疮痂，流着黄脓……我的颈背好似一堆粪肥，上面长出一朵巨大的伞形蘑菇。……我的双脚在地上生了根……我左腋下，住着一家蛤蟆……我右腋下，一条变色龙在不断地追捕它们，以免饿死……"

这就是作者的一幅"自画像"吗？洛特雷阿蒙曾经说："我要用我的才华

描绘残酷的乐趣。"在摧残他人的同时，不忘"残忍地"把自己变成没有半点人性的怪物。也许这正是作者的愿望所在，"我的愿望是，不再属于人类"。

和其他几支歌一样，在古怪、突兀的叙述中，仍不乏一些理性的言语，"世间再微乎其微的现象，只要存在一丝神秘，就会成为智者永不枯竭的思索对象"，"每个人都可以从对方身上看到自身的堕落……"，还有对诗歌的看法，"直到当代，诗歌走错了路，它或者上天，或者下地，不了解自己的生存法则，并且不断地被那些正人君子讥笑"。到底什么是诗歌的真谛呢？是作者正在实践的诗歌创作方法吗？所谓"正人君子"是那些不了解诗人心声、视其创作为洪水猛兽的人吗？

5. 第五支歌

在这支歌中，椋鸟、金龟子、贼鸥、鹈鹕、蟒蛇等动物的出现印证了"动物寓言集"的说法，训练有素的椋鸟，复仇的金龟子，代表着"恶"的蟒蛇。"我很乐意大量运用隐喻"，的确，在第五支歌中，一系列"美得像……"的诗句超乎了读者的期待视域，让人感到突兀、不可思议，大量表面看来矛盾的事物被摆放在一起，无疑是攻击诗歌和美的一部"战争机器"，在荒唐且极端的比喻中，体现了新的美，是对传统语言的极端疯狂的颠覆。在此引出几句："（金龟子）美得像昆虫那两条长长的触角，更像仓促的埋葬，还像修复各种伤残器官的法则，尤其像极易腐臭的液体！"大段对同性恋者的描写，体现了主人公性虐待狂的一面，夸张露骨的叙述体现了潜伏在全文中的色情倾向。

"30多年了，我还没睡过觉"，之所以拒绝睡眠，是因为不愿让上帝侵入人在睡眠状态中的意识，是与被作者认为是"催眠术教师"的修辞教师的抗争，是读者拒绝被异化的唯一途径，也正是超现实主义者不断寻找的释放潜意识的方法。

在最后一节对一个"每晚都来吮吸我的血液"的蜘蛛的描写中，马尔多罗对自己的罪行进行了忏悔。复仇与忏悔再现了罪行的现实性。在这支歌的最后，诗人写道，"他等待晨曦来改变这种景象，带给他动荡的心灵一点可怜的安慰"，作者是否在希望，"黎明之恶"将会随着太阳的升起而消失呢？

6. 第六支歌

第六支歌与其他几支歌的结构有所不同，由两节类似序言的部分和八节文字组成。序言对前五支歌进行了总结，"我在我那些可以理解的夸张中仿佛开玩笑般辱骂了人、造物主和我自己"。作者认为"前五章的故事并不多余，它们是我这部作品的扉页，是建筑的基石，是我的未来诗学的预先解释"，这些是扉页，那么正文在哪里？人们并没有看到作者实现自己的规划，"今天，我要制造一篇30页的小说……这篇不伦不类的序言的表达方式似乎不够自然……只有在将来出版了几本小说之后，你们才能更深刻地理解这篇由满脸煤灰的叛逆者写下的序言"。在其他八节文字中，描写了马尔多罗对少年麦尔文的诱惑。在诱惑面前让步是人的一种有限的自由。人之所以堕落，其原因并非性欲，而是这种有限的自由导致的结果，对于麦尔文就是如此。作者还描绘了麦尔文的家庭，父亲以一个古板且教条的修辞教师的形象出现在家庭的对话中，让麦尔文的心中充满了抵触情绪，似乎是作者叛逆不羁的性格特征和抑郁的精神状态的写照。

7.《诗一》《诗二》

1870年，洛特雷阿蒙以真名伊齐多尔·杜卡斯发表了《诗一》《诗二》[①]。与《马尔多罗之歌》相比，《诗一》及《诗二》的论述更加理性化，更显逻辑性，可以说是作者诗歌观的集中体现。他认为，"自从拉辛以来，诗歌没有前进一毫米"，"本世纪诗歌的呻吟只不过是谬误"，"诗歌不是暴雨，不是狂风，而是庄严而富饶的河"。在他看来，"法语杰作全是中学颁奖演说，是经院话语"，这似乎是对评论界对其作品的冷淡态度的回击，不仅如此，作者还称："不要理睬那些阴郁、平庸的作家：乔治·桑、巴尔扎克、大仲马、缪塞……"反对他们在作品中的情感泛滥，"如果你痛苦，不应该向读者诉说。把这个留给自己吧"。

《诗二》中更多的是对人生的感悟性哲理，不乏对前人作品的剽窃、抄袭和戏拟。"抄袭是必要的。进步导致这样做。它紧紧地靠近一个作者的语句，利用他的表达，抹去一个错误观念，换上正确观念。"同时，作者还分析了诗与哲学，诗人同道德家和哲学家的区别。在某些段落中，作者仍然保留了颠覆性的创作手法，例如，由一百多个名词组成的段落，谋求最大限度地坦白自我的内在真实，可以称作下意识记录的真谛。

---

① 从内容上来讲，《诗一》和《诗二》更像是有关诗歌的文学理论。

四、作品分析

1. 洛特雷阿蒙与白日梦

打开《马尔多罗之歌》，各种信息纷至沓来。真实的、虚假的、符合逻辑的、不通常理的，就像很多陷阱，给不同的读者以不同的判断标准，低下的、高超的、非常现实的、过于诗意化的，等等。可见读者对文本的释意是五花八门的。对于洛特雷阿蒙的作品而言，它大量涉及人类精神世界的活动，充斥着非理性、非科学，甚至是非逻辑的内容。因此，精神分析法不失为一种可行的方法。在解读《马尔多罗之歌》的过程中，我们发现主人公马尔多罗的一些充满怪诞甚至凶残的行为恰似再现了诗人的白日梦。

如前文所述，诗人在塔布就读中学时结识了一个名叫达泽的小男孩儿。从首次出版的《马尔多罗之歌》的第一部分来看，这个达泽对诗人产生了重要的影响。他们之间到底有什么秘密呢？诗人的哪些人生经历促使他写出了如此不羁、梦呓般胡言乱语的诗句呢？他的心智健全吗？显然，从现有材料中很难直接得到答案，这是一个谜。尽管在两次出版的第一支歌和后续的几支歌中，诗人尽力抹去自传的痕迹，但不少精神分析都从童年入手。童年是一个人的心理发展的决定性阶段，但是并非所有童年时的经历都长久地延续着。"长久延续的常常是对个体生活道路和个性心理影响深重，对个体的人生构成有深远意义的那些经历物。这种经历物并非是一个静态的、已经定型的'内容'，而是一个延续的、历时的动态过程。这种动态性又包含了两层含义。一方面，童年时的某种经验被纳入整个人生经验的整体长河中，其自身的意义和价值被不断地变换生成。另一方面，这种经验溶入生命活动和心理结构的整体后，参与了心理结构的对新的人生经验和行为方式的规范和建构。"①洛特雷阿蒙的童年是怎样的？他在十七个月大的时候失去了母亲，也就是说，他的童年是在一种缺失状态下度过的，他缺失母爱。这种缺失性体验伴随着认知活动的活跃。而个体认知的活跃正是为了消解"缺失"，但并非总能达到目的。于是，个体往往会出现某些奇异的认知现象，如产生错觉，幻想，癫狂，等等。人格心理学派马斯洛认为，婴

---

① 童庆炳主编：《现代心理美学》，124 页，北京，中国社会科学出版社，1993。

儿出生后的头十八个月里，如果不能生活在一个充满爱的环境中，那么长大后他们可能会出现心理病态，无法爱别人，也不需要别人的爱。几十年过后，根据当时同在一个修辞班学习的同学回忆说，伊齐多尔·杜卡斯对索福克勒斯的《俄狄浦斯王》非常感兴趣。俄狄浦斯得知真相后发出痛苦的吼叫，挖去自己的双眼，诅咒命运的那一幕对伊齐多尔·杜卡斯来说简直太妙不可言了。诗人甚至感到遗憾，认为俄狄浦斯的母亲死去的场景并没有使悲剧的效果达到无以复加的地步。如果这位同班同学几十年后的回忆接近事实，那么也许就可以认为，《马尔多罗之歌》中残忍、暴虐的描写是诗人自然感情的流露。

弗洛伊德认为，人更多地表现为非理性的一面，丑陋、畸形等人所厌恶的非理性方面正是艺术创造的动力。作家创造出一个幻想的世界来倾注自己的感情。幻想只发生在愿望得不到满足的人身上，幻想与现实相对并替代现实，幻想之人以此得到心理补偿。成年人的幻想非常隐蔽和复杂，他们羞于坦露自己的白日梦，这种白日梦产生的动力是未能满足的愿望。艺术幻想尽力掩饰和隐瞒欲望，艺术家靠创作在幻想中实现自己无意识的本能欲望，缓解自己的情感压力，得到情感上的宣泄。弗洛伊德还认为，创作是对过去，特别是童年受抑制的经验的回忆。艺术幻想是由现实生活的某种因素诱发而形成的，艺术幻想就是满足过去被压抑的愿望的手段。艺术家通过自我观察，将自己内心生活的冲突形象化，把自我分裂成各种成分，在作品情节中表现出来。在反常规作品中，艺术家扮演旁观者的角色来满足自己的愿望。弗洛伊德分析作品产生艺术效果的最根本的诗艺在于表达白日梦和幻想所使用的技巧。向别人直接讲述自己的白日梦和幻想会使人产生厌恶，因此艺术家通过变化和伪装使白日梦的自我中心特点不那么明显，并提供纯形式即审美的乐趣才能使自己的作品为人接受，使幻想得到艺术的升华。

在洛特雷阿蒙的作品中或相关资料中，上述论述不难得到印证，虽然作者在再版的第一支歌和其他五支歌中力图抹去自传的痕迹。"当一个中学的寄宿生，从早到晚，日日夜夜地被一个文明的贱民管制着，他不停地盯着他，使他的几年像几个世纪一样漫长。他感到心中的仇恨的波涛喧嚣激荡，像一股浓烟弥漫了他整个脑海，几乎要爆发出来。"①1859 年，13 岁的伊齐多尔·杜卡斯被父亲送到塔布的一所中学寄宿就读。大概在那里的生活与在蒙得维蒂亚的童年生活环境相差甚远，诗人独自离开了家并受到严格的管制，他渴望自由但时刻被压抑，这种孤独体验使内心产生了不可言状的仇恨。虽然诗人使用第三人称使作品的自我中心特点不很明显，但看得出，这是对过去生活的痛苦回忆。

体验即回忆，回忆即诗。

诗人颠覆传统修辞，文字大胆，百无禁忌的创作风格从上修辞班的时候就已经表现出来了。据修辞班的同班同学回忆，在 1864 年的学期末，一向批评伊齐多尔·杜卡斯文章中过分言辞的修辞教师安斯坦在班上读了一篇伊齐多尔·杜卡斯的文章。开头的几句还比较庄重，接下来的内容让老师怒不可遏，文章不但没有改变以往的风格，反而变本加厉。他从未如此放纵过他疯狂的想象，任意堆积的思绪，难以理解的比喻，自创的晦涩的词语，没有一句话遵从语法规则。老师认为这是对传统教学的挑战，是一个恶意的玩笑。课后，伊齐多尔·杜卡斯被罚留校。这个处罚重重地伤害了诗人，无疑在诗人心中埋下了一颗随时都会爆发的炸弹，一旦条件成熟，他便会以更加强烈的憎恨、辛辣的讽刺、无情咒骂的言辞来宣泄过去受到的压抑，实现颠覆传统创作的愿望。

诗人受创作潜意识的驱动，犹如做梦一般，感受强烈但无法解释，完全被情绪或梦牵着鼻子走。洛特雷阿蒙就是这样亦幻亦真地表达了过去的缺失，他的创作或者是对自身创伤性记忆的补偿，或者是他本能的欲望宣泄。正如马拉美所说："梦境是诗人应达到的最高境界。诗歌应表现梦幻，在梦幻中创作现实世界中不存在的纯粹的美，美是神秘的，梦也是神秘的。"

2.《马尔多罗之歌》中的黑色小说特性

出现于 18 世纪末 19 世纪初的英国哥特小说之所以又被称作"黑色小说"，是因为在这类小说中，"一切都被夸大到惊世骇俗的地步"，"容不得

---

① ［法］洛特雷阿蒙：《马尔多罗之歌》，车槿山译，55 页，郑州，河南人民出版社，1995。

任何中间的、寻常的、平凡的、一般的东西"①。英国作家霍勒斯·瓦尔普 (Horace Walpole)在其哥特城堡里创作了以中世纪为背景的充满了罪恶、暴力和残忍凶杀的《奥特朗托城堡》(*The Castle of Otranto*),因该小说的副标题为"一个哥特故事",由此开创了英国,甚至西方哥特小说的先河。② 神秘、怪诞、恐怖、暴力、凶杀、邪恶是这类小说的基本特征,总之,一切沉浸在令人不寒而栗的"黑色"之中。在法国,"黑色小说"是与 1789 年法国大革命同时代的产物。大革命使公众对血腥的场面和令人痛心的现实生活习以为常。平淡无奇的情感小说已经不能激起公众的兴趣,哥特小说便应运而生。虽然没有产生像拉德克利夫、刘易斯、马图林这样的黑色小说家,但是黑色小说所体现的特殊的审美形态却极大地影响了雨果、巴尔扎克、波德莱尔、洛特雷阿蒙等人。布勒东和其他超现实主义者从对《马尔多罗之歌》的钟爱上溯到对黑色小说的兴趣绝非偶然。正如布勒东所说:"可以肯定,洛特雷阿蒙赋予马尔多罗与梅尔莫斯(Melmoth)同样的灵魂。"从体裁上讲,《马尔多罗之歌》极具诗体小说和叙事诗的特征,因此,在审美特征上和创作手法上,黑色小说对洛特雷阿蒙的作品《马尔多罗之歌》的渗透与影响集中表现在以下几个方面。

第一,展现极端事件与场景,探索神秘体验,强调人身上多种非理性因素,以恐怖和丑恶为审美特征。③

格拉克说:"洛特雷阿蒙的创作是现代文学巨大的脱轨器。"的确,看到诗人充满怪诞、恐怖、离经叛道、旨在颠覆传统修辞的文字,我们就可以约略地领悟到了"脱轨器"的含义。洛特雷阿蒙运用辛辣嘲讽的文字,夸张而狂热的描述中充满幽灵、死亡、坟墓的意象。他运用超自然和怪诞的题材强调暴力、死亡、厄运、情欲,表现了一种病态的、反常的审美情趣,流露出了阴郁、暗淡的情绪和病态、绝望、无可奈何、愤世嫉俗的思想倾向。诗中的主人公马尔多罗本人就是恶的象征,既是受虐狂又是虐待狂,还不断地变换自身形态。面对人类的痛苦,他幸灾乐祸,并以疯狂的语言和行动来发泄心中的仇恨,犯下骇人听闻的累累罪行。他知道自己得不到

---

① 李伟昉:《黑色经典:英国哥特小说论》,1 页,北京,中国社会科学出版社,2005。

② 同上书,3 页。

③ 同上书,15 页。

宽恕，但仍在寻求宽恕。

在《马尔多罗之歌》中，极端事件与场景比比皆是。"为了在家庭中散播混乱，我和淫荡订立了契约"（第一支歌，第 7 节），这种"浮士德式的交易"至今仍是哥特小说最突出的主题之一。[①] "我真想像别人一样大笑；但是，这种奇怪的模仿却不可能。我抓起一把刃口锋利的折刀，划开双唇相交处的皮肉。我一时以为达到了目的。我在镜中凝视我自己的嘴……"（第一支歌，第 5 节）马尔多罗不仅是自虐狂，更是一个虐待狂。伴随着自我悔恨和对罪行的忏悔，他享受对他人的迫害。

> 应该让指甲长上两个星期。啊！多美妙，从床上粗暴地拉起一个嘴上无毛的孩子，睁大双眼，假装温柔，抚摩他的前额，把他的秀发拢向脑后。然而，趁他毫无准备，把长长的指甲突然插入他柔嫩的胸脯，但不能让他死掉；因为，如果他死了，我们将看不到他悲惨的模样。接着，我们就舔伤口，饮鲜血……[②]

与黑色小说一样，洛特雷阿蒙的创作也突出了古罗马塞内加式的残暴、罪恶、凶杀。然而，洛特雷阿蒙走得更远，他强调了体验痛苦的过程，使受迫害者处于无法摆脱的痛苦和磨难之中。

在《马尔多罗之歌》中，洛特雷阿蒙对时间和环境的选择进一步加强了恐怖效果。因而，大多数暴力、凶残事件都发生在夜里，发生在刑场，发生在墓地。在"和淫荡订立了契约"的前夜，"我看见面前有一座坟"。一些对话场景在晚上、在墓场，与掘墓人展开。"每天夜晚，我展开翅膀进入我那垂死的记忆，回想法尔梅（马尔多罗的残害对象之一）。"残害行为发生在夜里，报复行为也发生在夜里。"每天夜晚，当睡意达到最深沉的程度时，一只巨大的老蜘蛛便从一个位于屋角地面的洞口中慢慢地探出头来。……它用爪子掐住我的喉咙，用肚子吮吸我的鲜血。"[③]之所以选择夜晚，"在于它与暴露具有'黑色'性质的邪恶与罪行密切相关。在这里，黑夜的自然颜

---

① 参见李伟昉：《黑色经典：英国哥特小说论》，39 页，北京，中国社会科学出版社，2005。
② ［法］洛特雷阿蒙：《马尔多罗之歌》，车槿山译，34 页，郑州，河南人民出版社，1995。
③ 同上书，195 页。

色，与邪恶、罪行的'黑色'已融为一体"①。

第二，将怪诞作为审美范畴，其最突出的特征就是"把人和非人的东西怪异地结合"起来而呈现出来的状态，或者说"怪诞的标志就是幻想与现实之间的有意识的融合"②。

《马尔多罗之歌》热情地赞美了各种非人的，但是极具人性化的事物。人与动物的怪诞结合、人与植物的怪异嫁接是诗人的最爱，人物往往从外貌到内心都显出畸形和怪诞。"其中占据主要位置的是那些形象丑陋、本性残忍的动物，如虱子、蜘蛛、螃蟹、奎蛇、章鱼、獒狗等。"③这不禁使我们想到了卡夫卡的《变形记》所描写的那个异化的世界。这正体现了怪诞风格的主要特征："不同性质的因素，诸如植物、动物、人、建筑杂糅在一起。"④"我宁愿是母鲨鱼和公老虎的儿子"，"我从人类的头发上揪出一只母虱。人们看见我和它连睡了三个晚上，然后我把它扔进矿坑。人体受精在其他相同场合不会有任何结果，但这次却必然成功。几天以后，成千上万的怪物诞生在阳光下，聚集在质地坚密的纽结中"。他不光和虱子交配，还和母鲨交配。

> 于是，母鲨用鳍分开海水，马尔多罗用臂打着海浪，他们怀着相互的赞赏，深深的尊敬，在水下屏住呼吸，一起向对方游去，都想第一次凝视自己的活肖像。他们来到 3 米距离处，仿佛两块磁石毫不费力就突然地拥抱在一起，满怀庄严和感激，像兄弟或姐妹一样温柔。肉欲紧跟着这种友谊的表示而来。两只有力的大腿如同两条蚂蟥紧紧地贴在怪兽那发粘的皮肤上，臂膀和鳍片在所爱的对象身上交织在一起，而他们的喉部和胸部很快便成为一个蓝色的、散发着海藻气味的整体。他们在继续猎猥的暴风雨中，在闪电的光芒下，在冒泡的海浪做成的婚床上，被一道宛如摇篮的海底潜流卷走，翻滚着沉入不可知

---

① 李伟昉：《黑色经典：英国哥特小说论》，96 页，北京，中国社会科学出版社，2005。
② 同上书，44 页。
③ [法]洛特雷阿蒙：《马尔多罗之歌》，车槿山译，18 页，郑州，河南人民出版社，1995。
④ 李伟昉：《黑色经典：英国哥特小说论》，60 页，北京，中国社会科学出版社，2005。

的海渊深处，在一次长久、贞洁、可怕的交配中结合在一起！①

　　与植物的结合和相关变异虽然在《马尔多罗之歌》中不多见，但仍然给读者的期待视域以极大的冲击。如在第四支歌的第 4 节中，"我的颈背好似一堆粪肥，上面长出一朵巨大的伞形蘑菇。我坐在一件丑陋的家具上，四个世纪以来没移动过肢体。我的双脚在地上生了根，直到腹部成为一种类似多年生植物的东西"。

　　怪诞的手法就是这样，"一方面，它创造了畸形和可怕；另一方面，创造了可笑与滑稽。它把千种古怪的迷信聚集在宗教的周围，把万般奇美的想象附丽于诗歌之上"②。

　　第三，体现基督教《圣经》题材与人物对创作的影响，体现善恶二元论的对立与转换。在《圣经》中可以找到马尔多罗的原型，如撒旦、该隐。亲人相残、乱伦、凶杀、背叛与复仇等题材也出现在《马尔多罗之歌》中。善与恶、诱惑与考验、上帝与撒旦、罪恶与忏悔层层交错，相互交织。然而，诗人更多的是通过反讽、戏拟的手法，让善与恶换位，将撒旦与上帝倒置，"哎，什么是善？什么是恶？它们是一回事儿，表明我们疯狂地采用最荒谬的办法来达到无限的热情和枉然？或者，它们是两件不同的事儿？对……但愿善恶是一回事儿……否则，审判之日我会变成什么呢？"③在作恶之后，主人公又感到悔恨，"是我自己在叙述一个我青年时代的故事并感到悔恨渗透我的心灵"。"忏悔者做忏悔的那种体验仍是深陷于情感、恐惧、苦恼原状之中的无识别力的体验。"④在这里，不能简单地根据善恶二元论来对主人公做出评判，他是在善与恶之间徘徊的。

　　马尔多罗对少年的诱惑再现了《圣经》中蛇对夏娃的诱惑，当然"女人并不是'第二性征'意义上的女人，每个女人和每个男人都是夏娃。在诱惑面前让步是人的一种有限的自由……'各人被试探，乃是被自己的私欲牵引诱

---

① 　[法]洛特雷阿蒙：《马尔多罗之歌》，车槿山译，108 页，郑州，河南人民出版社，1995。
② 　李伟昉：《黑色经典：英国哥特小说论》，63 页，北京，中国社会科学出版社，2005。
③ 　[法]洛特雷阿蒙：《马尔多罗之歌》，车槿山译，35 页，郑州，河南人民出版社，1995。
④ 　[法]保罗·里克尔：《恶的象征》，公车译，导言 7 页，上海，上海世纪出版集团，2005。

感的，蛇代表欲望的心理投影'"①，从这一层面出发，是关于马尔多罗对少年诱惑的另一种解释。

洛特雷阿蒙对《圣经》中的角色进行了象征反转。代表"恶"的龙成为善的代表，相反，代表"希望"的鹰变成了恶的象征。上帝被描写成比撒旦更加丑恶、更加无耻的人物。正如诗人在诗中所写："我的诗歌就是要千方百计攻击人这只畜生以及本不该孕育这种寄生虫的造物主。"

《马尔多罗之歌》中的"黑色"特征正是通过上述几个方面得到了淋漓尽致的表现。诗人力图通过胡言乱语颠覆传统修辞，真正摧毁写作的概念。让人始料不及的拟人化制造出诙谐的文字，这种幽默也是"黑色"的，使之成为法国"黑色小说"史上里程碑式的作品。

3. 洛特雷阿蒙作品中的互文性

互文性(intertextualité)是一个产生于 20 世纪 60 年代末的术语，它最早出现在欧洲，更具体说，是在法国。朱丽亚·克里斯特娃(Julia Kristeva)在 1966 年和 1967 年刊登于法国《批评》杂志的两篇文章中正式提出了互文性这一术语。她是在分析巴赫金(Mikhaïl Bakhtine)的著作的基础上推出互文性概念的：

> 横向轴(作者—读者)和纵向轴(文本—背景)重合后揭示这样一个事实：一个词(或一篇文本)是另一些词(或文本)的再现，我们至少可以读到另一个词(或一篇文本)。在巴赫金看来，这两支轴代表对话(dialogue)和语义双关(ambivalence)，它们之间并无明显分别，是巴赫金发现了两者间的区分并不严格，他第一个在文学理论中提到：任何一篇文本的写成都如同一幅语录彩图的拼成，任何一篇文本都吸收和转换了别的文本。②

最后一句话使这个概念更加具体化。克里斯特娃在《诗歌语言革命》(*La Révolution du langage poétique*)中再次提到："互文性一词指的是一个(或

---

① [法]保罗·里克尔：《恶的象征》，公车译，导言 7 页，上海，上海世纪出版集团，2005。
② [法]蒂费纳·萨莫瓦约：《互文性研究》，邵炜译，4 页，天津，天津人民出版社，2003。

多个)信号系统被移至另一系统中。"①这个原本产生于解构主义和文本创作研究的概念从被提出到逐步成熟，其内涵迅速增加，并处于文本分析的传统手法和现代理论的交叉点上。"互文性让我们懂得并分析文学的一个重要特性，那就是文学织就的、永久的、与它自身的对话关系。"②我们前面提到过，对互文手法的掌握就是对分析文本的重要手段的掌握，那么，互文手法有哪些呢？简单地说，有两种类型的互文手法：共存关系和派生关系。第一类又可具体到引用、暗示、抄袭、参考，第二类可具体为戏拟和仿作。

在洛特雷阿蒙的作品中，与传统手法上的引用相比，其中的引用更多的是抄袭，这是一种未加申明的借用，也是逐字逐句的。然而，"只有这样出于玩味和反其道而行的抄袭才具有真正的文学意义"③。帕斯卡如是说，"正如同样的思想不能通过不同的排列形成别样的话语一样，同样的词却通过不同的排列形成了别样的思想"，作者正是这样通过一种新排列成为他人话语的所有者。其次，"互文"或文本被再次使用时所经历的各种转变方式在《马尔多罗之歌》和《诗一》《诗二》等作品中通过使用修辞格得到了表现。例如，语序倒置这种方式，"就是颠倒被重复或引用的句子成分，就像在《诗》④(Poésies)中，帕斯卡(Pascal)和沃韦纳格(Vauvenargues)的句子就被有规律地颠倒"⑤。其他一些互文手法也出现在洛特雷阿蒙的作品中，诸如：改变词义，即重复使用一个词，同时使词义在新的背景下有所改变。例如，单从字面去理解一段原来有象征或隐喻意义的文字，反之亦然；省略，即截取片段已有的文本；夸张，即通过夸大语言形式转化原文。洛特雷阿蒙在《诗二》中断然说过："诗应该由大家写，而不是一个人。"他是指创作应该考虑他人，他一反艺术作品的个性，把文学归结成属于所有人的素材。作者在《马尔多罗之歌》和《诗一》《诗二》里严格贯彻了这个原则："这些文本吸取了作者读过的所有的书，其中不乏戏拟和抄袭，诗人把这些手法真正发挥到美文的境界。他这些作品的特点是不羁和颠倒，体现在借用时故意不

---

① ［法］蒂费纳·萨莫瓦约：《互文性研究》，邵炜译，5页，天津，天津人民出版社，2003。
② 同上书，1页。
③ 同上书，39页。
④ 指《诗一》《诗二》。
⑤ ［法］蒂费纳·萨莫瓦约：《互文性研究》，邵炜译，29页，天津，天津人民出版社，2003。

加标识的做法，从而使《诗一》和《诗二》成为名副其实的戏拟句集。尽管他的初衷最后恰恰推翻了文学理念本身，洛特雷阿蒙还是在玩味他自己和读者的记忆，他囫囵吞枣地大量引用，重叠交叉多种资料，并将所有这些和反语、罗列、挖苦等其他讽刺手法混在一起。"①在《诗二》中有这样一段话："人是一棵橡树。大自然里再没有比他更结实的了。这个自然界无需全副武装地保护他。一滴水并不足以令他存活。甚至当自然界真保护他的时候，他也不比那不让他存活的更有失尊严。人知道自己的统治没有终结，也知道自然界总有一个开始。然而自然界一无所知：它充其量不过是一棵沉思的芦苇。"②"从中可见拉封丹和帕斯卡被精心地交织在一起，成为一篇继杜多罗夫之后可以称为复调的话语，因为多种声音被重叠在一起：先前的句子和新组的句子表达一致，但总体的排列却表达了完全不同的意思。如果我们把头两个词拿出来和最后的三个词连在一起，就会看到帕斯卡著名的开篇辞：'人是一棵沉思的芦苇。'这种手法混合了抄袭和戏拟，改变了原来的两篇主要超文，一方面把它们串联起来，另一方面又颠倒了次序。"③比如，可以在《马尔多罗之歌》中看到马图林的《梅尔莫斯》的影子：梅尔莫斯离开那些前来救助海难者的农民，爬上了岩石，使出了全身力气叫喊……马尔多罗，在欣赏过那些海难者可笑的嘴脸后，站在岩石上，把手当作扩音器……

正如作者在《诗二》中所说："一个小卒子也可以赋予自己一个丰富的文学内容，说出与本世纪诗人所言相反的话来。他可以把诗人的肯定句替换成否定句。反之亦然。"④具体的手段很简单："（抄袭）很接近地使用作者的原句和表达，擦去错误的想法，代之以正确的看法。"⑤俄国形式主义者认为："你越是想要弄清楚一个时代，就越相信你所认为的某个诗人的创作是从其他诗人那里原封不动地照搬而来的。"这样的说法也许有些过于极端，

---

① ［法］蒂费纳·萨莫瓦约：《互文性研究》，邵炜译，70页，天津，天津人民出版社，2003。

② ［法］洛特雷阿蒙：《马尔多罗之歌》，车槿山译，241～242页，郑州，河南人民出版社，1995。

③ 同上书，71页。

④ 同上书，242～243页。

⑤ ［法］蒂费纳·萨莫瓦约：《互文性研究》，邵炜译，72页，天津，天津人民出版社，2003。

但是我们确实在洛特雷阿蒙的作品中发现了很多无意识借用的地方，《圣经》、波德莱尔、拜伦、福楼拜、荷马、雨果、缪塞、爱伦·坡、萨德等人的文字都或多或少地出现在《马尔多罗之歌》和《诗一》《诗二》中。

20 世纪依然丰富地实践了洛特雷阿蒙的创作方法。造诗机器和取消文学产权的观点在这个世纪经历了众多的尝试，诸如超现实主义的自动写作。查拉认为："制造一首诗，这首诗应该是粘贴理念被真正文学化的反映。"①

五、接受与影响

洛特雷阿蒙的作品《马尔多罗之歌》和《诗一》《诗二》发表后并未引起大众读者和文学批评界的关注，尽管作者曾经给几位批评家写信，请求他们给作品只言片语的评价，然而直到作者离开人世都未能如愿。1890 年《马尔多罗之歌》的再版是诗人一次真正意义上的再生。从此，洛特雷阿蒙的作品逐步受到了文学批评界的重视，被视为现代文学的典范，其影响也开始逐渐蔓延。

1. 对法国文学的影响

从表现手法上看，超现实主义者倡导意象的大量使用和堆积。这不是发现了两种事物之间的关系而制造的合理意象，而是完全自由的、"撞击产生的意象"，它近似一种心理的综合缩影。布勒东在《超现实主义宣言》中说："超现实主义吗？它是以口述、笔写或任何其他方式，穿过纯粹自发而传达人类真实思想的活动。在理性的控制之外，甚至在美学及道德之外，它听写涌自内心深处的意念。……它力求排除陈旧的既定观念；它寻觅生活中尚未尝试过的各种组合，它发扬梦幻的强力和不以现实为目标的臆想。"②他说，诗歌要"违反抽象的规律，以便使精神理解让位于不同方面的两种思想对象的相互依赖，而思维的逻辑作用无法在这不同方面之间架设任何桥梁，并且先验地反对架设任何种类的桥梁"③。意象的混乱排列，跳跃式连接，突破狭隘的理性，把想象和梦幻渗入日常生活中，力图表现意

---

① ［法］蒂费纳·萨莫瓦约：《互文性研究》，邵炜译，72 页，天津，天津人民出版社，2003。
② 廖星桥：《法国现当代文学论》，232 页，长沙，湖南师范大学出版社，1991。
③ 郑克鲁编著：《法国文学史·下卷》，1175 页，上海，上海外语教育出版社，2003。

象和文字并列出现而获得的启示功能，这种罗列给人偶然组合的表面印象，
其实体现了一种必然性。运用大量超现实意象的手法在象征派先驱兰波、
洛特雷阿蒙等诗人的作品中已经有所显现，超现实主义则更为强调并充分
地发展和实践了这种创作手法。

　　从审美价值上来看，超现实主义者认为只有下意识的领域、梦境、感
觉、本能、吃语这些超现实的事物，才是创作的源泉。在艺术上，他们主
张要产生使人惊奇的效果，并将这种使人惊奇的手法称为抓住"事物的偶然
性"，这种偶然性是"预感、奇特的相遇、使人吃惊的偶合的全部，它们不
时地反映在人类生活中"。像"美味的尸体"这样的语言游戏，能表明对这种
偶然性的追求："折纸的游戏在于使数人创作出一个句子或者一幅画，而不
致使任何人意识到在合作，或者事前有过合作。这个例子变得具有经典性，
它使这个游戏得以命名，从这个材料中获得第一个句子：要喝——新——
酒的——美味——尸体。"①超现实主义追求奇特事物的结果，是产生了黑色
幽默，幽默意趣是超现实主义作品的重要特色。"它是从事物的不规则排列
和意想不到的组合中产生的，因为它不符合普通的现象和司空见惯的语言
规则，于是产生了一种滑稽突梯、隐含讽刺的意味，它体现了诗人对生活
现实的无可奈何和玩世不恭的态度，含有一种挑战精神。"②

　　在创作风格上，超现实主义者不但继承了洛特雷阿蒙拒绝一切传统的
风格，更进一步提出了"绝对现实"，即超现实。《马尔多罗之歌》这部充满
叛逆的现代主义作品与超现实主义作品一样，都是反传统、反伪善、反虚
饰、反工业文明、反宗教、反战争、反社会权威、反一切现成的制度和习
俗、反浪漫主义的情感泛滥。他们同样严酷地、激烈地自我拷问，自我分
裂，表现出人的恐怖情绪、变态心理的冲动，像是人类心灵与生命最阴暗
的坟地。"美必应是痉挛性的，否则美不存在。"正是在这个意义上，布勒东
奉洛特雷阿蒙为超现实主义的先驱。正如洛特雷阿蒙一样，诡异的现象和
斑驳的图像是构成超现实主义的主色调和主旋律。奇特的梦幻世界和日常
的理性世界共同进入"一个绝对的现实，一个超越现实的世界"。

---

① 郑克鲁编著：《法国文学史·下卷》，1176 页，上海，上海外语教育出版社，2003。
② 同上书，1176 页。

在创作实践中，布勒东号召文学艺术家们挖掘新的心灵世界，用纯真的心理动力、纯粹的精神自动主义表现机遇、疯狂、梦幻、错觉、偶然灵感和无意识本能。因此，他们热衷于在梦境和潜意识中自由翱翔，神奇和怪诞构成了他们主要的艺术特点，残缺、畸变、痴迷、疯狂等超现实的事物是他们习以为常的表现对象，而躁动、颤栗、瓦解、死亡则是他们作品中屡见不鲜的主题。超现实主义者的理论在洛特雷阿蒙的文字里得到了充分的印证。他们二者好似梦境中的呓语，充满癫狂、邪恶、血腥的描写，恰似一种潜意识写作，是"自动写作"，也是布勒东所称的"超现实主义魔术的秘密"，任凭思绪奔涌而出，信手拈来，奋笔疾书，"绝不信奉正统"，摒弃一切理性的控制。正因为如此，以布勒东为首的超现实主义者对洛特雷阿蒙顶礼膜拜，奉他为先驱、为精神领袖。

《马尔多罗之歌》中一系列十分突兀、令人震撼的比喻就是他们所认同的风格与手法的集中体现。"美得像一篇论述主人的走狗画出的曲线的论文……美得像成长趋势与机体吸收的分子数量不相称的成年人胸脯停止发育的规律……美得像酒精中毒的双手的颤抖……"①对布勒东等人而言，"最美的意象就是包含着大量的鲜明的矛盾的意象"②，如"美丽得像自杀""忧郁得像宇宙"。布朗肖认为，"一系列的'美得像'将语言引入了极端疯狂的讽刺中"，洛特雷阿蒙强调想象的任意性。他最著名的比喻是："他美得像猛禽爪子的收缩，还像后颈部软组织伤口中隐隐约约的肌肉运动，更像那总是由被捉的动物重新张开、可以独自不停地夹住啮齿动物、甚至藏在麦秸里也能运转的永恒捕鼠器，尤其像一架缝纫机和一把雨伞在解剖台上的偶然相遇！"③这个层层推进的比喻不啻是一个宣告：现代诗歌不是人道主义的，它是一个美学实验，它要把不可能的变成可能。超现实主义诗人正是这样把喻体和本体之间的距离是否够远当作衡量诗歌意象好坏的标准。比如，布勒东著名的爱情诗《自由结合》便是最好的佐证：

---

①　[法]洛特雷阿蒙：《马尔多罗之歌》，车槿山译，179～180页，郑州，河南人民出版社，1995。

②　Lautréamont. *Les Chants de Maldoror*. Présentation et notes de Philippe Sellier. Paris：Bordas，1970：171.

③　[法]洛特雷阿蒙：《马尔多罗之歌》，车槿山译，208页，郑州，河南人民出版社，1995。

我的妻子有着香槟酒和饰有结冰的海豚头喷水池般的肩膀

我的妻子有火柴般的手腕

我的妻子有机遇和红桃 A 般的手指

她的手指犹如切割后的干草

……

2. 洛特雷阿蒙对中国的影响

从 1917 年到 1921 年，中国文学最终完成了从古典向现代的历史过渡。"在诗歌领域，中国新诗的先驱们认为必须推倒文言文，实行白话文，推倒格律的束缚，实现诗体的大解放。"①五四新诗的萌芽和形成的内在因素孕育在民族事务的母体中，而外国诗歌的影响更有着深刻的启示、借鉴意义和重要的催生作用。正如鲁迅所说，文学革命运动的萌发，"一方面是由于社会的要求，一方面则受了西洋文学的影响"。五四白话诗的兴起，自由体对格律体的取代，在很大程度上得益于当时颇有声势的译诗活动。文字媒介成为外国文学对中国文学的影响得以实现的主要依托，如鲁迅读过的作家就至少包括：果戈理、契诃夫、普希金、安特莱夫、爱罗先珂、陀思妥耶夫斯基、托尔斯泰、易卜生、拜伦、雪莱、厨川白村、有岛武郎等。笔者在研究洛特雷阿蒙对中国的影响时，以平行研究为理论基础，着重从艺术手法、审美价值的方面入手，一方面凸显文学的本位意识，另一方面谨防陷入主观印象的泥沼的可能。

1) 中国散文诗的译介和创作

反观国内，对洛特雷阿蒙的译介和研究则明显滞后。多数读者对其不甚了解，或者相当陌生。也许是因为思想体系、价值观念及审美取向方面的差异，《马尔多罗之歌》一直没有中文译本，直至车槿山博士先后于 1995年、2001 年翻译出版的《马尔多罗之歌》《洛特雷阿蒙全集》，完整地将洛特雷阿蒙的作品展现在读者面前，他的评述也为研究者提供了难能可贵的资料，开拓了研究者的视野(本文中所引诗句的中文译文均出自这两本著作)。

---

① 龙泉明：《中国新诗流变论》，13 页，北京，人民文学出版社，1999。

除此之外，从现有的相关论文看，大多是对作品内容的大致介绍，缺乏对文本深入的艺术探究；国内尚未出现关于洛特雷阿蒙的研究专著。对于《马尔多罗之歌》这样一部具有极大冲击力，突破读者"期待视域"的作品而言，其研究现状未免令人遗憾。

作为一种独立的艺术形式，中国的散文诗创作，是伴随着五四文学革命的深入发展在中国出现的。它走过了一条由"自发"到"自觉"的道路。19世纪中期在法国产生并很快向世界蔓延的散文诗，直接参与了中国的白话诗运动，促成了"作诗如作文"的诗歌主张，打破了"无韵则非诗"的诗论观。"分段诗"的产生便是如此。中国古典诗并不分段。1918年新诗出现以后，便有了"分段诗"，如沈尹默的《三弦》。此后，受了欧洲及俄国所谓"散文诗"影响，中国新诗中的分段诗便多了起来，分段的方法当然是从西方散文中借用来的。当时许多诗人对诗的本质并不了解，离开了中国及西方的外在形式，所写的作品与散文十分接近，成就不大，亦不流行。这种形式，一直到现在还有人在运用，时有佳作出现，并非新诗的主流。然而，在白话诗运动初期，散文诗一度成为新诗的发展方向，出现了将"自由诗"与"散文诗"两个体裁术语混为一谈的现象。从1918年起，初期白话诗人刘半农在译介外国诗歌和创作新诗的同时，便首先尝试起散文诗创作，写了《晓》《饿》《雨》《静》等散文诗作品。1920年，郭沫若在《时事新报》副刊《学灯》上，用《我的散文诗》为总题，发表了《冬》《她与他》《女尸》《大地的号》四首短小的散文诗作品。沈尹默的《月夜》通常被称为中国现代第一首散文诗。此时的散文诗创作处于"自发"阶段。沈尹默在《新青年》第五卷第二期上发表的《三弦》，标志着中国散文诗的创作进入"自觉"状态。20世纪初，中国散文诗受到中国古代诗文的内在影响和外国散文诗的外部规范，经历了由"散文化的诗"到"诗化的散文"的艺术演变，更多地继承了本土文化的诗歌传统，奠定了中国散文诗在文体上的独立性及其偏向于诗的基本形式。在此期间深受外国现代派影响且创作成就最大的当数鲁迅。他的散文诗集《野草》是中国散文诗界的一朵奇葩，不仅开了一代散文诗的先河，更是今天散文诗创作的典范，是借鉴西洋文学而产生的文艺硕果。

2)《野草》与《马尔多罗之歌》

鲁迅说，他的确常常严厉地解剖别人，但更严厉地解剖自己。《野草》

的许多篇章体现了创作主体揪住自己的灵魂严加拷问，正像《墓碣文》里所说，是"抉心自食"。《野草》主要不是反映作者日常生活的感受和社会文化层面的思考，而是反映了创作主体面对死亡、欲望、命运、存在、永恒、未来等生命现象时，意绪迷乱、情感困惑、意志坚韧的呢喃和呼啸。① 洛特雷阿蒙的作品也是致力于揭示人物内心的奥秘，表现人物的潜意识活动，面对上帝、魔鬼、善、恶、负罪、忏悔时，人物内心的矛盾和冲突，更多地体现了人物"自觉意识域"以下的非理性、非逻辑的一面。从表现手法上看，鲁迅对现代主义技巧的运用是本着"运用脑髓、放出眼光、自己来拿"的精神的。暗示、象征、意识流等现代派创作手法一一体现在《野草》中。然而，作为一个"反封建的斗士"，鲁迅对"丑之美、恶之花"这样厌世颓废的文艺倾向持反对态度。从《野草》中的篇章可以看出，虽然体现了创作主体的彷徨、迷惘，但终究是找到了脱离彷徨与迷惘的路，而不是退缩、躲避。在《野草》中看到的是"不免颓唐但绝不颓废，厌恶人生的黑暗而决不逃避人生，是自我表现而又不仅为表现自我，艺术技巧高明却不是'为艺术而艺术'，文神秘幽深而不致消弭了现实的投影"②。显然，由于世界观和价值观的差异，此类特点在《马尔多罗之歌》中难见踪影。

3）现代作品的断裂性

法国著名现代性研究学者伊夫·瓦岱所提出的现代性三种时间类型之一便是断裂模式。所谓断裂就是革新。他认为现代文学作品不仅在内容上体现了革命，而且还在形式上体现了新的尝试和革新。"与传统作家追求文本的连续性的做法相反，现代作家通过种种手段试图打破这种连续性，制造'断裂'效应，也就是说他们更加注重以暗示、对比、影射联想等象征的方法去建构文本的意义，使读者积极参与文本的解读，从作品的表面结构看到它的深层本质。……也就是说，文学艺术应该成为象征世界的建构

---

① 参见摩罗等编著：《速读中国现当代文学大师与名家丛书·鲁迅卷》，153 页，北京，蓝天出版社，2004。

② 中国社会科学院文学研究所鲁迅研究室编：《鲁迅与中外文化的比较研究》，355 页，北京，中国文联出版公司，1986。

者。"①《野草》正是一部以象征世界建构起来的著作。在象征派文学中，鲁迅特别重视"象征印象气息"，也就是茅盾所指出的鲁迅创作中的"象征主义色彩"。象征主义色彩不只是象征手法，而是象征、隐喻、暗示、烘托、通感、变形等手法并用而形成的效果，其特点是神秘幽深。因此，在《野草》中，象征主义的表现方法屡屡可见，《秋夜》《影的告别》《乞求者》《复仇》《墓碣文》《死火》等篇章都巧妙地运用了大量寓意深刻的象征手法。在洛特雷阿蒙这里，"断裂性"表现在与"传统的断裂"。他运用断裂性的意象、象征的手法、机智的隐喻描写腐烂、丑恶、凶残，描写所有的罪恶、黎明之前的忏悔。充满怪诞、恐怖、离经叛道、旨在颠覆传统修辞的文字让我们或多或少地领悟到格拉克所说的"脱轨器"的含义。洛特雷阿蒙运用辛辣嘲讽的文字，其夸张而狂热的描述中充满幽灵、死亡、坟墓等意象。他运用超自然和怪诞的题材强调暴力、死亡、厄运、情欲，表现了一种病态的、反常的审美情趣，从而在形式与内容上都做到断裂与创新。

象征主义的先驱之一奈瓦尔很早就为神秘主义哲学所吸引，相信"梦是另一种生活"，使现实世界和超现实世界错位，因此，一切事物都是符号和象征。在《野草》中共有八篇散文诗以"我梦见自己……"开始，如在《死火》的开篇，"我梦见自己在冰山间奔驰"；《狗的驳诘》以"我梦见自己在隘巷中行走，衣履破碎，像乞食者"；《失掉的好地狱》中"我梦见自己躺在床上，在荒寒的野外，地狱的旁边"。"鲁迅宁愿成为梦中的清醒者，而不愿成为清醒的说梦者。"②梦中的意象时而"青白、冷硬"，时而"阴冷、神秘"。最令人不寒而栗的便是《墓碣文》。梦中的景象阴森、恐怖：颓废的坟墓，苔藓丛生，剥落漫灭的墓碣，胸腹俱破、已无心肝而又复活的死尸，这些意象更具"黑色小说"的色彩。

如果鲁迅是"梦中的清醒者"，那么，洛特雷阿蒙更像是一个"清醒的说梦人"。《马尔多罗之歌》中的大部分意象犹如梦境一般，主人公受虐狂与虐待狂的一面在夜里似乎表露得更加鲜明，掘墓、凶残、暴虐、复仇、酷刑

---

① 魏庆培等：《空洞、抵抗与断裂——论〈野草〉的现代性》，15～17 页，载《岱宗学刊》，2002(3)。

② 伍寅：《冲破绝望的呐喊——浅谈〈野草〉中象征主义的运用》，15～17 页，载《中共桂林市委党校学报》，2003(1)。

的场景通过梦呓般的语言像噩梦一样呈现在读者面前，这正是作品中超现实特性的体现。

六、经典评论

　　"我很脏"，39节的开篇如是说。从虱子那个章节起，巨大的肮脏就开始运行，也许它已经取得了长足的进步。现在，马尔多罗直挺挺地立在地上，像个被自己的影子吞噬的树桩（如同上一段可怜的吊死鬼的尸体，现在却成了自己的绞刑架），变成了动物生命的共有体系，"黏稠王国"的所有网络组织，变色龙、蝮蛇、蟹类、海类动物，首次见到马尔多罗时，他在黑暗之中"整整好几个小时"，头慢慢地向左转转，向右转转，我们远远超越了当初的打算。因此他才会4个世纪自觉自愿地端立不动，这时，时间被驱逐，他从中间的被动接受到现在完全与死亡吻合，始终维持着持续不断的压力，结果人被凝固和睡眠解构，账却虚伪地算在了开始下定的决心头上。洛特雷阿蒙不停地让人感受到这一点：假如狂暴的高潮引发了断裂，能够把自己从自身中解救出来，无限被动的力量在让时间睡去时也不是没有可能与不确定的生与死的瞬间相遇，此时此刻，相同的人消失，而另一个人靠近——双重可能循序渐进的考验就是马尔多罗的深刻体验。这里其实是"仇视"，"比你想象的要奇特得多"，反抗和战斗的意愿使他扮演了僵尸的角色，到现在还是个不确定的僵尸。然而，希望意愿，还有表面上自由的决定被部分囚禁；希望"在征服造物主之前""与病魔同在"的愿望自身就是病魔，这将是洛特雷阿蒙以后的发现，而他现在就把这一切通过奇怪的宝剑章节宣告出来，没有出鞘的宝剑被一个男人竖立在那里，他悄悄地站在宝剑的后面。①

　　① Henri Mitterand, éd. *Littérature*, *Textes et Documents*. *XIXe siècle*. Paris: Nathan, 1986: 418; Maurice Blanchot. *Lautréamont et Sade*. Paris: Minuit, 1963: 215-220.

第七章　保尔·瓦莱里

一、生平与创作

　　保尔·瓦莱里于 1871 年 10 月 30 日出生在法国南部地中海沿岸的港口城市塞特，这是一座因海滨墓园而闻名的城市。他的父亲是海关官员、科西嘉岛的一个海员之家的后裔，母亲出生于意大利的贵族世家。保尔·瓦莱里是他们的第二个儿子，从小他就是一个对一切充满好奇的孩子。除了建筑和文学，他还热衷于音乐、物理、数学、绘画、哲学和政治等。他性格内向，朋友很少，但是在他少数朋友中就有后来成为哲学教授的福芒、作家卢维和纪德。他 7 岁上学，12 岁信奉天主教，并成为天主教徒，13 岁时随父母搬迁到蒙彼利埃，在那里读完中学。中学时代的瓦莱里博览群书，喜爱文学和绘画，尤其喜欢戈蒂耶、波德莱尔和雨果的诗歌。和同时代的许多青年一样，在风靡一时的魏尔伦的《可诅咒的诗人》和于斯曼的《逆流》的影响下，他很快就疯狂地喜欢上了象征主义诗歌，尤其崇拜被年轻的象征主义诗人尊为领袖的马拉美。16 岁那年，瓦莱里中学毕业，进入蒙彼利埃大学攻读法学，那一年，他的父亲去世。为了排解心中的郁闷，他去了热纳亚度假，可还是无法从丧父之痛中解脱，于是他开始通过绘画和诗歌排遣自己心中的伤痛。大学时代，瓦莱里的文学天赋已显露无遗，尤其是超强的诗歌创作才能，仅 1888 年和 1889 年两年，他就创作了上百首诗歌。他的诗歌无不打上孤独和沉醉带来的审美烙印，瓦莱里凭借自己的才华和先师们的指点很快引起了诗坛的注意。

　　1889 年 7 月，瓦莱里在《海滨评论》上发表了他的第一首诗《梦》。1890

年 5 月，瓦莱里结识了皮埃尔·路易，经过后者的介绍，他很快进入巴黎的文学圈，作品逐渐得到了人们的认可。由于受到马拉美的影响及其作品的冲击，瓦莱里开始狂热地从事诗歌创作，先后发表了《月亮的升起》《威严的步伐》《水仙辞》等。1891 年，《辩论报》的一篇文章上曾写道："他（瓦莱里）的名字将会在人们口头传颂。"[1]但是当人们认为瓦莱里将会像一颗新星在诗坛升起时，他的感情生活却经历了一场大的变故。1892 年瓦莱里 21 岁时，恋人离他而去，但是他对恋人的依恋久久不散，难以释怀。经过三个月的痛苦挣扎，就在 10 月 4 日到 5 日的那个风雨交加的"可怕的夜晚"，瓦莱里决定放弃爱情和诗歌，献身纯粹的理性和智力活动。他把自己的主要兴趣与精力转移到哲学思辨和数学研究上。同年 11 月，瓦莱里辞去了他在蒙彼利埃大学法学院的教授职务，同母亲一起去了巴黎。1894 年 3 月，瓦莱里在与台斯特先生夜谈之后，写了著名的散文作品《与台斯特先生促膝夜谈》。1927 年这部作品和其他几篇与台斯特先生相关的散文结集出版，题为《台斯特先生》。

1894 年年底，瓦莱里定居巴黎，从事过各类工作，当过文稿起草员，做过私人秘书。1894 到 1898 年，他先后撰写了《达·芬奇方法引论》《德国的征服》《军事艺术》和《语义学分析》等论文。1898 年 10 月，瓦莱里认识了莫里索，并与画家的妹妹奥彼亚一见钟情，两人于 1900 年 5 月 30 日结婚。3 年后他们有了儿子，6 年后有了女儿，这给瓦莱里的生活带来了不少快乐。其间，他拜访过纪德，还游览过许多地方，完成了作品《阿娜》。1908 年，瓦莱里在别人的文章中发现了许多自己早期的创作思想。因此他开始整理自己早期的一些文章，抄写了近一千页。尽管他很努力，但是成绩并不突出。在随后的几年里，他云游四方，结识了许多朋友。

在沉寂了 20 年之后，瓦莱里的诗歌观发生了很大变化，思想成熟了许多。1912 年，瓦莱里在好友纪德和出版家伽利玛的鼓励和再三督促下，答应将自己青年时代写下的诗稿整理、修订并结集出版。在付梓之前，他想写一首 40 行左右的短诗附在后面，作为与诗神永别的纪念。岂料此举却点燃了隐藏在内心深处的激情，一发不可收拾，瓦莱里竟然用 5 年时间写下

---

① 张英伦等主编：《外国名作家传》（下），539 页，北京，中国社会科学出版社，1980。

了 512 行的长诗《年轻的命运女神》。直至 1920 年诗集才得以问世，此诗集收诗 21 首，题名为《旧诗集存》。《年轻的命运女神》获得了巨大成功，甚至被誉为法国诗歌中最优秀的诗篇之一。同年，瓦莱里发表了自己的另外一部力作《海滨墓园》，受到了读者的热烈欢迎和追捧，瓦莱里也一举奠定了自己在法国诗坛的地位。

1921 年，瓦莱里先后发表了《在魏尔伦周围》《蛇的雏形》《建筑师》《灵魂与舞蹈》《十九世纪的芭蕾》等作品。同年 3 月，《知识》杂志的民意调查显示，瓦莱里以最高得票当选为当代最伟大的诗人。1922 年，他把自己几年来创作的诗歌结集出版，题为《幻美集》，收录了《海滨墓场》《风灵》《石榴》和《曙光》等诗作。较之《旧诗集》，《幻美集》更能代表瓦莱里诗歌的独特风格。《幻美集》的问世，标志着瓦莱里诗歌创作到达了顶峰，与《旧诗集存》一样受到了评论界和诗歌界的高度评价。从此，瓦莱里蜚声诗坛，他的许多诗篇如《织女》《女巫》《那喀索斯》《沉睡的姑娘》《那喀索斯的断想》《石榴》《海滨墓园》等都成了脍炙人口的名篇。

1923 年到 1936 年，瓦莱里辗转欧洲各地，先后在布鲁塞尔、伦敦、米兰、罗马、维也纳和柏林等城市做讲座。他不但给大家讲解诗歌技巧和语言，还给大家讲解马拉美、波德莱尔、雨果等人的诗歌。1925 年瓦莱里当选为法兰西学院院士，1937 年被法兰西学院聘为教授，专门讲授诗学。1938 年，瓦莱里被授予国家四级荣誉勋章，成为一名官方诗人。他除了进行诗歌创作，从事诗学教学，还经常参加各类会议，收集介绍不同局势和不同热点问题的文章，收集那些对人类思想起到决定性影响的艺术家和作家的资料。同时他还应邀到许多国家讲学，会见各国政要和名人，也应约撰写哲学、政治学、经济学和神学等方面的文章，从 1924 到 1944 年，先后出版了 5 卷《杂文集》。

1944 年，瓦莱里目睹了戴高乐将军凯旋。他在发表在《费加罗》报上的一篇文章中欣喜高呼："自由是一种感觉。现在呼吸到自由的气息了。"[①]同年，他发表了一系列作品：《司汤达作品短评》《对当代世界的看法》《象征主义历史》《呼吸》等。1945 年，瓦莱里在他生命的最后时刻完成了《我的浮士

---

① 　张英伦等主编：《外国名作家传》(下)，542 页，北京，中国社会科学出版社，1980。

德》的创作，这是他最后一部作品。同年 7 月 20 日，就在巴黎解放后不久，瓦莱里因病在巴黎逝世，享年 74 岁。戴高乐亲自为他主持了隆重的国葬。他本应安葬在先贤祠，但考虑到他生前的遗愿，人们最终将他安葬在他的家乡 —— 塞特的海滨墓园，墓碑上的铭文就引用了他《海滨墓园》中的两行诗句：

> 多好的酬劳啊，经过一番深思
> 终得以放眼远眺神明的宁静①

二、诗歌的美学观

瓦莱里的诗虽具有哲理性，但是所谓哲理，并非指纯粹的思辨。瓦莱里从来就不喜欢纯粹思辨的哲学，他讨厌别人把他称为"哲学家"。他认为真正哲学的奥秘在于创立一个超越的秩序，而他自己却没有这个野心。事实上，他早就借台斯特之口说过哲学使他感到很不舒服。对瓦莱里而言，精神活动或者意识活动并不是纯粹抽象的思维活动，而是对于感性认识和感情活动的把握，或者说是介入；它是与感觉、印象、感情紧密相连的。这一点在《年轻的命运女神》与《海滨墓园》中都可以看得很清楚。正因为如此，瓦莱里才既写了像《石榴》这样对理性的礼赞，又写了像《蜜蜂》这样充满感性的诗篇。它强调物质世界的刺激与印象对创造的意义。他的诗虽然大多数都蕴涵着一定的哲理意义，但它并不完全是抽象的说理诗或幻想诗；他的诗歌充满了对强烈的感觉印象的描写，充满了对奇特的、突兀的形象和想象的描写，其中也含有丰富的象征底蕴。哲理潜藏在生动的感性画面背后，理智深入感觉与感情之中，这是瓦莱里诗歌的一个重要特点。

在诗学理论上，瓦莱里继承并发展了马拉美的思想，他强调诗句的音乐感，但是他所强调的音乐感与波德莱尔、魏尔伦等人的不同，他更加强调音与义之间的和谐、词语之间的协调："要使音与义协调地结合是多么困难的事情，此外，辞语可以将种种不同的质地加以发展，一种辞语，可能

---

① 张英伦等主编：《外国名作家传》(下)，542 页，北京，中国社会科学出版社，1980。

是逻辑的，但却是不和谐的；它可能是和谐的，但却又是无意义的，它可能是显明的，但却又是不美的；它可能是散文的，亦可能是诗的。……语言是可以翻来覆去地由相互补充音位、平衡和韵律加以评断的。"①同时，他力图增大诗歌语言的密度和诗歌的整体容量来发展诗歌。因此，瓦莱里十分讲究用词的俭省，他常用一些生僻的词。瓦莱里年轻时就是马拉美耳提面命的弟子，他对马拉美也推崇备至。他称赞马拉美"具有大学者的气质"，把马拉美的诗歌理论比作"精确科学的建设"，认为马拉美用人工的、经过细密的推论、运用某种分析得来的概念代替了前人天真的欲望和其本能的或传统的行动。

瓦莱里的诗学或美学理论就受到了马拉美的影响。虽然他的理论并不能构成一种严格的系统，但是其内容却很丰富。他的理论核心可以说就是他的"纯诗论"。何谓"纯诗"？瓦莱里说："纯诗是从观察中推演出来的想象，它应该帮助我们明确关于诗的一般概念，引导我们对语言和语言对人的作用之间不同的、多样的关系进行十分困难而又十分重要的研究。"②他还说，"纯诗这个词之所以说不太合适，是因为它使人想到与之风马牛不相及的纯道德，在我看来，纯诗的观念是与基本分析观念背道而驰的"③。瓦莱里提出"纯诗"的概念，目的就是要把诗人与读者的审美兴趣都引导到语言及语言和精神的关系上来。他指出："总之，纯诗是浓缩于观察中的幻想，应该有利于确定整体诗的观念，而将我们引向语言与其在人们的心灵中引起效果的千姿百态及形形色色的关系研究。"④不难看出，这个理论是建立在唯心的理智主义基础之上的。瓦莱里自己也承认"纯诗"实际上是一个可望而不可即的目标，而整个诗歌的历史就是诗人为不断接近这个目标而艰辛劳动的历史。但是他对纯诗还是做出了自己的解释："总之，所谓诗，实际上是用摆脱了词语的物质属性的纯诗的片段而构成的。一句很美的诗便是诗的很纯的一种成分。通常将美的诗句比喻为一颗钻石，意在使人们看到

---

① 潞潞主编：《准则与尺度——外国著名诗人文论》，10 页，北京，北京出版社，2003。

② 同上书，6 页。

③ 同上书，6 页。

④ 同上书，6 页。

这种纯质的感情是存在于各种精神之中的。"①瓦莱里所说的"诗"只不过是语言物质中一些纯诗的片段。从这样的思想出发，他提出了他关于诗的著名论段：诗是语言的语言。他在《论马拉美》中进一步论述到了纯诗："诗，无疑在方法上没有音乐那么自由。它只能极为艰难地按照自己的意志来给散文的词语、形式和对象发命令。如果他的命令实现了，那就是'纯诗'了。"②事实上，马拉美的诗学理论中就已经有"纯诗论"的雏形，不过马拉美侧重于从创作角度提出他的见解，而瓦莱里的"纯诗论"则涵盖了诗歌的创作和欣赏的全部过程。

以他的纯诗理念为基础，瓦莱里为诗歌的形式提出了定义：形式是"声音、节奏、词与词之间的形态比较，以及这种比较的感应效果或者相互影响"。既然"纯诗"的理想实质上是语言创造的极致，那么由语言的各种机制所构成的形式便顺理成章地成为诗歌创作与欣赏活动中的决定因素。瓦莱里并不否认诗歌的思想内容，然而他认为倘若语言在散文里是主要的，那么在诗歌中起决定作用的则不是语言，而是形式。他甚至还进一步提出了诗歌是形式的儿女，而形式产生于作品之前。他曾多次介绍《海滨墓园》的创作经过。据他所说，在创作这首诗时，他心中先有了一个四、六顿的十音节诗的节奏，然后才逐渐找到了具体的词，最后才出现了主题。

由于瓦莱里重视理智在诗歌创作中的作用，把诗歌的语言形式置于决定性地位，因此他强调在语言形式上要反复推敲、惨淡经营，对传统的"灵感论"则持保留态度。他不否认灵感的存在，然而他认为灵感的价值是"虚幻的、无法传达的"。瓦莱里多次批评"灵感论"，显然不认同超现实主义宣扬的自动写作，他毫不掩饰对那种认为美的诗句来自潜意识和梦幻的理论的反感。他曾用十分激烈的口气说道："我宁可在完全有意识、完全清醒的情况下写出贫瘠的东西，也不愿意在精灵附体而不能自已时创造最美的杰作。"③

瓦莱里以"纯诗"为核心的美学和诗学理论是在20世纪初文学艺术领域里出现了各种形式主义的大环境中产生的。他的诗歌在形式上虽然接近古

① 潞潞主编：《准则与尺度——外国著名诗人文论》，6页，北京，北京出版社，2003。
② 同上书，14页。
③ 袁可嘉等选编：《外国现代派作品选》第一册（上），22页，上海，上海文艺出版社，1980。

典主义，但在诗的本质和审美价值上却和现代主义相同。

三、作品分析

谈起瓦莱里，有人认为他是一位无法描绘的作家："既不是哲学家，也不是艺术家；既不是语言学家、诗人、物理学家、符号学家，也不是心理学家、政治家、社会学家、人类学家，但同时又什么都是……"①有着广博学识的他具有复杂的多向性，但是我们还是能从他的诗歌中找到一个永恒的主题。由于他的诗歌仍然遵循着传统诗歌的格律，因此他被看作一个"过于怀旧"的诗人，一个"十七世纪古典作家的效仿者"②。在那个多变的年代，瓦莱里的诗歌创作先是经历了感觉与智力的矛盾，而后又经历了试图找到二者之间的融合甚至要超越其矛盾的过程，最终形成了一种与以超现实主义为代表的现代思潮相对抗的古典美学观。这一点，我们可以从瓦莱里的一生推断出来：最初是感性与理性独立发展的阶段，而后是 1892 年的感情危机之后二者的决裂阶段，接着是通过诗歌《幻美集》的创作将二者奇迹般的融合，最后他像作品中的人物浮士德一样努力追求一种超人的境界。

1. 少年时期的创作

1892 年以前的瓦莱里就已显现出了他在诗歌创作方面的天赋，18 岁时就已写出了百余首诗歌。由于得到了先师马拉美的真传，才华横溢的瓦莱里很快就名声大噪。感性的才华与理性的智力在这期间各自独立发展。后来，瓦莱里回顾道："当我赋予我的想象物和我的意志以一种神奇的力量时……我就想起了往日我歌唱并向往的俄耳甫斯。"③

神灵在歌唱，顺着威力无比的节奏，
奇异的石块向着太阳竖立，
人们看见朝向炽烈的苍穹
耸起那圣殿和谐的金色高壁。

---

① 周国平主编：《诗人哲学家》，215 页，上海，上海人民出版社，2005。
② 同上书，214 页。
③ 同上书，218 页。

> 他唱着，俄耳甫斯，坐在灿烂的天边！
>
> 歌声披上了薄雾的盔甲，
>
> 神奇的里拉迷住了斑岩，
>
> 这位"音乐家"建筑的宇宙
>
> 将准确的古老节奏
>
> 与里拉琴歌颂的广漠灵魂相连！……①

波德莱尔笔下的应和在瓦莱里这里找到了回应，"音乐家建造的宇宙""与广漠灵魂相连"，"奇异的石块"与太阳相向，人类与圣殿相呼应。这里人物的关系超越了波德莱尔所歌颂的应和，人神合一，色彩与音乐融合，诗歌世界被无尽地扩展到了神话世界，超越了人的感官，穿越了宇宙世界，真实与想象在无垠的广漠中既对立又统一。俄耳甫斯是诗歌魔力的化身，他赋予普通世界以和谐的色彩，使自然界的万物产生共鸣，或与人的感觉相呼应。相反，此时瓦莱里的智力正在被一个更隐秘、更真实、更难以接近的自我所困扰着，它就像水中的倒影一样穿越"黄昏温柔的阳光""绿林的密叶"、烈日的暴晒，像"冷冰的精灵"虚无缥缈，若隐若现：

> 哎！虚浮的影像啊不尽的泪涛！
>
> 黄昏一缕温柔的光照，
>
> 穿过绿林密叶萧萧，
>
> 烈日将我变成一个赤裸裸的情郎，
>
> 冷冰的精灵，绰约而缥缈……
>
> 悲伤的水流引我来这苍白的地方！②

2. 青年时期的创作

1892 年，21 岁的瓦莱里在偶遇罗维拉（Rovira）之后，陷入感情旋涡。那种莫名其妙、失去常理的单相思使他痛苦不堪，他第一次惊惶地发现人

---

① 周国平主编：《诗人哲学家》，218 页，上海，上海人民出版社，2005。

② 同上书，218 页。

身上还有这种不可驾驭的力量，情感的大江横冲直撞，理智的大堤顷刻颠覆。于是情感危机又导致了一场精神危机。创作的才智被这种强烈的情感所窒息，加之马拉美和兰波那登峰造极的诗歌完美得令人绝望，于是瓦莱里就在十月那个风雨交加的夜晚，决定放弃他的文学创作生涯。弃绝爱情，息影诗坛，钻研数学，探讨精神机能与思维方法……柏拉图教他深思，达·芬奇和笛卡尔教他不仅要深思而且要创造，贝多芬等音乐大师教他怎样使诗情更幽咽更颤动，拉·封丹、拉辛、马拉美教他怎样用文字来创造音乐……从此瓦莱里开始了他长达 20 余年的沉默与深思的生活。《达·芬奇方法引论》和《与台斯特先生促膝夜谈》便是这段时期苦修的结果。在 1894 年发表的散文作品《与台斯特先生促膝夜谈》中，他以古典主义简约洗练的笔法刻画了一个生活清峻、自控严格的知识分子形象——台斯特先生。台斯特经过 20 多年的自觉训练(故事叙述者称这种训练为"理智操")，能够随时用清醒的意识和周密的思维控制自己的行为活动，包括情感活动和行为。他把人的本质归结为精神力量，经年累月坚持不懈地试验理智行为可能达到的深度和广度，他很早便认识了人类的可塑性的重要。他探索了这种可塑性的界限和机制，并对他自身的可塑性有过许多设想。台斯特先生是一个智力的怪物，他对大千世界各种令人心醉神迷的感觉无动于衷。"我终于相信台斯特先生成功地发现了不为我们所知的精神法则……我感到他能够支配自己的思想。"①作为自己思想和记忆的主宰，台斯特先生享有一种彻底的精神自由，他是瓦莱里在自我意识极端兴奋的状态下产生的一种怪诞的幻觉。不言而喻，瓦莱里在这里描述的正是他自己的探索和梦想。台斯特抛弃了书籍，停止了写作，以便把全部的心智集中在对自我的认识上。他说："把我折磨得最厉害的是什么？是彻底阐发自己思想的这个习惯——一直走到自我尽头的这个习惯。"②

1895 年，瓦莱里的重要著作《达·芬奇方法引论》在《新评论》杂志上发表。这篇论文并没有讨论达·芬奇的科学方法或艺术理论，而是以文艺复兴时期这位学识渊博、技艺全面的"巨人"为例，证明了从精神本源讲，诗

---

① 周国平主编：《诗人哲学家》，219 页，上海，上海人民出版社，2005。
② 袁可嘉等选编：《外国现代派作品选》第一册(上)，24 页，上海，上海文艺出版社，1980。

与科学之间并非天然地存在着不可逾越的鸿沟；精神最重要的特征在于它具有综合能力，能够把感官的印象加以综合的整理。因此，艺术创造的起点不是自发产生的灵感，而是理智对感觉的作用，是诗人的精神活动，后者的起点则是形式和结构。这部著作奠定了瓦莱里诗歌创作和诗学理论的基础。

经过 20 余年的默察与潜思，瓦莱里已在无形中、沉默里长成了茂草密林。1913 年，在他的好友——1947 年诺贝尔文学奖获得者纪德及其他友人再三催促下，瓦莱里答应将自己青年时代的诗稿结集出版。付梓前，他想写首 40 行短诗附后，纪念与诗神的永别。未料这一首小诗之念，竟成了星星之火，使瓦莱里诗兴大发，演变为燎原之势而一发而不可收，以至于它最终燃烧成了一首五百余行的长诗——《年轻的命运女神》。这首诗对法国知识界的震撼之大、影响之深是惊人的。一位评论家称"我国近来产生了一桩比欧洲战争更重要的事，那就是保尔·瓦莱里的《年轻的命运女神》"。一首诗竟比一场战争更重要，可见其受推崇的程度之深。这位复活的诗人与1892 年危机中隐去的诗人相比有着质的变化：瓦莱里告别了那个完全靠智力而生存的日子，他的感性生活得到了重生。回顾以前的生活，他猛然意识到，自我一面在感觉，一面在思考，同时还在接受并抗拒着感官的呼唤和智力的明晰。就像他的诗中所说的一样："我们处在感觉连续的状态……自我实际上不过是感觉的产物。"[①] 除此之外，他的作品《年轻的命运女神》《海滨墓园》《石榴》等也成了脍炙人口的佳作。

《年轻的命运女神》是瓦莱里"放弃诗歌艺术多年"以后重返诗坛的宣言，它标志着诗人经过 20 余年的"理智锻炼"之后，终于找到了自己诗歌创作的道路。从题材上看，这首长诗仍旧像《旧诗集存》中的许多作品一样选材于神话，但实际上诗歌已经超越了神话的内容并赋予题材以全新的象征意义。诗中描写了年轻的命运女神午夜惊梦，感觉剧痛侵入体内。物质世界里各种强烈而新鲜的印象侵扰、刺激、压迫着她。回忆过去一度沉湎于波动的激情，她悔恨不已。极度的悔与痛中，她想一死了之。然而东方已经孕育着曙光，女神重新又感到了生命的冲动。这种冲动尽管还潜伏在心灵深处，

---

① 周国平主编：《诗人哲学家》，220 页，上海，上海人民出版社，2005。

却已经主宰了她的意志。女神重新又昏昏睡去，当她再次醒来时，东方已经破晓，诗的最后说道：

> 啊，太阳，尽管我不愿意但我却应该，
> 崇拜我的心灵，你从那里见到了自己，
> 温柔而强烈的重新出生的欢喜。
>
> 就在感恩的胸中那金光的世界
> 清新的血液向着那火焰澎湃！①

《年轻的命运女神》是诗人矛盾心境的产物。就像他自己所说"它是一场梦幻，因而就有一场梦幻的中断、恢复与意外。不过这场梦幻的人物是自己的意识……就像一个人半夜醒来，整个人生都活跃在他的眼前，同他谈论着自己……"②实际上，全诗只是对一连串的心理活动进行了交替描写，刻画了一个人的意识在一夜之间发生的变化。

因此，这首诗的主旨是描写"意识在一夜之间的变化"，它清楚地表明诗人在创作上已经超越了《旧诗集存》。诗人已经不再满足于一般地刻画主观印象，一般地表现心灵的朦胧状态，而是力图用诗的形式反映人的意识对感觉和感情状态的关照，对心灵复杂运动的探索，让隐蔽的、潜在的心理活动经过理智的整理和加工从而进入诗的境界。我们从诗中看到气象万千的物质世界、日新月异的感觉印象、内心世界的反应变化，这些无时无刻不在撞击着有感有知的人。然而人生的真正价值却不能在变动的感觉世界中寻找，它只能从一个永恒的秩序中寻找，而这个永恒的秩序只有通过意识的关照、探索、判断才能够被把握。因此我们不难看出，这是西方传统的哲学精神在瓦莱里诗歌中的反映。

从《年轻的命运女神》这首诗开始，瓦莱里在诗歌中就突出了理智的作用，突出了思考的地位。用他自己惯用的术语来说，这首诗突出表现了"有

---

① 袁可嘉等选编：《外国现代派作品选》第一册（上），34 页，上海，上海文艺出版社，1980。
② 张英伦等主编：《外国名作家传》（下），540 页，北京，中国社会科学出版社，1980。

意识的意识"。此后他的诗歌大多带有较浓重的哲理色彩,形成了具有诗人个性特征的哲理诗。也正是在这个意义上,瓦莱里的诗歌才被称为理智的诗歌。

瓦莱里的哲理诗以他著名的诗篇《海滨墓园》而登峰造极。《海滨墓园》是瓦莱里的代表作品,也是西方象征主义诗歌中的名篇。长诗写作于诗人从哲学的沉思向现实生活回归的转折时期,其主题表现的是关于绝对静止和人生变迁的对立统一的关系,是诗人经过20余年的哲学沉思后对自己复杂的心路历程的艺术探索。《海滨墓园》这首诗和《年轻的命运女神》一样采用了独白的形式。所不同的是,在《年轻的命运女神》中诗人借女神的"口"讲话;而在《海滨墓园》里,诗人则直接出面,侃侃而谈。诗人静坐在海滨的一座墓地里,远眺碧海蓝天,近观乱岗墓冢,宇宙演化、人生变幻,万千想象纷至沓来,诗人浮想联翩,慨然而歌。在这首诗里,生与死、动与静、永恒与无常、无限与有限、绝对与相对、物质与精神等传统的哲学问题都被纳入了诗人的审美视野。诗人思考的结论是绝对、纯粹、永恒,是不断地运动和变迁在精神的运动中获得的人生意义。

在这段"自我独白"中,诗人倾注了他平生最普通、最持久的思想和感情,同时联系了他少年时代的活动和家乡墓园所在的地中海地区的海边风光,在意象和思路上作了种种对比和呼应,谱写了一支情景交融的抒情曲。全诗是对人生况味的思索,"我"成为无法认识事物的大海中的岛屿;诗人企图表现人与周围环境的对立,短暂的存在与永恒不变的时间之间的不协调。这首诗共24节,每节6行,每行10个音节。诗的前四节是对"公正的'中午'"(太阳)和"永远在重新开始"的大海的礼赞。接下来的四节是由大自然的永恒联想到人生的短促。再下面九节写万物都为重生而死亡:"红红的泥土吸进了白白的同类,生命的才华转进了花卉去舒放!"最后四节是新生之歌:"风起了","新鲜气息"吹来,"起来!投入不断的未来!"。瓦莱里在诗的前面引用了古希腊诗人品达的一句隽语:"不,亲爱的灵魂,别期望什么无限的生命,而相反,要穷尽你从现实里所能完成的一切。"①它点明了这首诗的主题。从自然的不朽和人生的变迁的对比,得出肯定现实、面向未

---

① 张英伦等主编:《外国名作家传》(下),541页,北京,中国社会科学出版社,1980。

来的结论。这个立意既是积极的，也是辩证的。诗的结尾召唤海涛击碎凝固静止的物象，希望自己的诗篇随着海风高扬，表现了诗人的自信、热情和勇气。应该指出，瓦莱里在这首诗里虽然高呼"起来！投入不断的未来！"，表示要"畅饮风催的新生"，要"奔赴海浪而去"，但这并非意味他就要准备介入现实的生活与斗争；因为对他而言，"未来""海浪""新生"属于心态层面。这首诗赞美的是人的精神力量、意识力量，是人自觉地运用意识反映自我赋予人生的生命价值。瓦莱里曾说过："人的特征是意识，意识的特征是永恒的无穷尽的探索，是对于在意识中出现的所有东西——无论何物——无例外、无休止的超脱。它是与出现的事物在质量与数量上均不相干的无止境的行动，聪明的人应该凭借这样的行动最终有意识地使自己得以永远拒绝任何一种存在。"[1]这个理念是《海滨墓园》的驻足点，也是瓦莱里整个后期诗歌创作的立足点。

《海滨墓园》是瓦莱里最含有自传性、最富有哲理性，同时也是最充满抒情性的一首诗作。目前，它已被翻译成多国语言，为广大诗歌爱好者所熟知。但是，由于长诗是作者长期进行哲理思考的结果，因此无论其内涵、象征还是暗示的意义，也都显得晦涩难懂，十分含蓄、复杂，往往有多重的意义。不过这也正是象征派诗歌的突出特点。

3. 中年时期的创作

1920 年之后是瓦莱里真正成熟的阶段，他的感性与智性在这个阶段得到了协调发展。1921 年发表的作品《建筑家》可以看作是和《与台斯特先生促膝夜谈》相对立的作品。思想家苏格拉底懊悔自己是一个空幻的智者，他为自己没能成为一个建筑家而深感遗憾，因为他本来是具有这份天资的："难道还有比一个智者的影子更虚浮的东西吗？""我本来可以建造，歌唱……唉，沉思消耗了我的时光！我断送了一个什么样的艺术家啊！……我鄙视了什么，可又创造了什么呢！……"[2]通过苏格拉底这段辛酸的独白，我们仿佛听到了一个沉默了 20 余年的诗人的深刻追悔。自 1892 年他判处自己文学死刑到 1917 年《年轻的命运女神》问世，过去了整整 25 个年头。这本来是

---

①　袁可嘉等选编：《外国现代派作品选》第一册（上），36 页，上海，上海文艺出版社，1980。

②　周国平主编：《诗人哲学家》，220 页，上海，上海人民出版社，2005。

一个诗人最多产的年代，可是瓦莱里却错过了。他意识到自己犯了错误，排除了人的感性，于是他又找回了自己曾经迷失于沉思的灵魂，重新跃入了充满感性的大海：

> 不，不！……起来！投入不断的未来！
> 我的身体啊，砸碎沉思的形态！
> 我的胸怀啊，畅饮风催的新生！
> 从大海发出的一股新鲜气息
> 还了我灵魂……啊，咸味的魄力！
> 奔赴海浪去，跳回来一身是劲！①

如果说《年轻的命运女神》是"感觉的诗篇"，那么收入《幻美集》的21首诗作已构成了一曲感官与智慧的交响乐。经过30年的冲突，诗人的灵魂终于达到了一种微妙的平衡：一个智力生活的分析家与一个对外部世界十分敏感的诗人在这部诗集中握手言和。就像他的作品《诗》一样，瓦莱里把诗人比作吃奶的孩子，把母亲喻为智慧，把诗的语言比作智慧的乳汁；意在表达一个人对智慧的追求必须有耐心和节制，过分的冲动和极端的严谨都会使他的源泉中断。

> ——哦我母亲的才智，
> 你流出一阵温馨，
> 是什么样的疏失
> 使她的乳汁干涸殆尽！
>
> 一扑到你的怀中，
> 被你白皙的手臂紧束，
> 我随你的心潮摇动，
> 像宝藏丰富的海的起伏；

---

① 周国平主编：《诗人哲学家》，220页，上海，上海人民出版社，2005。

在你阴沉沉的天边，

倾慕你娇柔的颜容，

我感到，饮着黑暗，

我的心涌入一片光明！

……

告诉我，是什么虚妄的顾忌，

是什么怨恕的影幻，

使这绝妙的文思

在我的嘴边中断？

哦严谨，是你向我表明

我不喜爱给我生命的灵魂！

天鹅飞逝般的寂静

再也不能支配我们！①

　　此外，《幻美集》中的每一首诗歌都是瓦莱里感性与智性的完美结合。如果我们不了解瓦莱里，我们就不知道这部诗集产生前他所经历的悲剧性冲突，我们也就更不可能理解这部诗集所孕育的真正含义。

　　4. 晚年的创作

　　瓦莱里生命的最后五年，是他追求感性与智性的完美结合而进入超人境界的阶段。在这个时期，为满足感官享乐与智力的好奇而将自己的灵魂出卖给魔鬼的传奇式人物浮士德引起了他的注意。他把写于1940年的两个剧本《吕斯特，水晶小姐》（喜剧）和《宇宙的厄运》（梦幻剧）收为一集，题为《我的浮士德》。剧中的人物浮士德和他的女秘书吕斯特是瓦莱里精神的双面镜，一面是纯粹的思想，冷酷的智慧，清醒的意识；另一面是清新的感觉，蓬勃的生机，开朗的性格。作者的用意并不是要将感觉与智力的矛盾并列出来，而是要在二者之间建立一种有机的联系。于是就产生了一个问题：人类怎样才能在各种面目中找到自己的本来面目？"精神不会在个人身

---

① 周国平主编：《诗人哲学家》，221 页，上海，上海人民出版社，2005。

上认出自己，我也不是镜子中的我。因为可能性不会只有一个客体作为形象。一个人要囊括这么多潜在的东西……那么生命实在太不够了！"①

如果感觉和智力赋予人的双重性源于一种更神秘、更深广的双重性，那么人的感觉与智力的结合只有在某种超人状态下才能实现。瓦莱里的这种超越常人的愿望将浮士德与吕斯特结合在了一起。正像浮士德在《宇宙的厄运》中所说：

> 我能挫败天使亦能背弃魔王，
> 去爱去恨我都嫌懂得太多，
> 我的存在已超出了一个创造物。②

最后，两个仙女对浮士德说："你就知道否定。NON 是你的第一个字，也是你的最后一个字。"③

诗人瓦莱里的一生正是一个不断自我否定的逐渐成熟的过程。情感与智力平衡发展，从达·芬奇的精神万能和台斯特的智力崇拜到《年轻的命运女神》和《建筑家》中的情感复苏，再从《幻美集》中所形成的和谐到《我的浮士德》中所表现出来的超脱，都构成了瓦莱里特殊的人格魅力。

作为思想家，瓦莱里的武器是他的智力；作为诗人，他不得不承认他的创作离不开感觉。前半生，他已经意识到了二者之间的矛盾，但一直没有找到解决的办法。后半生，特别是在他的晚年，无论是在理论上还是在实践上他都找到了自己的办法。理论上，他反对将二者相对立，认为二者之间是内在联系着的："感觉是智力的原动力，把它同智力对立起来是错误的……感觉为思想提供了创作的火花……"④实践上，瓦莱里认为艺术的特性是有意识地用智能开发和挖掘感觉领域，支配感觉的不同功能以实现自我的控制。在《诗与抽象思维》一文中，瓦莱里把一切属于感觉范围的东西视为"现存"，把一切属于思想范围的东西视为"非现存"。而诗的创作就是

---

① 周国平主编：《诗人哲学家》，223 页，上海，上海人民出版社，2005。
② 同上书，224 页。
③ 同上书，224 页。
④ 同上书，225 页。

在"现存"与"非现存"之间来回地摇摆。这样一来，诗歌与艺术创作就成了智力世界和感觉世界之间的通道。然而，归根结底，到底是谁在一首诗中讲话？马拉美认为是语言本身。对瓦莱里来说，则是"活生生的和有思维能力的人"。总之，他认为，"语言来自声音，而不是声音来自语言"①。他所说的声音是指诗中的"声音"，就是感觉着、思维着的人的声音。这些观点为他后来提出"纯诗"美学主张奠定了理论基础。

瓦莱里的诗歌多为格律诗，他的诗歌音律符合极其严格的十四行诗的形式，这使他的诗歌在形式上接近古典主义。《旧诗集存》中的大部分作品及《年轻的命运女神》都采用了亚历山大体，到写《幻美集》时诗人逐渐放弃了这种典型的古典形式，较多地采用了八音节或十音节体，有时甚至还采用了奇数的七音节体，如《织女》，这使诗句显得更富有流动的美感。尽管诗人在音节上采用了灵活多变的形式，但他却始终恪守诗歌的格律统一原则，使每首诗在诗体和诗节上保持一致。在诗歌的韵律上，瓦莱里更是一丝不苟，他不但坚持用韵的传统，而且还爱用富韵，如《蛇的诉说》。

总之，瓦莱里同马拉美一样，作诗刻意求工。他把艺术家喻为建筑师，因为建筑师能看到自己的想象受到平衡法则或物质材料的抗拒力等具体问题的限制。至于语言，瓦莱里认为它像一道复杂的代数题符号，因此，他把具体的意象大胆地同最抽象的词组相结合。在诗歌的晦涩难懂方面，瓦莱里也发展了马拉美的主张。他认为，诗歌只能近似于自然，因此诗歌的晦涩既是诗歌本身不完善的标志，也是诗歌本身优越的标志。他认为，如果诗歌达不到明晰的目的，那是因为这种明晰是理想的纯粹的明晰。他还认为，写诗与阅读诗歌都同样存在着困难，写诗是困难的艺术，读诗也是困难的艺术，因为阅读本身就需要创造。瓦莱里的这种诗歌理论为晦涩难懂的朦胧诗歌开辟了新的道路。

5. 诗歌的创作技巧

1) 通感的手法

瓦莱里的诗歌创作多运用波德莱尔的通感理论，努力捕捉事物在诗人感官留下的印象，表现出不同感官印象之间的联系，描写感情的反应和变

---

① 周国平主编：《诗人哲学家》，226 页，上海，上海人民出版社，2005。

化，力图赋予主体的印象和感情以不同凡响的个性特征。例如《织女》：

> 织女端坐在窗口的蓝光中
> 悦耳的花园在缓缓摇摆；
> 她醉了，听那旧纺车嗡嗡。
>
> 畅饮了蓝天，倦意袭上心来
> 秀发滑过纤细的手指，
> 她依稀入梦，低垂下脑袋，
> ……
> 沉睡的少女织出一缕孤独的毛线；
> 无力的影子却神秘地将自己编织
> 随着酣睡的素手，那十指纤纤。
>
> 梦从纺车上逸出有如天使
> 悠优涌散，秀发顺从温柔的机杼，
> 在抚摸下起伏如波永不歇止……①

在十四行诗《明亮的火》中，作者也是在尽力捕捉并且夸张自我心灵特征的同时，抒发了一种忧郁的、朦胧的、多少带点神秘色彩的感情，力图反映出他心灵深处潜藏的一种不可名状的压抑感：

> 倘若它们的快乐爆发，将我惊醒的回声
> 只把一具死尸抛在肉体的彼岸，
> 好似空空的海螺中大海的低吟。
>
> 我陌生的笑声回荡在耳畔，
> 那是怀疑——旁边是突兀而起的奇景，

---

① 袁可嘉等选编：《外国现代派作品选》第一册（上），40页，上海，上海文艺出版社，1980。

我活着还是已经死去，是睡还是醒？①

2）以含蓄代替激情

瓦莱里的作品采用了浓缩和精练的表现手法，凝聚着作者的思想和感情，以低低的吟唱、寥寥数语便概括出丰富的内涵，而其中的主调一般都显出冷峻与痛苦：

人来了，未来却是充满了懒意，
干脆的蝉声擦刮着干燥的土地；
一切都烧了，毁了，化为灰烬，
转化为一种何等纯粹的精华……
为烟消云散所陶醉，生命无涯，
苦味变成了甜味，神志清明。②

人世间的物质经过时间的摧毁化为乌有，一切不复存在，然而在这已经不复存在的物质世界里，凸显出精神和生命的意义，物质向精神的过渡就这样完全对立然而又非常统一地展现出来。《海滨墓园》这一节诗的前三行概括了人生和世界的必然结果和自然状态，第四句突起嬗变，以诗人追求的"绝对"境界传递出一种人生观。感情一起一伏，但一经跳跃、升华，诗意就凝练了。

3）借音韵增强冥想

瓦莱里认为，诗只有通过音乐性的语言才能被理解，因为诗的特征是神秘的感觉，所以音韵比语义含义更能表现主观感觉的力量。《海滨墓园》一诗就是用巧妙多变的双声叠韵来强化象征的主题思想，使读者读诗时在"配音"中进行冥想，幻化出象征的各种景象。瓦莱里提到在创作这首诗时，起先一直回荡在心里的是没有内容的六行十音节的诗歌节奏，然后才注入他的思考与感情。他在写这首诗的过程中一直思考着，如何使诗的结构与

---

① 袁可嘉等选编：《外国现代派作品选》第一册（上），41页，上海，上海文艺出版社，1980。
② 同上书，42页。

乐曲的结构相吻合。他认为，在寻求"表达无法表达的感情"的途径中，音乐性通常起着向导作用。

> 正像果实融化而成了快慰，
> 正像它把消失换成了甘美
> 就凭它在一张嘴里的形体消亡，
> 我在此吸吮着我的未来的烟云，
> 而青天对我枯了形容的灵魂
> 歌唱着有形的涯岸变成了繁响。
>
> 美的天，真的天，看我多么会变！
> 经过了多大的倨傲，经过了多少年
> 离奇的闲散，尽管是精力充沛，
> 我竟然委身于这片光华的寥阔；
> 死者的住处上我的幽灵掠过，
> 驱使我随它的轻步，而踯躅，徘徊。①

同时，瓦莱里还重视诗艺，这一点与唯美主义诗人相通。他借由丰富的手段来扩大诗歌的表现手法。然而，他过于注重表现形式，重视理念超过了感觉，重视梦幻超过了生活，重视纯粹的音乐而轻视了语言的准确表述，一味地追求奇特的比喻和对应，象征的晦涩也由此产生。

4）借用象征性的暗喻

在《海滨墓园》这首诗中，作者通过对自然永存与人生无常的鲜明对照，昭示了肯定现实、介入生活的积极主题。瓦莱里把这首诗写成了"自我独白"，一方面，"表示诗人空虚的思考和空灵的抒情，像一个站在家乡的海边墓园里，双目凝视大海、思绪累累的孤独者"，另一方面，"《海滨墓园》已不是一个处于梦幻之中的孤独者的独白"，它富有"哲理性"。

---

① 袁可嘉等选编：《外国现代派作品选》第一册（上），43页，上海，上海文艺出版社，1980。

这片平静的房顶上有白鸽荡漾。

它透过松林和坟冢，悸动而闪亮。

公正的"中午"在那里用火焰织成

大海，大海啊，永远在重新开始！

多好的酬劳啊，经过了一番深思，

终得以放眼远眺神明的宁静！

……

起风了！……只有试着活下去一条路！

天边的气流翻开又合上了我的书，

波涛敢于从巉岩口溅沫飞迸！

飞去吧，令人眼花缭乱的书页！

迸裂吧，波浪！用漫天狂澜来打裂

这片有白帆啄食的平静的房顶。

——《海滨墓园》①

　　以上两节诗文充满了象征性的暗喻，大海在诗中即为诗人的化身。那海面的变动不止，犹如人的心灵起伏，而海的深处的静止，犹如死者的坟墓，显得既孤独又神秘。现实中的海面、心灵中的海面、坟墓中的看不见的宁静的海面，三幅图画通过一条神秘的纽带交织在一起，使诗歌显得既清晰又朦胧。"大海，大海啊，永远在重新开始"，如同日复一日的人生，在波涛之中，在卷入精神寄托的气流中，在狂暴之后，最后达到了"放眼远眺神明的宁静"的人生境界。全诗突出描写了三个象征意象：象征生命永恒形式的大海、象征宇宙绝对精神的太阳、象征人生归宿的墓园。在诗中，屋顶是大海的象征，白鸽是白帆的象征。除此之外，诗人还用偶像崇拜者暗示基督教徒，空浮的梦想暗示基督教的不朽说，明眸皓齿、迷人的酥胸、满脸红晕暗示浮华人生，等等。全诗的开头与结尾遥相呼应，画龙点睛。大海摆脱了最初静观默想的滞留状态，激荡沸腾；诗人弃绝永恒与不朽，选择运动与生活，肯定现实，面向未来，使诗歌成为对变动世界、相对世

---

① 张泽乾等：《20世纪法国文学史》，110页，青岛，青岛出版社，2004。

界和感官世界的一首颂歌。对生命与死亡这一人生问题的高瞻远瞩、殚精
竭虑，正是瓦莱里诗歌的奥秘所在、魅力所在。

　　叠韵的精美绝伦、用词的准确新颖、句法的大胆独到使瓦莱里的诗歌
在抒情的段落中回荡着乐章的激情；这一切使瓦莱里的哲理思想包裹在了
严密精巧的外衣之中，使象征的暗喻更加丰富多彩。我们可以从他的短诗
《石榴》中看出这种思想和艺术特点。

　　　　　　坚硬的石榴饱绽开，
　　　　　　是经不住结子过量，
　　　　　　我似见大智的头颅，
　　　　　　因发现太多爆裂开来！

　　　　　　啊，豁然裂开的石榴，
　　　　　　你们傲然的膨胀，
　　　　　　阳光在你们催逼下，
　　　　　　使宝石劈啪作响，

　　　　　　似赤金的干燥的表皮，
　　　　　　在内力的作用下，
　　　　　　迸出红宝石的玉液，

　　　　　　这条闪光的裂口，
　　　　　　使人想到我的心灵，
　　　　　　心中的隐秘结构。①

　　石榴是智能的象征，它的构造如同人的大脑，思想的孕育有如石榴颗
粒的成熟，思想射出火花好像石榴迸出果汁。抽象的东西变得具体、可感，
意象色彩也变得鲜艳起来了，比喻也恰当、巧妙。此诗采用十四行八音节

---

　　① 郑克鲁编著：《繁花似锦——法国文学小史》，188 页，武汉，武汉大学出版社，1986。

诗体，既严谨又有新鲜感，摆脱了过去那种呆板的格调。总之，此诗无论是诗意还是形式，都是耐人寻味的。

四、接受与影响

瓦莱里经历了象征主义茁壮成长的时期，他必然会受到其他象征主义诗人的影响，也更有可能成为象征主义森林中的一棵大树。他也和其他象征主义诗人一样对埃德加·爱伦·坡产生了浓厚的兴趣，这时候的爱伦·坡已经声名鹊起。瓦莱里曾在给纪德的信中解释了他与爱伦·坡一起成长的事实，他说是爱伦·坡把他改变成和爱伦·坡一样的人，瓦莱里天天都在读他的书，他在瓦莱里心中的形象一天比一天高大。后来瓦莱里感觉到他更像巨人般伟岸，希望成为像他一类的人。但是瓦莱里认为自己完完全全地变成类似于他那样的人或许就真成为凤毛麟角的稀罕之物了。他从读爱伦·坡的书到希望成为爱伦·坡那样的伟人，对爱伦·坡的崇敬之情溢于言表。他在1882年6月13日写给纪德的另外一封信中对爱伦·坡进行了高度评价："关于坡，我本应对此保持沉默，因为我已下决心不再谈论此话题了。坡是唯一一位这样的作家——没有任何过失、瑕疵。他从不自欺欺人——他的行为从不受本能所左右——即使让他对迷狂作一综合概括，也会不失于理智与乐观……"[1]他不但把爱伦·坡奉为精神上追求的崇高目标和需仰视的伟人，而且也通过诗歌创作实践爱伦·坡的理论。同时他还把波德莱尔的《恶之花》和兰波的《醉舟》抄下来反复吟咏。他也希望得到马拉美的指点，在1891年1月给纪德的信中写道："我在叔本华的书中读过若干这样的宏伟篇章，我还想深入波德莱尔、我自己的内心深处，去了解这种冲动和愿望，尤其想读一读那些描绘这种心醉神迷的冲动的片段。此外，还想了解一向孤独的爱伦·坡和马拉美，他们的内心愿望。"[2]马拉美却告诉他："惟有孤独能够给你以指点。"[3]1891年8月，他在写给纪德的书信中谈到了他对兰波的《醉舟》的崇拜："我为大海那样的景物之美所陶醉，它那毫

---

① 金惠敏主编：《嚼着玫瑰花瓣的夜晚——瓦莱里与纪德通信选》，吴康茹、郭莲译，139页，北京，经济日报出版社，2002。

② 同上书，101页。

③ 张英伦等主编：《外国名作家传》（下），539页，北京，中国社会科学出版社，1980。

不畏惧、想征服一切的冒险精神是我竭尽全力所要理解的……为了理解海之魂，请您再读读这首绝妙的诗《醉舟》，这首诗奇妙绝伦，但又有真情实感，的确有点不可思议——简直就像海中的罗盘。"①

瓦莱里作为后期象征主义流派的大师，他的诗学理论和美学观点必定会对后来的诗歌创作带来一定的影响。超现实主义的领袖布勒东在接受记者采访时把瓦莱里作为 19 世纪与 20 世纪之间的联系人，他说："是的，这个人肯定是保尔·瓦莱里，他是其同类中独一无二的诗人。长期以来，他对我是一个谜。我几乎将其发表于 1896 年的《与苔斯特先生共度晚会》铭记在了心间，这部作品发表的那一年也是我出生的那一年，他发表于《桑托尔》杂志上，他是该杂志的创办人之一。我对这部作品啧啧称道，甚至有时苔斯特先生这个人物在我眼前活了起来，并走出了他的框子——瓦莱里的中篇小说——在我耳边鼓噪他那些酸辛的抱怨。直至今天这个人物仿佛依然在我耳边诉说着形形色色的怨憾，而且我觉得这些怨憾是不无道理的。"②因此，瓦莱里当时所提出的纯诗理论曾在法国文学诗坛上引起过不小的争论，甚至他的影响早已经超出了法国国界。在他之后，还有像里尔克、叶芝、艾略特等一些诗人沿着象征主义的道路继续前进。在瓦莱里诗歌创作的鼎盛时期，中国的许多诗人也曾有幸结识这位象征主义大师，并在他的影响下，吸收了他的纯诗理论主张，并把象征主义诗歌流派的思想带到了中国。因此，伟大的诗人瓦莱里及其诗歌对中国文学的发展有着极其深远的影响。

1. 瓦莱里与梁宗岱

梁宗岱在中国现代新诗史上占据着不可忽视的地位，同时在中外文化交流史上也占有一席之地。这些都源自他长期留学法国的经历。这期间，他结交了许多法国文化界的顶尖人物，如瓦莱里、纪德、罗曼·罗兰等。他把法国象征主义的思想植入中国，同时又将陶渊明等中国诗人带给了全世界。

梁宗岱是我国一位深受东西方文化浸润、陶冶的诗人、学者和翻译家。

① 金惠敏主编：《嚼着玫瑰花瓣的夜晚——瓦莱里与纪德通信选》，吴康茹、郭莲译，101页，北京，经济日报出版社，2002。

② 潞潞主编：《面对面——外国著名诗人访谈、演说》，1页，北京，北京出版社，2003。

在他的求知生涯中，一位西方大诗人、学者对他的精神、学识有着深刻且长久的影响。这位诗人兼学者就是法国现代派文学大师保尔·瓦莱里。据梁宗岱自己所言，法国当代著名诗人——保尔·瓦莱里深深吸引和影响了他。据他回忆，接触瓦莱里首先是通过他的诗，接着就是他整个人在"意识和情感的天边出现"，"使他对于艺术的前途增添了无穷的勇气和力量"。他们经常在一起探讨诗歌的创作，瓦莱里毫无保留的真诚议论和精辟见解，给梁宗岱的思想造成重要影响，同时也使梁宗岱的生活道路发生了改变。

保尔·瓦莱里告诉他，求学要务求实学，看重博采；汲取西方文化，要从其精义入手，而不是也不必为虚名去钻某一门学科的牛角尖。这些深刻的见解给梁宗岱以启迪，使他豁然开朗。于是，梁宗岱决定放弃攻取任何学位，潜心到英国、法国、德国、意大利等国著名学府听课，广泛汲取文化营养，认真阅读，同时进行翻译和写作。在保尔·瓦莱里的影响和鼓励下，梁宗岱开始在著名的《欧罗巴》《欧洲诗论》等杂志上发表了他自己用法文或英文写的诗歌。大作家罗曼·罗兰读了这些诗后，对梁宗岱大加赞许，并由此引发了他与梁宗岱的一段交往。

除去自己写诗外，梁宗岱还将自己喜爱的中国古代诗人的优秀之作译成法文或英文，献给热爱诗歌的法国人民。1928 年寒假期间，梁宗岱将自己最喜爱的中国大诗人陶渊明的十几首诗和几篇散文译了出来。保尔·瓦莱里读了这批译作，十分喜爱。他劝梁宗岱将这些诗印成单行本，并答应亲自作序。这样，在梁宗岱的介绍下，瓦莱里认识了中国古代大诗人陶渊明。谈及陶渊明的诗，他赞赏道："现在，我只须把这思想引申下去，便可以归到这本书上了。极端的精巧，在任何国度任何时代，永远要走到一种自杀：在那对于朴素的企望中死去；但那是一种渊博的、几乎是完美的朴素，仿佛一个富翁的浪费的朴素，他穿的衣服是向最贵的裁缝定做的，而它的价值你一眼是看不出的……"[①]对陶渊明的评价真正贴切到了极点。

虽然梁宗岱比保尔·瓦莱里年轻 20 多岁，但是瓦莱里对梁宗岱的欣赏、梁宗岱对瓦莱里的崇敬，使得双方的交往十分契合。在欧洲留学的后几年，梁宗岱这位孜孜不倦的异国求知者常常追随在瓦莱里左右，"瞻其风

---

① 杨建民：《保尔·瓦莱里与梁宗岱》，载《中华读书报》，2002-10-26。

采，聆其清音"。瓦莱里常常向梁宗岱叙述自己少年时的文艺活动，或深情颤诵兰波、马拉美等大诗人的作品，甚至欣然告诉梁宗岱自己的诗作构想及创作体会，并且蔼然鼓励梁宗岱在法国文坛上继续努力。瓦莱里认为，灵感是一时的，而诗歌是要经历很长的时间才能创作出来的，一首好诗是意识和劳动达到顶峰状态的产物。写诗的伟大和荣耀就在这里，经过灵感的多次触发，运用思维和技巧，才能写出诗歌来。他说："神灵好意地轻易给了我们第一句诗，但是要靠我们写出第二句。为了让它成为一句天才的好诗，需要运用一切经验和智力的办法。"[①]他在诗作名篇《水仙辞》中也曾咏叹过"人间的一切可能在无穷的等待中产生"。瓦莱里关于诗歌创作过程的教诲，使梁宗岱大为受益，他告诫自己不去写"即兴篇"和"急就章"，应当精益求精，把诗写得完美些、纯粹些。这一切帮助梁宗岱增加了勇气和力量。

激动之余，梁宗岱把译出的保尔·瓦莱里发表的第一篇诗歌《水仙辞》寄回国内，刊登在著名的《小说月报》上面。1930 年，上海中华书局又出版了《水仙辞》的单行本。通过梁宗岱，这位法国大诗人的作品首次与中国读者见面了。为了使中国读者更深入地知晓这位大诗人，梁宗岱于 1928 年 6 月初，在巴黎完成了一篇全面介绍瓦莱里生平、人格、艺术的长文《保尔·瓦莱里先生》，从中可以清楚地读出梁宗岱对保尔·瓦莱里的崇敬和精深见解，这篇文章也是我国关于这位大诗人评论的最精美的文字之一。

总之，梁宗岱的一生受保尔·瓦莱里的影响是极大的。他曾在一篇文章中这样说："影响我最深澈、最完全，使我亲炙他们后判若两人的，却是两个无论在思想上或艺术上都几乎等于两极的作家：一个是保尔·瓦莱里，一个是罗曼·罗兰。因为秉性和气质的关系，瓦莱里影响我的思想和艺术之深永远是超出一切比较之外的：如果我的思想有相当的严密，如果我今天敢对于诗及其他文艺问题发表意见，都不得不感激他。"[②]梁宗岱早年的诗作，风格轻盈自在，后来他所写的艺术论文的行文却浓郁而绵密，几乎篇篇有保尔·瓦莱里文章的引文，有瓦莱里思想的渗透。我们可以从他深刻

---

① 杨建民：《保尔·瓦莱里与梁宗岱》，载《中华读书报》，2002-10-26。

② 同上。

的思想和精辟的艺术见解中清楚地看出保尔·瓦莱里对他深切而广远的影响。

"在梁宗岱关于象征、象征灵境及象征之道的理论阐述中，我们可以发现，梁宗岱在其象征主义诗学建构中，从自己特定的'期待视野'出发，以现时的文化建设现实为基础，促进了中西文化的'对话'，既达到了对西方文化(法国象征主义)的阐释性理解，同时又使中国传统诗学观念在新的现实语境中获得新生，在现实的基础上被重建。"①

2. 瓦莱里与王独清

作为象征主义诗学的重要理论范畴，西方的"纯诗"理论依次经历了爱伦·坡、波德莱尔、马拉美这样一个渐次的历史过程，才在瓦莱里手中得以最终提出。1920 年，瓦莱里在为柳西恩·法布尔的诗集《认识女神》所撰写的前言中首次提出"纯诗"概念。"纯诗"自其诞生之日起就为诗坛所瞩目，并对 20 世纪的诗歌发展产生重要的影响。就在 20 世纪 20 年代中期，基于对当时诗坛创作的需要及诗歌艺术本质的思考，中国诗坛也出现了提倡和探讨"纯诗"的声音。

王独清毫不讳言，他的诗歌创作思想来自法国象征派的启发。他说，他从他最喜爱的四位法国诗人那里学习到了他们的长处：即马拉美的"情"，魏尔伦的"音"，兰波的"色"，瓦莱里的"力"。他当年在向这些诗人学习的时候，做好一首诗时，便翻出他们的某几首和自己的意思相同的诗来比较，要是自己的诗差得太远，就狠命地撕掉，重新做。的确，王独清的"纯诗"与瓦莱里的"纯诗"显然有着一定的联系，但是王独清并不是法国象征派的忠实弟子，他并没有全盘照搬法国象征派的诗歌理论，而是从法国象征派诗歌中选择他所需要的东西。王独清的"纯诗"主张在当时中国诗坛上有着创新的意义，同时在创造社中也有着革命的意义，因为创造社是主张自我表现的，认为诗是"生之颤动，灵的喊叫"，他推崇直觉，强调灵感，认为诗不是"做"出来的，而是"写"出来的。为此，郭沫若为诗歌的创作拟定了一个公式：诗＝(直觉＋情调＋想象)＋(适当的文字)②。在日本的穆木天也

---

① 陈太胜：《象征主义与中国现代诗学》，126 页，北京，北京大学出版社，2005。

② 张立群：《纯诗化写作与中国新诗》，载《海南师范学院学报(社会科学版)》，2006(3)。

接受了法国象征派诗人瓦莱里的影响，提出了"纯诗"的主张，但是其诗歌观的主要内容则是提出了"诗的统一性"和"诗的持续性"。前者是说"一首诗的内容，是表现一个思想的内容"，也就是说诗的内容要凝练集中；后者是说"一首诗是一个先验状态的持续的律动"，也就是说一首诗要有一个完整的形象。在形式方面，穆木天虽然也提出了"诗要兼形与音乐之美"，但是却没有具体的设想。王独清的《再谭诗》是对穆木天《谭诗》一文的响应。在《再谭诗》中王独清也明确地提出了自己的公式。这个公式在表述的方法上依照郭沫若的方式，而在内容上则加以变革。他将郭沫若的"直觉＋情调＋想象"更改为"情＋力"，特别是将郭沫若的"适当的文字"更改为"音＋色"，突出地强调了对文字表现手段的重视。而且他还反复地说，"我们须得下最苦的功夫，不要完全相信什么灵感"①。

3. 瓦莱里与盛成

说起盛成与法国诗人瓦莱里的交往，恐怕还要追溯到盛成留法勤工俭学的那段岁月，可以说，他们之间一段的难忘友谊，与《我的母亲》这本震动法国文坛的著作紧密相连。瓦莱里一生先后与两位中国作家有过密切的交往，一位是诗人梁宗岱，另一位便是盛成。而瓦莱里与盛成的交往更深厚真挚，并且超越了文学和诗歌的范畴，深入东西方文化底蕴的精髓之处，成为中法文化交流史上一段值得永远纪念的文坛佳话。

早在盛成初到法国的时候，正值超现实主义"达达运动"在巴黎兴起，并且很快发展成第一次世界大战后的欧洲新兴文艺潮流，盛成作为五四运动的积极参与者，也怀着对新时代、新事物的追求与憧憬加入"达达运动"的狂飙中，成为主张文艺与科学相结合的"行动派"成员之一。而保尔·瓦莱里自始至终受到超现实主义者的推崇，特别是被誉为"达达精英"的诗人安德烈·布勒东，他曾直言不讳地将瓦莱里称作"深沉的摧毁者"。

参加完瓦莱里母亲的葬礼，盛成便提笔给瓦莱里写了一封慰问信。信中这样写道："当你失去母亲的时候，才会热爱你的母亲。当你失去母亲的时候，你才认识到母亲的慈爱……亲人的丧失是世界的丧失，心灵的痛苦是人类的痛苦。所以我谨以一名普通的勤工俭学学生的名义来安慰著名诗

---

① 张立群：《纯诗化写作与中国新诗》，载《海南师范学院学报（社会科学版）》，2006(3)。

人，所以我是在怜悯与同情一个受苦的人。"①盛成同时乘兴写就一首诗，题献给瓦莱里。这首题为《嬗变》的法文诗后来收入他的第一部法文诗集《秋心美人》。瓦莱里收到这封信后，也很礼貌地回复一信，两人自此结识，没想到这封信日后却改变了盛成的命运。

后来，瓦莱里为盛成的处女作《我的母亲》作了长达 16 页的序言，据说这是他一生中所写的最长的序。同年 6 月，《我的母亲》由巴黎亚丁阶书局作为"东方丛书"的第一卷出版了。第二年春天，在海外获得巨大荣誉的盛成准备返回祖国。临行前他专门向瓦莱里告别，两人并肩漫步在巴黎的星形广场上，瓦莱里深情地对盛成说："成！世界是一所大学，我们终生不能毕业。"②1934 年，当盛成再次来到巴黎与瓦莱里畅谈往事时，瓦莱里告诉盛成，现在东西方文化所面临的不仅是同化问题，更重要的是如何互相消化和吸收的问题。瓦莱里把自己的签名照片送给盛成，以作纪念，同时他也希望盛成回到中国以后，把长诗《海滨墓园》和甲午中日战争时的诗作《鸭绿江》译成中文。岂料此次见面竟是两个朋友的最后晤谈。瓦莱里去世后，盛成没有忘记瓦莱里的最后嘱托，他以旧体格律诗的形式，把《海滨墓园》译成了中文。

1995 年 7 月，97 岁高龄的盛成由夫人李静宜女士陪同，再度来到阔别多年的法国，出席"瓦莱里逝世五十周年"纪念活动。他们来到诗人的故乡塞特，看望和悼念盛成的朋友、伟大的诗人保尔·瓦莱里。蓝天大海的背景下，雪白的坟茔上撒满了鲜花，那一片一片的花瓣，仿佛要把一幕幕的往事唤回眼前。正如盛成在那首缅怀瓦莱里的诗中所写的一样："墓出黄花生死路，帆飞白鸽去来人。"③

五、经典评论

用文字来创造音乐，就是说，把诗提到音乐底纯粹的境界，正是

---

① 胥弋：《盛成：20 世纪中法文化对话中的重要见证人——兼谈盛成与瓦莱里和罗曼·罗兰的交往》，载《中国比较文学》，2008(2)。

② 同上。

③ 同上。

一般象征诗人在殊途中共同的倾向。梵乐希（瓦莱里，著者案）尤不讳言他是马拉美——那最丰富，最新颖，最复杂的字的音乐底创造者——之嫡裔。他从没有说到马拉美而不说及自己的，也没有说及自己而不说及马拉美的。浅见者流，因而讥诮他在诗里没有新的创造，以为他都是踏马拉美底旧辙的；而他底狂热的崇拜者，则又以为他们两者之间，有天渊之隔，毫无影响底迹象。平心而论，梵乐希的艺术观，到某一程度上，是完全采纳他底先进的。就是他底诗之修词和影像之构造，精锐的读者，尽可以依稀地寻出马拉美底痕迹。况且马氏逝世，他正当感受性最富之年。这老师底高洁惓惓的一生，影响于他底人格，因而影响于他底艺术之深而且永，自不待言。可是马拉美底模糊，恍惚，昼梦般的迷离，正是梵乐希底分明，玲珑，静夜底钟声一般的清澈。前者的银浪起伏，雪花乱溅，正是后者底安平静谧的清流，没有耀眼的闪烁，只有激滟的绉纹。前者底是霜月下的雪景，雪景上的天鹅底一片素白空明，后者底空明中细认去却有些生物飞腾，虽然这些生物也素白得和背景几不能分辨。①

---

① 梁宗岱：《梁宗岱文集·Ⅱ评论卷》，21页，北京，中央编译出版社；香港，香港天汉图书公司，2003。

第八章　勒内·马里亚·里尔克

一、生平与创作

里尔克被公认是现代德语世界最伟大的抒情诗人，被誉为"诗人中的诗人"，茨维塔耶娃给里尔克的信中写道："超越歌德意味着超越了一个大师，而超越你意味着超越了诗歌。"

勒内·卡尔·威廉·约瑟夫·马里亚·里尔克。1875 年 12 月 4 日生于布拉格，父亲是铁路职员，母亲是布拉格贵族的女儿，一个是失意落魄的军官，一个是爱慕虚荣的贵妇，俩人的婚姻并不幸福，在里尔克 9 岁时，俩人分道扬镳。

里尔克曾在少年时期入军官学校学习，后因不适应军事化生活氛围退学，转入林茨商学院、布拉格大学等校学习哲学、艺术史和文学史，并开始了诗歌创作，1893 至 1898 年间，著有诗集《生活与诗歌》(1894)、《祭神》(1895)、《梦幻》(1897)、《耶稣降临节》(1898)等，这些诗集情调缠绵，以瑰丽的风景描绘与细腻的感情抒发而充满浪漫意味，极富波西米亚民歌风味，带有浓重的新浪漫主义气息。1897 年结识女作家鲁·安德烈·亚斯·萨洛美，和她两次去俄国旅行，会见了列夫·托尔斯泰，并从此与辽阔富饶的俄罗斯和善解人意的萨洛美在精神上结下了不解之缘。这时期的作品有《图像集》(1902)、《祈祷书》(1905)等，情感炽烈，语言精练，富有音乐性与雕塑美，具象深刻，形成了他早期的独特风格。《祈祷书》分为 3 部分：《修士的生活》《朝圣》《贫穷与死亡》，赞美单纯，赞美上帝，表现了作者的泛神论思想，同时也反映出资产阶级没落时期的精神矛盾。这些是里尔克的成名之作，一同代表了里尔克早期诗歌创作的最高成就。

1901 年里尔克和女雕塑家克拉拉·韦斯特霍夫结婚。1902 年旅居巴黎任罗丹的秘书，就此展开了人生另一幅意义深远的画卷。在罗丹的推荐下，里尔克开始阅读法国象征主义诗歌，深受波德莱尔、魏尔伦、马拉美等诗人的影响，他的诗作摒弃了早期偏重风景描写和抒发主观情感的浪漫主义风格，写了许多以直觉形象象征人生和表现自己思想感情的"咏物诗"，收入《新诗集》(1907)和《新诗续集》(1908)。其中以题为《豹》的短诗最为脍炙人口，含蓄地表达了作者在探索人生意义时的迷惘、彷徨和苦闷的心情，这些"咏物诗"将里尔克的诗歌创作推向了第一个巅峰。

1912 年，里尔克到亚得里亚海滨的杜伊诺宫，开始构思《杜伊诺哀歌》(1922 完成)。随后爆发的第一次世界大战，使苦闷孤寂的他更加悲观失望，短暂的兵役后，于 1919 年迁居瑞士。1922 年完成了《杜伊诺哀歌》和《献给俄耳甫斯的十四行诗》(1922)，迎来了里尔克诗歌创作的另一个不可逾越的巅峰。

诗人在余后不多的时光里，一边疗养，一边翻译瓦莱里的诗篇，并用法语创作，写了大约 400 首法语诗歌。诗人于 1926 年 12 月 29 日病逝。4 天后被安葬在瓦莱的拉罗涅。他自撰的墓志铭上写道：

> 玫瑰，呵，纯粹的矛盾，欲望着
> 在众多的眼睑下作无人的
> 睡梦①

里尔克，这位孜孜不倦追索人生涵义的诗人，在百余次的山水跋涉风景游历中，在千百次精神拷问和溯源下，带着充满矛盾的人生，带着精神故乡与现实生活渐行渐远的遗憾，像风中的玫瑰花香，像纯粹的虚无，像前无古人后无来者的睡梦一样永远消失了。

里尔克一生与孤寂为伴，害怕孤寂，也讴歌孤寂，在忧郁与理想之间徘徊，一直在寻找一个心灵上的故乡，这种求索使得里尔克在有生之年不

---

① 李永平编选：《里尔克精选集》，147 页，北京，北京燕山出版社，2005。

断地奔走，他的足迹遍布亚、非、拉。在他匆忙的步伐中，苦难的现实使他愈发沉郁，而多彩的理想使他在内向化的思索中酝酿出意蕴丰厚的诗篇。与此同时，遇到的一些人或事，给予了他深远的影响，使他每一步迈出的足迹，都充满欢欣或饱含泪水，这些事物串联起来，编成一串珍珠项链，闪耀于里尔克充满矛盾与孤寂的一生。

1. 出生地布拉格——被遗忘的故乡

里尔克出生于一个婚姻不幸的家庭，郁郁不得志的父亲与贪慕虚荣的母亲，压抑和争吵的家庭环境使他幼小的心灵受到深深的刺痛，这种刺痛感慢慢衍生为孤独感与恐惧感，在里尔克一生中紧密相随，造成了里尔克强烈的无家可归游子的心灵暗示，于是，他的一生都在寻找，都在漂泊，马不停蹄地寻觅自己的"第二故乡"或心灵的故乡，在德国、俄国、法国、意大利、瑞士、阿尔及利亚、突尼斯、埃及、西班牙及北欧诸国都留下了"孤鸿的爪印"。以致他的自传体长篇日记小说——《马尔特·劳里茨·布里格纪事》就是以一个"离家出走的儿子"的故事收尾的。也许正是这些挥之不去的情愫缠绵在心头，不断酿出了精美的诗篇。

1894年，19岁的诗人在布拉格出版了第一本诗集《生活与歌》，这一处女作是献给里尔克生命里爱慕的第一个女孩的，正是得到这个女孩的资助，里尔克的《生活与歌》才得以付梓。诗集中所咏叹的，以"我亲爱的夺走了我的心"为主体，内容仅仅限于少男少女的情怀萌动和少年不知愁滋味式的"悲伤"。随后《祭神》出版，在对浓烈的浪漫气息的宣泄中，也夹杂着浓郁的波西米亚民歌的韵调，诗中关于布拉格旧景及风情的描绘，算是对布拉格生活的某种剪影式的咏叹与纪念。

1896年，里尔克由布拉格大学前往慕尼黑继续大学的学习。里尔克开始接触万花筒般的世界，至此，除了1906年3月14日返回布拉格参加父亲的葬礼，诗人再也没有踏上归途，在诗人的记忆中，他似乎已经遗忘了，他的故乡是波西米亚平原上的布拉格。

2. 俄国——精神上的第二故乡

初到柏林的里尔克，博览群书，试图通过后天的勤奋和克己，以广采博取的方式弥补不足。在此期间的1897年，里尔克遇到了一生难以割舍和忘怀的人，鲁·安德烈·亚斯·萨洛美。

她的名字代表了里尔克命运之链上的关键环节，是里尔克人生旅途中决定性的转捩点。她的名字不仅标志着当时 21 岁的里尔克第一次真正充实的恋爱经历，而且标志着里尔克的幸福——这位女性和他心有灵犀，非常理解他，同时又胜他一筹，处处引导他；他也在这位恋人的身上窥见了一个多年苦寻不得的母亲形象，更主要的是，如双星交辉的两人持续了几十年之久的友谊这一伟大主题，标志着堪称无穷无尽源泉的相互信赖关系，直到诗人辞别尘世，这种关系方才告终。

正是这样一位与之有着特殊关系的女子，曾两次陪同里尔克游历广袤的俄国。酝酿已久的第一次俄国之旅于 1899 年 4 月成行，第一次持续不到两个月，看似走马观花的旅行，里尔克却收获颇丰，不仅结识了一批现实主义画家，而且激发了里尔克和萨洛美学习俄国语言、文学、艺术史、世界史、文化史的兴趣，他们的认真劲儿，仿佛准备要投入一次决定人生命运的考试之中。

1900 年 5 月 7 日，里尔克和萨洛美开始了第二次的俄国之旅。三个多月的游历，时间并不长，里尔克不无慷慨地说："在这几天里我们大踏步地接近俄国的心脏，很久以来我们一直在侧耳聆听他的跳动，感到这对我们的生活来说也是正确的节奏。"[1]在这种节奏中，俄国广袤富饶的土地、连绵不绝的风景画卷、宏大的俄罗斯神话传说，以及深厚的人文和艺术功力，都给里尔克留下了深刻的印象，以致在里尔克的诗歌《时辰之书》中，关于俄国的记忆萦绕回环，有着如逼眼前的画面感。

你说，我主，我向你，教会
世人聆听的你，奉献什么？
我的回忆，我想起在俄罗斯的
一个春日，一个春夜，——一匹马……

甚至在里尔克晚年创作的《献给俄耳甫斯的十四行诗》中仍闪现着俄罗

---

① ［德］霍尔特胡森：《里尔克》，魏育青译，59 页，北京，生活·读书·新知三联书店，1988。

斯的神话主题和标志性的风景描绘，难怪他在 1900 年 1 月写的一篇《俄罗斯艺术》的文章中有着这样的评价："这片位于东方的辽阔土地是唯一连接着神与大地的纽带，它仍旧停留在自己的献祭时代。"①

这类直接的溢美之词在里尔克的散文和诗歌中比比皆是，他的这种好感，来源于浮光掠影的亲身经历，以及不断回想与幻想的记忆重建，这种空间上的广袤辽阔与文化上的深厚浓郁，给予了里尔克极好的心理慰藉，因此，他在 1903 年 8 月写给萨洛美的信中宣称："我赖以生活的那些伟大和神秘的保证之一就是：俄国是我的故乡。"②诗人已然把俄国当作了自己的第二故乡，或者说是心灵的故乡。

3. 德国与巴黎——人生的中转站

诗人离开出生地，第一站便是德国，年及弱冠的里尔克在慕尼黑上了两个学期的大学，这个时期的代表作《祭神》《梦幻》等诗集出版，是诗人的起步阶段。从第二次俄国之行到 1902 年 8 月 28 日首次踏上巴黎的土地之间的两年时光，里尔克主要是在艺术家云集的沃尔普斯韦德度过的。他在这里接触了一大批的画家，遇到了以颜料和线条等客观的事物表现主观感受的表现方式，他欣喜地与这些画家促膝长谈，在绘画艺术的陶冶下，里尔克的诗歌风格逐步由新浪漫主义蓄积灵感并萌发出"物诗"的端倪来。

1901 年 4 月，里尔克与克拉拉·韦斯特霍夫喜结连理，但是诗人谈到自己的婚姻观："我感到结婚并不意味着拆除、推倒所有的界墙建立起一种匆忙的共同生活。应该这样说：在理想的婚姻中，夫妻都委托对方担任自己孤独感的卫士，都向对方表达自己必须交于对方的最大信赖。两个人在一起是不可能的。倘若两个人好像在一起了，那么这就是一种约束，一种使一方或双方失去充分自由和发展可能的同心同德。"③也许正是这种维护孤独感和逃避约束的观念，最终使得两个人分道扬镳。

第一次世界大战爆发，身在德国的里尔克亦不能独善其身，他在慕尼黑被迫参与了兵役体格检查，并随即被派到维也纳战争档案馆服兵役，战

① ［奥］里尔克：《里尔克散文》，冯至译，164 页，北京，人民文学出版社，2008。
② ［德］霍尔特胡森：《里尔克》，魏育青译，59 页，北京，生活·读书·新知三联书店，1988。
③ 同上书，79 页。

争的惨烈及时局的动荡，让潜伏在里尔克内心深处的恐惧浮出水面，有着强烈恐惧感的他，不久因疾病退役，离开了军队，但是并不意味着他离开了因此而起的惊惧。这段经历损害了他的健康并使他的心灵更加敏感易碎，造成了他长达 10 年的创作空白期，其间没有较高水准的作品问世，诗人陷入了创作的枯水期。

诗人应出版社之邀为罗丹写个人传记，因而踏上了巴黎的土地，但是诗人从始至终都不喜欢，甚至可以说厌恶这片土地，在初来乍到时，他离群索居，不适应感时刻伴随着他，特别是与罗丹的分分合合，使得里尔克在这个时期的作品中，充斥着《恶之花》式的丑恶一面，在他的眼中，巴黎就是一个陈旧破败的都市，充满乞丐、妓女、商贩、麻风病人等混杂的反面形象。然而，对诗人创作生涯影响最大的人或事，却都发生在巴黎，比如罗丹、塞尚，以及来巴黎后开始阅读的波德莱尔。诗人一生中都不愿多提及的地方，却是他诗歌创作的转捩点，巴黎作为一座对他影响至深的城市，将厌恶和收获同时镌刻在里尔克匆匆的人生旅程中。

4. 慕佐——最终的归依

1912 年年初，诗人重访意大利的杜伊诺宫，宁静的环境，使孤寂感和灵感交替在脑海中如电波般闪过，"阳光洒在蓝得发亮、似乎披着一层银纱的海面上。他起身出屋，一边脑子里还想着如何回信，一边信步朝下面的城堡走去。他爬到高出亚得里亚海的波涛约二百英尺的地方，蓦然间觉得在这呼啸的狂风中似乎有一个声音在向他喊叫：'是谁在天使的行列中倾听我的怒吼？'他立刻记下了这句话，自己没费什么气力，就鬼使神差似地续下了一连串的诗句。然后他返回屋内，到了晚上，第一首哀歌就诞生了。"①缪斯就这样降临了，伟大的诗篇从杜伊诺宫呱呱诞生的第一篇章开始，紧接着第二首，第三、第六、第九、第十首哀歌的开头部分及其他片段顺势而出，但是此后里尔克的灵感突然销声匿迹，他的才思枯竭了，他不得不停下来，这一停就是 10 年多。美酒佳酿总是需要时间的封藏和持续发酵。

十年之后，在瑞士的慕佐，诗人的灵感倏忽而至，在如闪电般的激情

---

① ［德］霍尔特胡森：《里尔克》，魏育青译，170 页，北京，生活·读书·新知三联书店，1988。

迸发中，诗人除了"物诗"以外的另一个巅峰《杜伊诺哀歌》和《献给俄耳甫斯的十四行诗》一挥而就，闪耀星空。最后的时光里，诗人在养病之余，开始翻译瓦莱里的诗歌，并用法语写了 400 多首诗歌。1926 年，里尔克患了一种罕见的白血病，在这一年圣诞节后的第 4 天，这位"空前绝后的纯粹诗人"在昏睡中与世长辞，遵照他的遗嘱，他被安葬在离慕佐不远的瓦莱，墓碑上刻着他自拟的墓志铭。

二、接受背景下的"咏物诗"的诞生

1. 象征主义的影响

在里尔克的早期作品中，《生活与诗歌》（斯特拉斯堡/莱比锡 1894）、《祭神》（布拉格 1896）、《春霜》（维也纳 1897）、《梦幻》（莱比锡 1897），都是他来到巴黎前的作品，1902 年 8 月，里尔克寓居巴黎，他的人生轨迹在此有了一个升华式的转折，他在这里接触到雕塑大师罗丹，开始研究塞尚的画作，经由罗丹介绍，他兴致益然地阅读波德莱尔的象征主义诗歌，在阅读中，他打开了另一扇大门，一扇由内心主观世界转向外在的客观世界的大门，里尔克也由注重"小我"的抒情和吟哦，向关注外在世界和营造神秘场境的"大我"转变。这次转变，对于里尔克来言，意义非凡，"物诗"就在这一时期诞生，他创作的第一个巅峰随之到来。

1）早期浪漫风格的转向

年幼的岁月里里尔克的天性一直受到压抑，这种压抑来自父母婚姻的不睦，同时也来自幼年时母亲的错位抚养（里尔克一直被当作女孩养育到 7 岁）：

> 小时候我没有家，
> 也不曾将家失去；
> 在世界之外的某个地方，
> 母亲将我生育。
> 而今我站在世界上，不停地
> 走向它的深处，
> 有自己的幸福，有自己的痛苦，

有一切的一切，却感到孤寂。

……　　①

　　里尔克成长经历带来的压抑感，加上他羸弱的体质，使他的性情变得更加温和内向、幻想丰富、感官敏锐，里尔克在孤独和恐惧中不断前行和思考，他关注内心世界的千变万化，注重外在世界对自身的影响。1894 年，尚在布拉格的里尔克，出版了处女作《生活与诗歌》，那一年他 19 岁。

　　随后，里尔克陆续出版了几部诗集，但是诗歌体裁狭窄，多拘泥于布拉格城市的历史、人文和风景，或是个人和家庭生活的经历，风格兼有新浪漫主义和印象主义的特色，语言未脱模仿的痕迹。

鸟儿在欢呼——为光所催唤——

音响填充着蓝色的远方；

皇家公园的旧网球场

已被鲜花全部铺满。

……

来了一阵微风，舞姿翩翩

扫开了黄色的蔓草，

给他灿烂的额头戴上了

发蓝的紫丁香花冠。②

　　这首《春天》如一帧画面清新的风景画，仅为一般的摹景状物，带着稚嫩的笔法痕迹。另外一首《中波西米亚风景》用诗歌的语言描绘了波西米亚平原上的森林、麦田、教堂、护林人等风景，单纯为风景的摹状，夹杂着新浪漫主义的情感奔泻，以及对故乡波西米亚及其人民的敬仰：

波西米亚人民的旋律

---

① 杨武能：《德语文学大花园》，192 页，武汉，湖北教育出版社，2007。

② 李永平编选：《里尔克精选集》，5 页，北京，北京燕山出版社，2005。

深深地拨动了我的心弦……

　　这些诗作带着明显的浪漫主义特色，是关照内心世界和描绘外在世界的一种自然流露，是常见的有感而发。在新浪漫主义诗歌的创作过程中，里尔克接触到一大批画家，流连于各个画展、艺术沙龙，绘画这一更加直观的艺术形式，渐渐刻入他的脑海中，特别是在沃尔普斯韦德的岁月后，里尔克诗歌中也逐渐有印象主义的风情。

　　印象主义得名于印象派代表人物莫奈的《日出·印象》，并由绘画界向其他艺术形式延伸，通过对客体采取一种被动的消极态度，借助一组模棱两可、相互矛盾的辞藻及看似荒谬的语言，以行文上的安排，表达出一种含混不清只可意会的印象，力求从瞬间的印象寻找最具代表的刹那，去验证表面现象和本质的重合。在体裁上主要致力于描述情感和情绪的层次和色彩，以表现梦境、幻想及瞬间的印象。如里尔克的诗篇《预感》中，就表达出一种瞬间消失不可捉摸的情感：

> 我像一面旗一样被远方包围，
> 我预感到风的来临，我必须经受它，
> 这期间此中的事物还没有活动；
> 门扉还轻柔地关闭，
> 壁炉里寂静无声；
> 窗户仍没有颤动，
> 灰尘依旧滞重。
> 可我已经知道风暴到来，
> 像大海一样激动不安。
> 我舒展开来，我落入自身，
> 我抛出自己，我孤身一人
> 置身巨大的风暴之中。

　　诗歌表达了诗人与大自然交融而产生的瞬间印象，"我像一面旗一样被远方包围"，类似充满歧义的句子被刻意安排，展现出了丰饶的意义。"灰尘依旧滞重""像大海一样激动不安",以并不匹配的形容词和名词组合,产生显著的深刻印象,体现了不管前途多么曲折多么孤独,他都将义无反顾并满怀欣喜地再次置身"伟大的风暴里"——对诗歌创作之路抱以终生热情和热血的决心。

在诗人前期的四部诗集中,受到其他作家影响较少,多是有感而发,晚年的里尔克对自己起步诗作的评价相当苛刻,他给朋友的信中,甚至提到"想将这些习作和即兴之作锁入书桌抽屉中"。显然,里尔克初期的作品尚显稚嫩,他自己也不尽满意,以致甫来慕尼黑的里尔克开始了疯狂的学习,诗人的创作水平得到不断提升,但是很难得到升华式地飞跃,直到他只身来到巴黎,遇到了罗丹,开始阅读波德莱尔。

2)象征主义的心灵契合与接受

1902 年 8 月,里尔克移居巴黎,此后整整 12 年,巴黎是里尔克生活与创作的中心,12 年间他虽然或长或短地离开过这座古老的城市,但是终究还是会回来。

初到巴黎,里尔克以罗丹为师,这种与大师交往产生的升华式的愉悦感与幸福感,很快被一种忧郁感所取代。忧郁,一半来自诗人天生的气质,另一半则是来自对这座城市的不适应、手头的拮据,以及接触到全新的艺术创作形式,颠覆了自己原有的创作方式所产生的困惑和迷惘,这种情绪一直纠缠着里尔克。他在 1902 年 9 月 11 日写给妻子克拉拉的信中提到:"这座城市很大,大得几近无边苦海。"他甚至将巴黎的日子比作少年时炼狱般的"军事学校"生活。从 1902 年 9 月他创作的一首脍炙人口的诗歌《秋日》中,可以读出那时里尔克寂寥和苦闷的心境:

> 主啊!是时候了。夏日曾经很盛大。
> 把你的阴影落在日规上,
> 让秋风刮过田野。
>
> 让最后的果实长得丰满,
> 再给它们两天南方的气候,
> 迫使它们成熟,

把最后的甘甜酿入浓酒。

谁这时没有房屋，就不必建筑，
谁这时孤独，就永远孤独。
就醒着，读着，写着长信，
在林荫道上来回
不安地游荡，当着落叶纷飞。①

　　这首诗通过秋的由盛而哀，以及诗中蕴涵的深刻哲思，反衬诗人内心翻滚的孤寂与难以言表的迷惘。就在写《秋日》的同一天，里尔克还写了另外一首题为《寂寞》的诗，更加直白地表达出内心的寂寞苦楚，没有稳定的收入，生活举步维艰，在巴黎的廉租公寓里搬来搬去。在现实和精神双重的枷锁面前，里尔克的情绪被笼罩的恐怖牵引，眼前的一切都被异化。

你一贫如洗，你一无所有，
你是无处栖身的石头，
你是被遗弃的麻风病人
摇着拨浪鼓在城郊奔走。②

　　在同时期《时辰之书》上的诗篇及《马尔特·劳里茨·布里格纪事》开篇中，巴黎的一切都在缓慢地腐败变质，但是他倔强地要在巴黎闯出一片新的天地，他在 1902 年 10 月 17 日给好友的信中说道："正因为在巴黎很艰难，我决定暂时留在此地。"这和波德莱尔《恶之花》中从丑恶中开出艳丽的花、向死而生、焕发强大生命力的悲剧精神的实质是契合的，此时此刻，里尔克为接受波德莱尔及其象征主义做好了心理准备。这一点在他的自传体小说《马尔特·劳里茨·布里格纪事》中得到验证："你还记得波德莱尔那令人难以置信的《腐尸》吗？也许现在我理解那首诗了。除了最后一节外，

　　①　李永平编选：《里尔克精选集》，54 页，北京，北京燕山出版社，2005。
　　②　［德］霍尔特胡森：《里尔克》，魏育青译，119 页，北京，生活·读书·新知三联书店，1988。

波氏言之有理。他既然遇上了这具腐尸，又能怎样？他的任务是在这可怖的，似乎只是令人作呕而已的东西里看到存在物，一切存在物中的存在物。不能挑选，不能拒绝。"①

1902年到巴黎后，里尔克师从罗丹5年，5年中，罗丹时刻带给里尔克震撼，里尔克完全沉浸在罗丹的艺术作品及其工作时那种心醉神迷的氛围中，里尔克陷入更深层次的思考，他在诗歌创作上也开始调整自己，有意识地将自我感觉外化物化，注重意象的准确性与可感性。可以说，此时，里尔克为接受波德莱尔及其象征主义做好了艺术层面的准备。

当罗丹向里尔克推荐波德莱尔的《恶之花》时，里尔克便一发不可收拾，他通过一扇窗打开了一座秘密花园的一角，他尽情徜徉在里面，采集着象征主义的精华，兼容并蓄，在观察和思考中独自酿造着属于自己的蜜。

2. 罗丹和塞尚的影响

1）罗丹与雕塑

里尔克在给妻子克拉拉的信中陈述了自己第一次见到罗丹时的场景："我是从塞纳河上去的。……他正在那上面雕琢着。他放下工作，请我在一张扶手椅上坐下，然后我们交谈起来。他和蔼可亲，我觉得自己好像早就认识他，现在只是重逢似的。我发现他比原先矮小一些，但更加健壮、亲切和庄严了。这前额，它与鼻子之间的布局，鼻梁从前额向外突出，宛如一艘航船驶出港湾……石刻般的前额和鼻子。"②

里尔克本来是应出版社之约，前往专访罗丹的，但是在接触了罗丹之后，里尔克的命运发生了巨大的转变，他在生活观念及艺术创作上都经受了一次转折式的洗礼。

奥居斯特·罗丹(1840—1917)，法国声名显赫的雕塑家。里尔克是以一种近乎顶礼膜拜的心态开始与罗丹交往的，他在《罗丹论》中提到"人们徜徉在他上千件作品当中，为这事业所包含的丰富创造和发明所倾倒，人们不由自主地寻找双手，这个世界就是从这双手里产生出来的"③。里尔克借

---

① [德]霍尔特胡森：《里尔克》，魏育青译，118页，北京，生活·读书·新知三联书店，1988。

② 同上书，104页。

③ [奥]里尔克：《里尔克散文》，冯至译，3页，北京，人民文学出版社，2008。

用第三人称表达了自己的崇敬，在大师的感召下，他对自己的诗歌创作产生全新的认识。他近距离观察着大师，罗丹对事物深刻的观察及忘掉一切的专注，罗丹的口头禅"création，création"，使敏锐的里尔克洞悉到艺术创作的内在规律，必须探求客观世界的真实，而不是流连在个体内心去冥想与创造主观真实。意识到自己仅靠泛滥的情感及灵感闪现来写诗，真是守株待兔，难成大事。他立刻行动起来，建立起一套全新的工作模式，每天强迫自己在规定的时间写作，花时间游荡于巴黎街头，训练自己的观察能力，做札记，记录闪现的灵感。这种刻板的写作模式，催生了一个全新的里尔克，使他不但养成了良好的写作习惯，同时在巴黎那段时间的观察训练，使他与世界形成了一种"陌生化"的主客体关系，这种关系和由此带来的视野，为里尔克"咏物诗"的诞生奠定了强烈的心理暗示和依托，也提供了万花筒般的创作素材。

此外，里尔克从罗丹那里受到启发，不仅真正完成了自己从早期的主观构思向客观描摹的创作转变，而且构筑起富于雕塑感和建筑感的诗篇。里尔克在《罗丹论》中说：罗丹的雕像不是摆姿势，而是生命，而且只有生命。罗丹赋予雕塑以生命，里尔克则赋予诗歌以生命内质氤氲的雕塑感。在《远古阿波罗裸躯残雕》一诗中他写道：

> 我们不认识他那闻所未闻的头颅，
> 其中眼珠如苹果渐趋成熟。但
> 他的躯干却辉煌灿烂
> 有如灯架高悬，他的目光微微内注，
> 矜持而有光焰。否则胸膛
> 的曲线不致使你目眩，而胯腰
> 的轻旋也不会有一丝微笑
> 漾向那传宗接代的中央。
> 否则眼见肩膀脱位而断
> 这块巨石会显得又丑又短
> 而且不会像兽上那样闪闪放光；
> 而且不会从它所有边缘

像一颗星那样辉耀：因为没有一个地方
不在望着你。你必须把你的生活改变。①

　　这副残雕，没有头颅，"他的躯干却辉煌灿烂"，一种雕塑的质感跃然
纸上，而目光微注"矜持而有光焰"，无不体现着远古雕塑家匠心独运的创
作构思，"胸腔的曲线""胯腰的轻旋"则体现着雕塑家娴熟的技巧。这一首
彼特拉克体十四行诗极富雕塑感，经诗人的刀凿斧刻，古典结构的形式微
有变化，许多句子被强制转行，犹如残断的石膏像，十四行诗中就有一半
在行末跨行。这种语法的断裂与图像感极强的描绘相配合，活灵活现地刻
画出一尊古代残损石像。

　　此外，在《新诗集》中的《佛》《旋转木马》《早年阿波罗》等诗篇中，都洋
溢着强烈的雕塑感，这种雕塑感变成了脑海中的镜像，成为里尔克摹情状
物的一种手法，一直为他所使用，在后期的《杜伊诺哀歌》等诗歌创作中仍
常用不辍。

　　2) 塞尚与绘画

　　塞尚是 20 世纪初后印象派的重要画家之一，被称为"现代绘画之父"。
后印象派从印象派的用光与用色中获得了诸多启示，但与之有本质区别，
后印象派不满足于刻板而片面地追求光和色，强调作品要抒发艺术家的情
感，开始尝试色彩及形体的表现性。后印象派艺术家将绘画的形和色发挥
到极致，几乎不顾及任何题材和内容，用主观感受去塑造客观现象。这从
表面上看来与里尔克"客观再现"的艺术准则大相径庭，但事实上他们之间
存在着深刻的联系。

　　1907 年 10 月，巴黎"秋之沙龙"为一年前辞世的塞尚特别举办了一场纪
念画展，里尔克便是众多参观者之一，他显得格外入神，默默地伫立在塞
尚的画前，欣赏两三幅画就要花掉 2 小时的时间，他脑海中充盈的是塞尚
作品的线条与色彩，这不是他第一次接触塞尚的作品，但是这时的里尔克
经过与罗丹的交往，视野和境界得到了提升，此刻的他，对塞尚的创作有
先于艺术批评家的洞见，像洪流般的灵感被激发出来。他一连两天都在观

---

① ［奥］里尔克：《里尔克诗选》，绿原译，353 页，北京，人民文学出版社，1999。

摩塞尚的作品，第三天他去了罗浮宫观看古典主义画作，以对比两者的异同。他怀着对塞尚画作与日俱增的激赏，和朋友交流关于塞尚作品的赏鉴心得，给妻子的信中也是没完没了的塞尚，一连 20 多天都是如此："一幅画就像是一个长长的多位数，我一个数一个数地记住了。"这种如遇知己、如见天人的情愫来源于两个人在艺术构思及创作思想上的高度统一，塞尚的绘画引起了他的强烈共鸣。

里尔克在给妻子的信中写道："你知道，我看展览时总是认为走来走去的观众比那些画引人注目得多。在巴黎秋季美术沙龙也是如此。然而，走进塞尚展室后我就一反常态了。一切真实性都在他笔下：那厚实，棉絮般的蓝，那红，那不分浓淡的绿，酒瓶上那微露红意的黑。他画的静物都显得何等寒酸和可怜哦：苹果都是供烧煮用的酸苹果，酒瓶是那种人们塞在旧衣袋里把它撑得圆鼓鼓的酒瓶。……"①塞尚浓烈的色彩丰富而和谐，质感突现如建筑的细节构成，他逼迫自己去表现、驾驭色彩以体现构思和创作心理，表现一种超出客观现实更接近事物本源的真实。

比如，《火烈鸟》一诗色彩丰富，画面感极强：

> 在弗拉戈纳尔的镜像里，
> 再见不着他们的红白羽衣，
> 除了向你呈现的一只，当他谈及
> 他的女友，说她正安谧
> 于睡眠。因为他们变成了碧绿
> 又轻轻旋动在蔷薇色的花梗上
> 站在一起，盛开着，如在一片苗床，
> 他们像夫赖尼一样诱人则又
> 引诱自身；直到把眼睛的灰白
> 偎依着掩护在自己的腰侧
> 其中隐藏着黑色和果红。

---

① ［德］霍尔特胡森：《里尔克》，魏育青译，138 页，北京，生活·读书·新知三联书店，1988。

> 突然一声嫉妒的尖叫响彻大鸟房；
>
> 他们却惊讶地把肢体松了一松
>
> 便一个个迈着步走进了想象。①

诗中表现色彩的字眼，密集排列："红白羽衣""碧绿""蔷薇色的花梗""眼睛的灰白""黑色和果红"，将诸多色彩糅杂在一首诗中，这在里尔克的作品中并不常见。《火烈鸟》是与《豹》齐名的"物诗"名篇，浓墨重彩的描写丰富的色彩之外饱含着诗人内心的情感，不仅使火烈鸟红白羽衣的客观形象跃然呈现，也通过诗人的语言使阅读者更接近于超越现实的精神内核。此外，他还写了《诱拐》《蛊惑》两首以塞尚作品为原型的诗歌，很多诗歌都是借用绘画的技法，凸显如逼眼前的画面感，这直接促使了里尔克《新诗续编》的诞生，这是对里尔克原来观察事物及"陌生化"关系处理方式的延续与发展，这种发展使得里尔克对"现实"地状物的处理更加炉火纯青和泰然自若。

塞尚与里尔克有另外一个共同之处，那就是对波德莱尔的欣赏与追随，里尔克用语言来向波德莱尔致敬，塞尚则通过画面来实现。塞尚通过近30年的辛勤耕耘，打破了绘画复制自然的传统，比如他表现流淌的空气，用红和黄，再加入足量的蓝色，使无形的空气获得坚硬的形状，使风的形象更深刻地印入阅读者的内心。塞尚倾注了大量的精力在描述静物上，他为平常之物，注入非凡的纯美和神圣，画面包含的视觉意义远多于事物本身，透露出一种内在的庄严和幸福，这与波德莱尔的《恶之花》有异曲同工之趣。这种蕴涵的力被静止的表象遮蔽，形体和尺度在有意地变形，并通过随时间变化的色彩来锦上添花，在这一创作手法的敲打下，多重意义被嫁接在实物上，在似与不似之间，在变形产生多重意义的时候，艺术规律占了主导，实物在外在表现的装饰下，得到了飞跃式的升华。

里尔克在随后的作品，如《鹦鹉园》《威尼斯的晚秋》等作品中，使用此种手法，以表达对波德莱尔、塞尚两位大师的追慕和敬意，由此，他也脱离了罗丹影响的窠臼，完成了自我的艺术提升。

---

① 李永平编选：《里尔克精选集》，414 页，北京，北京燕山出版社，2005。

3."咏物诗"的诞生

1902 年对里尔克是非常重要的一年，因为他遇到了罗丹，在原本漫无边际的荒原埋下了一颗种子，这颗种子不久萌芽开花，在 5 年之后瓜熟蒂落——《新诗集》出版。

1902 年年底的一天，里尔克向罗丹谈起诗歌创作上的困境，他在内心世界独自摸索太久，等待上帝赐予灵感，他感觉到的是漫无边际的荒原、贫瘠的灵感之地，自己陷入其中难以脱身。罗丹回答说："为什么不出去走走呢，去看一些东西，譬如巴黎植物园里的动物，看着它，直到你能把它写下来。"一语惊醒梦中人。

这个故事含有一定杜撰的成分，但是罗丹当年确实是一遍遍地督促里尔克像一个画家或雕塑家一样在自然面前工作，顽强地领会和模仿，在罗丹的教诲和现身说法的影响下，也在波德莱尔象征主义的浸淫下，里尔克开始了一种严格的训练。罗丹视但丁和波德莱尔为精神上的导师，但丁的《神曲》和波德莱尔的《恶之花》，给了罗丹颤栗的阅读体验，特别是《恶之花》，现代社会的受难者的呐喊及精神层面的紧缩导致物质的变形，给了罗丹无数的灵感，他将波德莱尔的诗篇塑造成了有形的雕塑，如《俄尔普斯和欧丽狄柯》就是《恶之花》的视觉阐释版。罗丹的这类作品，给了里尔克极强的视觉冲击，加之他对波德莱尔等象征主义诗歌的阅读，相互比照，从无形到有形，从精神的发散到实物的凝固，从诗歌多义的延伸到雕塑蕴涵的象征，都让里尔克眼界大开，他以全新的视角观察事物，里尔克在晚年仍清晰地提到："为了说明对我发生的一切，我所需要的不是情感的乐器，而是陶土。我自然地用抒情诗来造型，要的不是感情，而是我所感到的事物。"①

罗丹所创造的一个个物的形象在里尔克的眼中超越了所有的形式而回归到物的本质，用他自己的话说就是那种产生生命的事物，就是某种独特的线条和表情，这就是罗丹所创造的散发着生命力的物。"一切曾经震撼过心灵的幸福，一切想起来几乎会令我们无地自容的伟大人物，每一种引起巨大变革的思想，它们在一瞬间不过是嘴唇的翘起、眼眉的颦蹙、额头的

---

① 张海燕：《漫游者的超越：里尔克的心灵史》，13 页，南昌，江西人民出版社，2007。

折皱。"[①]他所感知的事物，是经过理性处理的，他深刻理解了罗丹及象征主义者描绘事物，为什么总是回到事物的本身，回到事物的生命，如此循环，直到通过介质进入事物的生命，或者说是精神内核。物的表现形式对里尔克而言也显得非常重要，因为恰恰是这种形式在某种程度上流露出创造者对物的独特理解或物最本质的生命力。所以当他踏入巴黎植物园的那一刻，让他一举成名的《豹》诞生了，这是一首具有里程碑意义的重要诗篇，划清了里尔克与之前主观抒情的写作状态的界限，他由此而迈进了一个崭新的时代。

在《豹》以后，他摒弃了早期诗句语言不够精确的弊端，以《豹》为标杆和旗帜，他列了上百个标题，像完成作业似的将之写成诗，他希望能制造诗歌，就像他的导师罗丹在工作室制造雕像一样，在与事物的反复接触和交融之中，诗情在"工作"的状态下连绵不断涌现，事物在里尔克的笔下显露出鲜活的生命力和无穷的魅力。经过几年的摸索和积累，到 1906 年，他写出了一系列此类的诗篇，他称之为"新诗"，一年后，《新诗集》出版，为里尔克赢得了空前的荣誉。

咏物诗由此诞生了，但此时的咏物诗只是一块璞玉，在手法和技艺上还不是很纯熟，至少里尔克对诗歌创作的掌控还不是那么得心应手，咏物诗只是他开始的一种尝试，一种通过语言重构客观世界的过程，这个过程需要时间和历练来验证和打磨。在遇到同样是波德莱尔拥趸的塞尚后，色彩中的"波德莱尔"使他产生深层次的思考和顿悟，塞尚坚定了他创作咏物诗的信心和决心，也使他的创作技巧得到了飞升，他的运笔更加自如了。随着《新诗集续编》的出版，里尔克咏物诗的创作到达了顶峰。

三、"咏物诗"中的"物"

1."物"概念的阐释

物在《辞海》(1999 版)中，有如下重点注释。

①物，事物。《列子·黄帝》："凡有貌象声色者，皆物也。"《荀

---

① ［奥］里尔克：《里尔克散文》，冯至译，51 页，北京，人民文学出版社，2008。

子·正名》："物也者，大共名也。"陆机《漏刻赋》："妙万物而为基。"也专指外物、环境。

②内容：实质。如言之有物，空洞无物。

……

⑦在法学上指依法能成为民事法律关系客体并能为人所支配的一切物质资料。

⑧与"心"相对。物质的简称。如唯物主义。

⑨古代哲学概念，西周初期的"物"已具有较完整的存在物的意义。

在此基础上，物的概念与独立于人身之外、客体、供人支配等关键词联系在一起的。这只是对"物"的概念粗浅的认识，要做到领会"物"的深刻含义，需有一定的解读背景。

在物理学领域，物由其自然属性决定，物的自然属性构成了物的主体。

在哲学上，物是一切表象的载体，是客观实在。物质指在人们的意识之外独立存在又能为人的意识所反映的客观实在。列宁指出："物质是标志客观实在的哲学范畴，这种客观实在是人通过感觉感知的，它不依赖于我们的感觉而存在，为我们的感觉所复写、摄影、反映。"世界上的一切事物有着无限多样的形态、无穷的变化发展，但归根结底都是客观实在的外在表现，都是"物"的外在表现。

在自然科学领域，科学家经过多年研究和试验，对于物质本身到底是什么的问题，已经能给出比较完善的答案。"物"不断层层分解：普通物质—原质—分子—原子—电子，科学家已能够把原子分解，而产生出极强烈的原子能。原子分解所得到的是能力，而不是什么再小的东西。所以根据最近的科学发明，我可以说能力凝聚的结果产生原子，再由原子凝聚产生分子，再而原质，再而普通物质。这样看来，物质是由能力汇聚而成的。

在基督教领域，教义告诉我们物质是由能力产生出来的，而能力是随一位有位格、有自由意志的神而来的。神凭着他的全能创造了万有，所以万有乃是神大能的表现。而万有之所以能维持不堕，井然有序，乃是受着神大能的支持。神用他的智慧创造了各式各样的物质，而这些物质都各适其用。

无论是基督教领域、自然科学领域，还是哲学领域，都有一个共识，那就是物是客观的存在、客观的主体，独立于人之外，与人的精神相对形成二元世界。

此外，在中国古典文学中，也曾出现"咏物诗"这一艺术表现形式。所谓"咏物诗"，是指那种以客观的"物"为描写对象，或细致地刻画它的色彩与形态，或借以抒怀兴感的诗作。"咏物隐然只是咏怀，盖个中有我也"，"体物肖形，传神写意"，"不沾不脱，不即不离"。古代"咏物诗"的特点在于托物言志。古人喜欢也善于咏物，大自然的万物，大至山川河流，小至花鸟虫鱼，都可以成为诗人描摹的对象，都可以寄托诗人的感情。全唐诗中光咏物诗就有 6021 首。古人说写咏物诗要做到"不即不离"，就是说既不停留在事物的表面（不滞于物），又要切合所咏之物的特点（曲尽其妙），那也就是说，诗人的笔触描绘的是客观事物的特性，也要融入自己的情感，但又不能太明显，制造一种若即若离的游离状态，逼真呈现的是事物的外在风貌，同时曲径通幽地抒发出诗人蕴藉其中的丰富情感。

2. 象征主义中的"物"

象征主义这个专有名词源于希腊文"Symbolon"，它在希腊文中的原意是指"一块木器（或一种陶器）分成两半，主客双方各执其一，再次见面时拼成一块，以表示友爱"的信物。几经演变，其意义变成了"用一种形式作为一种概念的习惯代表"，即引申为任何观念或事物的外在代表，凡能表达某种观念及事物的符号或物品就叫做"象征"。它与通常人们用的比喻不同，它涉及事物的实质，含义远较比喻深广。19 世纪末在欧洲几个国家出现了一种艺术思潮，当时欧洲一部分知识分子苦闷彷徨、愤世嫉俗、玩世不恭，而又情感纤细、才思敏捷，它们组成许多文学团体，出版了众多文学刊物，他们开始转向内在的世界寻求真实。1886 年莫雷亚斯发表《象征主义宣言》，使这一新的流派得以定名。

象征主义中的"象征"包涵着两重世界，一个是"可见的事物"，是能指；一个是"不可见的精神"，是所指。这两个世界以暗示、隐喻、通感契合在一起，意义与象征有一种不可分割的内在联系。格式塔心理学从力的角度揭示了这种一致性，阿恩海姆就认为造成表现性的唯一根源在于宇宙万物的统一性，这里更多的是指物质与精神之间的相互印证和转化，以及两者在一定程度上的融合与不分彼此。

象征主义的"物"，把人们的视线从只注重描写外部物质世界引向着重通过象征物象，挖掘微妙的内心世界，并赋予抽象的观念以有声有色的表现形式。象征主义理论奠基人莫雷亚斯明确提出，诗人应努力探求内心的"最高真"，赋予抽象以具体形式。在象征派诗人看来，艺术绝不是对现实的模仿，而是对现实的再创造。诗人可以通过艺术的想象，创造出能充分表达主观感情的客体。象征主义先驱波德莱尔说："整个可看得见的宇宙，不过是个形象和符号的金库而已，而这些形象和符号应由（诗人的）幻想力来给予相应的位置和价值。它们是（诗人的）幻想力应该消化相加以改造的。"于是，他在《巴黎的梦》一诗中大声疾呼：

> 君乃建筑师
> 确告随意造

诗人称自己是他境的工程师，随兴所致，世界可以随意造。他希望重新组合一个世界，用客观世界的重建来表现虚无缥缈的世界，构筑外部世界中万物之间、自然与人之间、人与人之间、感官之间存在着的隐秘的、内在的、彼此呼应的关系。诗人著名的十四行诗《交感》便是用万事万物是向诗人发出信号的"象征的森林"来暗示变幻无穷的精神世界。诗中的含意是双重的，一方面是指大自然内部的各种颜色、芳香和音响之间互相呼应，甚至互相转换；另一方面也是指事物与事物之间、事物与人的内心世界之间互相变幻。正因如此，生命世界才无限丰富和美丽，无限扩张和交融。总体来说，诗歌不应只是描绘，而应表现。后来，美国诗人艾略特又提出了寻找主观感情、思想的"客观对应物"的学说，把个人的情感转化为"非个人"的东西，诗人自己仿佛退出了诗，让诗中的人物直接说话和思想。这在某种程度上继承了波德莱尔的衣钵，将物我的转化和相互支撑应用得更加熟稔。

总而言之，象征主义诗歌中的"物"的概念，力主在可感的客观世界深处，隐藏一个更为真实的、真正永恒的世界，只有凭本能的直觉才能领悟。象征主义认为艺术地传达出这种秘密意境便是诗人的最高任务。真正的诗人，有不同于常人的感知力，能够深入把握光怪陆离的自然和人生，达到物我相通的境界，创造出神韵独特的艺术。这里有两层含义：第一层是事物应具有的本体"意义"，第二层是"意义"的传神表现。第一层可以理解为外在的感性存在物，即客观存在，而"意义"的传神表现就是这种外在感性存在物的某种意义的精神载体。象征主义的"物"，已深深地印入诗人大脑、储存在内心中成为活灵活现的镜像，诗人或者用客观的"物"象征、寄寓个人的情感，或者用笔触描绘出内心中已有的镜像，形成客观的实体，两者之间，相互转化，相互证明，相互指代，相互牵连，甚至相互融合，直至重构出来的"物"超越客观现实，达到物我两通的境界，同时也增添了诗歌梦幻般的诗意和多义的魅力。

3. 里尔克"物"的分析

里尔克的"咏物诗"诞生于阅读罗丹和波德莱尔作品之后，得益于从罗丹那里学到的事物观察法，成熟于鉴赏了塞尚用色彩描绘的"恶之花"之后。

诗人从罗丹和塞尚那里受到启示和训练，形成了里尔克式的"观看"技能，"观看"使其从漫无边际地抒情回到事物本身，被遮盖的存在本质得以披露和彰显，为诗歌带来了一种类似青铜般的永久质感。

1)进入事物的生命。里尔克将他在巴黎的诗集命名为《新诗集》，这样命名是带着他的思考的，之所以"新"，主要体现在他告别了布拉格记忆里的浪漫、主观、印象、朦胧，进入现实、客观、实物、清晰。他找到一条通往事物内核的新途径，他以一种全新的观察法无限地靠近，靠近事物的内在和生命。

就像他在《关于艺术》这篇散文中举的一个例子："太阳就是使果实成熟、使草地变暖、使衣服变干的那个东西。但人们忘了，这最后一条是每个火炉都能做到的。"[①]这个例子旨在说明，要深刻阐释一个事物，那就必须先深刻了解它，将它的各种特性，特别是独有的特性找到，以点代面，以局部代整体。例子中，使衣服变干并不是太阳的特性，如果以使衣服变干来指代太阳的话，那就显得偏颇了。

里尔克给朋友讲述了自己的观察法，以观察一只狗为例："让你自己精

---

① [奥]里尔克：《里尔克散文》，冯至译，103 页，北京，人民文学出版社，2008。

确地进入狗的核心，也就是它之所以成其为狗的那一点，在那儿上帝曾经坐过片刻，在它受造完成之时最初的窘迫和灵机里看它，并且点头称许说，这是好的，减之则过少，加之则过多。"①这里讲到要想抓住一只狗的"核心"，那就必须找到"它之所以成其为狗的那一点"，这一点涵盖了狗的全部实质，上帝用这一点制造了它，"减之则过少，加之则过多"，所以观察中，需深入"狗"的内在，进入它的生命，抓住"减之则过少，加之则过多"的那一点。这是描绘物的正确途径，进入事物精神内核的唯一方法。回到事物本身，回到事物的生命，如此循环往复，直至领受。

2)陌生感的关系处理。作为观察事物的主体，里尔克对诗歌语言的处理采用的是一种陌生化的方法。在《罗丹论》的第二部分，他写道："物。当我把它说出来的时候(你们听到吗?)，产生了一种平静，围绕物的平静。一切运动都停息下来，成了轮廓，从过去和未来的时间里形成一种持久不变的东西，即空间，没有任何欲望的物的巨大安歇。"②这里围绕在物周围的静止，以及在时间维度上形成的空间，就是陌生化关系处理后形成的距离感，这种显著的距离感在里尔克诗歌中体现为一种"无我之境"，在一系列的"咏物诗"中，诗人以冷静的眼光观察，以冷峻的语言描述，物与观察者之间保持着距离，诗歌呈现着陌生化的文字空间与意象，譬如《豹》《鹦鹉园》等诗篇都是如此。

《西班牙舞女》一诗中，以长镜头的画面表现感，屏息敛气的语言叙述，达到了很好地将事物关系作陌生化处理的效果。

> 像掌心中一根火柴，白白的，
> 在燃起火焰之前；然后向四方
> 吐出抽动的舌头，在面前的
> 观众圈里，急促、明亮、热烈地
> 抽动着，展示出娴熟的舞姿。

---

① 张海燕：《漫游者的超越：里尔克的心灵史》，31 页，南昌，江西人民出版社，2007。
② ［奥］里尔克：《里尔克散文》，冯至译，48 页，北京，人民文学出版社，2008。

　　她突然变成了一团火，千真万确。
　　用目光，她将自己的头发点着，
　　大胆而熟练地猛然旋动浑身的
　　衣裙，化作熊熊燃烧的烈焰一片，
　　从烈焰中窜出一条条响尾蛇，
　　那是她伸展的赤裸手臂，打着响板。

　　随后，仿佛她嫌火焰太微弱，
　　便将它聚集拢来，威严而高傲地
　　一挥手，将它掷到地上；
　　瞧，它躺在那儿，不肯屈服，
　　仍一个劲儿地燃烧，像发了狂。
　　可她呢，胜利地，信心十足地，
　　甜蜜而媚人地扬起她的脸庞，
　　伸出娇小而结实的脚，将火踏灭。①

　　里尔克以观看者的身份，用十分集中的语言描述，将舞娘及其舞蹈展示在读者的面前，这种观看的姿态凸显了某种距离感，将舞娘的表演拉远，放置在仅仅属于舞娘的空间中，如同橱窗中的陈列，舞娘在偌大舞台中央将自身和依附在自己身上的舞蹈呈现给读者，俨然成了世界的主角。诗人利用观者与舞娘的身份差异表现陌生感的美，这样的处理使事物能够更加客观地展现，展现事物每一处的典型细节和区分于他者的特性。

　　3）对客观事物的重构。客观世界是独立于人的意识而存在的，客观世界由客观物质和人的精神二元对立构成，然而，里尔克却深入事物的内核，用自己的语言重构了一个客观的世界。

　　里尔克曾说过："让一切力量内聚并融合于我们的灵魂之中，把这个灵魂开拓为一个世界。"②这句话深入浅出地道出了他对客观世界重构的过程，

---

　　①　李永平编选：《里尔克精选集》，108 页，北京，北京燕山出版社，2005。
　　②　Rilke. "M. Maeterlinck," in *R. M. Rilke Von Kunst-Dingen*. Berlin: Gustav Kiepenheuer, 1981: 95.

在他的眼中，物的本质特征是物的真实性，他观察物，描述物，进入物的内部，是为了发掘出事物完美无缺的特性——比实体更能代表物，用诗歌的语言编织出来，这样就完成了重构的过程。里尔克在给妻子的信中这样写道："在塞尚的画面上，水果简直失去了可食的性质，而成为真正的事物，它们的坚实现存性使它们不可摧毁。"[1]重构的世界比真正的事物更逼真，形成的深刻印象更牢不可摧。

在那首让他声名鹊起的名篇《豹》中，豹这一形象的重构痕迹很明显。

> 它的目光被那走不完的铁栏
>
> 缠得这般疲倦，什么也不能收留。
>
> 它好像只有千条的铁栏杆，
>
> 千条的铁栏后便没有宇宙。
>
> 强韧的脚步迈着柔软的步容，
>
> 步容在这极小的圈中旋转，
>
> 仿佛力之舞围绕着一个中心，
>
> 在中心一个伟大的意志昏眩。
>
> 只有时眼帘无声地撩起。——
>
> 于是有一幅图像浸入，
>
> 通过四肢紧张的静寂——
>
> 在心中化为乌有。[2]

全诗分为三层含义。对于牢笼中的豹的客观描绘已远远超越其本身。第一层中阻隔豹视线的"铁栏"，同时也是人类割裂自身与世界的界限，人类为自己设置的铁栏，让世界与自身产生隔阂，也让人类看不到外在世界。第二层，对于无止境的"力之舞"，即无穷尽欲望的追求，使人陷于"最小的圆圈"，即自我的空间中难以自拔，外在的客观世界不再重要，也不再关注，偶尔获取的客观图像经由眼帘"通过四肢"最终汇入"心中化为乌有"，

---

① ［奥］里尔克：《论塞尚》，见《国际诗坛》第 3 辑，108 页，桂林，漓江出版社，1987。

② 李永平编选：《里尔克精选集》，95 页，北京，北京燕山出版社，2005。

如同影子一闪而过。第三层，作为在罗丹影响下形成的"一种严格的良好训练的成果"，《豹》恰恰在一种刻意追求的客观再现中，描述了对人性本质的探寻，对自身的思索和反省。人陷于人为的臆断和偏颇的困境中，最终只能通过客观角度反射的镜像重新认识世界，通过进入事物的内核达到人与物的融合。从观察出发，经感受和领悟，达到沉迷，诗人将自己隐入客观实体，高度概括了从追求客观描述再到走入事物生命并与之融合，从而使事物得到"人为"重构的过程。

在人生后期，里尔克用一首诗（《波德莱尔》）对这种外在世界经过"人为"重新构建的模式进行了突出强调。

> 世界在人人身上分崩离析
> 唯有诗人才将它加以统一。
> 他把美证明得闻所未闻，
> 但因他本人还要颂扬把他折磨的一切，
> 他便无止境地净化了祸根：
> 于是连毁灭者也变成了世界。①

"世界在人人身上分崩离析"意指外在世界在人们主观的视野中，纷纷失去了原本的真实，但是诗人有一种能力，那便是在外在世界被主观因素破坏之前，诗人已捕获了客观事物的镜像——抓住事物最独有和排他性的特性，用语言帮助已崩溃的事物，重新站立起来，形成更加深刻地超出客观本身的事物，排列组合在一起，重又构成统一的世界。"连毁灭者也变成了世界"，毁灭者是掌控客观世界的主体，在重构的过程中，反映在"毁灭者"内心的镜像，毫无疑问地加入了"毁灭者"的主观意念，主观意念随着重构的事物，组成了新的外在世界，"他跟一个'物'一样被放置在深邃的自然规律之下"②，"毁灭者"的形象也加入新世界之中。

对客观世界的重构——捕获事物的特性和神韵，打破事物原有的面貌，

---

① ［奥］里尔克：《里尔克诗选》，绿原译，601页，北京，人民文学出版社，1999。
② ［奥］里尔克：《给青年诗人的信》，冯至译，35页，上海，上海译文出版社，2011。

摒弃事物原有的平淡和贫瘠，用传神的符号来重建一个融合了主观精神的世界。这个过程用里尔克自己的话来概括再合适不过："挥斧处，竟浮现出一个宇宙来呢！"①（梁宗岱译）

里尔克咏物诗中的"物"与象征主义中的"物"有着显著的差异，咏物诗中的"物"是由主观世界（内心）走出，通过良好的训练形成的观察法，步入事物的内在，直至事物的精神内核，掌握其独有的、排他性的特征，尊重"物性"，融合主观意念，用诗歌的语言重新构建一个客观的世界。象征主义的"物"，则是由外在进入内在，侧重描写个人幻影和内心感受，着重通过象征物象，挖掘微妙的内心世界，并赋予抽象的观念以有声有色的物质形式，强调用有质感的形象和暗示、烘托、对比、联想的方法来创造事物之外的真实。象征主义只是将"物"当作思想观念的传声筒，以自己的主观意愿去役使"物"，导致人和"物"之间的分裂。但是两者在进入事物的本原生命后，在表现高于现实的"物"的精神内核方面是一致的，象征主义的"物"与"咏物诗"中的"物"制造了相近的艺术效果，在这一点上，完成了"物化"的殊途同归。

4. 与海德格尔"物"的比较

马丁·海德格尔（Martin Heidegger），德国哲学家，20世纪存在主义哲学的创始人和主要代表人物之一。一生著作颇丰，1927年出版的《存在与时间》（Sein und Zeit）是海德格尔最具影响力的著作，其诞生具有划时代的意义。在此书中，他透过确定生存（existence）相对于存在（Sein/being/esse）的优先性，探询人类生存意义的本质及境况。即便他拒绝承认自己是存在主义者，但《存在与时间》却被视为存在主义之发轫。

为了克服建构在"主客二元"基础上的近代存在论，海德格尔采用"在世界中存在"（In-der-Welt-sein）这一概念，说明"此在"和"世界"的基本联系。"世界"刻画的不是诸如存在者总和之类的物质，而是有意义的存在的总体（Totalität），也就是所谓整体（Bedeutungsganzheit），在此整体之中事物之间有意义地相互关联着。康德的"超验哲学"（Transzendentalphilosophie）从一个自给自足的、自我掌控的主体出发，而对于海德格尔，一方面"世界"

---

① 李永平编选：《里尔克精选集》，508页，北京，北京燕山出版社，2005。

已经被定义为"此在"，另一方面"世界"只对于"此在"来说才能"存在"，"在世界中存在"这个概念包含以上两个方面含义。

海德格尔既不持形而上学实在论的立场（"事物如其所是地存在，即使没有我们人类"）——唯物观，也不持观念论的立场（"精神让事物如其所是地产生出来"）——唯心观。世界对于海德格尔来说不是事物的总和，而是时间性的联络网。他把世界的显现（Geschehen）即客观存在，称为世界的世界性（die Weltlichkeit der Welt），事物只有在与此在的彼此联系之中，才能被理解，才能称为"世界"。

海德格尔在《诗人何为》一书中，将里尔克与荷尔德林并列为"贫困时代的伟大诗人"，何谓"贫困"，是指神的缺席与消失导致的精神的贫乏，世界进入黑暗，万物神性的光辉在世界历史进程中黯然熄灭。里尔克和荷尔德林正是重新点亮这盏灯火的诗人。海德格尔在《诗人何为》（1946 年）一文中对里尔克的几首诗作了存在性的分析，他分析的中心是"物"这一概念。海德格尔不是文学评论家，他所关心的是诗中所散发的"思"。他之所以这样，是因为他在里尔克的诗歌中找到了自己思想的耦合点，借里尔克作品的"物"的概念阐发自己的"存在"之思。

1）在概念阐释上。由上可知，里尔克的"咏物诗"是代物立言，"物"是一个很特殊的概念，它不纯指自然物质，而是指那些聚集在人的周围与人打交道的"物"，它不是人可以随手拿来又随手丢弃的东西。人存在于"物"中，"物"与"物"乃至与人密不可分，共同构成了世界。因此，"这物，无论怎样无价值，早已准备好你们和世界的关系，它把你们带到事与人的中间；而且由于它的存在，它的任何外观，它的最后毁灭或神秘的消逝，你们已经经历了一切人性，直至进入死亡的最深处"[①]。他所描绘"物"的概念，是海德格尔所赞同的，"物"不是彼此孤立的，也不是彼此矛盾的，人和万物存在普遍的联系中，"物"的世界对于海德格尔来说不是事物的总和，而是时间性的联络网。他把世界的显现即客观存在，称为世界的世界性，事物只有在与此在的彼此联系之中，才能被理解。在对"物"概念的理解上，两人某种程度上是一致的，海德格尔继承了里尔克的一些见解，同时将它更加

---

① ［奥］里尔克：《艺术家画像》，张黎译，163 页，广州，花城出版社，1999。

严谨而系统地展现出来，形成哲学的语言，从而实现了在其基础上的升华。

2)在对"物"的敬畏心理上。海德格尔在《存在与时间》一书中就对"物"的存在作了现象学的分析。他对"物"进行了回溯，将其追溯到前苏格拉底哲学中，在希腊人那里，"物"是在使用中来显现自己的，但希腊人恰恰能以超然的眼光来看待"物"，不是发现事物于人有用的属性，而是发现存在的"真理"，个体"人"的意义也类似于此。现象这个词在希腊文里的意思是"彰显自己的事物"，设法让事物替它自己发言，我们认识事物，不是让它穿上狭窄的概念外衣，而是顺应自然。但人类思维的发展，恰恰是"物"被人遮蔽的过程，正是在对"物"的误解中，"物"消失不见了，"物"之物性被遮蔽、被遗忘了，仅仅将"物"当作认识、探讨和征服的对象，把"物"纳入自己的思维图式中进行"粗鲁"地解释。在海德格尔的思想体系中，他是尊重"物"的，试图通过溯源，走向事物的本身及内在，让"物"的各种属性自然体现。在这一点上，里尔克也持同样的观点，他对"物"充满了敬畏，是因为在那个信仰消失的时代，他的作品不是对"物"的消灭和打碎，而是对"物"的艺术提纯，赋予它永恒的生命，使之成为永恒之"物"。在《我如此地害怕人言——》一诗中，诗人对现代人的聪明充满恐惧，"他们把一切都和盘托出：/这个叫狗，那个叫房屋，/这儿是开端，那儿是结束……过去和未来他们全知道；/没有哪座山再令他们感到神奇，/他们的花园和田庄紧挨着上帝"[①]。现代人对"物"的神秘体验没有了，仿佛他们就是上帝。诗人对现代人的聪明表示拒绝，认为"物"是宁静的，人的生命的本质也是宁静的，人应与"物质"相应和，就必须向"物"学习，对"物"报以敬畏的心理，才能在"世界"的序列中找到自己相应的位置。

3)在捕获事物本源的理解上。海德格尔与里尔克都认为"物"应该是高于现实的，但在获取途径上有着明显的区别。海德格尔将艺术与回忆联系起来，认为艺术是回忆，是返回生命的本源。他说："回忆，缪斯之母，回过头来思必须思的东西，这是诗的根和源。这就是为什么诗是各时代流回源头之水，是作为回过头来思的东西，是回忆。"[②]这里的回忆是现象学的，

---

① ［奥］里尔克：《里尔克诗选》，臧棣编，60页，北京，中国文学出版社，1996。

② 孙周兴选编：《海德格尔选集》，1214页，上海，上海三联书店，1996。

它不仅是个体对过去印象的回溯，也是艺术回到人类的生存之根，回到古希腊时代人与"物"的未分的亲缘关系，他是通过回忆与追溯的方式去找寻事物本源的。里尔克则是通过自身的"观察"，以发现"物"的原初经验和内含特质，把个人内心许多世俗的东西丢弃，为表现纯粹的"物"挪出空间。不是站在"我"的角度以"我"的眼光去观"物"，把"物"作为主观情感的载体，而是把"我"消解掉，进入"物"的生命，让"物"自己说话，从而完成对"物"超越现实的重构，这种重构，就是捕获事物本源的结果。

里尔克与海德格尔对"物"的艺术理解是对现代技术思维的一种矫正，两者都重新定义了"物"，在这一点上，海德格尔是对里尔克之"思"的继承，同时，在此基础上又融入自身的思考，将"物"的思与辩解构得更加透彻，更严谨、更规范，如果说里尔克是诗化的哲学，那么海德格尔则是哲学的哲学，两者的思想也为存在主义提供了思想的源头。

5.《哀歌》与《十四行诗》咏物主题的升华

《杜伊诺哀歌》的灵感发源于意大利北部的杜伊诺古堡，据说这里曾是但丁的流放地，早在 1911 年的冬天，被孤寂笼罩的里尔克在亚德里海滨波涛汹涌的黑崖边感到灵感降临，"如果我哭喊，天使的序列中有谁/听得见我？……"诗情的喷发，使哀歌的前两首顺势而出，第三首完成于 1913 年的巴黎，第四首完成于 1915 年的慕尼黑，此后便长久地停了下来。在经历过长达十余年的写作"枯寂"期后，里尔克在 1922 年 2 月，迎来他灵感的喷发，这个二月是属于诗人的"二月"，被传记作家称之为"里尔克的 mensis mirabilis"（神奇的月份），将里尔克推向另一个巅峰的两首长诗在 20 多天的时间里诞生，为他"咏物诗"的写作提供了更深层次的主题，为他的游走吟哦开辟了新的领域，同时，也为他赢得了更加辉煌的"诗人之冠"的荣誉。

《献给俄耳甫斯的十四行诗》（以下或简称《十四行诗》），是里尔克写作《杜伊诺哀歌》后六首诗的衍生物，《十四行诗》两部诗歌的撰写，加在一起的时间也不过几天，相对于《杜伊诺哀歌》（以下或简称《哀歌》）长达 11 年的颠簸的历程，这种不对等的时间投入使得人们认为他仅仅是《哀歌》的附属品而已，《十四行诗》确实延续了《哀歌》的主题和情感，"《哀歌》和《十四行诗》在各个方面都互相支援，——而我将之视为一种无限的恩惠，它使我得以用同样的呼吸涨满这两张帆：《十四行诗》这张铁锈色小帆和《哀歌》这张白色巨帆"①。诗人的自述，确立了《十四行诗》与《哀歌》相辅相成的关系，共同体现了诗人的精神风貌和思维体系。

在《杜伊诺哀歌》和《献给俄耳甫斯的十四行诗》这两部伟大的作品中，里尔克从宇宙万物和人生意义的高度上阐述"诗与存在"的同一关系，同时也以"哲理诗"的深邃与博大，阐发了他对生命与宇宙的敬畏和见解。如果说他的"咏物诗"是以一种良好的训练视角，用语言来反映客观事物乃至宇宙超越现实的镜像，重构一个全新的世界来消融主观与客观彼此的对立与隔阂，那么后两部伟大作品，则是将这一手法成熟运用，并将这一"观察—镜像—重构"的独特思维模式应用于更广泛更深邃的主题之中。

诚如里尔克在给《杜伊诺哀歌》波兰文译者胡勒维奇的信中提到的："我把它们（《杜伊诺哀歌》——笔者注）视为已在《时间之书》探讨主题的发展结果。这些主题在两册《新诗集》中利用现象世界来游戏和实验，最后又在《马尔特》中看似互相冲突地汇集在一起，再次回到指涉生命，并且几乎得出这样的结论，即我们这种仿佛在无底深坑上悬吊着的生命是不可能的。"②里尔克在信中肯定了《杜伊诺哀歌》是其中期创作"咏物诗"的延续，并比他的"物"诗进步。"赞美，只有赞美一个受命赞美者，他像矿砂一样诞生于岩石的沉默。他的心，哦，隐藏的榨汁器，酿造非人所能穷尽的葡萄酒。"《献给俄耳甫斯的十四行·七》宣称，歌颂和赞美是他的终极目标，两者是他对"中止对于现实的任何判断，是艺术家的最高职责"这一信条的关照和由衷敬意。

而"物"诗和"哀歌"的细微区别，在于诗情起源不同，前者起源于"形而下"的物性，后者则起源于"形而上"的神性（这个"神"指的是精神层面，而非宗教里的神祇），两者的关系不仅仅体现在这种进步或是升华上，同时也体现在某种意义上的承启。在《哀歌》和《十四行诗》中仍随处可见咏物诗的痕迹，《哀歌》第一首中"还有黑夜，那黑夜，当一阵充满无限可见的风/啃起我们的脸"，第八首"仿佛受到惊吓，要逃离/它自身，它成锯齿形穿过空气，就像/茶杯上的一条裂痕，就像蝙蝠/颤抖着划过黄昏的瓷片"，《十四

①　［奥］里尔克：《里尔克诗选》，黄灿然译，7页，石家庄，河北教育出版社，2002。
②　同上书，1页。

行诗》中俄耳甫斯的歌声变作了"耳中的高树"及"耳中的一张床"(第一部第一、第二首),还有第七首中的"他的声音就不会丧失在他的口中。/一切变成葡萄园。变成葡萄,/成熟在富于感觉的南方的山冈"。这种"咏物诗"的写作手法在《哀歌》与《十四行诗》中随处可见,使其在形式上得到了延续。

里尔克在他所敬仰的德国诗人荷尔德林那里继承了一个难解的疑问——在贫乏的时代诗人何为?他用他的诗歌来阐释,何为的前提是"存在",然后就是"赞美"。

> 啊,诗人你说,你做什么——我赞美。
> 但是那死亡和奇诡
> 你怎样担当,怎样承受——我赞美。
> 但是那无名的、失名的事物,
> 诗人,你到底怎样呼唤——我赞美。
> 自何处你有权,在每样衣冠内,
> 在每个面具下都是真实——我赞美。
> 怎么狂暴和寂静都像风雷
> 与星光似地认识你——我赞美。①

这首诗写于《哀歌》创作期间,这里不能把"赞美"理解为对某种外在事物或情感的赞叹和颂扬。在里尔克的诗歌里,尤其在后期诗歌中,"赞美"这个词是在一个更古老的初始意义上来使用的。赞美的本义,是意味着"让存在敞开",也即让某物进入其照亮的无蔽之中。因此,"赞美"具有"承受""奉献""命名"的含义,用他的诗说明就是:赞美,这就是存在。荷尔德林和海德格尔也是在此意义上理解"赞美"的,例如,海德格尔在《艺术作品的本源》中曾说"赞美属于奉献",以及通过回忆来"解蔽"从而达到事物的"本源"。这种回归本源的"赞美"赋予了世界物质存在的意义,同时,他的"赞美"同时也昭示着,里尔克的吟咏领域将从"物质世界"转向"精神世界",以达成"赞美"的完整与严密。

---

① 李永平编选:《里尔克精选集》,2~3页,北京,北京燕山出版社,2005。

在"咏物诗"中，里尔克用诗的语言消融了物质的客观与人的主观之间的界限，弥合了两者之间的二元对立，这一消弭界限的思想在时间的封藏和世事的历练下，由物质层面转向精神层面。

诗人对命运相对性的探索，体现在《哀歌》第八首：

> 始终转向万物，我们仅仅
> 在万物身上看见自由者的反映，
> 被我们遮蔽或一个哑寂的动物，
> 它仰视，平静地穿透我们。
> 这就叫做：命运相对而在，
> 别无其他，始终相对。（林克译）

由于长久以来人为的二元对立观念，使得这种"颠倒的目光"根深蒂固，对人们来说几乎成为不可更改的宿命，里尔克否定了这种宿命，提出要"在万物身上看到自由者"的镜像，通过"遮蔽"的方式，认清我们的命运总是相对存在，而这种相对体现在对爱与苦难的顿悟上。在经历了各种纷争与离合后，在里尔克看来"爱是艰难的。人对人的爱，这也许是交给我们最难、最极端的事，最后的考验和磨练，其他一切工作都是为这项工作而准备"[①]。爱在他那里被赋予了更深的含义。对于苦难，他一方面认定生是无尽的苦难，认为苦难通过忍耐是可以穿越的，一方面又肯定生，赞颂与肯定生的意义和必要性，另一方面又认为死比生更重要，更加美好——里尔克的这种人生观跟他的整个生活、思想和创作一样，可谓奇特而充满矛盾。他对于死的肯定和赞颂，显而易见，是受到了德国浪漫派的诺瓦里斯乃至歌德等前辈诗人的影响。

对死亡主题的偏好贯穿了里尔克诗歌创作的全程，到了后期特别是在《哀歌》和《十四行诗》中尤为明显。在《早期祈祷文》中，里尔克把死亡看作"伟大的死"：

---

① ［奥］里尔克：《里尔克散文选》，绿原等译，366 页，天津，百花文艺出版社 2002。

> 因为我们只是皮壳和叶子。
> 每个人身上都含有伟大的死，它是万物绕着旋转的果实。[1]

　　每个人都要面对死亡的问题，对其的理解和感悟也因人而异，如何去面对？如何去担当？里尔克试图在对死亡意义的探究中，达到对真实存在的寻求，在他看来，如果不能正面面对，而是对死亡持着否定和排除的态度，"它日益变成一个陌生的东西"[2]，当我们无法确定死亡与生命的间隔时，"它便一天天地远离我们，潜伏在空间的某个地方，以恶意的选择，来袭击所有的人——对死亡的嫌疑越来越重，以至于它最终成为我们的敌人和漂流在空气中的无形对抗者"[3]。因此，在大地上，由于生与死的逐渐分离，人已不再为死亡提供一个存在的居所。正如里尔克在《杜伊诺哀歌》第一首中所说：

> ——可是一切生者
> 都犯了把生与死截然分开的错误。

　　这个错误就是人们心中"死亡"受到的排斥和否定，如何增强个人与死亡之间的亲密性呢？里尔克的答案是：不要以绝对否定的方式读解"死亡"，而要以崭新的方式实现个人生存经验的深层转化。因此，一个首要的前提就是重新认识死亡——对于人之生存是一种不可超越的、绝对的可能性。考察生命，就会发现，除了死亡是确定的以外，一切都是不确定的。人的一生中，可以选择的很多，但唯一不能拒绝的是死亡，人只能承受死亡。人的命运本质上是由死亡的不可选择性决定的。人的生存就是在"生与死"两个领域中不断稳固和实现自己，并最终达到完满和充盈。任何试图把死亡从"生"中分离出去的行为，都只会使"生"变得片面、狭窄、贫乏。对此，里尔克指出，"只承认此者，不承认彼者，是一种把一切无限都最终排除掉的

① ［奥］里尔克：《里尔克诗选》，绿原等译，217 页，北京，人民文学出版社，1999。

② Rilke. *Briefwechsel*. vol. 2. Leipzig: Insel Verlag, 1987: 513.

③ Ibid., 513.

局限性"①。不同于二元论及基督教对死亡的理解，里尔克指出"死亡"是一个既无此岸又无彼岸的"伟大统一"，生与死共同居住在"无限"之中。这个"伟大的统一"无比强大，包容一切，消弭了"生""死"之间的界限，使其进入一种临界状态，两者可以和谐共生，在坦然面对"生"的同时，也可以坦然面对"死"了。

在《哀歌》和《十四行诗》中，里尔克拒绝了宗教信仰里的形而上世界，同时，他也充分认识到把生和死合二为一、把可见领域和不可见领域统一的艰难。在创作《杜伊诺哀歌》的漫长岁月里，在对生死临界的持久思虑和逡巡中，强烈的体验一遍遍地冲击着他。于是，里尔克塑造了天使这一形象，让他在引导人们于体验"生"与"死"时起纽带作用。天使更多地意味着生与死、宇宙和人产生联系，而不是人与上帝的联系，这与宗教上的内涵有着实质的区别。用他自己的话说，"《哀歌》中的天使是这样一种存在：它使不可见物转变为可见物。对于《哀歌》中的天使来说，所有过去的塔和宫殿都是现存的，因为它们长久以来一直是看不见的，而我们世界上它们仍然存在的塔和桥梁却早已看不见，尽管在实际上它们仍然为我们而支撑着"②。

里尔克的天使被称为"几乎致命的灵魂之鸟"，其中的含义是深刻的，意味着人假如想达到"死"，就必须付出生命的代价，假借"灵魂之鸟"——天使，就可以由"生"穿越并体验"死"的境界。他不免这样感叹：真正的生命形态穿越生与死两个领域，最伟大的血液循环流动在两个领域：既没有此岸也没有彼岸，只有一个伟大的统一，那些超越我们的神灵——天使就栖居于此。③

天使形象，使不可见能够转变为可见，这就是一种"临界状态"，它连接的不仅仅是宇宙和人、物质和精神的统一，也连接着命运的相对两面、生与死的界线，同时也是超越爱与恨、幸福与痛苦、孤寂与恐惧等情感的临界值。只是死亡是其中最深刻的主题，所以在诗歌中被刻意地放大，反复吟咏以涵盖前几者全部的内容与实质。

对于里尔克诗歌事业的两个巅峰——"咏物诗"与"哀歌""十四行诗"，

①　Rilke. *Briefe aus Muzot*. Leipzig：Insel Verlag, 1985：332.

②　Rilke. *Briefwechsel*. vol. 2. Leipzig：Insel Verlag, 1987：6.

③　Rilke. *Briefe aus Muzot*. Leipzig：Insel Verlag, 1985：333.

与其说后者是前者的进步与升华，还不如说两者是同一轴线上承上启下、相互关联的重要节点，抑或是烛照里尔克一生的里程碑。

四、"咏物诗"的影响

西方象征主义诗歌可以分作前期和后期，前期是指法国 19 世纪 50—90 年代波德莱尔、兰波、魏尔伦和马拉美等的诗歌创作，后期则是指 20 世纪 20—40 年代盛极一时的凡尔哈伦、瓦莱里、里尔克、叶芝、艾略特等的创作。里尔克是后期象征主义德语作家的代表，他的创作源头来自波德莱尔的《恶之花》等作品，并以"咏物诗"、《哀歌》《十四行诗》开辟了新的创作主题，并为里尔克赢得了国际声誉。同时，与里尔克同期的象征主义作家在现代派文学萌芽之后，以丰厚的作品及独特的魅力超越了国界，将现代派文学的发展推向了高潮。同时，里尔克用诗歌探讨人与宇宙的存在是否合理，以及生与死、爱与恨、幸福与痛苦、孤独与寂寞、恐惧等有关个体存在的诸多问题，融合尼采等人的哲学思想提出了为后世存在主义哲学所力图阐释的基本问题。他在诗歌艺术方面积极探索、不断创新，他把语言应用到了极致，发掘了语言内蕴的诸种可能，他以极其具象的现象世界和主张二元弥合的精神世界，用实验和叫喊的方式，极大地扩展了诗歌的表现领域，为 20 世纪上半叶西方现代主义诗歌的发展做出了不可磨灭的贡献。

里尔克作为贫乏时代的伟大诗人，是德语文学星空中继荷尔德林以来又一颗璀璨的明星。他照耀与惠泽的不仅仅是母语国家的民众，也在世界范围内产生了深远的影响。尤其在中国，五四运动以来，新文化运动轰轰烈烈地开展，西风东渐，一大批留洋作家从国外译介了大量的外国文学，里尔克是其中影响范围较广、影响时间较长的一位。早在 1923 年，《小说月报》就首次提到了里尔克，在 20 世纪 40 年代迎来了一个里尔克作品译介的高峰，里尔克能在中国大放异彩最大的功劳应归功于被鲁迅称为"中国最杰出的抒情诗人"的冯至先生，是他译出了这位伟大诗人的若干抒情短诗和《给一个青年诗人的十封信》，给了中国一代作家以必要的惊叹和兴趣，进行了广泛的传播。在受里尔克诗学及作品影响的中国作家名单上，冯至、吴兴华、徐志摩、卞之琳、梁宗岱、徐迟、"九叶"诗人，乃至胡适及当代诗人海子都榜上有名，足见里尔克在中国影响之巨。

　　受里尔克影响，特别是受"咏物诗"影响最为显著的应数冯至与"九叶"诗人中的郑敏。

　　冯至（1905—1993），原名冯承植，字君培，现代诗人、翻译家。1930年，25岁的冯至赴德国留学，学习德语文学、哲学、艺术史。在德国的那段日子，他沉迷于里尔克的作品，听雅斯贝斯讲课，接受存在主义哲学的影响。用他自己的话说："他（里尔克，笔者注）不仅是著名的德语诗人，更可以说是一个全欧性的作家。他的世界对于我这个五四时期成长起来的中国青年是很生疏的，但是他许多关于诗和生活的言论却像是对症下药，给我以极大的帮助……里尔克的这些话，当时都击中了我的要害，我比较清醒地意识到我的缺陷，我虚心向他学习，努力了解他的诗和他的生活。"①冯至将里尔克当作自己的精神导师，把他的作品视为灵魂的寄托之处……事实上，纵观冯至一生，他真正发自内心顶礼膜拜的作家和哲学家，也只有里尔克。对他诗学观念和诗歌创作影响最为深远的人，也只是里尔克，他的《十四行集》和散文《山水》，就融会了里尔克的创作手法乃至思想和诗学的精髓。

　　在冯至看来，里尔克是一位对日常生活与身边事物十分敏感的诗人，他能凭借原始的目力蜕去附着在平凡事物身上的外衣，重新发现平凡事物的本真灵魂与姿态，"像刚从上帝手里做成的那样"。这是"去蔽"后的第一次发现，他的诗就是对事物还原后的第一次"命名"。冯至此后的写作深刻领会其中的精神实质，他的《十四行集》全是对当下日常事物沉思后的第一次目力发现和初始命名。他写道："从历史上不朽的人物到无名的村童农妇，从远方的千古的名城到山坡上的飞虫小草，从个人的一段生活到许多人共同的遭遇，凡是和我的生命发生深切的关联的，对于第一件事物我都写出一首诗。"②这正是冯至对里尔克良好"训练的观察法"的借鉴，参照"咏物诗"的体例，并学以致用的真实写照。

　　《十四行集》《山水》和《伍子胥》是冯至创作中最出色的三部作品，都表现出受到里尔克"咏物诗"里哲学意蕴的明显影响，具体体现在诗歌主题对

----

①　冯至：《来自德国文学的养分》，8页，南昌，江西教育出版社，1999。
②　冯至：《冯至选集》第1卷，352页，成都，四川文艺出版社，1985。

本质的探究，对人与自然、人与物、人与人关系的探求，个体生命的孤独和承担的思索等方面。冯至一方面接受里尔克诗学中的积极思想成果，并运用于创作实践。在冯至的文集中，很难读到晦涩难懂的文字，他曾说到里尔克诗歌的艰涩难懂，所以他一改里尔克之风，不管是诗歌，还是散文、小说，使用的都是白居易行吟式平易清浅的语言，他在里尔克那里继承了哲理深蕴，但是在具体外化表现上，又融合了中国古典诗歌中明白如话的诗风，创造出属于自己的特有的艺术风格。冯至作为一位"沉思"型的诗人，在《北游及其他》中，就表现出了对生命本体的关注和对生命与死亡的沉思："我可曾真正地认识/自己是怎样的一个人？""我望着明月迟迟自语，/我到底要往哪去？""我的花儿可曾开过一朵，/我的果子可曾结过一个？""生和死，是同样的秘密，/我在这秘密的环节，/解也解不开，跑也跑不出去。"可以说，这些是对里尔克物质存在意义及死亡主题等哲思深层次的靠拢和契合。《十四行集》中的第 16、第 18、第 19、第 20、第 24 首等诗篇，都写出了人与人、人与宇宙、人与社会、空虚与实在、过去与未来浑然一体的临界状态，是对《哀歌》《十四行诗》中天使形象所达到的生与死等层面的临界状态的摸索和探寻。

不论是受里尔克影响在诗学观上的转变，还是对其"咏物诗"及《哀歌》《十四行诗》的借鉴、模仿乃至创造出自己的艺术特色来，怎么评价里尔克对冯至的影响都不为过。

郑敏（1920—　），福建闽侯人。1949 年出版《诗集：1942—1947》，是"九叶"诗派中一位重要的女诗人。郑敏是在她老师冯至的引领下，与里尔克的诗结下一生的情缘的。她嗜爱里尔克的诗，特别对里尔克的名作《豹》情有独钟。她与里尔克一样，总是由日常事物引发对生命与宇宙的思索，并将其凝定于静止而又异化的意境里。每一个画面都仿佛是一幅静物写生，而在雕塑般的意象中凝结着诗人澄明的智慧与静默的哲思。

1989 年 4 月，郑敏在《天外的召唤和深渊的探险》一文中写道："40 多年前，当我第一次读到里尔克给青年诗人的信时，我就常常在苦恼时听到召唤。以后经过很多次的文化冲击，他仍然是我心灵接近的一位诗人。"里尔克对她的影响，集中表现在以下两点。

一是她对雕塑美的追求。在诗歌创作中追求雕塑或油画般的艺术感，这是对里尔克"咏物诗"的直接借鉴。《金黄的稻束》就是其中的一首："金黄的稻束站在/割过的秋天的田里，/我想起无数个疲倦的母亲，/黄昏路上我看见那皱了的美丽的脸，/收获日的满月在/高耸的树巅上，/暮色里，远山/围着我们的心边，/没有一个雕像能比这更静默。"

诗中所展现的雕像美，鲜明，突出，震撼人心。暮色、远山、树巅的满月、金黄的稻束和那位疲倦的母亲，构成了一幅色彩浓烈的静物写生。意象与情感的完美统一，使得这首诗收获了绘画、雕塑与情感和谐一致的境界。

二是她善于把握人寂寞的生存状态的意义，以及对生命的非同寻常的关注和重视。在《诗歌自传》中突出强调了哲思对于写作的重要性，在这一点上她与冯至是一致的。郑敏先生曾经说她写组诗《诗人与死》受里尔克的影响很深，"关于死当然是里尔克的一个很重要的题目，他那首奥菲亚斯十四行诗，本身就是关于一个小女孩的死。我这首诗写的时候意图是讲诗人的命运，在我们特有的情况下我们诗人的命运，也可以说是整个知识分子的命运，同时还有我对死的一些感受"①。郑敏受冯至、里尔克的影响，用十四行诗的形式来写哀悼诗，这正是郑敏"冥想的创作路线"的本色。同时，也是对里尔克《哀歌》及《十四行诗》的直接仿照，并使之建立在自己的生命感悟的基础之上。郑敏在《二元论》一诗中表达了诗人对里尔克的消弭物质存在与精神层面，以及更深层次主题升华的深切赞同和敬意。"灵魂没有了身体/是一只美妙的歌曲/失去那吹奏的银笛。/为什么要把那脸的花朵唾弃/还有画在身上的山水？若是你记起/舞者怎样叙述。用她圣洁的身体。"

可以看来，郑敏对里尔克的借鉴，主要是在艺术表现手法和形式上，通过对里尔克宇宙与精神世界存在与关系的理解，收获个人的领悟，并融合自身对物质与生命的见解，走出了一条与其老师相似的道路。

诗人里尔克对中国现代诗歌及诗学的影响，主要是通过《豹》《哀歌》《十四行诗》等作品在中国诗坛的传播得以实现的。里尔克诗中对爱与死的关系问题的思考，对当时的作家，特别是20世纪40年代的作家，影响是极其深远的，里尔克对中国当代诗歌及文学的发展产生了积极的影响，做出了不可磨灭的贡献，这一点是不可否认的。

---

① 徐丽松：《读郑敏的组诗〈诗人与死〉》，载《诗探索》，1996(3)。

五、结语

掩卷沉思。

里尔克一生充满了孤寂与苦难，一生都在漫无目的地游荡以寻找灵魂的故乡，最终寻觅到的也只是暂且依托灵魂的场所，不幸的家庭、不幸的爱情、不幸的婚姻，以及糟糕的健康状况，时刻在啃噬着他，让充满矛盾的他，只能在诗歌的国度里自创一片天地，以遮蔽世间无尽的忧郁和感伤，沉浸在诗歌和艺术的城堡里，实现在大地上诗意地栖居。

里尔克早期诗歌以带着浓郁的波西米亚风格的浪漫主义印象主义起步，赴巴黎结识艺术大师罗丹，经罗丹拜读波德莱尔及象征主义诗歌，掌握"良好的训练的观察法"，里尔克以"无我之境"的敏锐把对世界的茫茫陌生感和不可理解感表达出来，把个人存在的不稳定感表达出来，同时，走进物质本身，走进它的生命，把握事物独有的特质——精神内核，通过诗歌的语言重建出一个超出现实本身的"新"事物来，"新"事物的集合就重构了里尔克"新"的世界。在诗艺上，里尔克从罗丹雕塑中获得启示，给他的诗带来了一种凝固的雕塑美，诗情的溶液仿佛已冷却成了千姿百态的"岩石"，咏物诗名篇《豹》就是这样的作品。诗人用拟人化与象征的手法，通过对关在铁笼里豹子的客观形象的描写，借豹子的处境来暗示诗人自己当时的心境，就像袁可嘉所说："里尔克也不再像早期的叶芝那样直抒白描的，而有曲折隐含地把抽象观念和具体形象相结合的特点，如'力之舞'中把抽象的'力'和形象的'舞'相连；'伟大的意志昏眩'中把抽象的'意志'和具体的'昏眩'相连，产生一种保尔·瓦雷里称之为'抽象的肉感'(abstrasct sensuality)的效果。"[1]这种"意志的眩晕"就是"咏物诗"消除了物质与精神之间界限的感官体现，深刻且生动地表现出了物质与精神之间互换乃至交相辉映的临界状态，"咏物诗"由之诞生，受印象主义绘画大师塞尚的启发，他将"咏物诗"由实验尝试变得丰满成熟。从此，在世人眼中，人和物不再是简单的征服与剥夺的关系，而是人以一种敬畏万物的心态，保存了物质的自身性与丰盈性，里尔克的诗也以此迈入了哲学诗的行列且备受关注。

---

① 袁可嘉等选编：《外国现代派作品选》第一册（上），14 页，上海，上海文艺出版社，1980。

1922年2月，里尔克在慕佐三周内完成的《杜伊诺哀歌》和《献给俄耳甫斯的十四行诗》两部哲学诗，是里尔克继"咏物诗"后诗歌创作的又一巅峰。"勒内·玛里亚·里尔克是唯一的一位这样的诗人：他在创作诗歌的时候不仅仅只是个诗人。对他来说，天使并非一种诗的装饰或诗的呼唤，魔鬼也没有披着灰纱。他横跨这两个帝国。"①这里的"两个帝国"指的是物质与精神，生与死，爱与恨，痛苦与幸福……可以无限延伸下去，这些概念都是由"咏物诗"中的"二元对立"的和解中升华而来，具有一条轴线上延伸传承的关系。《杜伊诺哀歌》和《献给俄耳甫斯的十四行诗》与"咏物诗"，与其说前者是后者的进步与升华，还不如说两者是同一轴线上承上启下、相互关联的重要节点，抑或是烛照里尔克一生的里程碑，这光辉照耀着诗人，也照耀着世人，使其得到心灵上的慰藉和安宁，使广大的作家得到他的惠泽，从他伟大的作品中得到深刻的启示，结合自身的情况，延伸出无数条新的道路来。

关于里尔克，或许是说不完道不尽的，又或如罗伯特·穆西尔所说："他只是使德语诗歌破天荒第一次臻于完美罢了。"②

---

① ［德］霍尔特胡森：《里尔克》，魏育青译，276页，北京，生活·读书·新知三联书店，1988。

② 同上书，278页。

第九章 威廉·巴特勒·叶芝

威廉·巴特勒·叶芝（William Butler Yeats，1865—1939）是爱尔兰著名诗人、剧作家和散文家，1923 年诺贝尔文学奖得主。一生创作丰富，他的诗歌吸收浪漫主义、唯美主义、神秘主义、象征主义和玄学诗的精华，几经变革，最终熔炼出独特的风格。叶芝艺术探索被视为英语诗从传统向现代过渡的缩影，艾略特誉之为"20 世纪最伟大的英语诗人"。约翰·普莱斯曾这样说过，现代英语诗歌是由两个美国人和一个爱尔兰人创造的，即 T. S. 艾略特、埃兹拉·庞德和威廉·巴特勒·叶芝，他们被共称为"现代主义三杰"。叶芝逝世后一年，艾略特（1888—1965）来到都柏林叶芝创办的艾贝剧院怀念这位故人，他说："有些诗人的诗可以孤立地欣赏，以获得经验和乐趣；另有些诗人的诗虽同样给人以经验和乐趣，却具有更大的历史的重要性。叶芝就是后者之一。他是那少数人之一：他们的历史即我们时代的历史；他们是时代意识的一部分；没有他们，就不可能理解他们的时代。"[1]M. H. 艾布拉姆斯（1912—2015）称叶芝为："超越了 20 世纪所有用英语写作者的伟大诗人。"W. H. 奥登（1907—1973）则写下了著名的诗歌《悼念叶芝》："泥土呵，请接纳一个贵宾，/威廉·叶芝已永远安寝：/让这爱尔兰的器皿歌下，/既然它的诗已尽倾洒。/时间对勇敢和天真的人/可以表示不能容忍，/也可以在一个星期里，/漠然对待一个美的躯体，/却崇拜语言，把每个 /使语言常活的人都宽赦，/还宽赦懦弱和自负，/把荣耀都向他们献出。……"1923 年叶芝获诺贝尔文学奖，评审委员会对他的评语是："因为他

---

① 傅浩：《二十世纪文学泰斗——叶芝》，247 页，成都，四川人民出版社，2003。

那永远富有灵感的诗歌，以一种高度的艺术形式表现了整个民族的精神。"①但叶芝诗歌的范畴却远远超越"民族"的界限，他用广阔的想象、绚丽的魔法、深刻的智慧表达了超越民族、超越种族、超越现世人生的艺术极致。

　　叶芝的创作作为有机整体，通过不断重复主题、意象、观念，逐步发展成一套思想体系，以致在诗人去世后，欧洲各国学者对他诗歌的研究往往着眼整体，涉及叶芝在作品中提出的各种主题和晦涩难懂的意象，不时有新成果问世。A. 诺曼·杰弗利斯的《叶芝诗歌新评》可谓扛鼎之作；丹尼尔·奥尔布莱特编的《叶芝诗集》普及本对其所有诗歌做了注解；约翰·恩特瑞克的《叶芝导读》按照 1933 年版《叶芝诗集》中的诗歌排序对所有的诗歌进行了全面、生动的评论；理查德·泰勒的《叶芝戏剧导读》探讨了叙事与主题，论述了面具、象征、魔法在戏剧中的运用。叶芝的作品在 20 世纪二三十年代就已传到中国，其创作风格也为"九叶"诗人、西南联大诗人群所学习，并出现了卞之琳、袁可嘉等人的零星翻译作品。对他的创作具有规模的译介和研究则始于 80 年代，目前较为普及的版本有裘小龙、杨牧、傅浩、飞白的译作。系统译介叶芝作品的有袁可嘉的《叶芝诗集》、王家新选编的三卷本《叶芝文集》，以及傅浩翻译的三卷本《叶芝诗集》等。今天叶芝的绝大部分作品都有中文译本，他最著名的爱情诗《当你老了》甚至还被改编成流行歌曲的歌词。与国外研究的广度、深度，以及当代国内文坛对叶芝的重视程度、翻译界的出版热情和广大读者对叶芝的喜爱和期望相比，国内学术界对诗人的关注和研究就显得远远不足，除了整体数量少外，大部分研究文章要么属于读后感式的评价，要么停留在对叶芝少数知名单个作品的分析，或是局限于对诗歌中的某个意象的解读，缺乏对叶芝庞大诗歌体系的系统和宏观的研究。国内现有的翻译或研究叶芝的专著主要有：刘蕴芳翻译的连摩尔（M. M. Liammóir）和伯蓝（E. Boland）著《叶芝》（W. B. Yeats）、傅浩著《二十世纪文学泰斗——叶芝》、傅广军、马欢译的富兰克·史德普（Frank Startup）著《叶芝：谁能看透》（W. B. Yeats—A Beginner's Guide）等。其他评论文章有朱立元主编的《当代西方文艺理论》中的《叶芝的理性与感性相统一的象征理论》、硕士论文《传统文化与现代精神的

---

① 傅浩：《二十世纪文学泰斗——叶芝》，178 页，成都，四川人民出版社，2003。

融合——叶芝象征主义述评》《父权制的囚徒——论叶芝诗歌中的女性形象》《论叶芝诗歌中的女性面具》《梦境中的世界——试析叶芝早期诗歌中爱尔兰民间传说主题》《叶芝民族文化身份的建构》《原型视野中的灵魂影迹》等，从象征主义、主题学、形象学、原型批评等角度对叶芝的创作进行论述。蒲度戎的英语博士论文"'The Phoenix' Nest upon the Tree of Life——W. B. Yeats's Aesthetics of Symbols in Poetry"论述了叶芝的魔幻诗学和智性诗学。与叶芝诗歌自身的丰富性与复杂性相比，国内学术界宏观研究叶芝智性象征主义诗学观的论文和专著乏善可陈，不免留下许多学术上的空白和遗憾。

一、叶芝的象征主义思想的形成与发展

象征的手法在英国文学史上有悠久的传统，19 世纪以前就已被作家们自觉地运用于创作中，《贝奥武夫》以象征的手法塑造了一位史诗般的英雄人物，这种手法一直未被广泛应用。直到 19 世纪中叶，象征才在法国诗歌中找到了肥沃土壤，于是一发不可收拾，从彼时起象征不仅仅作为一种写作技巧，而是成为一种文学观念，蔓延至全世界。美国诗人埃德加·爱伦·坡是象征主义的先驱，他的后继者法国诗人夏尔·波德莱尔被称为"象征主义文学之父"。随后无数象征主义作家前赴后继，将象征主义扩展为一场文学运动，广泛、深远地影响了整个世界文学史。1886 年，让·莫雷雅斯在费加罗报上发表文章《象征主义宣言》，使法国象征主义运动达到高潮，并涌现出一批优秀的诗人：马拉美、魏尔伦、兰波、瓦莱里等。象征主义诗歌在法国以外主要的继任者有英语界的叶芝和 T. S. 艾略特，德语界的里尔克和施特凡·格奥尔格，俄罗斯的勃留索夫和勃洛克，以及中国的李金发和戴望舒。

叶芝的时代正是各种主义和流派交汇盛行之时：后期浪漫主义、现实主义、唯美主义、自然主义和象征主义。叶芝不可避免地受到各种影响，他最终选择由后期浪漫主义转向后期象征主义。这与诗人的思想发展、灵魂深度及他对束之象牙塔之上的象征意象的追求紧密联系。美国作家、学者理查德·艾尔曼如此描述叶芝作品中的象征主义："除了主题，象征和文体就是叶氏诗歌的风格和结构。每一首诗都体现一种对生活方式及人生态

度既有意又无意的图示。所有的诗又构成一个更大的不断演变的体系。"①叶芝的象征主义诗歌与他的生活经历、人生态度密不可分，魔幻与智性则是他诗歌中永恒的主旋律，特别是智性象征主义诗学因其晦涩让一般的读者有佶屈聱牙之感，却令能读懂其诗歌意象的人们觉得酣畅淋漓。

1. 叶芝与威廉·布莱克

威廉·布莱克（William Blake）是影响叶芝最深的浪漫主义作家之一，叶芝在 1893 年的演讲"民族与文学"中，称他为"我的导师"。布莱克出生于伦敦一个杂货商人家庭，父亲崇信瑞典神秘主义者斯威登堡的神学学说，他年轻时就开始阅读伊曼纽尔·斯威登堡（Emanuel Swedenborg）的著作，深深为他在精神世界的幻视和神秘经验所吸引。布莱克的思想总是类似于在洪荒中漫游，完全脱离了世俗的物质世界，而他的精神则达到了自由境界。但他充满梦幻氛围的诗歌和画作未受到应有的赞誉，直到 19 世纪中期，拉斐尔前派的艺术家们发现了布莱克，并将其视为先驱。叶芝的父亲正属于拉斐尔前派，他给叶芝读布莱克的诗歌时，叶芝只有十五六岁。随后叶芝认识了父亲的朋友埃德文·J. 艾利斯（Edwin J. Ellis），后者与他在神秘主义方面志趣相投。两人从 1889 年到 1893 年收集编写了三卷本的《威廉·布莱克作品集：诗歌、象征与评论》。在编写布莱克作品集期间，叶芝得以彻底了解布莱克的诗歌，体会布莱克象征主义的深刻内涵，更坚定了宇宙二元论信念：

> 然而，我们能够以肉体感官接触和看到的那一部分创造"感染"着撒旦的力量，它的名字之一是"混沌"；而我们能够以精神感官触及和看到的另一部分创造——我们称之为"想象"——才真正是"上帝之体"和唯一的真实；但我们必须努力确实向那想象的世界攀升，不可被假扮成想象的"记忆"所蒙骗。②

叶芝深信威廉·布莱克所谓"没有对立就没有进步"的观点。肉体和精

---

① ［英］富兰克·史德普：《叶芝：谁能看透》，傅广军、马欢译，73 页，大连，大连理工大学出版社，2008。

② 傅浩：《二十世纪文学泰斗——叶芝》，51 页，成都，四川人民出版社，2003。

神、混沌和想象、撒旦和上帝，是叶芝诗歌体系二元论的表现，他的诗歌和创作的构架就建立在矛盾和冲突之上。从二元对立的观点出发，叶芝又发展了"客观对应物""面具理论"等，这是叶芝象征主义诗歌观的一大特点——极端的对立、置身事外的思考，才塑造了一个智性的叶芝。他甘之如饴追随布莱克的过程中，也不断在诗歌创作中追寻有启示意义的本质、象征的效果及象征系统。关于布莱克对叶芝的影响，R. F. 福斯特的说法是："布莱克使他认真思考了关于整个宇宙的象征。"①

除了编辑布莱克的作品，叶芝至少还写了一篇序言、一篇介绍文字、两本回忆录、两篇散文，寄予他对布莱克的最高赞誉。他深信斯威登堡所说的 1757 年是旧世界灭亡、新世界诞生的一年，而布莱克正出生于那一年。叶芝将他视为降临现世向世人阐释伟大真理的先知。当他将布莱克和斯威登堡、伯麦（Boehme）相比时，他说："其他人被认为是神学家和魔法师，他则被视为诗人和艺术家。其他人由神学和炼金术描绘象征，他则由春日之花和夏季之叶来表现象征；但给人们的信息是相同的……"②更有甚者，叶芝认为布莱克是一个伟大的神秘者，"把他的神秘主义放入一种形式……那种形式比斯威登堡和伯麦选择的形式要更完美"③。他觉得布莱克"是预言家最杰出的代表，是他们中火焰最纯洁最永恒的人"。在布莱克的作品中，叶芝发现了由象征、象征意象、象征系统及神性启示构成的伟大艺术，其中，他认为上帝的象征是最值得注意的。上帝总是显示人形，无限存在于时空中，布莱克称之为"抽象的虚空"，但上帝属于精神世界，在真实的人群中，布莱克给他起了许多名字："耶路撒冷""自由""亚当""灵视""神之子民"。在这些象征中，布莱克歌颂上帝的仁慈、怜悯、和平和爱。布莱克认为描述上帝最贴切的就是艺术和诗歌，因此他赞美艺术的宗教性。他告诉人们艺术是象征的、启示的、救赎的。艺术和诗歌总是运用象征来救赎人类。叶芝也相信艺术的宗教性，但比起布莱克的宗教观念和象征，他更看重其象征意象和灵视，因为通向想象世界的唯一桥梁是象征。他在

---

① 蒲度戎：*The Phoenix' Nest upon the Tree of Life—W. B. Yeats's Aesthetics of Symbols in Poetry*，59 页，成都，四川人民出版社，2006。

② 同上书，60 页。

③ 同上书，60 页。

《布莱克及其〈神曲图集〉》(1897)中写道：

> 威廉·布莱克是近代宣扬一切伟大艺术与象征之结合不可分离的
> 第一位作家。……但是象征想象，或者用布莱克所偏爱的名称"幻景"，
> 不是寓言，而是"真实且永恒不变的存在的再现"。的确，象征是某种
> 不可见之精气的惟一可能表现，是精神火焰的透明灯罩……①

作为深受英国浪漫主义影响的诗人，叶芝当然不能否认想象之于诗歌
创作的重要作用，他认为通过想象可以转化人们的经验，诗歌不过是想象
所创造的生活的体现，诗人只有认识到了世界的内在规律，即艺术规律，
才能正确地把握、驾驭想象力。他在研究威廉·布莱克的过程中，深感"想
象艺术是最伟大的神的启示，而且想象艺术所唤醒的那种对一切生物（无论
是有罪还是无罪）的交感同情……想象力却因其美的永存而使我们与道德分
离，它通过打开人们秘密的心扉而使我们紧密相连"②。叶芝主张通过想象
使象征变为符号，作为唤起情感和理念的象征，上达清明、下至混沌，激
发读者思想的火花。

在布莱克那里，叶芝为自己的象征主义诗学观找到了一个现代范
式——二元论、想象力、灵视，随着理论的深入发展和创作实践的进行，
他在晚年的《幻象》中创造了一套庞大的象征系统。

2. 叶芝与法国象征主义

亚瑟·西蒙斯(Arthur Symons)是与叶芝同时代的人。在 1890 年他们
初次见面之前，叶芝就已经发表了举足轻重的象征主义长诗《奥辛漫游记》。
理查德·艾尔曼(Richard Ellmann)据此认为叶芝早期的象征主义与西蒙斯
无关，而主要受"他父亲广泛的影响"，但对叶芝的象征艺术深入研究会发
现，西蒙斯作为法国象征主义的译介者、思想领导者，同时也是叶芝志同道
合的朋友，必然会对叶芝有或多或少的影响。叶芝很大程度上依赖于西蒙
斯的法语知识理解和学习法国象征主义。

---

① 傅浩：《二十世纪文学泰斗——叶芝》，51 页，成都，四川人民出版社，2003。
② 王家新编选：《叶芝文集卷三：随时间而来的智慧——书信·随笔·文论》，202 页，北
京，东方出版社，1996。

叶芝和西蒙斯的友谊对叶芝的批判思想和创作实践影响颇深。西蒙斯作为法国象征主义英语界的代言人，使叶芝熟悉了法国象征主义作家、作品、宣言。他翻译马拉美、魏尔伦，给叶芝朗诵他们的作品，与叶芝讨论法国象征主义的技巧。可以肯定地说，正是通过西蒙斯，叶芝有意识地将他的象征主义从一种写作技巧发展为世界观。1899 年，西蒙斯出版了《文学的象征主义运动》，将其献给叶芝以向他们之间的友谊致意。同年早些时候，叶芝也出版了他的著作《苇间风》。1903 年，叶芝出版了最著名的散文集《善恶之观念》，这些诗集和散文均体现了西蒙斯的艺术精神。

西蒙斯被认为是连接叶芝和法国象征主义的关键人物，人们也普遍认为在 19 世纪 90 年代叶芝正是从他那儿第一次听说了马拉美和魏尔伦。马拉美是法国象征主义理论家和领导者。1894 年 2 月，叶芝到法国时前往拜访马拉美，虽没有见到马拉美本人，却对马拉美兴趣大增，他最喜欢引用马拉美的诗句："我们的时代满是殿堂上颤动的面纱。"这句话暗示了那个时代法国文学尝试的变化，也触动了叶芝，他正寻找某些新鲜事物以反对维多利亚文学风格。叶芝的自传《颤动的面纱》正是来自马拉美的诗句。叶芝关于文学的某些根本观点与马拉美很相似，在 1893 年《国民观察》上发表的一篇文章中，马拉美指出艺术家与魔法师的密切关系，他相信艺术家是"文字的魔法师"，而诗歌就是"魔法"。叶芝在《魔法》中提出了相同的观点：

> 难道诗歌和音乐不是仿佛出自巫师所发出的一种声音吗？巫师用这种声音帮助其幻想使自己和过路人迷醉、着魔。这些咒语，这些诗歌或音乐之一切荣耀的主要部分，仍在大声地向我们说出它们的本原。[1]

马拉美对叶芝的影响甚大，叶芝自认为大部分关于诗歌理论和创作的作品都归功于西蒙斯翻译的马拉美的作品。他指出自己早期诗歌的精雕细琢的形式很大程度上来源于马拉美，即使到了晚年，他仍对马拉美的象征

---

[1] 王家新编选：《叶芝文集卷三：随时间而来的智慧——书信·随笔·文论》，215 页，北京，东方出版社，1996。

主义诗歌情有独钟。

另一位对叶芝影响颇深的法国象征主义诗人是魏尔伦。叶芝第一次到巴黎就与魏尔伦见了面，他们谈论了许多作家，维克多·雨果、维勒尔·德·里赛尔亚当、阿尔弗雷德·丁尼生等。魏尔伦对叶芝的巨大影响还是凭借西蒙斯的翻译。在叶芝眼里，魏尔伦是"能与精神对话的人，他代表了艺术的理想世界，是对传统道德的反叛与超越"[①]。为了反对维多利亚的文学风格，叶芝喜欢引用魏尔伦的话，"拧紧修辞的脖子"，他肯定是从西蒙斯那里学到的这句话，西蒙斯曾写道，"'带走文采，拧紧它的脖子'，魏尔伦在他的《诗艺》里说，他认为法国诗歌的写作应该剔除华丽的修辞"[②]。叶芝对此欣然同意，认为诗人在诗歌创作中不应自我逃避，而要自豪地表现自我并制订崇高、严肃的目标。在魏尔伦的影响下，叶芝以自己的生活作为诗歌创作的素材，最终形成了他个人的象征主义诗学。

西蒙斯和法国象征主义诗人在叶芝象征主义诗学的形成过程中扮演了极为重要的角色。对于叶芝来说，他与西蒙斯的友谊和他的法国之旅不仅使他认识了法国那些醉心于象征主义的诗人们，也使他坚信自己正是这场波及整个欧洲的文学运动中的一员，更加义无反顾投身于象征主义。有论者认为，叶芝不可能受到法国象征主义的影响，根据在于他本人晚年曾复信牛津学者 C. M. 鲍拉，说："我不认为我真的受了法国象征主义许多影响。我的发展是不同的，但是那种发展的性质我觉得无法解释……"[③]不管诗人是否意识到他自己的某些诗歌理念实际与法国象征主义诗人有相应之处，他与法国象征主义的联系不可否认。叶芝糟糕的法语让他因此避免了被束缚在法国象征主义的教条中。叶芝赞赏法国象征主义，但他对诗歌哲学的野心和对爱尔兰民族文化的情有独钟使他的诗歌艺术犹如开在花团锦簇的法国象征主义之外的一朵野百合。这朵摇曳的野百合正是叶芝汲取了各家所长发展的智性象征主义诗学，是相对独立而又从属于整个欧洲象征主义运动的一个分支。

----

①　蒲度戎：*The Phoenix' Nest upon the Tree of Life—W. B. Yeats's Aesthetics of Symbols in Poetry*，97 页，成都，四川人民出版社，2006。

②　同上书，97 页。

③　傅浩：《二十世纪文学泰斗——叶芝》，48 页，成都，四川人民出版社，2003。

3. 叶芝象征主义诗学的其他渊源

国内外研究者对于叶芝象征主义理论来源有几种说法：勒内·韦勒克认为叶芝 1895 年以前的作品主要受到神秘主义、布莱克、爱尔兰传说的影响；B. N. 普拉萨德(B. N. Prasad)博士认为叶芝象征主义理论来源于神秘意识形态范式、英国唯美主义、法国象征主义；爱德华·恩格尔伯格(Edward Engelberg)则认为前辈哲学家和作家、法国象征主义诗人、叶芝自身的超自然元素和爱尔兰自然文学中的象征主义都是叶芝象征主义诗学的重要来源。我国学者傅浩是从神秘经验、文学阅读及民族口头文学来阐述叶芝的象征主义理论源起的。总之，叶芝博采众长，广泛吸收和借鉴各种流派的理论，形成了自成一体的象征主义体系。

影响叶芝创作的因素颇多，除了来自布莱克的神秘象征和法国象征主义外，凝结升华成为智性象征主义之云的还有东方神秘主义和奥斯卡·王尔德的"面具说"。

在叶芝给亨利的杂志《国民观察》供稿的那段时间，他也经常参加亨利举办的文人聚会，在那里他认识了爱尔兰同胞、唯美主义的代表人物——奥斯卡·王尔德。王尔德不仅遵守唯美主义的信条，更将其艺术原则运用到实际生活中，坚决地割裂了艺术与现实生活的联系，也更坚决地割裂了艺术与道德之间的联系。叶芝称他为"试图靠古典观念生活的现代人"①。王尔德对生活和艺术的困惑最终使他的声望一落千丈，成为艺术的殉道者。在王尔德去世前，叶芝一直与他过从甚密，两人互相为对方的作品写评论，王尔德甚至预言叶芝将成为一名杰出的诗人。作为唯美主义的代表，王尔德的诸多艺术理论中最吸引叶芝的是"面具说"。"面具说"是王尔德实现生活艺术化、追求"自我实现"的途径，是隐蔽自我、掩饰本性、适应社会的工具，是曲折表达自我、进行自我言说的有效手段。他在散文《面具的真相》(1885)中说道："艺术的真相是它的对立面，既是真实……形而上的真相乃是面具的真相。"②王尔德关于面具的理论某种程度引起了叶芝的思想震

---

① 王家新编选：《叶芝文集卷二：镜中自画像——自传·日记·回忆录》，140 页，北京，东方出版社，1996。

② 蒲度戎：*The Phoenix' Nest upon the Tree of Life—W. B. Yeats's Aesthetics of Symbols in Poetry*，85 页，成都，四川人民出版社，2006。

荡，他也为自己戴上面具，作为一名虔诚的朝圣者出发，去思考诗歌和艺术家的意义：

> 艺术家越来越与众不同，越来越成为一个仿佛单靠自己的存在，但也越来越失去了对永远更为复杂的世界的掌握。有朝一日致力于发现知识，像某个朝圣者走向圣地，他会成为一切角色中最为浪漫的。他会戴上所有面具来表演。①

　　最终达到对人类智识的启迪，是叶芝智性象征主义诗学的内涵，叶芝的"面具"理论是其整个象征主义诗学体系中的基础理论。"面具"担当起探讨自我与反省自我的责任，诗人戴上客观的面具理智地看待世界，却又不可避免地表达自己的主观思想，运用面具揭示人的内在世界和自我人格的多重性，使诗歌达到主客观的统一。叶芝的"面具"一开始并不是他自己戴上的，他借用了王尔德的材料，从东方神秘哲学那里拿来了涂料，自己精心制作描绘，最终形成了一张建构于外来材料而又独具特色的"面具"。傅浩论述说："叶芝的思想和创作自始至终与东方文化有关。他很早就接受了东方神秘主义的某些观念，并且把它们融入了毕生的创作之中。他早期和晚期的诗歌题材都不时涉及东方事物，作品中所表达的哲理有许多都是基于源自印度、埃及、日本、美索不达米亚乃至中国的东方智慧之上的。"②

　　1913年，埃兹拉·庞德成了叶芝的秘书，两人在一起潜心写作。通过庞德，叶芝了解了日本能乐，从而得以发展面具理论。他在为庞德根据费诺罗萨遗稿整理编辑的《若干日本贵族剧本》作的序言中写道："事实上，借助于'由厄内斯特·费诺罗萨翻译、埃兹拉·庞德完成'的日本剧本，我发明了一种戏剧形式，高雅、间接、象征，无须暴民或新闻界买账——一种贵族形式。"③他把日本能乐的面具、表现人物内心活动的背景合唱、程式化的舞蹈、舞台布景等戏剧表现手段，运用到诗歌和戏剧创作中，追求理想

---

① 王家新编选：《叶芝文集卷二：镜中自画像——自传·日记·回忆录》，141页，北京，东方出版社，1996。

② 傅浩：《叶芝诗中的东方因素》，载《外国文学评论》，1996(3)。

③ 傅浩：《二十世纪文学泰斗——叶芝》，145页，成都，四川人民出版社，2003。

人物的间离效果，以达到他所追求的反对情感的直接抒发、寻找主观与客观的平衡的创作理念。在论及东西方艺术的不同时，叶芝精辟地指出："我们的缺乏想象的艺术满足于把一块世界如我们所知的那样孤零零地置于一处，把它们的照片如其仿佛的那样放在豪华或朴素的镜框里，但是那种令我感兴趣的艺术一方面似乎把一群人物、形象、象征与这世界和我们分离，另一方面使我们得以暂时进入一片迄今为止还过于微妙而不适合我们居住的心灵之海。"①叶芝反对西方艺术过分模仿现实，而东方艺术注重象征写意、富于想象的艺术技巧等符合叶芝所探索的通过象征意象启迪智识的诗学观。

象征主义文学通过诗人心灵中复杂、隐秘情感的魔幻再现，将这种再现同外部世界的万物之间内在的神秘联系相对应，使读者既隐约地感受或推测到诗人心灵极为复杂的情感，同时又能在诗歌中体悟到自然界的某种固有玄机。这种思想正好与叶芝的前期经验契合。叶芝的智性象征主义诗学观不可能是无源之水、无根之花，而是在借鉴与实践中发展成熟的。叶芝主要以布莱克神秘想象为主，同时吸收了英国文学传统、东方神秘主义和爱尔兰民间传说中的元素，契合了法国象征主义理论，使自己的象征主义诗学观逐步走向成熟。他前期的诗作主要是抒发内心各种细腻的感情，在不断创作的过程中，他认识到诗歌中除了情感象征之外，还有一种需要深刻辨析和思索的属于抽象领域的智性象征，并且他认为智性的象征才是真正的象征，因为它可以推动人接近绝对真理。

二、智性象征主义的诗歌美学理论及创作实践

1. 意象的转化与智性象征

叶芝是这样解释象征的：

　　除了情感的象征，那唯独唤起情感的象征，——在这个意义上说，所有令人向往或令人生厌的物体都是象征，虽然他们之间的相互联系过于微弱不能充分愉悦我们。——还有智力的象征，那唯独唤起理念

---

① 傅浩：《二十世纪文学泰斗——叶芝》，145 页，成都，四川人民出版社，2003。

的象征，或与情感交加的理念；在神秘主义相当明确的传统和某些现代诗人不太明确的批评范围之外，唯独这些才称作象征。①

　　显然，叶芝认为诗歌的象征分为情感象征和智力象征，所有能唤起人类情感的象征都属于情感象征，但情感象征似乎并不是叶芝所追求的完美境界，"因为象征是他们唤起的情感投射在理智之上的一片片影子的理念，是寓言家或学究的玩具，稍纵即逝"②。情感象征的短暂及其必须与象征意象同构或同质的特性，限制了其在诗人心境中的无限展开，只有转向智性的象征，"将智慧模糊的光影投向枯燥的喧嚣"，才会达到"正是智力决定读者在何处沉思这个象征的队列"③。叶芝的早期诗歌承载了更多浪漫主义传统，充满了情感象征，他优美的文笔、上天入地的想象和丰富的爱尔兰神话传说确实唤起了读者的美妙情感。但当他明白了"假若象征仅仅是情感的，他将从世界的偶然和命运中注视，但假若象征也是理智的，他将使自己成为纯粹智力的一部分，他便是混迹在这个队列中的自我"④的道理后，他的诗歌创作更偏重于将自我以智性象征的方式投入跨越时空的大人生中。他有意地转向智性象征，以期通过意象转化的方式，最终达到启迪人类智识的目的。因此他的诗歌风格变得粗犷朴实，遣词用典甚至人为地变得晦涩艰深，思想也更深沉复杂，使人阅读时似是而非，似懂非懂却又感受到其间哲学的思辨、智慧的火花。梁宗岱在研究诗歌时写道："哲学家、宗教家和诗人——三者底第一步工作是一致的：沉思，或内在的探讨，虽然探讨底对象往往各侧重于真，善，或美一方面。……诗人却不安于解释和说明，而要令人重新体验整个探讨底过程……诗人却纵任想象，醉心形相，要将宇宙间的千红万紫，渲染出他那把真善美都融作一片的创造来。"⑤毋庸置疑，叶芝属于诗人这一类，他的探讨轨迹和创作历程总是融入了哲学思

---

　　① 王家新编选：《叶芝文集卷三：随时间而来的智慧——书信·随笔·文论》，154 页，北京，东方出版社，1996。

　　② 同上书，154 页。

　　③ 同上书，154 页。

　　④ 同上书，154 页。

　　⑤ 梁宗岱：《梁宗岱文集·Ⅱ评论卷》，84 页，北京，中央编译出版社；香港，香港天汉图书公司，2003。

考和宗教膜拜，他一生推崇卡巴拉秘术和信仰人世轮回的印度密宗、艳羡布莱克的神性世界，他是充满了哲学性和宗教性思考的诗人，他所确立的智性象征主义诗学观使他比一般的抒情诗人更多地思考形而上的存在意义及诗歌的自我完善功能，他会选择将人物意象、现实意象转化为思辨性，自身独立于外却又积极表达主观情感，他所创作的是伟大的诗。"一切伟大的诗都是直接诉诸我们底整体，灵与肉，心灵与官能的。它不独要使我们得到美感的悦乐，并且要指引我们去参悟宇宙和人生底奥义。而所谓参悟，又不独间接解释给我们底理智而已，并且要直接诉诸我们底感觉和想象，使我们全人格都受它感化与陶熔。"①

既然明确了自己所创作和追求的是"伟大的诗歌"，叶芝必然要为其寻找一个合适的载体以承载智性象征主义的全部内涵，最终，他选择了"面具理论"。《人的灵魂》(1917)主要讨论心理学意义上的自我和反自我（又称对立自我、第二自我或他我）。叶芝在此文中充分阐述了他的"面具"理论。叶芝认为，人的智能再创造是外部命运的对立面，"而我所谓'面具'是出自其内在本质的一切的情感的对立面"。也就是说，"面具"是情感的再创造，即反自我。叶芝认为自我只有找到且自觉地模仿反自我，人格才有可能发展完善，而且在此过程中才会有所创造。"假如我们不能想象自己与自己不同，尝试充当那第二自我的话，我们就不能给自己强加一套戒律，虽然我们可以从别人那里接受一套。因此主动的品德与被动接受一种规范不同，是做戏似的、有意识的表演、戴着面具。"②叶芝成功地应用所谓"面具理论"，表面上诗中很难听到自我的声音了，出现了大量的第三者形象——乞丐、傻瓜、隐士、小丑、姑娘、老人、青年、浪人、农夫、修道者、疯子、贵妇，甚至塔楼、旋梯、拜占庭、天鹅等真实或虚幻的事物等。通过这些客观对应物，叶芝表达了自己的思想，但诸如此类的意象仍然可以称得上是叶芝的"第二自我"，他（它）们就像戴着面具的叶芝，每一个都折射出叶芝内心世界的矛盾斗争，每一个都承载着诗人向世界呐喊的力量。

---

① 梁宗岱：《梁宗岱文集·Ⅱ评论卷》，99页，北京，中央编译出版社；香港，香港天汉图书公司，2003。

② 王家新编选：《叶芝文集卷三：随时间而来的智慧——书信·随笔·文论》，71～73页，北京，东方出版社，1996。

1）人物意象与智性的关系

1925 年叶芝完成了一部奇书——《幻象》(*A Vision*)，标志着叶芝个人神话体系的完成。在《幻象》中他抛出了他的历史循环学说，认为人类历史与整个世界是由两两对立的四种机能——"意志"与"面具""创造性心灵"与"命运的躯体"——组成的。在象征世界的圆形巨轮上，这四个概念居于四极，其间以"相位"为单位递进发展。"叶芝本人则希望该书能够被看作一部神话而非历史或玄学，称它是一个'集体无意识'，一个神话学的意象库。"①埃米·斯托克说这部书"总结了一个关于生命之中和生命之外的灵魂和关于历史的意义的思想体系中叶芝自己的价值观念"②。因此，《幻象》是探讨叶芝考察世界和人类灵魂的结论，是叶芝在文学创作中所体现的世界观的总和，也是叶芝诗学观中"言智性必称面具理论"的基本脉络。

在叶芝完成这部奇书的磕磕碰碰的过程中，他定义了"螺旋""大轮"的意象，这是叶芝思想体系的形象表现，这一体系的基本特征是对立和冲突，每个历史时代和个人都处在冲突和妥协中，相互吸引又相互排斥。如要将人类和世间一切活动处在原始的（客观的、太阳的、主动的、理性的）和相对存在的（主观的、月亮的、创造的或情感的）两个极端统一表现出来，叶芝认为只有戴上"面具"才能达到统一。面具是叶芝智性象征主义诗学观的外在表象，树立智性象征是诗人立于大地却又能超脱人世的根本方法，而诗人超脱人世的最终目的不是自己成为神，而是像神一样跨越维度、跨越宿命、跨越种族地在"人们心灵缓慢地死亡"之时，"重新用他们的手拨动人们的心弦"③。即引导人们重新回到那初辨善恶的清明时代，这与叶芝的轮回观也是相符的。

面具理论在叶芝诗歌中的一个显著反映是人称上的变化。大量的"非我"形象——傻瓜、乞丐、小丑、老人、粗汉、拟人化的玩偶是同质的。按照"面具理论"，这些光怪陆离的"第二者"都是叶芝的精神外化，是诗人自

---

① ［爱尔兰］叶芝：《叶芝诗集（增订版）》，24 页，傅浩译，上海，上海译文出版社，2018。

② 王佐良、周珏良主编：《英国二十世纪文学史》，119 页，北京，外语教学与研究出版社，1994。

③ 王家新编选：《叶芝文集卷三：随时间而来的智慧——书信·随笔·文论》，155 页，北京，东方出版社，1996。

我的另一个相对存在。叶芝本人是智者、政客、贵族，与那些诗中表现出来的形象正好是相反相斥的，之所以要将自己隐藏起来，由另一个人代替，以反自我的面目与读者对话，体现出叶芝看世界的方式发生了极其显著的变化，也是由于叶芝对"个人"的理解上升到了一个新的层次，即一个人同时又是无数个人，这无数的人代表了诗人本体的方方面面，更容易以亲和的态度使那些"忙于干这干那距离象征最为遥远的人，其灵魂也将行动在象征中或在象征中展开"①。

　　1929 年起，叶芝围绕一个疯疯傻傻的老婆子"疯珍妮"的形象写了一批诗，作为组诗编入《或许可谱曲的歌词》。这组诗初读起来不难理解，是把"疯珍妮"作为第一人称叙述她的一生，亲切且更易表达整个故事情节。组诗的叙述由疯珍妮对主教的指责开始，年轻时她同时得到当时尚未成为主教的青年与雇工杰克的爱情，因为她爱上了杰克，于是青年把杰克赶走了，疯珍妮非常气愤，对于主教她的态度是"可要是别人来了，/我就唾骂：/那有钱人和那驴粪蛋"②。从叙事线索来看，诗歌似乎非常简单，疯珍妮的一些话似是而非，从外表看她好像装疯卖傻，但细细研读就能读出其中隐藏着诗人的思考方式。疯珍妮面对主教和雇工这两者悬殊的身份地位，在"所有那些可怕的霹雷闪电，/所有那些遮天蔽日的风波"③的责难中，毫不犹豫地选择身份低下的雇工，并表现出对主教横行霸道的深恶痛斥。叶芝将意象转化用得得心应手，疯珍妮这个人物既是诗人本人的象征，她的情感和行为是叶芝在戴上"疯珍妮"的面具后的真情流露；她又是诗人自我的对立面，是诗人的第二自我。叶芝自己作为身份地位颇高的人，需要代言人，一个无所顾忌的人物用辛辣的口吻说出他的世界观。他和疯珍妮都是生活的过来人，是大智若愚的老年智慧的体现。

　　　"那样的爱情
　　不令人满足，

---

　　① 王家新编选：《叶芝文集卷三：随时间而来的智慧——书信·随笔·文论》，155 页，北京，东方出版社，1996。
　　② ［爱尔兰］叶芝：《叶芝诗集》，傅浩译，623～624 页，石家庄，河北教育出版社，2003。
　　③ 同上书，625 页。

如果不能得到完整

肉体和灵魂”；

这就是珍妮所述。

……

"什么能被披露？

什么是真正的爱呢？

只要时光逝去，

一切都能被知道或披露。"

"当然是这样，"他说。①

　　智慧的叶芝熟知爱情是由对立而形成的，需要灵魂和肉体的统一，这符合了他对立统一的诗学观，但由"疯珍妮"似乎漫不经心地说出来，说出只有当年华逝去青春不在，才会有足够的智力去理解爱，这是极致的反讽——最终的智慧只出现在最终审判日到来之时。

　　人为了使自身充满活力，为了实现自我，必须装扮成一个角色，戴上一张面具，从自身创造出某种人格来，这种创造物一定是与人的自然存在极为不同的"反自我"，否则面具就仅仅是自我，冲突也就不可能存在了。叶芝说："我们在和别人争吵时，产生的是雄辩，在和自己争论时，产生的是诗。"②叶芝以第二自我抒情的方式，突破了以往身份的局限，将同质的反自我与自我对立，自我的思维转化成相反的人物意象，让诗人不再拘囿于某种社会角色，从而使得诗人在诗歌中表达的感情从单一趋向复杂，从平面趋向立体，拓宽了诗歌的表现领域，赋予其诗作张力与深度，也更广泛地体现了叶芝超时空的智性追求。比如，《在学童中间》（1926）一诗描述了叶芝担任上议院议员时，视察沃特佛镇的圣奥特兰小学的感受。敏感的诗人想起当年追求毛德·冈的事情，从而联想到人生。叶芝熟练摆弄着人物意象，如同将众生和万物织起一张网，统一在三位一体的思想下。诗中三个交替出现的不同身份：一位身份显赫的名人，一位痴情不改的情人，还

　　① ［爱尔兰］叶芝：《叶芝诗集》，傅浩译，626～627 页，石家庄，河北教育出版社，2003。

　　② 王家新编选：《叶芝文集卷三：随时间而来的智慧——书信·随笔·文论》，71～73 页，北京，东方出版社，1996。

有一位超然物外的诗人。这三个人物如同三张面具代表着诗人身上互为矛盾、相互冲突，却又同时存在，并达到相互平衡的人物意象，诗人以一种近似于"冥想"的方法来聆听历史中智者的声音。于是出现了三位古希腊哲学家从不同的角度看待真实，柏拉图在幻想中发现了真实，亚里士多德在自然中找到了真实，毕达哥拉斯在艺术中感受了真实：

> 柏拉图认为自然界不过是游戏
> 在精神的万物变化图上的一颗泡沫；
> 较壮实的亚里士多德则舞弄着鞭子
> 在一位万王之王的屁股上薄施惩戒；
> 举世闻名的金股毕达哥拉斯
> 在提琴弓或琴弦上运指弹拨
> 星星所唱、无心的缪斯们所听的乐章：
> 用以吓唬鸟儿的旧杆子上的旧衣裳。[1]

叶芝用含蓄的意象，借用象征主义来解释他所理解的世界和宇宙，用自己独特的方法解读人生历史，三位哲学家代表诗人从不同角度出发，本来矛盾的世界观最终统一于真实之中。叶芝又从真实转向情感，引出情人、修女、母亲，她们分别代表着爱情、虔诚和母爱：

> 修女和母亲们都崇拜偶像，
> 但是那些被烛光照亮的尊荣不似
> 那些撩惹母亲幻想的形象，
> 只是使大理石和青铜保持静止，
> 然而它们也令人心碎——呵，种种显现，
> 为热情、虔诚、爱慕所熟知，
> 一切天国的荣耀所象征的尊神——

---

① ［爱尔兰］叶芝：《叶芝诗集》，傅浩译，519～524页，石家庄，河北教育出版社，2003。

呵，自生的人类事业的嘲笑者们。①

　　爱情、虔诚和母爱是女性所拥有的最崇高的情感，但在荣耀永恒的尊神面前，不过是可笑而短暂的人类事业。要让情感得以永存，无非要出脱于有形之体，灵魂升华，达到无极之境。在叶芝的思想中，人生在世不过是轮回的结果，无论是国王、乞丐、名人还是疯子，都是真实的虚无，万物在一个历史进程结束时都会毁灭，但在毁灭之后又获得重生。所以不论有形之体如何幻化，万物归于一统，就是一颗妙明真心和一缕纯净之灵，正如栗树叶子、花朵、枝干的统一，舞蹈家身体、眼神和舞蹈的统一。

　　　　只要肉体不为取悦灵魂而损伤，
　　　　美并非生于其自身的绝望断念，
　　　　两眼昏花的智慧亦非出自夜半灯光，
　　　　劳动就会绽开花朵或起舞翩跹。
　　　　呵，栗树，根须粗壮繁花兴旺，
　　　　你究竟是叶子、花朵，还是枝干？
　　　　呵，身随乐摆，呵，眼光照人，
　　　　我们怎能将跳舞人和舞蹈区分？②

　　诗歌在对立冲突后达成的平衡中获得了最大的张力，更加耐人寻味。叶芝的抒情诗歌不再单薄，完全可以胜任于表现人类复杂的思想和感情。"面具理论"作为表现意象转化的方式更真实地反映人的精神世界，更好地使用各种面具避免自我情感的直接流露，拉开了诗人与世界的距离，形成隐去自我的抒情方式。意象的转化使叶芝化身为乞丐、傻瓜、姑娘、老人、青年，甚至拟人化的玩偶等，时而观察，时而感慨，诗的角度也因此各不相同，具有智慧哲理性。但这些意象的前提是"一个诗人总是写他的私生活，在他的最精致的作品中写生活的悲剧，无论那是什么，悔恨也好，失

　　①　[爱尔兰]叶芝：《叶芝诗集》，傅浩译，519～524页，石家庄，河北教育出版社，2003。
　　②　同上书，519～524页。

恋也好，或者仅仅是孤独；他从不直话直说，不想与人共进早餐时那样，而总是有一种幻觉效果"①。总有一个思考着的叶芝时刻谨记在象征主义的福佑下创作，他的诗达到了智性和象征的统一。梁宗岱在《谈诗》中说，"诗人是两重观察者。他底视线一方面要内倾，一方面又要外向。对内的省察越深微，对外的认识也越透彻。正如风底方向和动静全靠草木底摇动或云浪底起伏才显露，心灵底活动也得受形于外物才能启示和完成自己：最幽玄最缥缈的灵境要藉最鲜明最具体的意象表现出来"②。叶芝以意象转化的方式在更大程度上表现了自我，也表现了民族甚至整个人类的思索，使所抒之情变得丰富、复杂和客观，个人的情感和思想渐渐达到了哲理性的高度，智性诗学概源于此。

2）虚幻意象与智性的关系

叶芝的"面具理论"寻找的不仅仅是"反自我"，其终极目标是认识"自我"，把人的内心世界与外在世界协调在一起，使人的"自我"不再分离。叶芝一生都在为追寻"自我"的统一而努力。从广泛意义上来说，叶芝的"面具"不仅仅是一个个人物形象，作为与人物意象相对应的客观对应物，可以将塔堡、旋梯、天鹅、库勒庄园、拜占庭等视为虚幻意象。尽管许多意象是确实存在的，但它们更代表了反映诗人诗学观的整个世界。他的居所，他的所见、所闻、所想，幻化为引起人们感情的各种力量，以象征的方式出现在诗歌中。20世纪20年代，如果以传统诗歌的思维方式来衡量，《麦克尔·罗巴蒂斯的双重幻视》《黎明》《钓者》《鹰》显得隐晦艰涩，因为诗中大量运用了象征主义手法并不断出现犹如在冥想状态下的意象叠加。到了20世纪30年代，叶芝作为一个现代主义诗人，其诗歌创作也取得了极高成就。《塔堡》《驶向拜占庭》《丽达与天鹅》《拜占庭》等对象征主义技巧炉火纯青的运用，更使读者驰骋想象、上天入地、访古问今，穿越了时空和广阔的精神领域，感受到了无可比拟的叶芝式的智力象征意识。比如说天鹅是诗人贵族理想和政治主张的"客观对应物"，而塔堡、旋梯等则包含了诗人对世界、历史和人生的认识。诗人都是通过意象的叠加，使读者去接近他

① ［爱尔兰］叶芝：《叶芝诗集》，傅浩译，8页，石家庄，河北教育出版社，2003。
② 梁宗岱：《梁宗岱文集·Ⅱ评论卷》，84页，北京，中央编译出版社；香港，香港天汉图书公司，2003。

所认为的"绝对的真理"。正如莫雷亚斯在《象征主义宣言》中所写的："……象征主义要使意念具有触摸得到的形貌；不过，创造这种形貌并非写诗的目的，其目的在于表达意念……故而，自然景物，人的活动种种具体的现象，都不会原封不动地出现在象征主义艺术中，它们仅仅是些可以感知的外表而已，其使命在于表示它们与意念之间奥秘的相似性。"①

　　30 年代出版的诗集《塔堡》逐步完善了叶芝智性象征主义诗学观，其与随后发表的诗集《旋梯及其他》(1933)将叶芝推向了后期象征主义诗人的魁首。"塔堡"意象表现了叶芝为自己设立的"客观对应物"，通过此客观存在于现实中的巴利里塔堡，诗人驰骋想象，穿越于现实和虚幻之间，昭示诗人对老之将至的肉体和灵魂永恒的完整沉思。尽管整首诗 195 行并未提到"塔堡"一词，诗人仅通过描述甚至是想象发生在塔堡周围的故事和传说，以一种身处塔堡之内而精神又独立于现实世界之外的淡定和洗尽铅华的沉静，流淌出老者之智、智者之思、思者之辨，最终回归灵魂的永恒。

　　《塔堡》分为三部分：现实—想象—回归现实的沉思。

> 我将怎样对付这可笑的荒唐？——
> 心呵，不安的心呵——这漫画，
> 衰弱的老年，它拴在了我身上
> 就像拴住狗尾巴上。
> 我从未有过更加
> 兴奋的、激情的、奇妙的
> 想象力，也不曾有过更加期望
> 不可能之事的耳朵和眼睛——
> 不，在童年不曾，
> ……②

　　此诗作于巴利里塔堡，第一部分哀叹现实的老之将至，但随之而来的

---

①　廖星桥：《外国现代派文学导论》，146 页，北京，北京出版社，1988。

②　［爱尔兰］叶芝：《叶芝诗集》，傅浩译，467～477 页，石家庄，河北教育出版社，2003。

是少年所不曾拥有的广阔的想象力和睿智的思想，所以诗人劝导人们应该
将注意力转向哲学。这一矛盾心理普遍存在于叶芝后期的诗作中：年轻时
拥有无与伦比的活力和热情；垂垂老矣之时却能得到缪斯的眷顾，拥有崇
高的思想和智慧。青春与智慧、肉体与精神的冲突往往困扰着诗人，他不
得不从诗歌中、艺术中设立一个"他者"、一个自我的对立面，以统一现实
中不可调和的矛盾，从而更理性地对大千世界进行有效思辨。于是第二部
分诗人上天入地，提及巴利里塔堡附近地区的传说、故事和传统，提供了
一个宏观的绵延不绝的世界。塔堡不再是现实的住所，而成为某种意象，
象征着在"大轮"循回中屹立不倒的终极无限。

> 我漫步在雉堞之上，凝视
> 一座房子的基础，或者那里：
> 树木像一根熏黑的手指从地里伸出；
> 在白昼渐渐衰弱的光线下
> 把想象力派出，把形象
> 和记忆从废墟
> 或古老的树林中唤出，
> 因为我要向它们提一个问题。
> ……

诗人要提问的对象是谁？是老太太、农家美人、盲诗人和红发罕拉汗，
他们是传说和故事中的人物，是诗人想象世界的主角，也是他者。诗人既
作为讲述者、询问者，也化身成为被讲述者和回答者，使这些巴利里塔堡
附近传说中的人物穿古越今，只为回答：

> 无论是公开还是私下里，是否
> 都曾像我现在这样冲着老年怒吼？
> 但是我已经从那些急于
> 离去的眼睛里找到了答案；
> 那么走吧；只留下罕拉汗，

　　　　因为我需要他所有的强大记忆。

　　肉体的衰老是世人逃避不了的自然过程，即使召唤出的流动在传说中的男人女人、穷人富人似乎同样都对老之将至感到愤恨。为了摆脱这种情绪，诗人只能求助于"强大的记忆"。这个记忆是诗人论述的"代代相传的大记忆"，一个储存原型意象的仓库，类似于荣格的"集体无意识"。叶芝相信，在各种玄秘法术中，有三条自古相传的基本教义："1. 我们心灵的边界是游移不定的，众多心灵似乎能互相交流并创造或揭示出一个单一的心灵，一种单一的能量。2. 我们记忆的边界也是游移不定的，而且我们的记忆是一个大记忆——自然本身之记忆的一部分。3. 这个大记忆和大心灵可以通过象征符号被召唤出来。"①对于叶芝来说，"大记忆"是他在古旧的塔堡中沉思的上上下下的人类历史之循环，是生与死、肉体与灵魂、外部世界与内部世界的对立和对应。生命的渐行渐远象征着传统和风尚日渐衰微，历史又走向一个轮回。

　　　　承认如果记忆重现，太阳
　　　　就会被侵蚀，白昼就会被遮暗。

　　既然这是大记忆的重现，是历史的循环，生命的轮转，老又如何？死又如何？诗人要走出颓废、哀叹，咏一份直面生死的遗嘱。诗歌第三部分洋洋洒洒，是诗人的"遗嘱"，更是澎湃激昂的宣言，宣告他要相信诗人的记忆，而不要相信哲学家的思想。叶芝深受印度婆罗门教义和神秘主义的影响，树立了轮回观念，他确信肉身灭亡后灵魂会得以永生，所以他孜孜以求人的"精神家园"，以实现自我提升和完善。

　　　　现在我要整理我的灵魂——
　　　　强迫它去一所

---

① 王家新编选：《叶芝文集卷三：随时间而来的智慧——书信·随笔·文论》，206 页，北京，东方出版社，1996。

> 博学的学校研习学问,
>
> 直到肉体的毁坏,
>
> 血液的逐渐衰竭,
>
> 烦躁的精神错乱
>
> 或迟钝的老朽衰年,
>
> 或什么更坏的不幸——
>
> 朋友的死亡,或那
>
> 令人窒息的每一个
>
> 灿烂的眼神的死亡——
>
> 看起来不过像是地平线
>
> 隐没后天空中的云霓;
>
> 或渐渐深沉的阴影间
>
> 一只鸟儿瞌睡的鸣啼。

叶芝的自我完善是从"反自我"中建立的。人之所以为人,正是因为有生有死、有喜怒哀乐、有悲欢离合,叶芝却要铸造另一个自我,逃离这个会生老病死的自我,强迫灵魂到一个"博学的学校"去升华。"反自我"藐视肉体的毁坏、生命的消亡,那只不过是黄昏的云霓、瞌睡的鸟儿,直到太阳升起,又会是一次重生,死亡只是为通往"超越月亮的乐园"打开的象牙大门。

在《塔堡》这首诗中,叶芝分层次以所见所闻所想等虚幻意象形成流动的意念,既不是充满哀叹的悲凉语调,也没有对世人循循善诱的劝说,而是融合了叶芝所提倡的将情感与智力相结合,创作出"由于象征而感动我们的诗歌"[①]。叶芝诗歌的动人之处正在于他常常将各种虚幻意象转化为"自我"的客观对应物以探讨关于人的存在本质,无论是对生死的哀叹、对哲学的向往,还是转而追寻人类的大记忆,都在探索如何实现灵与肉和谐共处的自我关系。叶芝认为解决的方式是正视灵与肉、生与死的二元对立,对

---

① 王家新编选:《叶芝文集卷三:随时间而来的智慧——书信·随笔·文论》,155 页,北京,东方出版社,1996。

自性不断加深认识，人格实现发展完善的途径是找到且自觉地模仿反自我，实现自我的"存在的统一"(Unity of Being)。

2. 象征系统与智性象征主义

在布莱克那里，叶芝为自己的象征主义诗学观找到了一个现代范式——二元论、想象力、灵视，随着不断的创作实践和理论发展，他逐步创建了一套庞大的象征系统，晚期的散文著作《幻象》对此有专门的阐述。叶芝深信威廉·布莱克所谓"没有对立就没有进步"的观点，在《幻象》中他以"螺旋"和"轮"作为整个思想体系的具体意象，基本特征是对立和冲突，每个历史时代和个人都处在相互冲突和妥协之中。叶芝认为，人类或世间一切活动都在原始的（客观的、太阳的、主动地、理智的）和相对存在的（主观的、月亮的、创造的或情感的）两个极端之间运动，他用原始螺旋和反向螺旋的重合来表现这种运动，例如，当达到一种纯粹的完美的客观状态，就必然会转向与它对立的相反状态。而"轮"则用来表示月亮的运动和盈亏，叶芝将之分为二十八个月相，象征历史的发展，人和社会就按圆周方向运动，依次经过各个相位。他甚至在每个相位都写下了代表人物，主观的相位是月亮的阳面，代表创造力、想象力，常常和艺术与艺术家联系在一起，如毕达哥拉斯、但丁、米开朗琪罗等文艺天才。客观相位是月亮的阴面，以凶残的野兽为象征，代表暴力和一般民众。每个周期的历史阶段都很相似，当完成一个历史周期时就会开始另一个周期，周而复始。月圆、月残、月明、月暗都体现了叶芝向往的变化中的统一，以及主观和客观、变和不变的辩证关系。从哲学意义上看，叶芝自创的象征体系并不深奥，甚至是唯心的，但在他用它来满足艺术创作的需要后，创作得以达到贯通天人的效果。于是螺旋、轮的意象及历史轮回观都体现在他这一时期创作的诗集《塔堡》(1928)、《旋梯及其他》(1933)中，经常出现旋转的楼梯、倾颓的塔尖，"它们分别以巴利里塔堡和其中盘旋而上的旋梯为象征——前者为阳/男性，后者为阴/女性，暗示历史运动的轨迹和灵魂轮回的历程"[1]。诗集中还包括著名的《驶向拜占庭》《塔堡》《拜占庭》《丽达与天鹅》等名诗，代表了叶芝的生死轮回观念，表现了他对灵魂不朽的艺术王国的永恒追寻。《驶向

---

① 傅浩：《二十世纪文学泰斗——叶芝》，197 页，成都，四川人民出版社，2003。

拜占庭》中，诗人构造了日渐衰老的肉体的渴望及灵魂对自由的向往，古罗马的拜占庭成为永恒艺术世界所寄生的幻想之地。而这艺术世界富有灵魂、具有不朽的生命力。于是老之将至的诗人渴望抛却腐朽的肉体，重获新生，生活在永具生命力的艺术之中。《丽达与天鹅》表现了叶芝明确的历史观和轮回观，体现出他在《幻象》中一再阐述的神秘象征主义体系：历史的每两千年为一个循环，每次都由一位少女和一只鸟儿的结合开始。此诗所描写的便是化身为天鹅的宙斯与少女丽达结合的情景。奇特、神秘的超现实形象，把丽达和天鹅的结合作为历史开端的象征体系，使这首诗呈现着层次丰富的内涵。天鹅或许象征着神、权威、力量、智慧、道德、战争；丽达或许象征着美、善、爱情、繁殖、艺术，历史则是在这二者中循环往复。他用富有质感的形象来隐喻历史、生命和人性的根本性问题，一首诗往往包含多重意义，大大扩张了诗的张力。

　　对于叶芝，象征变成了对世界的解释，诗歌变成了认知的手段。在个人艺术创作的探索中，他建构了一个完整的象征体系来解释他所理解的世界和宇宙，用自己独特的方法来解读人生历史。他找到了认识、完善与超越自我的理论，也为他的智性诗学观提供了取之不尽的意象和主题。除了已被近代学者透彻研究的拜占庭、天鹅等意象外，叶芝笔下另一类探讨灵魂与生命的诗作更能体现其所推崇的智性诗学。

> 我的灵魂：我号召去那盘旋的古老楼梯；
> 把你的全部心意都置于那陡阶，
> 置于那破裂、崩坍欲坠的雉堞，
> 置于那无息的星光耀映的空气，
> 置于那标志着隐蔽极轴的星辰；
> 把每一缕漫游的思绪都集中在
> 一切思想走在那里成熟的方位：
> 谁又能把黑暗与灵魂分辨区分？[①]

---

① [爱尔兰]叶芝：《叶芝诗集》，傅浩译，563～567页，石家庄，河北教育出版社，2003。

这是叶芝《自性与灵魂的对话》的第一段，人类和历史顺着"盘旋的古老楼梯"来到了一片摇摇欲坠的废墟，诗人面对越来越物质化、人性失落的世界询问如何能使自我灵魂维持清明？在叶芝象征体系中，"旋梯"象征着自我的不断上升。20 世纪二三十年代是资本主义高速发展时期，技术文明发展带来的物欲膨胀使传统的价值信仰逐渐丧失凝聚力，社会和人不可避免呈现功利化、物欲化特征，诗人认为必须寻求摆脱精神危机的机遇，获得自我灵魂的复生。叶芝之所以伟大，之所以成就了智性诗人的名号，就在于他在看透世界的颓废后并未消极避世（虽然早期诗作中有此倾向），因为他拥有一个朝圣者的灵魂，依然向往和追求人类高尚的情感，依然用出自灵魂的抒情来维护内心的高贵和尊严。于是在诗歌的第二段他以"我的自性"与"我的灵魂"发生争吵，引出了"佐藤的古剑"，这把剑是 1920 年叶芝访问美国时日本外交官佐藤纯藏赠给叶芝的一柄家传宝剑，在这里象征愚昧和战争的毁灭力量，包裹剑鞘的锦缎则是"扯自某位宫廷贵妇的袍衣"，象征美、爱情和性，充分表达了诗人的象征系统核心：战争和爱情这两股阴阳对立、纠缠不清的势力是推动人类文明历史的主要动力。"那绣花的、丝织的、古老的锦缎/破损了，仍能保护，褪色了，仍能装饰。"[①]象征着战争和毁灭之后，爱和美是建造新的历史循环的希望，是救赎灵魂的金枝。"我的灵魂"惧怕盛年不在、垂垂老矣，他企图投向夜的怀抱，"夜就能使你脱离生与死的罪恶"[②]。然而"我的自性"是充满希望的：

　　　　我的自性：元茂，他家族的第三世，

　　　　五百年前造就了它，他周围躺着

　　　　来自我所不知的某种刺绣的花朵——

　　　　像心一样猩红——我把这些东西

　　　　都当作白昼的象征，与那象征

　　　　黑夜的塔楼相互对立，

　　　　并且像是以一个士兵的权利

---

① ［爱尔兰］叶芝：《叶芝诗集》，傅浩译，563～567 页，石家庄，河北教育出版社，2003。

② 同上书，563～567 页。

要求一份再次犯罪的许可证。①

　　"它"指的是佐藤的古剑，它有着古老且荣耀的身份，与包裹剑的"宫廷贵妇的袍衣"一起被视为白昼的象征，即贵族和妇女，代表爱、美、希望和开始，"塔楼"的原型是叶芝买下的巴利里塔堡，在此处象征了黑夜、结束，而士兵则代表了战争、暴力。叶芝在《幻象》和《丽达与天鹅》等诗作中曾阐释了他的历史观。每一阶段的历史循环往复，都是在暴力、战争与性爱中产生新的文明。按照叶芝的想法和他目睹的令人心悸的人性失落，如今正是基督文明即将终结之时，于是"我的自性""要求一份再次犯罪的许可证"，即在黑夜和暴力中重生出无限的美和希望。

　　诗歌的第一部分有五节，均采用第一人称单数"我"来指"灵魂""自性"，是叶芝惯用的面具理论的实践，自我与反自我的争吵实际上扩张了生与死、灵与肉的二元对立。第二部分通篇由"自性"代言，实际上已经是诗人自己的代言：

　　　　我的自性：活人是盲目的，且嗜饮。
　　　　有什么要紧？即使水沟不干净。
　　　　有什么要紧？即使我再活一次，
　　　　忍受那成长的艰辛；
　　　　那少年时代的耻辱；那从
　　　　少年转变成年的坎坷；
　　　　那未成就的成人和被迫
　　　　与自己的愚笨面对面的苦痛；
　　　　……
　　　　我满足于从头再活过
　　　　一遍又一遍，即便那是
　　　　……

---

① ［爱尔兰］叶芝：《叶芝诗集》，傅浩译，563～567页，石家庄，河北教育出版社，2003。

　　我满足于在行动或思想中追溯

　　每一事件，直至其圆头根柢；

　　衡量一切；彻底原谅我自己！①

　　"自性"已摆脱了"灵魂"对于死、生的艰辛和摇摇欲坠的世界的忧虑，转向积极的宿命观。叶芝于1885年在都柏林会见孟加拉婆罗门摩希尼·莫罕·查特基(1858—1936)，从此确立了他对轮回转世学说的终生信仰。他在诗歌《摩希尼·查特基》中写道："……只是每夜在床上说：'我曾经是一个国王，/我曾经是一个奴隶，/傻瓜、无赖、流氓，/诸如此类的东西/我无不曾经当过，/而且我胸膛上面/曾有上万美人枕过。'"②一脉而成的轮回观在此处由"自性"发表，昭示了生命的整体性目标，因为我们自身的生命中存在着一种无所不在的更伟大的力量和秩序，叶芝的象征体系中表现出对自我的升华，即超脱于肉体、超脱于每一次轮回的现实而对"灵魂"发出召唤："彻底原谅我自己"——让个体行为在时光流逝中得到永生。

　　直至诗快结尾时，"我"变为复数的"我们"，自性与灵魂，"自我与反自我"终于走到了一起，取得了和谐，达到了自我"存在的统一"：

　　一股巨大的甜蜜流入胸中时，

　　我们必大笑，我们必歌呼，

　　我们备受一切事物的祝福

　　我们目视的一切都有了福气。③

　　这是真正叶芝式的尊严和勇气，他以智性的诗意串联起一个个丰富而深刻的意象，逐步构建出整个象征体系，如果只读一首诗是很难全面理解叶芝诗歌所要表达的内涵。智性象征的意义在于唤起与情感交织的理念，叶芝构建的象征体系则是在这个基础上创造一种力量和秩序，并以其高扬某种信念：自身的存在是由一个更广范围更大意义上的宿命所指引，以个

① [爱尔兰]叶芝：《叶芝诗集》，傅浩译，563～567页，石家庄，河北教育出版社，2003。
② 同上书，599～600页。
③ 同上书，563～567页。

体行为和精神穿越时空，达到布莱克所说的上帝的世界。叶芝的智性象征体系也契合了象征主义的基本特征：追求从有限到无限，从个人感受到永恒思想。

3. 诗歌技巧与智性象征主义

尽管许多学者对于叶芝是否受到法国象征主义的影响争论不休，但是毫无疑问，经过波德莱尔等人实践多年的法国象征主义诗歌，给叶芝的创作带来了更为丰富的技法和实现其智性诗学观的形式。波德莱尔提出的"应和"阐发了象征主义诗歌的世界观：在象征主义者看来，自然不是一种僵死的存在，而是一个充满了灵性的世界，在万物之间、在人与自然之间、在物质和精神之间、在有形与无形之间，充满了丰富的关联。叶芝曾经这么说：

> 所有声音，所有色彩，所有形状，无论因为它们注定的感染力还是因为它们久长的心理联系，将唤起难以定义然而又清晰不过的情感。或者，我宁愿认为，我们称之为情感的踩在我们心灵上的脚步，感染我们，使我们摇脱现实的桎梏；而当声音、色彩和形状间具有一种和谐的联系，相互间一种优美的联系，它们仿佛变成一个色彩，一个声音，一个形状，从而唤起一种由它们互不相同的魅力构成的情感，合一的情感。①

可见，叶芝的创作体现出象征主义的基本观点：主要的象征不在诗内，而是诗歌本身。他也认同象征主义诗人所主张的各种感官、形象和词语之间都存在着奇特的联系，可以相互转化、相互呼应。他也像大多数象征主义诗人一样，玩弄辞藻，有时甚至用词晦涩难懂，诗歌意象跳跃性强、跨度极大。但也正是这些象征主义的"弊端"，进一步完善了叶芝的智性象征主义诗学观，他通过玩弄辞藻来绘制出丰富的诗的结构，在象征中以一种或喜悦或忧伤的颤栗的声音来诠释人类的心灵。

这种"颤栗的声音"源于叶芝把诗视为一种由意象、节奏和声音构成的

---

① 王家新编选：《叶芝文集卷三：随时间而来的智慧——书信·随笔·文论》，151 页，北京，东方出版社，1996。

复杂的"音乐关系"，结合产生了情感经验的象征，而这种象征无法单纯用文字加以表现。他认为，正是建筑在主题之上的象征赋予诗以最终的形式。因此，艺术作品能引起欣赏者个人感受的是排列的"顺序"。这种顺序本身并无任何意义，欣赏者只有根据自己的感受赋予它一切可能的"意义"：这就是"象征"。叶芝后期的诗集《塔堡》和《旋梯及其他》中对"象征"运用达到登峰造极的程度。看叶芝著名的《拜占庭》中词语的组合，仿佛随意拼接却暗合诗意，"裹在尸布里的哈得斯的线轴""栖止在星光照耀的金枝上""一种烧不焦衣袖的火焰的痛苦里""那被海豚划破、锣声折磨的大海"[①]，表现出意象、节奏和声音的复杂关联，始终围绕艺术永恒的主题，把永恒的艺术和现实的不断变化做了对比。《踌躇》中最著名的段落："有一棵树，从它的最高枝起，/一半全是闪耀的火焰，一半全是/露水润湿的繁茂的绿色叶子；/一半是一半，然而又浑然一体；/一半和一半消耗彼此所更新者；/那把阿提斯的形象悬挂在/那凝视的愤怒和盲目茂盛的树叶之间者/也许不知道他所知的，但确不知道悲伤。"[②]诗人居然建构了一棵"燃烧的树"，叶芝用词乖张，每每借用许多神话或文化、民族传统意象，有时不知所云，组合出来却充满朝气和张力，成为其他语言方式难以表达的感情体验的象征。通过借鉴象征主义诗歌技巧重新排列词语、安排节奏和韵律，叶芝拓展了诗歌意象的功能范围，不仅将意象用来建构独立的诗作，而且用意象建构出他整个智性诗学观更为复杂的总体结构。

叶芝在诗性中诠释人性，无论他的诗歌语言多么佶屈聱牙，寓意多么神秘，却总有那么一股自然顺畅的思想流动，呈现出来的意象如绝妙的音乐一样流动着。叶芝的语言是叙事的，响应着舒缓而简练的节奏，贯穿始终的美的气象，富于最杰出的智慧和象征，并伴随着一个洞彻事物深处的灵魂。

三、叶芝智性诗学对卞之琳诗歌的影响

进入 20 世纪，由于历史和社会原因，中国新诗的创作者源源不断地汲取着来自大洋彼岸的文化和艺术养分。自诗集《塔堡》出版后，叶芝在英语

---

① ［爱尔兰］叶芝：《叶芝诗集》，傅浩译，601～604 页，石家庄，河北教育出版社，2003。
② 同上书，607～613 页。

诗歌界可谓一棵蓬勃的大树，荫庇四海，他作为欧美后期象征主义的代表正当其时出现在一代中国现代诗人面前。新月派的叶公超对叶芝做过较为全面的评价，"他的诗从个人美感的迷梦中走到极端意象的华丽，神话的象征化，但终于归到最朴素真率的情调与文字"①。卞之琳说叶公超"是第一个引起我对二三十年代艾略特，晚期叶芝，左倾奥顿等英美现代派诗风兴趣的人"②。袁可嘉则认为卞之琳"是从 20 世纪 30 年代开始译介西方现代派诗用力勤、成绩大的另一位诗人。他收在《英国诗选》中的现代派诗包括霍普金斯、叶芝、艾略特、奥登的名作和法国波德莱尔、马拉美、魏尔伦的作品。他成功地以新诗格律体译莎剧诗和英法格律诗，产生了重大影响"③。卞之琳对象征主义诗歌的钟情，一来由于他的老师梁宗岱的影响，二来也即最重要的原因是象征主义的题材取向、艺术形式和卞之琳本身的诗歌风格取向有一致之处，卞之琳发挥了象征主义内在含意丰富的特点，提炼出一种智性上的关注，深化作品内容，达到意象和意义的配合。

1. 卞之琳诗歌意象的客观对应物

叶芝的象征主义对卞之琳的诗歌艺术影响较大，体现在诗人的视角、叙事方式、叙事结构方面。卞诗短小精悍，他有意识地学习西方诗歌中"客观对应物""非个人化"的艺术手法，"这种抒情诗创作上小说化，'非个人化'，也有利于我自己在倾向上比较能跳出小我，开阔视野，由内向到外向，由片面到全面……"④卞之琳的很多诗歌将自我的抒情抽离出诗的世界，而寄予海、雨、白螺壳、镜子、远方客人的心灵之声，以一种客观、冷静的目光注视人生岁月，形成隽永又温文的诗风。

空灵的白螺壳孔眼里不留纤尘，漏到了我的手里却有一千种感情：掌心里波涛汹涌，我感叹你的神工，你的慧心啊，大海，你细到可以穿珠！可是我也禁不住：你这个洁癖啊，唉！请看这一湖烟雨水一样

---

① 步凡、何树：《简论叶芝与中国现代诗的发展》，载《北京科技大学学报》(社会科学版)，2006(02)。

② 卞之琳：《雕虫纪历》自序，3 页，北京，人民文学出版社，1979。

③ 袁可嘉：《欧美现代派文学概论》，82 页，桂林，广西师范大学出版社，2003。

④ 卞之琳：《雕虫纪历》自序，7 页，北京，人民文学出版社，1979。

把我浸透，象浸透一片鸟羽。我仿佛一所小楼风穿过，柳絮穿过，燕子穿过象穿梭，楼中也许有珍本，书页给银鱼穿织，从爱字到哀字——出脱空华不就成！玲珑吗，白螺壳，我？大海送我到海滩，万一落到人掌握，愿得原始人喜欢，换一只山羊还差三十分之二十八，倒是值一只蟠桃。怕给多思者想起：空灵的白螺壳，你带起了我的愁潮！我梦见你的阑珊：檐溜滴穿的石阶，绳子锯缺的井栏……时间磨透于忍耐！黄色还诸小鸡雏，青色还诸小碧梧，玫瑰色还诸玫瑰，可是你回顾道旁，柔嫩的蔷薇刺上还挂着你的宿泪。〔《白螺壳》1937〕①

　　这首《白螺壳》是卞之琳较晚的作品，当时作者的创作经验已相当丰富，这一首诗可谓卞之琳诗艺最成熟之作，艺术技巧十分高超，主题有较清晰的方向，在风格、技巧和指向性上都体现出了卞式的智诗特征，与叶芝象征主义诗歌有殊途同归的效应。较之叶芝的塔堡，卞之琳以小小的白螺壳为意象，探取现实世界、现世人生的奥秘。诗的第一部分中“我”和“白螺壳”都处于现实的世界，明确“你”指代的是空灵的白螺壳，在我和你之间的界限相当分明，因为我是从你那里——纯白而不留纤尘的白螺壳引发反思。虽然诗中的“你”“我”都有指代性，但实际上二者都仅是诗人的客观主体在诗歌意境中的表现，即诗人掩盖了自我，置身物外以表达更深刻的思考。卞之琳受到西方诗学的影响是毋庸置疑的，“中外伟大的诗人，当然影响也大。他们对于我写新体诗，限于个人的能力和气质，虽然不可能没有影响，却不一定明显。而一些次要以至微不足道的诗人的个别作品却往往显然能为我‘用’。……写《荒原》以及其前短作的托·斯·艾略特对于我前期中间阶段的写法不无关系；同样情况是在我前期第三阶段，还有叶慈（W. B. Yeats）、里尔克（R. M. Rilke）、瓦雷里（Paul Valéry）的后期短诗之类”②。对于卞之琳来说，叶芝之类的诗人虽然在西方诗歌史上属于“微不足道”的，但他更倾心于这一批“现代派”诗人的创作理论。叶芝的“面具”理论认为诗人要戴上面具以各种形态出现才能更客观地面对世界，诗歌要“更像

---

① 蓝棣之编选：《现代派诗选》，18～19页，北京，人民文学出版社，1986。
② 卞之琳：《雕虫纪历》自序，16页，北京，人民文学出版社，1979。

歌曲那样为人接受，不应局限在我个人的感情天地里。我想让它们包容更广泛的情感，避免个性"①。卞之琳学到了"非个人化"的精髓，于是白螺壳虽小，展现的却是全人类的感情天地。

在诗的第二部分，诗人刻意模糊了你、我之间的界限，采取"以物写我，化我为物"的方式；客观对应物又幻化成烟雨中的小楼，小楼既是人生又是广袤的天地万物，其中隐藏凝聚的哲思引发人的智性思考。风、柳絮、燕子的意象都具有短暂飘零之感，暗示时光匆匆、光阴荏苒，留下楼中银雨穿织的珍本，记录了人生喜怒哀乐的生命历程，揭示了现代人在各种境遇下的复杂人生感受和对自然宇宙的认识和思考。接下来诗人又回到现实中与白螺壳理性相对。对第一节诗做出回应，"我"就是那空灵的白螺壳，曾是"你"的理想，承载了"你"的"一千种感情"，但是自身只是一只无法掌握自己命运的白螺壳，甚至对于现代人来说，"我"只值"一只蟠桃"只有在无欲无求的原始人眼中，"我"得以保持自身的纯洁无瑕。白螺壳在"你"和"我"的心里正是理想和现实的矛盾，这样的白螺壳，如果到了"多思者"，即第一节的"我的手里"，必然会引起一端愁潮。白螺壳是第一节的"你"，又是第三节的"我"；"我"是第一节的感叹者，又是第三节的多思者，诗人变化人称的指代构成"我""你"的呼应甚至对答，以形成矛盾冲突的张力。

第四节诗是整首诗的灵韵所在，既然穿越了现实与理想，也无法解决人生的矛盾，那何不等待沧海桑田后再来观看和思索那本来就亘古不变的永恒呢。"我"梦见水滴石穿、绳锯木断，那也终究不过是梦想，万物归于始，只留下一串"你的宿泪"。相较于叶芝所要展现的死即是生的轮回观，卞之琳贯彻在诗中的始终是平凡的事物，他很平淡地诉说着人只不过是一个小小的白螺壳，最终尘归尘、土归土，一切都归于宿命。叶芝和卞之琳在创作上的精神实质是相同的，他们冷峻地阐释着人生的真谛：人所要面对的是永恒，是无限，这也正是后期象征主义诗人们的创作契机。

卞之琳曾翻译了艾略特的理论名篇《传统与个人的才能》，向中国诗坛传达了艾略特的最著名的观点："诗歌不是感情的放纵，而是感情的脱离；

---

① 王家新编选：《叶芝文集卷三：随时间而来的智慧——书信·随笔·文论》，29页，北京，东方出版社，1996。

诗歌不是个性的表现，而是个性的脱离。"①卞之琳对此当然有深刻的理解与共鸣。事实上，这一观点代表了现代主义诗歌"智性化"的重要原则，同时也是卞之琳诗歌有别于他人的重要特征。无论是叶芝的"面具"理论还是艾略特的"非个人化倾向"，都为卞之琳的创作实践提供了足以借鉴的理论基础和创作范式，卞之琳自身就是一个力图脱离情感与"个人"的思辨诗人。正如艾略特所说："只有具有个性和感情的人们才懂得想要脱离这些东西是什么意思。"②卞之琳的这种"脱离"，并未使他的作品失去感情和个性，恰恰相反，卞之琳真正拥有了自己独特的情感传达方式和个性展示手法。他诗中的"你""我"其实正是他自己的一体两面，是他主体的客观对应物，他采用"一而二"的双向视角进行平等对照和互观，以求对"自我中心"的超越，更冷静地关照整个人生和世界。所以《白螺壳》中的"你""我"之间，既有距离又相互联系，"你"是诗人自我的客观对应物，而"我"又被置换入"你"，正如卞之琳在《成长》一文中所说："把一件东西，从这一面看看，又从那一面看看，相对相对，使得人聪明，进一步也使得人糊涂。因为相对相对，天地扩大了，可是弄到后来容易茫然自失……"③这种相对，成为传达诗人哲思的最恰当的"客观对应物"，使诗人抽象的哲思变得具体起来，也在诗歌有限的形式中展开无限的张力。

2. 卞诗所体现的智慧和哲思

无论是叶芝，还是卞之琳，都善于把诗歌叙事结构放在旋转的空间中，模糊现实和想象，使现实中蕴涵想象，在想象中又回到现实，从而形成诗歌的复式结构。结构的错落犹如时空倒置，更能牵引读者情感的循环往复，进一步深入作者构建的无限时空。《塔堡》是诗人生活在巴利里塔堡中感悟人生的结果，叶芝看到现实的居所，似乎又能看到塔堡周围老太太家中发生的故事，还能穿越到小时候听过的传说的情境，甚至把自己创造的人物也带入了想象，使得时间和空间无限延展，重回现实时，似乎又开始思考年

---

① 张德兴主编：《二十世纪西方美学经典文本——世纪初的新声》第一卷，518 页，上海，复旦大学出版社，2000。

② 同上书，518 页。

③ 张曼仪编：《中国现代作家选集——卞之琳》，75 页，三联书店（香港）有限公司，北京，人民文学出版社，1990。

老体弱和壮志难酬的矛盾。诗人对生活在塔堡附近"挺拔的人们"寄予希望。

> 我选择那些上溯溪水
> 直到流泉飞湍之处,
> 黎明时分在滴水的
> 石岸边下钩垂钓的
> 挺拔的人们:我宣布
> 他们将继承我的骄傲
> ……
> 与博学的意大利艺术
> 和骄傲的古希腊石刻,
> 与诗人的想象
> 和对爱情的记忆,
> 以及人类用以制造
> 超人类的镜子似的
> 梦境的所有材料,
> 我已准备讲和。[①]

　　诗人给现实的人们留下的是艺术、石刻、想象、记忆和梦境,对于现实和想象的转换游刃有余,从现实引发联想,从想象回到现实的哲思,理性思考的过程不乏浪漫情怀。整首诗因此而显得广袤深沉却又不失灵动,尤其符合莫雷亚斯"象征是意念的感知"的主张,同时被赋予了叶芝强烈的个人气质和人格魅力。

　　相较《塔堡》结构的循环往复,卞之琳的《白螺壳》则简单明了,全诗四节直线型的叙述,由现实入想象,再进入诗人的哲思。卞之琳是一个不懈地思考着平凡人生的诗人,他的思想中没有像叶芝那样自创的完整体系,镂刻在他生命中的是中国传统文化中的内敛和人文关怀,他总是低调地关心着平凡琐事、世界的细微之处,从中去发现、去感悟美。他选择白螺壳、

---

① 〔爱尔兰〕叶芝:《叶芝诗集》,傅浩译,467~477 页,石家庄,河北教育出版社,2003。

圆宝盒、灯虫等现实生活中平凡且渺小的事物，用诗性的心灵去浇灌它们，打造精巧而又富有智性的诗歌。为表现深刻的内涵，诗人运用由实到虚的写作手法，从小小的白螺壳引发千种情感，遥想到一湖烟雨的愁绪，甚至要"出脱"尘世。但是现实中，空灵的白螺壳仍然只是一只毫无价值的小东西，还不如让人回到南柯一梦。如此在卞之琳那里，虚与实是相关的也是相对的，实过渡到虚，虚为了反映实，他更多地借景抒情，借物抒情，借人抒情，借事抒情，在虚实相交的结构中融入景、物、人、事，描写一种难以排遣的孤独，千古的寂寞，沉思者的幻灭感，独醒者的忧郁和悲愤。虚实的对应，少了叶芝式梦幻般的广阔叙事空间，却更体现了卞之琳式的冷峻和苍凉。

作为诗人，叶芝和卞之琳关注思想和观念给人的心灵和情感带来的影响，要远远胜于关注思想和观念本身，他们所思所想通过诗歌的意象、韵律、形式等表现出来，他们不是要展现世界，而是要感受世界，因此他们的哲思是含蓄而内敛的。

叶芝的诗歌是由一整个象征体系形成的大智慧式的思辨，卞之琳则是突出小智慧的思考。日常生活和细微琐事不仅是卞之琳诗意与智慧的源泉，也是他用来表现诗意与智慧的载体。《寂寞》先写儿时的回忆，以养蝈蝈来消解寂寞，接着对比今日默默死去湮没无闻，体现出今昔、生死两个主题，不过就是在人间走一遭，寂寞是最初也是最终。《一块破船片》写坐在海岩上的女子看潮涨潮落，破船片的涌来退去、夕阳与海水的移离和波动构成了多层面的暗示和象征：希望和爱情来来去去难以把握，等待之中的生命和岁月变幻无常。而《投》[独自在山坡上，/小孩儿，我见你/一边走一边唱，/都厌了，随地/捡一块小石头/向山谷一投。/说不定有人，/小孩儿，曾把你/（也不爱也不恨）/好玩的捡起，/象一块小石头，向尘世一投。[①]]表现出与叶芝相似的宿命观、轮回观：人生有限，形体不过是物质性的短暂存在。这一世是主宰石头命运的小孩，可能上一世不过是无法掌握命运的落入尘世的石头，命运总是相对的、轮回的，要得到精神的永存，只能寄希望于文学艺术这种不朽的形式，突破肉体的禁锢，实现对人生的永恒探索。

可以说，卞之琳的成功在很大程度上依赖于他的这种以日常小事表现

---

① 　卞之琳：《雕虫纪历》自序，9页，北京，人民文学出版社，1979。

哲思的方法。他的诗歌虽富含哲思和深意，却仍亲切可感，而不会因其思辨性而拒读者于千里之外。他的诗歌超越了小人物、小事件本身，转入智慧的思辨，上升到了哲学的高度。不管卞之琳在诗篇中的描绘是多么客观、冷静，不管他的诗蕴含着多么深的哲理，不管他表现出如何的克制、矜持和理智，还是能从其字里行间发掘到一股深沉的感情潜流。他的抒情方式是独特的、隐晦的，是藏而不露、秘而不宣、淡淡吐露的。卞之琳冷静的诗风中缺乏那种沉重而锐利的东西，与西方后期象征主义的"冷峭"大有差别，他的冷静重在"平静"。平静地面对世界风云、个人悲欢，既不投入，也不离弃，淡然处之，若即若离，间或有心绪的颤动但都能及时抚平。正是这一分淡定铺垫了卞之琳作为诗人要给世人传达的智性世界。

叶芝的象征主义体现了他的智性诗学，他认为："正是智力决定读者在何处沉思这个象征的队列。"[①]作者和读者需要用由智力搭建的桥梁连接起来，只有通过象征，包括情感和理智的象征，才能达到感动的目的。卞之琳诗歌的魅力来自观念的奇妙，它并不过分展开自身的哲学观念而只是把这种观念放在读者面前，让人欣赏，让人赞叹。叶芝的象征主义以其智性的诗学观念取胜，卞之琳的智诗则以智慧的趣味取胜。二者所共通的是，他们都立足于创作者和接收者超越时空、超越物质的沟通，诗人要"脱离感情、脱离个性"地站在整个世界前去传达感悟，在诗歌中贯穿智性。

四、结语

叶芝作为一个诗歌时代的杰出人物，不仅以其高度娴熟的创作技巧影响了一批诗人，更为诗坛同代、后辈及世人景仰的是他如星辰闪耀的个人气质。叶芝是一个将整个生命都沉浸在诗歌里的人，他的诗歌充满幻美和智慧，充满了生命的感召，他始终把生存上升到一个巅峰，去反思、热爱、探索、冥想。叶芝的激情之所以保持得那么恒久，燃遍欧洲乃至中国、日本，是因为它不来自意识层面，也不来自情感层面，而是来自生命最深处——来自心灵。心灵的沟通才是穿越时空与地域的上帝之灵，无所不能、

---

① 王家新编选：《叶芝文集卷三：随时间而来的智慧——书信·随笔·文论》，154 页，北京，东方出版社，1996。

无处不至。大江健三郎获诺贝尔奖时的演讲词《我在暧昧的日本》中说道：
"说实话，相较于我的同胞川端来说，我觉得与爱尔兰诗人叶芝在精神上更
亲近。前者二十六年前曾经站在这个讲台上；后者则在七十一年前，与我
现在的年龄相近时获得了诺贝尔奖。当然，我并不是说我同天才平起平坐。
诗人威廉·布莱克的作品被叶芝在本世纪复兴，他曾写道：'……如闪电，
跨越欧亚，到华夏，到扶桑……'过去的几年间，我致力于写一套三部曲，
希望这是我创作生活的巅峰。迄今前两部已发表，最近又写完最后一部。
这套书题为《燃烧着的绿树》。这一标题来自叶芝的诗《踌躇》中重要的一节：
枝梢至树干／一半燃烧／一半葱绿／仍带着露珠。……实际上我的书是受到叶
芝整部诗集的影响而写出的。大诗人 W. B. 叶芝获奖时，爱尔兰上议院为
祝贺所提的议案中有这样一段话：'我们的文明将以叶芝议员的力作闻名于
世……从破坏性的狂热，走向人道的正气，这正是叶芝文学的可贵之
处……'我将尽我所能，继承叶芝。"①

　　叶芝的一生是读不完的，叶芝一生所创作的诗歌是研究不尽的，尽管
后世中外研究者对这位伟大诗人的研究出了许多成果，但面对其浩瀚的诗
风变迁与整合的诗学体系，根本无法穷尽其精华，本章也只能从微观入手
研究叶芝智性象征主义诗学的理论与创作实践。每个文学理论的出现必然
不能是无源之水，叶芝智性象征主义诗学观的形成来源于后期浪漫主义、
现实主义、唯美主义、神秘主义和前期象征主义，其中不乏影响他至深的
威廉·布莱克、亚瑟·西蒙斯、马拉美、奥斯卡·王尔德等文坛杰出大家。
在这众多流派的激烈碰撞中，叶芝能独辟蹊径，发展了光焰万丈的智性象
征主义诗学。

---

　　① ［日］大江健三郎：《随笔集·我在暧昧的日本》，许金龙译，44 页，海口，南海出版公司，
2005。

第十章　T. S. 艾略特

　　T. S. 艾略特(Thomas Stearns Eliot，1888—1965)被誉为英语诗歌界
"最有影响的诗人之一"。新批评派鼻祖瑞恰慈(I. A. Richards)在《文学批评
原理》中说道："鉴于艾略特先生是不向今日时势屈服的寥若晨星的诗人之
一，他所面对的各种困难和他的读者所遇到的同类困难都值得研究。"[①]1948
年获得诺贝尔文学奖的颁奖辞中，艾略特被冠以"20 世纪英语世界最重要的
批评家"。他既是卓越的诗人，也是重要的文学批评家。

　　从艾略特文学活动的经历来看，他首先是评论家，然后才是诗人。无
论作为重要的批评家，还是卓越的诗人，艾略特在文学史上都是一个重要
的现象级人物。因此文学界对他的研究一直都是一个焦点。他提出的"传统
观念""非个人化"和"客观对应物"等诗学理论为诗歌创作和评价提供了极有
价值的标准和依据，开创了诗歌的现代派风格。艾略特诗歌理论影响深远，
其创作虽数量不丰富但却技艺高超。

　　艾略特最早创作的理论著作是献给父亲的评论集《圣林》(The Sacred
Wood)。在这部评论集中，他极富远见地提出了传统与个人才能的关系、
新作品和前人经典的关系，以及过去、现在和未来的关系。与他早期创作
的诗篇相比，这部评论集的意义更为重大——不仅为初期从事文学活动的
艾略特带来了最早的声誉，更让人们由此认识到了作为评论家的艾略特。
《圣林》中见解独到的评论和理论主张，为他带来的名誉远胜于他当时发表
的一些诗篇。有评论家说："在《荒原》出版以前，我们很少了解诗人 T. S.
艾略特，但却非常了解评论家 T. S. 艾略特。《圣林》几乎是我们的圣书。"这

---

　　① 　[英]艾·瑞恰兹：《文学批评原理》，杨自伍译，281 页，天津，百花文艺出版社，1992。

部理论著作是艾略特文学思想的精髓，集中体现了艾略特的文学观念。他日后的理论阐释和诗歌创作，都紧紧围绕他的这套理论进行。[①] 之后他也陆续写过许多文学评论文章，也提出了他对诗歌理论的一些主张和看法，后来的论文连同《圣林》被一并编入《艾略特文学论文集》和《艾略特诗学文集》。这两部文集有相同的内容，也有不同的部分。

艾略特正式登上文坛是从 1915 年在美国《诗刊》发表《普鲁弗洛克的情歌》开始的。同年又在此刊发表《波士顿晚报》《海伦姑妈》和《南茜表妹》。与此同时，两首较长的诗歌《多风之夜狂想曲》和《前奏曲》在英国杂志《爆炸》上发表。1917 年，他将这六首诗歌连同《一位女士的画像》集结为他的第一部诗集《普鲁弗洛克及其他》出版。这是他的诗歌初次在英、美同时发表。1920 年他发表了第二本作品集《诗集》，其中有不少精彩篇章，如《小老头》《夜莺歌声中的斯威尼》《河马》和《艾略特先生的星期日早礼拜》。诗集中透漏出现代城市生活的无聊窒息和人的沉闷与沮丧。1922 年，对西方现代文学影响深远的诗歌《荒原》发表。加上先前《传统与个人才能》《论但丁》等重要文章，艾略特一流诗人的地位就此确立，其后发表的重要作品《四个四重奏》巩固了他的文学的地位。

新批评家马狄森在《艾略特的成就：论诗歌的本质》中认为艾略特的伟大成就在于，他用他的诗歌理论结合创作实践使学术界对诗歌本质进行重新思考和认识，使得诗歌评价从以注重人的情感为主到避开个人情感转而关注社会和历史背景。批评家伦纳德·安格尔在论文集《艾略特：瞬间与样式》中探讨艾略特作品的部分与整体结构，试图从结构的角度对艾略特的诗歌进行挖掘和阐释。20 世纪 50 年代至 60 年代，学界对艾略特诗歌进行研究的成果大量问世。格罗夫·史密斯的《艾略特诗歌与戏剧：来源和意义研究》内容尤其翔实，将作品典故解说的完备清晰，被看作了解艾略特的入门必读书。伊丽莎白·德鲁的《T. S. 艾略特诗歌的设计》从互文性的角度阐释艾略特诗歌中的互文关系。斯蒂德在《新诗学：从叶芝到艾略特》中探讨现代主义和浪漫主义的关系，认为英美诗歌的发展就是将意象主义发展到极

---

① 参见［美］T. S. 艾略特：《荒原——T. S. 艾略特诗选》，赵萝蕤、张子清译，3 页，北京，北京燕山出版社，2006。

致，其直接来源还是浪漫主义。文中提到像艾略特这样的现代派诗人，无论从法国象征主义作家那里借鉴了什么，他的创作都来源于浪漫主义。这种看法在 70 年代伯恩斯坦的《叶芝、艾略特、史蒂文斯的浪漫主义嬗变》中得到共鸣，此人同样认为叶芝、艾略特等人的现代派诗歌是浪漫主义的变种。20 世纪 80 年代以来的艾略特研究更加多样和深入，生平、创作、文化、宗教和心理等均有涉猎。生平研究有 1983 年出版的罗纳德·布斯的《艾略特的性格与风格研究》和 1998 年的《T. S. 艾略特：不完美的一生》。这两本书是通过对艾略特的自身经历和文学创作进行互文性解读，阐释艾略特文学创作的意义，是较为全面的结合生平了解作品的学术成果。对艾略特诗歌创作进行研究的作品主要有洛布的《艾略特与浪漫主义批评传统》、卡恩斯的《艾略特与印度传统：诗歌与信仰研究》、萨尔腾的《艾略特、乔伊斯与同伴》等，这些作品从不同的角度对艾略特的宗教信仰和文学传统等进行了专门研究，探讨了艾略特与其他现代派作家如波德莱尔、詹姆斯、叶芝和庞德等人的关系。在中国，从事艾略特诗歌译介活动的主要有赵萝蕤和张子清，译有《荒原——T. S. 艾略特诗选》。张剑的《T. S. 艾略特：诗歌和戏剧的解读》是在艾略特诗歌理论的基础上对艾略特的作品进行分析研究。陈庆勋在《艾略特诗歌隐喻研究》中旁征博引，用雄辩的思维论证了艾略特诗歌中的众多隐喻，其中很多论证来自中国诗歌理论和创作实践。文中将诗歌的隐喻梳理得十分清晰，对隐喻的特点及隐喻和相关概念的关联阐述得非常清楚，分析了隐喻、意象和象征千丝万缕的联系。蒋洪新的《英诗新方向——庞德、艾略特诗学理论与文化批评研究》集中于诗歌理论的研究。另有董洪川的《"荒原"之风：T. S. 艾略特在中国》，是对艾略特诗风传播的研究，换言之，是关于艾略特的影响研究。这些研究无论是对艾略特诗歌的解读还是对其诗学理论的探究，都对本章的设计构思和行文起到启示和铺垫作用。

艾略特的诗歌理论和创作富有创新性，他的文学批评集《圣林》为他带来了文学生涯中的早期声誉，《传统与个人才能》为后人的文学评价与阐释提供了极有力的支撑，《荒原》更是被誉为"二十世纪西方文学史的里程碑之作"。

艾略特诗学理论使人们对诗歌创作和评价的标准由个人情感转向源远

流长的社会历史和文学传统，使得诗歌意义更为丰满富有。艾略特的诗歌庞杂，艺术表现手法灵活多样，对前人的理论和创作成果多有借鉴。无论是诗歌结构、修辞手法，还是意象运用，他都从不同时代的不同作家身上汲取养分。从古典主义到浪漫主义到象征主义，艾略特在一步步地剔除他认为不合适的东西的过程中，吸取了他认为有用的东西。通过对古典主义的选择性继承，以及对但丁、玄学派诗人等的继承，他不断推陈出新，形成自己的理论。法国象征主义诗歌也在一定程度上影响着他，他极为巧妙地接受了象征主义诗歌理论和创作手法，形成自己富有特色的象征主义诗学理论并对后世文学产生影响。

前人对艾略特的诗学研究主要集中在"纯诗学""宗教诗学""文化诗学"和"经验诗学"等方面。随着对艾略特研究的拓展，人们越发注意到了艾略特的诗歌理论和实践与法国象征主义诗歌的理论与实践之间存在一定的渊源和契合。他的诗歌创作技巧开创了现代主义诗风，很好地践行了他的"非个人化"和"客观对应物"理论。语言上的机智与音乐性、隐喻修辞、神话结构和互文性写作手法（典故、引语等）等独创性应用，体现了他集大成者的风范及创新发展的姿态。作为20世纪文学史上里程碑式的人物，艾略特有他自己独创的诗学理论和创作技巧，他的象征主义诗学也影响着后来人。

一、艾略特的诗歌美学观

艾略特诗歌理论开创了一代现代派诗风，他和 I. A. 瑞恰慈一同被认作新批评派开山大师。他的伟大之处在于，他对各个时期优秀文学作品和作家有选择性的继承及在此基础上的创新。他从但丁那里继承结构和隐喻，从17世纪古典主义那里继承了完整、成熟和有秩序的标准，从玄学派诗人那里发现具有坚实智慧且轻快优雅的诗，从法国象征主义那里找到了表达理论的艺术手段。

艾略特诗学观集中体现于他重要的诗歌理论文章《传统与个人才能》中，其中重点论述了他关于历史意识、非个人化、客观对应物和统一感受力的理论。归结起来主要是两个方面：一方面，他主张作家创作要有历史感，要继承传统并不断创新。继承传统和不断创新的意识始终贯穿在他的文学活动中。另一方面，他认为诗人在创作过程中要规避个人情感，避免浪漫主义的感情泛滥，应寄思想于感情，努力使感受力得以统一。因此诗人要寻找客观对应物，使得诗歌创作非个人化。

客观对应物作为实现非个人化理论的艺术手段，其灵感正是源于法国象征主义。他接受法国象征主义诗歌理论并将其发展为具有自己特色的诗学理论，由此，有评论家将艾略特称为英美后期象征主义的基石。

1. 历史渊源

诗学观是对诗歌理论系统地概括和提炼，它源于诗人或评论家在长期的文学创作或评价活动中所得出的关于诗歌本质和表现手法的认识。对艾略特而言，他的诗学观不仅来自他的文学实践，也与他的生活和求学经历密切相连。

艾略特生于美国密苏里州圣路易斯城，成年后经常游历欧洲，长期旅居英国，并于 1927 年加入英国国籍。他的远祖定居英国萨默塞特郡的东库克村，于 17 世纪移民美国。祖先信奉宗教，祖父一度被艾略特奉为崇高的精神榜样。他曾这样说："我祖父就如摩西，他制定的行为准则是我们的道德标准。我们有任何偏离律法的决定都是有罪的。"[①]父亲天生爱好艺术与音乐，母亲酷爱文学并对他大加培养。家庭的宗教氛围，父母的文学艺术气质和热情，密西西比河流域的少年生活，以及他与英美两国复杂的亲缘关系，对艾略特的个性素养和文学气质的形成、诗歌创作及美学观的确立都有重要影响。

祖先信奉宗教，是艾略特拥有深厚宗教情感的决定因素。宗教意识不仅影响着他的生活态度，一定程度上也决定着他的文学态度。他的创作留有宗教的痕迹，文学评论也一样。艾略特的童年充满对密西西比河的深刻记忆，那里的树木和河流时常萦绕于他心间，关于河与海的意象也时时出现在后来的诗中。

大学期间，艾略特深受哲学家乔治·桑塔纳和新人文主义者欧文·白璧德的影响，他还大量研读英国诗人约翰·邓恩和意大利诗人但丁的诗歌，对二者产生浓厚兴趣，他认为但丁是将隐喻运用得最为纯熟的伟大作家。

---

① 蒋洪新：《英诗新方向——庞德、艾略特诗学理论与文化批评研究》，23 页，长沙，湖南教育出版社，2001。

从但丁那里，他找到了通过诗人的感受力来表达情感和经验的对应物。邓恩作为 17 世纪玄学派诗人，他的诗歌语言接近口语，机智且富有戏剧性，刻画心理活动尤为深刻，比喻奇特。邓恩和庞德的意象主义是将艾略特诗歌创作引向象征主义的最早因素。艾略特对邓恩尤为赞赏，并在他的影响下，形成了自己早期的诗歌风格。如早期的《普鲁弗洛克及其他》和《诗集》均运用了生动的戏剧性刻画和象征手法等。

无疑，玄学派诗人对艾略特的影响颇深。他称他们为"智性诗人"并在他们的诗歌中发现了思想与情感的统一。他在《安德鲁·马维尔》一文中说道，"机智的东西是在轻快优雅的抒情格调下表现出来的一种坚实的理智……在雪莱、济慈或华兹华斯的作品中找不到这种品质；在兰多的作品中，你只能听到它的一点回音；在丁尼生和勃朗宁的作品中，这种品质则更少"①。他认为浪漫主义缺乏这种坚实的理智，只是在感情与想象中建设自己的世界，这在艾略特看来是片面和混乱的。他赞扬玄学派诗人马维尔的诗具有机智文雅的特质，这与诗人所尊崇的古典主义是一脉相承的。古典主义完整成熟的创作标准和讲究秩序的主张是艾略特所推崇并继承的。

艾略特宣称自己是一位古典主义者，主张模仿古典作家的文学作品，对但丁、邓恩及乔伊斯等人非常崇拜。古典主义作品崇尚理性与传统，强调舍弃自我和节制感情，不注重个人思想情绪的自我表达，而是重在描写一般性和永恒性的观念与原则。② 因此，他反对浪漫主义任由感情随意表达的创作之风。他的理论就是在反对滥情的浪漫主义基础上提出的。浪漫主义将个人情感作为创作的源泉和目的，导致个人情感在诗歌创作中不受节制而流于泛滥。然而，对艾略特而言，他个性敏感内敛，出身于宗教家庭，在大学期间对布莱德利哲学中的"直接经验"有着系统全面的研究。在攻读硕士学位期间，遇到两位对他影响很大的杰出的教授，他们都反对浪漫主义滥情、自我陶醉和沉湎于个人感情的倾向。因此，艾略特对待文学评价和创作活动也自然持严谨和审慎的态度。也就是说，宗教家庭和哲学教育的背景，以及 20 世纪初各种社会思潮的影响使他反感创作上的感情放纵。

---

① 王恩衷编译：《艾略特诗学文集》，36 页，北京，国际文化出版社，1989。
② 参见林骧华主编：《西方文学批评术语辞典》，120 页，上海，上海社会科学院出版社，1989。

因此，在反对浪漫主义诗人任意表达自我的前提下，他意欲建立一种文学传统秩序。

在以《传统与个人才能》为核心的《圣林》中，艾略特阐述传统与个人才能、新作品和经典作品，以及现在、过去和未来的关系，提出了"非个性化"的概念，以此强调诗歌不应表现自我，诗人与诗歌应该区分开来。当然，除了来自求学生涯中对哲学及文化人类学的学习、英国玄学派诗歌，以及法国象征主义诗歌的影响之外，艾略特的"非个性化"理论还来自他自身及好友庞德等人的创作实践。

看文学发展的大概脉络，每个时期都有艾略特反思过的印迹。古典主义让艾略特意识到需要重建秩序；流于感伤、注重个人情感的浪漫主义让他质疑普遍的主体个性论而视传统为文学根本。这种将现在包容为一体的传统观念导致了其"非个性化"诗歌理论的形成。他从对它们的选择性继承发展了自己的见解，从而形成了重建秩序的观点，他也因此宣称自己是一位"新古典主义诗人"。他认为诗歌创作应该具有历史感并要重建秩序，在此基础上，他发展了非个性化理论和客观对应物理论。应该说客观对应物理论是将其非个性化理论转化为艺术表现手段而寻找的出路或方式。他的诗学理论与他所接触的法国象征主义的应和观念有所契合。他在对法国象征主义认识深入的基础上，发展了自己的诗学理论。他在重要的论文《哈姆雷特》中说："用艺术形式表现情感的唯一方法是寻找一个'客观对应物'；换句话说，是用一系列实物、场景，一连串事件来表现某种特定的情感；要做到最终形式必然是感觉经验的外部事实一旦出现，便能立刻唤起那种情感。"①有人认为艾略特此番言论是英美后期象征主义理论的基石，他本人几乎是被当作一个诗歌方面的立法者来崇奉的。笔者将艾略特与法国象征主义诗学契合并受后者影响而形成的诗学观称为"艾略特象征主义诗学"。

从艾略特的批评文集和他在各个场合的表述来看，他的诗学理论主要可以归为两个方面。一是传统，即历史感；二是客观对应物和非个人化理论。之所以将客观对应物和非个人化理论归为一类，是因为二者有一脉相

---

① 王恩衷编译：《艾略特诗学文集》，13 页，北京，国际文化出版社，1989。

承的联系。下面主要从这两方面阐述艾略特诗学的主要内容及其内涵。

2. 传统概念

在《现代西方文学批评术语词典》中，对"传统"一词做了如下描述：

> 在长期的历史过程汇总中，为数甚重的文学作品往往在形式、风格和思想内容等方面形成了共同的特征，而由这些特征所组成的体系就是传统。一般而言"传统"往往指将作品连接起来的因果关系。文学史家在使用该术语时，既可以强调它的严格的历史含义，也可把它当作文学批评的辅助手段。当处于第一种情况时，他把一系列个别作品作为例证，以阐明文学的某一发展变化过程；而在第二种情况时，程序恰好相反，也即是说他用文学的发展演变来解释某一部文学作品。
>
> 我们既可以从形式和问题风格的角度，也可以从思想内容和态度的角度给"传统"下定义……最重要的是，只有对传统有所了解，我们才有可能认识某部作品的独创性。①

这段文字首先明确的是两点，一是传统的概念，传统是和历史有关、强调历史感的概念。二是对传统的了解关系到认识作品的独创性。艾略特的评论文章《传统与个人才能》正说明了上面提到的第二点。

艾略特作为新古典主义者，具有新古典主义作家所具有的强烈的传统意识。那么，艾略特的传统是什么？艾略特的传统意在恢复什么呢？在艾略特看来出路就在于恢复他在但丁、"玄学派"诗人和法国象征派诗人的作品中发现的，现在已经失去了的统一的感受力。从《普鲁弗洛克及其他》到《四个四重奏》，他始终在创作之中以但丁为楷模，这也可以视为一种始终不渝的探索，始终在弥合思性与智性之间的鸿沟。只有具备了这种感受力，诗人才能"寻求各种心态和情感的文字对应物"，他们才能更加成熟，他们的诗才能"更为持久"。②

在他看来，传统不能继承，是需要努力去获得的——保存、改进，或

① ［英］罗吉·福勒主编：《现代西方文学批评术语词典》，袁德成译，286页，成都，四川人民出版社，1987。

② 参见陈庆勋：《艾略特诗歌隐喻研究》，121～122页，上海，上海人民出版社，2008。

者创造。他这里指的就是一种历史感的存在。艾略特有一种天才的能力，能抓住和他自己诗歌有关的早期作家的特点，并使得他们获得新生，这是谁都不可否认的；但是在他眼中的历史是有所淘汰的……[1]他强调欧洲文化基本统一，呼吁在传统基础上重建秩序。他为作品与传统秩序的关联性辩护，意在恢复作品本身在互文性视角下的意义。

作为艾略特的诗学宣言或纲领，《传统与个人才能》主要探究了传统与文学活动的关系，探讨以什么为参照来评价作家作品。他将文学"传统"纳入文学批评研究的核心位置中，主张文学体系应独立自主，文学评价活动应在文学体系内部进行，其评价准则应为文学自身的"传统"。他肯定了传统的过去性，将"现在"的概念引入传统体系，使传统成为一个现在与过去相结合的历史概念。"过去"是一种经验与见证，"现在"是发展的新鲜活力。

他眼中的传统意味着一个完整的体系。他认为真正优秀的作家一定是"传统的"，是具备历史意识的。然而这种历史意识并非定格于特定时空，而是对古今文学进行深思后，对贯穿于整个欧洲文学的历史动向的准确把握。这样才能将作品融入传统并在传统观照下凸显作品的现实意义。从另一个角度讲，这样的作品才有创造力。艾略特认为，传统并非保守或推陈，更不是束缚个人才能的枷锁。相反，它可以为个人创作提供广阔空间和完美的丰富素材。他说传统是"现存的不朽作品联合起来形成的完美体系"。这里包含两重意思：一是作品与体系（即传统）发生关联才有意义；二是体系因新作品的加入生成新鲜血液。体系经过如此这般"新鲜血液"的注入所进行的自动调整使得具有传统性的作品在新的语境和文本下焕发出新的生命力。这一上升到互文性层次的思想自然意味着，任何作家和作品本身都不具备完整意义，对他们的评价便不能局限于自身而要放在传统下，在与传统的比照中彰显意义。"人们对于文本的所有批评、欣赏与阐释，都不过是对于前文本的尝试性增补。每一次增补，都必然受到前文本和其他相关文本的污染，都必然携带前文本和其他文本的踪迹。"[2]这正是艾略特关于传统和个人才能的观点的含义，体现的正是创作和评价之间的互文性。对玄

---

① 参见［英］肖恩·卢西：《艾略特与传统概念》，周煦良译，载《现代外国哲学社会科学文摘》，1961(5)。

② 陈永国：《互文性》，78页，载《外国文学》，2003(01)。

学派诗人及其作品的评价和解读便体现了艾略特的传统观念。①

如果说"传统"是针对评价来说的，"非个人化"就是针对创作而言的。既然作家和作品是无穷尽的，评价不能局限于自身，那么同样的，创作活动也就并非独立的，作家在创作过程中，也应该尽量客观，做到规避个人感情。从这个角度来看，后者倒是在前者基础之上应运而生的了。

3. 非个人化和客观对应物理论

以反对浪漫派为基础，艾略特逐渐发展了他最著名的诗歌理论，即1917 年和 1919 年提出的"非个人化"和"客观对应物"理论。前者是以反对华兹华斯关于诗歌来自"平静中记起的感情"开始的；后者则公开反对浪漫派"内心的声音"。② 由此，艾略特强调诗歌应该规避个人感情，依附传统。

艾略特在《传统与个人才能》中说道："于是他就得随时不断地放弃当前的自己，归附更有价值的东西，艺术家的成长前进过程是一个不断的自我牺牲和自我泯灭的过程。"③他认为，诗歌不是感情的发泄，而是对感情的逃避；不是个性的表现，而是对个性的逃避。他认为诗人只有完全投身于他所进行的创作，才可能达到非个人化。就此，他表达了两个基本观点：其一，诗歌并非自我表现，代表的不是个人思想和感情，也不是个人的"内心声音"；其二，我们必须把诗歌和诗人分开，诗歌就是诗歌，不是诗人的生平经历。"对于诗人具有重要意义的印象和经验，在他的诗里可能并不占有地位；而在他的诗里是很重要的印象和经验，对于诗人本身、对于个性，却可能没有什么作用。"④

诗人在创作中，牺牲和泯灭自我思想和情感，逃避感情与个性，寻找客观对应物，主张诗歌创作要遵循"非个人化"原则，避免浪漫主义的感情泛滥及将思想寄托于感情中，寻求客观对应物。他重视作品本身，力求将思想从感情中分离出来，追寻"思想与感受的分裂"，这是艾略特在《玄学派

---

① 参见[美]T. S. 艾略特：《艾略特文学论文集》，李赋宁译注，11 页，南昌，百花洲文艺出版社，1994。

② 参见张剑：《T. S. 艾略特：诗歌和戏剧的解读》，9 页，北京，外语教学与研究出版社，2006。

③ 王恩衷编译：《艾略特诗学文集》，4 页，北京，国际文化出版社，1989。

④ 张剑：《T. S. 艾略特：诗歌和戏剧的解读》，6 页，北京，外语教学与研究出版社，2006。

诗人》中提出的观点，他认为 17 世纪初期的"玄学派诗人"具有捕捉一切经验的感受技能"，他们表现出对"思想意念的直观领悟"，对于自己的意念就如同对飘来的玫瑰花香那样能立即嗅到。而在之后的"十八世纪出现了思想与感受的分裂，至今没有复原"①。思想意念对邓恩来说是一种说明感受能力的体验。艾略特关于"思想与感受分裂"的叙述，引来一番批评，同时也赢得新批评派的大力拥护和推崇。

在如何看待传统观念的问题上，艾略特有强烈的历史感，他认为，文学创作依然需要继承传统，在继承的基础上不断创新。他关注社会、文化、道德和宗教，是具有"基督人文主义"观念的文学批评家。那么诗人的个性呢？诗人的个性怎么转化为非个性？

他说："诗人的心灵就是一条白金丝。它可以部分地或全部地在诗人本身的经验上起作用；但艺术家越是完美，这个感受的人与创造的心灵在他的身上分离得越彻底；心灵越能完善地消化和点化那些它作为材料的激情。"②他的所谓完美就是诗要逃避感情和个性，而不是放纵和表现它们。他所强调的诗人的非个人化，是远远高于个人而将经验放置于整个传统中，具有强烈历史感的重要观念。

艾略特在《哈姆雷特及其问题》中说："用艺术形式表示感情的唯一方法是寻找一个'客观对应物'；换句话说，是用一些实物、场景、一连串事件来表现某种特定的情感；要做到最终形式必然是感觉经验的外部事实一旦出现，便能立刻唤起那种情感。"③他强调，个性必须要转化为普遍性的艺术情绪，个性的成分融于他的作品中，通过以"客观对应物"象征的方式出现，而不是像拜伦、雪莱式的浪漫主义诗人那样直抒胸臆。④ 综合而言，纵观艾略特的文学批评与诗歌创作历程，他在整个文学活动中所主张和体现的诗歌美学观可从其文学批评和创作两个方面阐述。对于文学的评价，他主张

---

① [美]M. H. 艾布拉姆斯：《欧美文学术语词典》，朱金鹏、朱荔译，77 页，北京，北京大学出版社，1990。

② [美]T. S. 艾略特：《艾略特文学论文集》，李赋宁译注，11 页，南昌，百花洲文艺出版社，1994。

③ 王恩衷编译：《艾略特诗学文集》，13 页，北京，国际文化出版社，1989。

④ 参见蒋洪新：《英诗新方向——庞德、艾略特诗学理论与文化批评研究》，144 页，长沙，湖南教育出版社，2001。

站在历史的角度，要富有历史感；站在今天的角度，应不断创新。如此重视并强调继承传统，一脉相承的欧洲文学传统在意义上将更加庞大丰富；于文学创作同样要继承传统，同时也要注重规避个人感情，追求创作非人格化，寻求客观对应物，反对浪漫主义滥用情感，力求将个人感情从诗人的感受力中分离出来。

4. 与象征主义诗学观的契合

与对艾略特其他方面如经验、文化和宗教诗学等的研究不同的是，艾略特象征主义诗学的形成过程也是对法国象征主义诗歌创作理论的借鉴过程。

艾略特与法国象征主义关系紧密，他在波德莱尔等人的影响下，创作了早期的诗歌并形成了自己的诗歌风格。《荒原——T. S. 艾略特诗选》引用了波德莱尔《恶之花》中的序诗——《致读者》："你！虚伪的读者！——我的同类——我的兄弟！"[1]，与《恶之花》中的《七个小老头》也存在诸多联系。要想深入探讨艾略特诗学与法国象征主义诗学的关系，首先应该探究关于象征的定义。

艾布拉姆斯在《欧美文学术语词典》中如此定义"象征"：象征作为文学术语，仅指用来表示某一事物或时间的词或短语，这一事物或事件本身又代表某一事物，或者超越其自身的参照范围。[2] 保尔·瓦莱里说："象征主义一词一方面让人联想到朦胧、神奇、对艺术的不懈追求；另一方面也从中发现了难以言状的美学精神或可见与不可见的事物之间的应和关系。"[3]由此可见，对于表示象征的词语来说，意义要远大于词语本身。如同郭宏安所说的那样，象征主义作品作为作者心弦的偶然颤动和思想的闪光，写出来的只是本身的一小半，而一大半却存在于诗人的大脑中，是个人综合体验的凝结。因此，象征犹如意象，它制造的是一种氛围和意境。事实上，象征主义作为一种文学思潮，是在发展过程中慢慢形成的。象征主义诗歌

---

① ［美］T. S. 艾略特：《荒原——T. S. 艾略特诗选》，赵萝蕤、张子清译，48 页，北京，燕山出版社，2006。

② 参见［美］M. H. 艾布拉姆斯：《欧美文学术语词典》，朱金鹏、朱荔译，362 页，北京，北京大学出版社，1990。

③ 户思社、孟长勇：《法国现当代文学流派》，2 页，北京，外语教学与研究出版社，2008。

的定义也是在波德莱尔、魏尔伦、兰波等人的诗歌诞生以后才有的，当时诗人们当时是不知道这个概念的。象征主义是在他们的创作过程和诗歌经验（即理论）中慢慢形成的。

马拉美曾将象征主义定义为"逐步地唤起一个客观事物以揭示某种情绪，或正好相反，是选定一个客观事物，再从中提炼'情绪状态'的艺术"[①]。这个定义所阐释的象征是通过与某种情绪相对应的客观事物。这一客观事物在艾略特寻求"非个人化理论"的艺术手段时，被艾略特所发现并作为另一个诗学概念引入他的诗学，那就是"客观对应物"。艾略特"非个人化"理论强调赤裸的个人情感的退出，然而隐退了的诗人的情感和体验如何表达呢？也即如何实现诗人情感在诗歌中的隐退呢？无疑，法国象征主义诗歌创作和理论给了他灵感和答案。

姑且来看法国象征主义先驱波德莱尔的《应和》一诗：

> 自然是座庙宇，那里活的柱子
> 有时说出了模模糊糊的话音，
> 人从那里过，穿越象征的森林，
> 森林用熟识的目光将他注视。
>
> 如同悠长的回声遥遥地回合，
> 在一个混沌深邃的统一体中，
> 广大浩漫好像黑夜连着光明——
> 芳香、颜色和声音在相互应和。
>
> 有的芳香新鲜若儿童的肌肤，
> 柔和如双簧管，青翠如绿草场，
> ——别的则朽腐、浓郁，涵盖了万物，
>
> 像无极无限的东西四散飞扬，

---

① 陈太胜：《象征主义与中国现代诗学》，34 页，北京，北京大学出版社，2005。

> 如同龙涎香、麝香、安息香、乳香
> 那样歌唱精神与感觉的激昂。①

　　诗人将自然视为"象征的森林"。自然中的事物与人的精神世界存在某种相通，这正是诗人的"通感说"（或移情说），自然中的事物能唤起诗人的情感，诗人的情感在自然中找到某种通感的媒介时，便会与自然产生"应和"。在艾略特寻求诗人"非个性"的实现方式时所发现的"客观对应物"正是从这里而来。"应和"所表达的"庙宇""活的柱子"正是诗人情感的客观对应物的源泉。诗人的情感应该由自然中的客观事物来表达，诗人一瞬间的情感必定由客观对应物传达。艾略特在《哈姆雷特》中将这些客观事物表达为"一系列事物或场景"。

　　波德莱尔认为诗歌应该是纯粹的，不同的感觉相互交汇融合，与自然中的事物发生关系。一切物质的或精神的东西都相互作用，相互沟通，充满意义。艾略特把沟通这一切关系的东西比喻为"一条白金丝"。《传统与个人才能》中有这样一段话：

> 　　我现在应当要说明的，是这个消灭个性的过程及其对于传统意识的关系。要做到消灭个性这一点，艺术才可以说达到科学的地步了。因此，我请你们（作为一种发人深省的比喻）注意：当一根白金丝放到一个贮有氧气和二氧化硫的瓶里去的时候所发生的作用。
>
> 　　……
>
> 　　我用的是化学上的催化剂的比喻。当前面所说的两种气体混合在一起，加上一条白金丝，它们就化合成硫酸。这个化合作用只有在加上白金的时候才会发生；然而新化合物中却并不含有一点儿白金。白金呢，显然未受影响，还是不动，依旧保持中性，毫无变化。诗人的心灵就是一条白金丝。它可以部分地或全部地在诗人本身的经验上起作用；但艺术愈是完美，这个感受的人与创造的心灵在他的身上分离

　　①　［法］波德莱尔：《恶之花——巴黎的忧郁》，钱春绮译，10 页，北京，人民文学出版社，1991。

得愈是彻底；心灵愈能完善地消化和点化那些它作为材料的激情。①

艾略特所讲的变化就是诗人的情绪和感觉。他呼吁的是将"白金丝"融于化学物质所产生的效果。他主张的是象征主义诗学的"应和"，要求运用象征手法暗示诗人的思想和情感。

波德莱尔令人瞩目的艺术观，除了通感理论，还有"以丑为美，化丑为美"的原则。这一美学观也是后来 20 世纪现代派文学所遵循的重要原则。他认为没有绝对的美丑，相反，丑中有美，美在丑旁边，因丑的存在才见得美的可贵。因此，象征派诗人都善于且乐于描写丑，意图恰在呼唤美。他们身处地狱般的社会却心向光明，在忧郁中心存美好理想。因此，他们对"丑"的渲染和描绘流露了他们追逐美好的执着心愿。19 世纪中期的法国象征主义诗人们在他们那个时代抒发愤懑，生于 19 世纪末的艾略特的时代同样不是尽善尽美的，同样充满着世纪的阴霾、时代的阴影，有着精神的危机和一系列难以一劳永逸解决的社会问题。资本主义社会背景下的人们充满困惑、无助和郁闷。艾略特看到的同样是社会的"荒原"。因此，现代派诗人艾略特承继了波德莱尔的美丑创作原则。他的诗歌描写了各种精神危机，无论是神思不振的青年，或者战后的残兵，甚至从上流社会的绅士淑女到下层的青年男女，无一不存在精神缺陷。他们在社会上找不到自己的位置。缺乏认同感、归属感的他们没有方向感，因此在"荒原"中迷失。这种令人沉闷窒息的"荒原"没有丝毫生机可言。隐藏在这背后的，正是艾略特呼吁修葺荒原、寻找出路的一腔热情和社会责任感。

众所周知，艾略特重视诗与音乐的关系。他在 1942 年写的《诗的音乐性》中就讲到诗人应该多研究音乐并从中吸收养分。他强调诗歌创作中的音乐性，对强调音乐性的法国象征主义诗人极为推崇。在他看来，瓦莱里等法国象征主义诗人这种将音乐与诗歌融为一体的创作是对诗歌艺术形式的积极探索，同时认为音乐可以通向难以抵达的永恒。因此，他将音乐的表达形式纳入诗歌创作，为表现主题服务，《四个四重奏》就是个很好的例子。

在对法国象征主义进行整体和个案研究后，陈太胜将语言（形式）、意

---

① 王恩衷编译：《艾略特诗学文集》，4~5 页，北京，国际文化出版社，1989。

象、音乐性和暗示性归结为象征主义诗学基本观念的四要素，认为象征主
义之所以成为象征主义，关键在于在强调诗歌语言的基础上，强调诗歌语
言通过营造意象与本身的音乐性，达到语言的暗示效果。① 那么，说艾略特
接受法国象征主义诗学，就意味着艾略特诗学也存在着四要素。隐喻修辞
和智慧语言，以及音乐性和暗示性等手法在他的诗歌中都有充分体现。因
此，无论从艾略特和法国象征主义地缘上的亲近，还是时间差上的亲近，
还是诗学观上的亲近，都不能不说艾略特是英美象征主义的领军人。他从
法国象征主义诗人的创作活动中总结出来的诗学理论对理解他的诗歌创作
和理论都意义重大。

　　时至今日，作为伟大的诗人与评论家，艾略特的诗歌美学思想在整个
文学史上产生了深远的影响。尽管他自己也承认，他的思想中不乏悖论，
但是作为 20 世纪文学史上里程碑式的人物，他承前启后，引领一批同时代
的诗人评论家开创了新的里程，为文学批评开辟了全新的视野。他对法国
象征主义诗学的接受，更是为欧美象征主义的发展做出开辟性贡献。

二、艾略特的诗歌创作

　　艾略特的诗歌创作正如其理论所主张的那样，在重视传统和历史感的
基础上，大量借鉴和吸收了但丁、玄学派诗人及法国象征主义诗人的创作
精华，以此丰富自己的作品，穷尽诗歌意义。他借鉴了但丁的隐喻，玄学
派诗人的机智和象征派诗人的象征等手法，因而，他的诗歌充满隐喻、奇
思妙想和象征，② 因此，给人带来不计其数的理解障碍和困惑，使得他的诗
歌以晦涩和意义深奥著称。也多少由于其诗歌技巧众多，很难说有一条什
么样的主线贯穿其中。下面将从艾略特的诗歌语言、结构、隐喻的修辞创
作特色分析他的诗歌创作。

　　1. 艾略特诗歌创作的特色

　　艾略特的诗歌富有艺术特色，运用多种艺术手法，创造出意境深邃悠
远的诗歌。

---

① 参见陈太胜：《象征主义与中国现代诗学》，37 页，北京，北京大学出版社，2005。
② 参见陈庆勋：《艾略特诗歌隐喻研究》，103 页，上海，上海人民出版社，2008。

1)语言

艾略特非常重视诗歌语言。在早期的诗歌创作中，他受英国诗人约翰·邓恩的影响，运用了生动的反讽、戏剧性刻画和象征主义等创作手法，在英美诗坛上产生了一定影响，很多诗人开始模仿。他运用音乐形式和戏剧手法增强诗歌的音乐性和戏剧性，增强语言的节奏感和表达张力。如《荒原》的"对弈"部分，讲述了一对夫妻在床上的对话。尽管是夫妻间的对话，内容却互不相关。看似不可思议，实际上是艾略特戏剧性语言的展示，体现了在缺乏生机的社会背景下人的精神危机和沟通危机。《四个四重奏》里，音乐性也得到充分的体现。

由于他的诗歌着重表现社会的异化和人的精神危机，因此语言不仅富有音乐性和戏剧性，还常常使人感到晦涩难懂。艾略特在《玄学派诗人》一文中说："就我们文明的目前状况而言，诗人很可能不得不变得艰涩。我们的文明涵容着如此巨大的多样性和复杂性，而这种多样性和复杂性，作用于精细的感受力，必然会产生多样而复杂的结果。诗人必然会变得越来越具有涵容性、暗示性和间接性，以便强使——如果需要可以打乱——语言以适合自己的意思。"①艾略特强调诗人要努力避免感受力的分化，拥有精细的感受力，而要做到精细表达感受力，必定不会是常规语言所能实现的，晦涩的语言是精细感受力的必然选择。

语言，也即措辞，在诗歌中被认为是最不重要的，因为它是由诗中各项因素所支配而产生意义的，它本身并不关系到内容的深刻和实质。"语言是最无关宏旨的，因为它是由诗中的其他因素支配和决定的。"②尽管如此，它是承载诗歌意义的载体，作为传达工具，是有重要价值的。在艾略特那里，作为承载意义的载体，语言以戏剧化和音乐等形式出现，用以制造诗人所要的"精细感受力"。

2)结构

艾略特诗歌结构有两大特点。一是诗歌内部结构无章可循。二是诗歌整体大量吸收了前人的优秀传统，继承并创造了神话结构。其诗歌难以寻

---

① 参见王恩衷编译：《艾略特诗学文集》，32页，北京，国际文化出版社，1989。

② [英]罗吉·福勒主编：《现代西方文学批评术语词典》，袁德成译，146页，成都，四川人民出版社，1987。

出一条合理线索，主要原因是他诗歌的各部分内容是由各种情感反应之间的和谐、对比及相互作用结成一体的，而不是一个全凭分析就能得出的理性构想。这种相互作用在一个适当的读者身上产生的统一反应才是意义所在。① 比如，在《情歌》的各个部分间寻不出统领整个诗歌主旨的东西。诗歌描述了一个陷入感情困扰的青年。整首诗就是随着主人公的感情意识发展的，这也是"意识流"的创作手法。诗中主人公生活在无奈无助的社会环境下，因个人爱情遭遇而沮丧苦闷，意识断断续续，难以统一。诗歌的语言也显得支离破碎，断断续续。这种支离破碎的语言是特定社会氛围和历史因素的产物，也是能很好体现特定社会氛围的诗歌语言。

艾略特的诗歌中充满了典故和引语。他大部分诗都以经典作品里的部分话语做开篇引语；在其绝大部分诗歌中，都有用典现象，无论是先前文学作品中的人物形象，还是历史事件，都有所涉及。典故的运用使得新的文本在新的语境下产生与旧的事物和事件相关的意义，但往往又跳出历史局限，使得新的文本充满传统意义，却更加鲜活，富有生命力。这种文本间的交互联系丰富了艾略特诗歌的意义，增添了其诗歌的经典性与神秘色彩。这种互文性的写作手法在艾略特的诗歌中运用极为广泛并且具有经典魅力。

从乔伊斯的《尤利西斯》中，艾略特受到神话颇多方面的启发。他认为神话对于文学阐释和现代生活意义的发掘和开拓有非常重要的作用和意义。《荒原》的主题由神话展开，受到詹姆斯·弗雷泽的人类学著作《金枝》和威世顿的《从祭仪到传奇》两部巨作的影响。《金枝》被称为"20 世纪文学核心神话与象征的一个几乎无穷无尽的源泉"②。艾略特得到这些作品的启示，从西方神话中汲取养分，从而使自己的诗歌充满神话典故，不仅丰富了诗歌内涵，并且更好地达到了他所说的"精细感受力"的效果。他不赞成浪漫派诗人的直抒胸臆，而总是运用奇思妙喻及神话结构，将所要表达的意思寄予机智和讽刺性的语言，以及典故所蕴涵的深意中，含蓄地影射现实。这也是他诗歌晦涩难懂的重要因素。托多罗夫认为神话型结构是一种简单的

---

① 参见［英］I. A. 瑞恰兹、李鸥：《T. S. 艾略特的诗歌》，载《外国文学》，1997(4)。

② ［英］J. B. 维克里：《〈金枝〉：影响与原型》，载《上海文论》，1992(1)。

叙事，也可以说是神话型叙述。艾略特诗歌的神话结构非常明显，《荒原》中的"死而复生"与"寻找圣杯"更是典型，其神话叙事性很强。神话能够作为一种诗歌材料的组织方式，也常被称为"蒙太奇"或"七巧板"式的剪接与拼贴。尽管它们来源于传统，是相对旧的材料，然而经过诗人巧妙的"剪接"与"拼贴"，这些传统素材就被赋予了新意。在作者特定的感受力和社会背景下，它们的含义则更加丰富广阔，完全不同于其最初的含义。艾略特的神话结构受前人的影响，素材来源于著名人类学作家的作品，因此其诗歌具有厚重的神话人类学含义。

3）隐喻的修辞

最早，亚里士多德在《诗学》中这样定义隐喻："用一个表示某物的词借喻它物，这个词便成了隐喻词，其应用范围包括以属喻种，以种喻属，以种喻种和彼此类推。"①随着当代修辞学和隐喻研究的发展，隐喻被给予了综合定义：隐喻是将感知体悟到的事物、思想、情感等投射到与其有质的区别的另一事物、意向、象征或者语词上的过程。② 隐喻不同于明喻仅仅停留在对事物现有相似性的陈述而把不同事物联系起来的层次上，而是通过发现，甚至创作新颖、独特的相似性，使语言和情感更富有张力。隐喻的巧妙使用具有很高的审美和认知价值。《普鲁弗洛克的情歌》中有这样的诗句：

> 当暮色蔓延在天际
> 像一个病人上了乙醚，躺在手术台上。③

艾略特一反人们对暮色绚丽多姿的赞美，用如此没有生机的文字来描写暮色，将暮色蔓延的动态感官描绘为病人麻醉的状态，随即将"天际"比作"手术台"。这样一反常态的比喻，确实引起读者的深思。经过一番咀嚼，读者似乎能慢慢体会到这种独到的暮色情态。用如此耐人寻味的手法写就

---

① ［希］亚里士多德：《诗学》，149 页，北京，商务印书馆，1999。

② 参见陈庆勋：《艾略特诗歌隐喻研究》，63 页，上海，上海人民出版社，2008。

③ ［美］T. S. 艾略特：《荒原——T. S. 艾略特诗选》，赵萝蕤、张子清译，1 页，北京，燕山出版社，2006。

句子，不能不说对烘托整首诗的独特气氛和对读者的理解都有着强有力的帮助。

隐喻是对想象力和感受力的细腻深入和拓展。在接触但丁和"玄学派"诗人的作品时，艾略特就对他们诗歌中的隐喻和巧思非常佩服。艾布拉姆斯的《欧美文学术语词典》称"玄学派巧思妙喻是邓恩和其他十七世纪玄学派诗人特有的修辞手法"，巧思妙喻(conceit)代表令人称奇的比喻，即在两类截然不同的事物或情形之间炮制出别出心裁的比较。英文原意有"观念"和"意象"之意。[1] 约翰逊在《考利传》中把它称为"一种对立物之间的啮合；是把截然不同的意象结合在一起，或是从外表绝不相似的事物中发现玄妙的相似点……把最不伦不类的思想概念勉强地束缚在一起"[2]。

隐喻不是单纯的修辞，它和意象、神话和象征有着千丝万缕的联系。韦勒克在谈文学的内部研究时讲道：

> 意象、隐喻、象征、神话，代表了两条线的汇聚，这两条线对于诗歌理论都是重要的。一条线是诉诸感官的个别性的方式，或者诉诸感官的审美的连续统一体，它把诗歌与音乐和绘画联系起来，而把诗歌和哲学和科学分开；另一条线是"比喻"或称"借喻"这类"间接地"表达方式，它一般是使用转喻和隐喻，在一定程度上比拟人事，把人事的一般表达转换成其他的说法，从而赋予诗歌以精确的主题。[3]

艾略特诗歌最明显的艺术特征就是对象征的运用，也自然包括隐喻。隐喻和象征有很多重叠交叉，但象征比起隐喻更具有重复持续的特征，它是体验上的升华，所指的是那朵所谓"彼岸花"。隐喻更多关注的是单层的、目前的意义或意境，涉及的大多是现世的思想内涵。

---

① 参见[美]M. H. 艾布拉姆斯：《欧美文学术语词典》，朱金鹏、朱荔译，51 页，北京，北京大学出版社，1990。

② [美]M. H. 艾布拉姆斯：《欧美文学术语词典》，朱金鹏、朱荔译，52 页，北京，北京大学出版社，1990。

③ [美]韦勒克、沃伦：《文学理论》，刘象愚等译，200 页，上海，生活·读书·新知三联书店，1984。

2. 象征主义的创作手法

艾略特的诗歌创作在很多地方接受了法国象征主义诗歌的创作原则，在主题表现上与法国象征主义诗歌也有颇多契合之处。

首先，艾略特特别强调诗歌的音乐性，这与法国象征主义诗人魏尔伦关于诗歌音乐性的论述密不可分，后者在其《诗艺》中称：

> 音乐，至高无上，
> 奇数倍数青睐，
> 没有什么能比在曲调中
> 更朦胧也更晓畅
>
> 对字词也要精选，
> 切不可轻率随便；
> 灰色的歌曲最为珍贵，
> 其间模糊与精确相连。
> ……
> 音乐，永远至高无上！
> 让你的诗句插翅翱翔，
> 让人感到她从灵魂逸出，
> 却飞向另一种情爱，另一个天堂。[①]

魏尔伦在诗歌中强调音乐性的崇高神圣。将音乐性融入诗歌，如同语言插上翅膀，诗歌的意境更加美妙而广阔，诗歌的灵魂更加飘逸洒脱。这如同象征派开山鼻祖波德莱尔所讲的"通感说"，世间万物在声音、色泽、气味、形态等方面都是相通的。《四个四重奏》从结构到韵律都与音乐性密不可分，诗歌以叠句的形式精细地描写了主人公寻求精神拯救和出路的心路历程，可谓优美的文字沉思曲。诗中融贯生死、苦乐、物质与精神、现世与永恒等二元对立的哲思。诗人以音乐的形式将这种思想用暗示性、流

---

① 黄晋凯等主编：《象征主义·意象派》，241 页，北京，中国人民大学出版社，1989。

动性富于联想地表达出来，使诗人富有宗教哲学色彩的思考通过优美的旋律打造出一种天籁之音而被世人通晓。《四个四重奏》首先从题目上便暗示出诗歌的音乐结构和音乐性。诗歌由五个部分组成，即五个乐章。整首诗以开始、发展、高潮、过渡和再现的结构来进行，表现作者对物质存在和时间的深沉思考，给人一种流动的、旋律式的美感。

其次，《诗艺》除了高呼诗歌音乐性的崇高神圣，还包含诗人另外一个重要观点。他认为诗中流露出来的深色彩的东西更为珍贵。诗中的"灰色"可以被理解为象征主义诗歌中的"丑"。波德莱尔极力描写和歌颂"丑"，意在呼唤对美的再现甚至创造。通过对艾略特诗歌的研读，不难发现其中也充满对"丑"的渲染，同时对"丑"的渲染也体现了诗人对象征手法的接受和运用。同法国象征主义诗人一样，艾略特通过象征的手法，极力渲染"丑"。对"丑"的冷漠描绘隐藏着诗人改造生活和社会的诚挚之情。《小老头》中，艾略特用诗歌语言描绘了一个庸碌孱弱、没有功勋伟绩，只有"迟钝的脑瓜"的退役老头毫无特色可言的一生。这位曾经参与战争没有功绩的士兵，晚年过着破落不堪的生活。他从曾经的战场下来之后便被世人和社会所遗忘、抛弃。艾略特塑造的是一位弱势且非正面人物的形象。这正是包括艾略特在内的象征派诗人诗歌中的主人公角色。他们一反文学作品突出美好事物和英雄形象的常态，专门描写"丑陋"或"非英雄"形象，并非是对笔下人物的单纯嘲讽，表象之下所显现的是他们渴望改变这一切的美好愿望。对这位枯叟平淡一生的追忆，体现的是诗人对人性和社会的反思，是诗人的人文情怀，是对那些曾经为社会贡献过力量的人的深切关怀。欧洲战争之后，社会一片破败，那些从战场归来的士兵，曾经为家为国而战的他们如今找不着任何心灵归宿。"我既没有到过火热的隘口，也没有在热雨里战斗过，也没有让膝盖深掩在盐碱的沼泽地，挥舞着弯刀，受着飞虫的叮咬，进行战斗。"[①]战场上没有战绩，家中没有慰藉。邪恶的五月，破朽的房子，风口里的傻瓜——从自然到存在到精神无一正常。诗人用世界上最伟大的力量——语言，谴责社会秩序的混乱、欧洲文明的衰败和人类精神的飘摇。

---

① ［美］T. S. 艾略特：《荒原——T. S. 艾略特诗选》，赵萝蕤、张子清译，23页，北京，燕山出版社，2006。

正如黑暗催生光明，丑态使和谐美好的渴望萌生，诗人看似描绘反面形象，实则呼吁正常秩序下的社会文明和精神文明。偌大的"荒原"，亦是如此。

此外，诗人对事物的描述也往往与文学中惯常的修饰大不相同。在《普鲁弗洛克的情歌》的开篇中，诗人对黄昏的描述近乎病态，实则传达了作者对当时社会的思考。

一般人眼中令人沉醉的暮色，在艾略特笔下有了别样诗意，暮色被渲染上病态而恐怖的色彩。蔓延的暮色与病人的迷茫巧妙而又错位地呈现在读者面前，既有对即将失去岁月的迷恋，也有对即将开始的生活的渴望，诗人以悖论的方式勾画出同一生活的两个方面，迷恋、恐怖和渴望在同一平面上展现出不同的空间感。《枯叟》将五月描绘为"邪恶的""堕落的"，诗人通过引经据典暗示人性的自私，不由得让人想起波德莱尔的《恶之花》。在那样一个有着罪恶、疾病、痛苦等世纪病的时代，人生充满着挫败、理想破灭的忧郁苦闷和感伤。然而内心深处，始终不曾停止过向往新生的激动，始终燃着一丝对生活的希望，那就是从丑恶的现实中，试图探索出摆脱现实忧郁、摘取美丽之花的曲径。诗人将原本美好的意象丑陋化，采用象征的手法暗示社会，以点燃内心美好的希望。

艾略特诗歌的象征性接受和继承了波德莱尔的诗歌创作，受到了圣杯传说和弗雷泽的影响，因此，他的象征性是将继承传统和个人创新相结合的产物。

艾略特诗歌中充满对人与人之间的关系的描写。其中深刻的主题和丰富的意义都是通过对不同的人、事物，甚至地理位置的描绘来表达的。诗人通过这些形象凸显西方社会的死气沉沉，表现西方文明的颓败。对社会和人性的冷峻思考、强烈的危机意识构成了他诗歌创作最突出的主题。与法国象征派诗人的主题极为相似。法国象征派诗人用敏锐的思维和尖利的笔触描写社会的污浊，唤起人们对美好天堂的向往和追寻。艾略特的诗歌正是以这样的方式引起注意的。《情歌》通过一个善于引经据典的男子在恋爱中犹豫痛苦的心境和他所面对的周围环境描写了人性的冷漠，虽近在咫尺，却遥不可及，开头和结尾这样写道：

让我们走吧，你和我，

> 此时黄昏正朝天铺开
>
> 像手术台上一个麻醉过去的病人；
>
> ……
>
> 我们在大海的一间间房间里徘徊
>
> 是海娃们用红色褐色的海草打扮起来的
>
> 直到人声把我们唤醒，于是我们淹死。①

全诗都用"我"和"你"的称谓，以没头没尾的思绪叙述了一个好似没有边际的故事。屋里谈论米开朗琪罗的女人们和她们周围的环境，营造了窒息而令人压抑的氛围。诗人用各种人和物的特殊形象来传达这种主题。如"正铺开的黄昏"，摩擦着窗玻璃和舔舐黄昏各个角落的"黄雾的脊背"和"黄雾的口鼻"，《荒原》中"种着尸体的花园""脑子里塞满稻草"的空心人等令人难以呼吸的修饰，让人感到强烈的压抑、产生逃离的愿望。面对这种沉闷，除了用诗歌控诉，艾略特面对现实，流露出的同样是时代的无奈和沮丧，留下的仅仅是语言上的呼吁和宗教层面上的祈祷和愿望。面对灰暗的社会，他传承了法国象征派诗人的颓废情绪，生活上消沉随意，流露出的是厌烦，内心深藏的是对美好的渴望。

诗中时而出现的关于爱情、婚姻及男女关系的思考也是引人关注的主题。如同艾略特一贯的风格，他对情感的描写，基调都是暗沉的，少有明快。诗中多描写道德沦丧的、堕落的女子及缺乏信仰和自信的男子。最突出的特点是大家彼此谈情，或为夫妻，或偷情，却都不曾感受到精神的默契。如《对弈》中在床上各说各话的夫妻；主人逝世后，在饭桌上开始偷情的男女佣人等，他们一方面在发展关系，另一方面却都存在无聊、迷茫和精神空虚等危机。这种压抑氛围始终笼罩着艾略特诗歌中的男女。只有在《荒原》中，"我"遇到手捧风信子的女郎时，才看到一线光明，感受到如同小舟在风平浪静的海面上行使的欢愉。此时艾略特诗歌中的男女关系才有爱情的痕迹。如若男女交往没有心灵共鸣，感情的虚幻可想而知。其中折

---

① ［美］T. S. 艾略特：《荒原——T. S. 艾略特诗选》，赵萝蕤、张子清译，1～6 页，北京，燕山出版社，2006。

射出来的是艾略特一如既往的对社会"异化"现象的深重忧虑。如同他自身的婚姻经历，他认为这样的社会需要改造和革新才能迎来新生。

颓废的人物，孤独、犹豫和沮丧充斥其心灵，掀起内心的狂潮不已，暗示社会主体的骚动、迷茫和精神错乱。各种事物的污浊、恶臭和灰烬都象征着不经改造的社会的发展趋势。所谓形象，是诗歌或其他文学作品里通过直叙或暗示，或者借助于比拟使读者感受到的形体或特性。狭义上还代表对可见的课题与情境进行的描写，尤其是生动细致的描写。[①] 在艾略特诗歌中，描绘的形象有颓废沮丧、缺乏信仰、道德沦丧的人，如同普鲁弗洛克、枯叟、女佣等；有著名建筑物和自然景物，如垮塌的伦敦大桥、荒原、倒霉的泰晤士河、烧毁了的诺顿等，通过这些再现污浊的社会景致；干燥的赛尔维吉斯礁石、趴伏在污泥里的河马、女士的画像、《波士顿晚报》等，反映的是不良的社会风气导致人在身体和精神上所受到的伤害；海伦姑妈、南茜表妹、阿波利纳克斯先生及玛丽娜等，诗人通过关于具体人物的诗，表现人情的温暖。……通过或者象征，或者隐喻，或者暗示，抑或互文的手法，这些形象被赋予了一种全新的面貌，寄托了诗人对社会及人性的深思。

三、艾略特象征主义诗学的影响

艾略特在文学批评史上贡献卓越。19 世纪末 20 世纪初，他不失时机地借鉴了当时已经兴盛的法国象征主义的诗歌理论，由此，艾略特被认作英美象征主义的带头人。然而文学发展的过程历来是一个不断汲取前人经验并不断创新发展的过程。重视继承与创新的艾略特更是集大成者。下面主要探讨艾略特象征主义诗学对欧美文学和中国文学的影响。

1. 对欧美文学的影响

象征主义思潮于 19 世纪中叶发端于法国以来，迅速向世界各国传播。这是一股具有强大力量的文学思潮，作为新生事物，拥有强大的生命力和发展空间。韦勒克说："不仅在法国而且遍及西方世界，20 世纪诗歌观念已

---

① 参见[美]M. H. 艾布拉姆斯：《欧美文学术语词典》，朱金鹏、朱荔译，142 页，北京，北京大学出版社，1990。

成为法国象征主义运动所宣明的学说原理一统天下。"①可以想象，它的传播正以星星之火引起世人瞩目，受到世人追捧。作为英国诗人，艾略特接受法国象征主义思潮有着地利上的优势；在他的诗学理论受到法国象征主义诗学影响并与之产生契合交融的情况下，继续放射出他的象征主义诗学的光芒，他同样有得天独厚的地理优势。

由于语言和地理上的优势，欧美文学界对艾略特的研究可谓卷帙浩繁，加之艾略特诗歌创作的优势对其象征主义诗学的传播也起到了一定的加速作用。当然，真正让艾略特象征主义诗学影响辐射欧美的原因还是其诗学本身。

艾略特诗歌创作不同凡响，诗歌理论方面卓有建树。他在两方面进行大胆探索，获得巨大成就，开创了一代诗风，对文学发展产生了丰富而深远的影响。他影响了英美现代主义重要诗人，如威廉·燕卜荪、W. H. 奥登和华莱士·史蒂文斯。他因大胆且富有创意的诗学理论被认为是新批评派的创始人之一。

艾略特是开启英美现代派诗风的一代大师。作为西方现代派文学的核心人物之一，从理论到创作，他对现代派文学的影响都是显见的。19世纪末20世纪初，也就是艾略特出生的年代，西方自文艺复兴以来一直高喊的口号"理性"受到挑战，传统的价值观开始遭到人们的质疑。随着科技和物质文明的进步，人们开始意识到并实实在在地看到社会的功利化趋势给人类带来的精神缺失。这些突出的不和谐现象在文学中被广泛表现，突出特点是文学作品充满压抑、迷茫，甚至悲观的情绪。此时出现的大量文学作品，以不同的形式展示社会现象，因此出现了众多的流派分支。其中象征主义、意象派、新批评派都和艾略特诗学存在着复杂的关系。早期艾略特受到来自庞德意象主义的影响颇多，后来又受到法国象征主义的影响。结合他自身的诗学观，他的创作中涌现出大量意象。通过象征的手法，他熟练地将各种意象用来表现统一的感受力，坚持诗人创作要避免感受力分离，做到诗人创作"非个人化"。他从另一个角度主张批评也要脱离创作主体的

---

① ［美］韦勒克：《近代文学批评史》（第四卷），杨自伍译，508页，上海，上海译文出版社，1997。

生平资料，而应该切实进入作品，从文本本身出发寻求作品意义。无疑，这就是新批评派的理论来源。美国新批评派讲究文本细读，在文本中切实感受、体验。他们认为文学作品是客观且独立的，文学批评的重点应该在于作品的形式而非内容。因此，所谓"新批评"其实就是指形式批评，包括对文学作品外在和内在形式两方面的批评。艾略特诗学观富有启示性，深刻影响了英美批评派。因此，艾略特也被奉为新批评派鼻祖。而要做到诗歌创作"非个人化"就需要一定的手段来实现。对于诗歌意境和暗示性而言，这种手段必须要既能取得良好的烘托意境的效果，还要注重巧妙地使用暗示。艾略特一再主张将感受力统一，要兼顾二者不仅仅是意象或者简单暗示就能达到的。无论是意象主义，还是象征主义，在艾略特诗学理论的指导下，将二者融于创作，则更能巧妙地实现艾略特所谓"精细感受力"，这就是艾略特的象征主义诗学。由此可见，艾略特象征主义诗学和西方现代派文学之间存在复杂的影响关系。

现代派文学尽管纷繁庞杂，但有一个共同特点，那就是对传统文学的反叛、对现代风格的追求。现代派文学以感受和经验为中心，以表现现代西方社会环境下的人的异化和危机为主要内容。"异化"和"危机"成了这一派别的主题。现代派文学对西方社会"异化"现象的极力揭露，正是对西方社会的深刻批评。因此，现代派文学也极富批判性。在揭露和批判的同时，现代派作家和诗人们试图对混乱的社会秩序进行重构。它们希望通过文学艺术赋予这个混乱现实以新型秩序。艾略特呼吁重视传统和历史，要求重建统一的文明秩序，这些理论主张影响了一代现代派作家。他对他们的影响不仅是理论上的，还有创作技巧方面的。艾略特构建秩序的观念和象征主义诗歌的创作手法受到了现代派作家极大的推崇，他们的诗歌创作显露出受到艾略特象征主义诗学影响的痕迹。如现代派作家史蒂文斯的诗歌——《坛子的轶事》，深受艾略特象征主义诗学的影响。整首诗通过运用象征，表现秩序的整合：

> 我把一只坛子置于田纳西，
> 圆圆的，立于山巅。它使凌乱的荒野，
> 围排着那山。

荒野朝它涌起，

在四周匍匐，不再荒莽。

坛子圆圆地立在那里，

高高的，气宇非凡。

它君临四方，

坛子灰色的而无装饰。

既无鸟，也不长灌木，

不像田纳西的其他事物。[①]

　　诗中的"坛子"作为联想之物，充分蕴涵了作者的暗示。因坛子以"圆圆的"外形，"立于山巅"，而使整个"荒野"显得不再那么"凌乱""荒莽"，坛子也因而显得"气宇非凡"。尽管它本身是"灰色的"且没有装饰，四周也没有合适的景物相烘托，比如鸟，或灌木，但丝毫不影响它的形象，反而使它更有一种"君临天下"的气势，富有极大的象征意义，象征调整混乱秩序的隐形力量。"凌乱的荒野"象征着秩序混乱、景象荒芜而缺乏生机的社会，因为有了"气宇非凡"的"坛子"的存在，荒野才可能恢复生机，"朝它涌起"。田纳西作为现实存在的地理位置同样有一定的寓意，是现代文明赖以生存的土壤。诗人将其比作"凌乱的荒野"，是将它与"坛子"作对比的。在田纳西，甚至欧洲社会，到处都是文明的标志，高大的建筑、高端科技的集成等都点缀着"田纳西"这个社会缩影，这些现代文明恰似"凌乱的荒野"，秩序混乱，信仰缺失，其形象远不及灰色且无装饰、没有鸟和灌木衬托的"坛子"，"田纳西的其他事物"需要"坛子"来树立自己的信仰。地理位置、报社和建筑物等文明社会的物质标识在艾略特的诗中比比皆是。艾略特同样赋予它们一种象征含义，以或讽刺或悲叹的另类视角来表现现代文明的重大缺憾和损伤。史蒂文斯这一首短短的诗歌，精悍而巧妙地表达了整合秩序的含义。

---

　　① 蒋洪新编著：《英美诗歌选读》，92页，长沙，湖南师范大学出版社，2004。

艾略特关于重建秩序的主张是：用传统和宗教来拯救现代文明，重新建立一个有序的世界。这一思想在《荒原》中有所体现。诗人在诗中采取神话框架，意欲凭借宗教的力量来重新挑战衰败混乱的西方世界。这首诗歌是艾略特诗学的体现和各种技巧的总和，从理论技巧上深深影响着他同时代及之后的西方现代派作家。

美国文学理论家 M. H. 艾布拉姆斯认为"现代主义常用于表示从第一次世界大战以来，公认为具有非常独特的观念、感受、形式和风格的文学艺术作品"[1]。尽管现代派文学流派众多，但是他们在创作上有共同特点。也就是说，现代派文学讲究观念和感受的独特性，讲究形式与风格的耳目一新。开现代派诗风的艾略特，以其代表诗作《荒原》影响了后期的现代派文学创作。《荒原》从主题到技巧都是诗人继承传统和大胆创新的体现。诗歌表现了社会的"异化"现象、诗人要求"重建秩序"的愿望，诗歌运用了象征、隐喻、神话结构、意识流和戏剧性语言，出色地体现出诗人独特的诗风，将他的诗学理论精妙地融于这些独特技巧中。很多西方学者认为艾略特诗学缺乏系统性和完备性，但谁都不会否认其理论富有启示性，它对西方文学的影响是广泛而深远的，更是不容置疑的。

2. 对中国文学的影响

中国文学历来对意象情有独钟，并且强调语言的委婉、表意的含蓄。也正所谓"满招损，谦受益"，因此，常常有意制造"犹抱琵琶半遮面"的艺术效果。留一半弦外之音去回味，是所谓意蕴、情境，中国诗歌很早便懂得对意象的运用。基于中国文学，或确切地说是中国诗歌的特点和发展历程，欧美象征主义思潮传入中国并得到接受是合情合理的。

翻译是国别文学相互影响最重要的手段。艾略特对中国的影响也不例外。中国对艾略特的研究始于 20 世纪 30 年代初大规模的译介活动。此后，他的诗学理论和诗歌创作便吸引了大量中国学者和诗人，尤其影响了中国新诗的理论和创作。中国新诗发展的前 30 年，各种流派交错存在，相互渗透，体现出一种"你中有我，我中有你"的特点。这期间是中国新诗接受艾

---

① ［美］M. H. 艾布拉姆斯：《欧美文学术语词典》，朱金鹏、朱荔译，195 页，北京，北京大学出版社，1990。

略特的影响最为明显的时期。

中国新诗发展之初，具有新生事物的旺盛生命力，同时也具有新生事物的不成熟性。在当时西方各种文学思潮涌入的情形下，很容易受到影响。最初的新诗因打着"诗体大解放"（胡适）的口号，要求解除束缚，因而也被称为"白话诗"。20 世纪 20 年代初期，经历五四运动的洗礼后，新诗面临塑造规范和品格的任务，因此，郭沫若提倡"以抒情为本质"，之后的以闻一多为首的新月派提倡追求建筑美、音乐美和绘画美。这一发展历程为中国新诗建立了新的审美标准。此时的李金发、戴望舒等人也接受了早期法国象征主义的诗学理论，重视诗歌的象征意义和暗示性。在这样的情势下，30 年代现代派也流行起来，艾略特的诗歌和诗学开始受到普遍重视。他也就正式走入中国文学界的视线，从此对中国诗坛产生影响。

新月派是中国新诗史上的重要流派，主张新诗格律化，并引介了 T. S. 艾略特，为中国新诗发展注入新鲜血液。其中的主力徐志摩、孙大雨等人专门模仿艾略特进行创作。徐志摩阅读过艾略特的诗歌，1928 年发表的《西窗》的副标题便是："模仿 T. S. 艾略特"，公开打出了"模仿 T. S. 艾略特"的旗号。《西窗》模仿了艾略特早期诗作《序曲》，在内容和意境上与之遥相呼应。艾略特的《序曲》中，没有明显统一的结构和逻辑关系。首尾两部分采用意象重复的手法来再现主题。诗歌通过将琐碎零星的画面拼贴起来，传达一种新意。作者所要制造的是诗人在百无聊赖时产生顿悟的效果。《西窗》也体现了逻辑零散、意象重复和画面拼贴的写作手法。徐志摩以调侃的笔调批判现实，批判中不无要求革新的愿望。

另外，新月派诗人孙大雨（1905—1997）的诗作也明显带有模仿艾略特的痕迹。他的长诗《自己的写照》以纽约为背景，描写社会的颓败，通过黑人的控诉、打字小姐的空虚荒淫，以及诗人在地铁里对人生所进行的思索等来描写资本主义社会的"异化"危机，和艾略特的诗歌从主题到手法极为相似。孙大雨将这类空虚的主题比喻为"木偶"。而艾略特曾以"空心人"为题描写了现代人思想的空洞和精神的绝望。《自己的写照》充满了象征和意象拼贴，甚至遣词造句和意境烘托都模仿《荒原》，在审美上与艾略特诗歌保持一致。另外，新月派重要理论家闻一多的《死水》在创作上从《荒原》中汲取了颇多灵感。二者在意象运用、意境的烘托和艺术手法上有非常多的相似之处。

新月派对艾略特的引介，不止于诗歌创作，还包括对艾略特诗学理论的探究，代表人物有叶公超和闻一多。叶公超是最早在文艺评论中直接引用艾略特的批评家，他为数不多的介绍西学的理论文章大多在艾略特那里寻求理论支撑。他在一篇谈读者接受与反应的论文——《谈读者的反应》中引用艾略特《诗的功用与批评的功能》的某些观点讲"个人性情问题"。他赞同闻一多等新月派诗人主张的写实要有"格律"的观点。曾引用艾略特《传统与个人才能》中有关个人才能发挥和传统的关系来支撑自己的论点。此外，他甚至曾受《荒原》影响而打算进行创作。他曾在《文学·艺术·永不退休》中讲到过自己所受的影响："我那时很受艾略特的影响，很希望自己也能写出一首像《荒原》这样的诗，可以表现出我国从诗经时代到现在的生活，但始终没有写成。"[①]而他虽未曾实现创作上的愿望，但是从他的评论作品来看，他受到艾略特的影响确实较深。

比较文学家韦斯坦因主张将"模仿"看作一种文学的直接影响。[②] 徐志摩、孙大雨、闻一多和叶公超等人通过对艾略特诗歌的阅读和理论的研究，在本土诗歌的背景下，对艾略特的诗歌进行吸收和细化，同时巧妙适当地有意模仿和借鉴其创作技巧、审美观照和主题。这种影响是文学创作上非常重要的一点。新诗非常注重诗歌情绪和意境的烘托。新月派作为新诗中重要的一枝，深受西方浪漫派和现实主义影响，而在新诗的自由格律下，特定意境的烘托自然在很大程度上有赖于意象的衬托。

在西方思潮的引进和中国当时的社会背景下，新诗很自然地接受了法国象征派诗歌的创作技巧。对于新月派而言，尽管采用"白话体"语言，但要求"带着镣铐跳舞"——诗歌要在讲究建筑美、音乐美和绘画美的前提下自由创作。也就是说他们的诗歌创作既要遵从一定的创作原则，又要在社会和文学大背景下自由发展。这个时候他们发现并引进了艾略特的诗歌，为本派诗歌发展谋新路。艾略特主张创作要依附文学传统，在继承传统、尊重历史的前提下，诗人需要通过"客观对应物"来隐藏个性。因为他反对

---

① 关鸿主编：《新月怀旧·叶公超文艺杂谈》，180 页，上海，学林出版社，1997。

② 参见[美]乌尔里希·韦斯坦因：《比较文学与文学理论》，刘象愚译，29 页，沈阳，辽宁人民出版社，1987。

浪漫派的直抒胸臆，加上当时西方资本主义社会的诟病，他又接受了法国象征主义的诗歌理论，因此在诗歌创作中采用象征、隐喻等手法，通过"客观对应物"来表达诗意。他在理论上更是一贯坚持这个原则。产生新诗的革新时代，中国新时期的诗歌应时代而生，其主题必然脱离不了时代烙印，不同主题必然需要特定的表现手法。因此在革命澎湃的年代，受西方文化影响较深的新月派诗人在很多方面都受了艾略特的影响。

　　另外，受到影响的还有20世纪30年代走上中国文学舞台的现代派。这个传承新月派历史发展而来的流派对艾略特象征诗学的接受达到了更成熟的程度，呈现出富有深度的融合。这与当时动荡的社会背景有关系。这个流派的代表诗人有戴望舒、卞之琳、施蛰存、何其芳、废名、金克木、赵萝蕤等人。他们的诗歌讲究朦胧美和纯粹性，要求运用繁复的意象、巧妙的象征、奇特的联想等手法表达诗歌意境。这个流派的诗人大都有留学经历，并且都对法国象征主义诗歌接受甚广。此流派的形成以《现代》杂志的诞生为标志。这本杂志曾刊出一名日本学者的论文——《英美新兴诗派》。艾略特在文中被奉为新兴诗派的中轴。作者认为艾略特反对浪漫主义，他的文学态度是支持古典主义的。他所言的"传统"为文学制定了一条潜在的规则。这种潜在的规则或秩序正是现代派诗人所追寻的。其后，《现代》杂志刊出邵洵美的《现代美国诗坛概观》。文章称艾略特的诗歌《荒原》是"最伟大的作品"，是联系着"过去和未来"的桥梁。文章分析了《荒原》的创作技巧，对中国现代派诗人而言，具有很高的参考价值。

　　现代派诗人中，卞之琳在很大程度上取法于艾略特。他早期师从徐志摩和闻一多，间接地受到了法国象征主义的影响。后来在阅读艾略特诗歌的过程中，受到更大的启发。他说："写《荒原》以及其前短作的托·斯·艾略特对于我前期中期阶段的写法不无关系。"①他的学生袁可嘉还评论说："到了30年代中后期，他又在艾略特早期作品的启迪下，活用了艾氏'客观对应物'和'蒙太奇'的手法。"他曾受叶公超之托翻译过艾略特著名的论文《传统与个人才能》，此后，他的创作出现很大变化。他的《春城》不仅和《荒原》结构相似，还极强地践行了艾略特的"非个性化"理论。

---

　　①　卞之琳：《雕虫纪历》，自序2页，北京，人民出版社，1979。

《荒原》在中国的第一个译本是戴望舒翻译的。之后，在他的指导下，赵萝蕤女士也开始翻译艾略特的诗歌。二人所进行的翻译活动本身就是接受的过程，他们对艾略特在中国的传播也有重大贡献。

现代派之后，九叶诗派于 20 世纪 40 年代走上文坛。主要诗人有辛笛、杜运燮、郑敏、唐湜、袁可嘉和穆旦等。他们的诗歌多忧时世。在艺术上结合中国古典诗歌和新诗创作的优良传统，在此基础上吸收西方现代诗歌的默写手法。袁可嘉在《九叶集·序言》中说："九叶诗人……在艺术上……吸收了西方后期象征派和现代派诗人，如里尔克、艾略特、奥登的某些表现手法，丰富了新诗的表现能力。"[①]他认为艾略特所强调的历史感和对作家感受力的主张引起九叶派诗人的共鸣。唐湜称："英美现代主义诗歌的杰出代表 T. S. 艾略特成为'九叶派'这群'自觉的现代主义者'的'私淑者'。"[②]

在新月派和现代派对艾略特象征主义诗学进行译介、创造性的模仿和阐释的基础上，九叶派诗人拥有接受艾略特影响的深厚土壤。这一流派诗人大多是现代派诗人的学生。前辈诗人对艾略特的接受自然而然地影响到他们。他们大多曾在西南联大读书。英国诗人燕卜荪曾在那里任教，讲授过艾略特。因此，这个派别的诗人基本都曾直接接触过艾略特的诗歌和理论。历史的和外部的条件都只是艾略特影响中国的表面原因，真正的原因是被影响流派自身的诗歌发展的需要。新诗以独特的意象和恰当的意境为重点，当时政局动荡的社会使得新诗不能过于自由发展。尽管新诗提倡白话语言和自由，但是还是不能过分直白，否则诗歌也失去了自身的诗意，同时也会牵扯政治而不利于创作和生存。就在此时，风靡欧美的法国象征主义诗歌为中国许多留洋的青年所接触。艾略特作为英美现代派诗人，在当时西方文坛已经取得很大成就，并且受到法国象征派的颇多影响，他对诗歌传统和秩序的强调，以及诗歌中对象征技巧的运用从理论到技巧上都吸引着九叶派诗人。因为这和九叶派诗人所倡导的诗歌理论与技巧有共通之处，更加符合诗歌发展的本质和社会背景。因此，艾略特象征主义诗学极大地影响了九叶派诗人也是新诗发展到中后期的必然结果。

---

① 袁可嘉：《九叶集》，序言 1 页，南京，江苏人民出版社，1981。

② 董洪川：《"荒原"之风：T. S. 艾略特在中国》，253 页，北京，北京大学出版社，2004。

可以说中国新诗与象征派诗歌在创作背景上有颇多相似之处，在创作技巧上也存在很多共鸣。并且，新诗在形成和发展过程中也从象征派诗歌中汲取了很多养分。就艾略特象征主义诗学对新诗的影响而言，中国当时的社会背景造就了相对开放的时代契机，最重要的是艾略特象征主义诗学本身的独特魅力和新诗发展的需要促成了这样的辉煌。特定的社会环境产生特定的文学，新诗顺应时代而生，但新生事物的发展必然容易受到影响，并且就其本身发展而言，也需要汲取养分。新诗讲究自由表达，但要求有一定的格律，这也是艾略特诗学吸引新诗的原因。革命的时代和动荡的政治背景下，文学表达被大大限制，象征和暗示的手法作为诗歌惯常的表现手法，在这种动荡的环境下更加显示出其作为隐蔽的控诉武器的作用。诗歌在表达内容时所凸显出的美感和灵魂，在新诗当时的社会背景下，是必然需要精巧的象征手法的。由此，艾略特的文学时代和他的象征主义诗学对中国新诗的影响不言而喻。

参考书目

1. 潞潞，主编. 面对面——外国著名诗人访谈、演说. 北京：北京出版社，2003

2. 梁宗岱. 梁宗岱文集. Ⅱ评论卷. 北京：中央编译出版社；香港：香港天汉图书公司，2003

3. 吴晓东. 从卡夫卡到昆德拉——20世纪的小说和小说家. 北京：生活·读书·新知三联书店，2003

4. ［法］波德莱尔. 恶之花——插图本. 郭宏安，译评. 桂林：漓江出版社，1992

5. 潞潞，主编. 另一种写作——外国著名诗人散文、随笔. 北京：北京出版社，2003

6. 辛丰年. 处处有音乐. 济南：山东画报出版社，2006

7. ［美］兹得拉夫科·布拉热科维奇，主编. 艺术中的音乐. 申颖，译. 武汉：长江文艺出版社，2006

8. 潞潞，主编. 准则与尺度——外国著名诗人文论. 北京：北京出版社，2003

9. 潞潞，主编. 命运与岁月——外国著名诗人传记、回忆. 北京：北京出版社，2003

10. 金惠敏，主编. 嚼着玫瑰花瓣的夜晚——瓦莱里与纪德通信选. 吴康茹，郭莲，译. 北京：经济日报出版社，2002

11. ［法］米兰·昆德拉. 小说的艺术. 董强，译. 上海：上海译文出版社，2004

12. [苏联]阿·阿·阿基莫娃. 狄德罗. 赵永穆，陈行慧，赵仲元，等译. 北京：知识出版社，1984

13. 柳鸣九，主编. 法国文学史（第一卷）. 北京：人民文学出版社，2007

14. [英]以赛亚·伯林，著. 亨利·哈代，编. 浪漫主义的根源. 吕梁，等译. 南京：译林出版社，2008

15. 汝信. 论西方美学与艺术. 桂林：广西师范大学出版社，1997

16. 朱光潜. 西方美学史. 北京：人民文学出版社，1984

17. [美]约翰·玛西. 文学的故事 —— 写给大家看的西方文学史. 于惠平，译. 贵阳：贵州人民出版社，2004

18. 程曾厚，译. 法国诗选. 上海：复旦大学出版社，2004

19. 柳鸣九，罗新璋，编选. 法国浪漫派作品选. 天津：天津人民出版社，1983

20. [德]席勒. 席勒文集Ⅵ. 张玉书，选编. 北京：人民文学出版社，2005

21. Anne Martin-Fugier. 1820—1848 年的浪漫主义作家. Hachette litteraire，1998

22. [丹麦]勃兰兑斯. 十九世纪文学主流（第五分册）. 李宗杰，译. 北京：人民文学出版社，1982

23. 胡经之，主编. 西方文艺理论名著教程. 北京：北京大学出版社，1986

24. 辜正坤，主编. 世界名诗鉴赏词典. 北京：北京大学出版社，1990

25. 张炜. 冬天的阅读. 北京：东方出版中心，1997

26. 王家新，沈睿，编选. 二十世纪外国重要诗人如是说. 郑州：河南人民出版社，1992

27. 王忠琪，等译. 法国作家论文学. 北京：生活·读书·新知三联书店，1984

28. [法]波德莱尔. 巴黎的忧郁. 胡小跃，译. 上海：上海文艺出版社，2006

29. 唐晓渡，西川，主编. 当代国际诗坛. 北京：作家出版社，2008

30. 周国平. 各自的朝圣路. 北京：东方出版社，1999

31. [俄]孔金，孔金娜. 巴赫金传. 张杰，万海松，译. 上海：东方出版中

心，2000

32. ［法］保尔·瓦莱里. 瓦莱里散文选. 唐祖论，钱春绮，译. 天津：百花文艺出版社，2006

33. ［法］雅克·德里达. 多亿的记忆——为保罗·德曼而作. 蒋梓骅，译. 北京：中央编译出版社，1999

34. ［法］波德莱尔. 波德莱尔美学论文选. 郭宏安，译. 北京：人民文学出版社，2008

35. 施蛰存编. 戴望舒译诗集. 长沙：湖南人民出版社，1983

36. ［法］兰波. 兰波作品全集. 王以培，译. 北京：东方出版社，2000

37. ［法］波德莱尔. 美学珍玩. 郭宏安，译. 上海：上海译文出版社，2009

38. 童明. 现代性赋格——十九世纪欧洲文学名著启示录. 桂林：广西师范大学出版社，2008

39. ［法］罗兰·巴尔特. 写作的零度. 李幼蒸，译. 北京：中国人民大学出版社，2008

40. ［法］马塞尔·普鲁斯特. 追忆似水年华. 施康强，译. 南京：译林出版社，1994

41. ［法］雅克·德里达. 文学行动. 赵兴国，等译. 北京：中国社会科学出版社，1998

42. 金惠敏，等. 西方美学史（第四卷）. 北京：中国社会科学出版社，2008

43. 陈太胜. 象征主义与中国现代诗学. 北京：北京大学出版社，2005

44. 鲁迅. 鲁迅全集（卷10）. 北京：人民文学出版社，1996

45. 孙玉石. 中国现代主义诗潮史论. 北京：北京大学出版社，2010

46. 李杭春，主编. 多维视野中的百部经典——中国现当代文学卷. 杭州：浙江古籍出版社，2004

47. 史铁生. 灵魂的事. 天津：百花文艺出版社，2005

48. 中美联合编审委员会，编. 简明不列颠百科全书. 北京：中国大百科全书出版社，1986

49. ［奥］里尔克. 里尔克散文. 冯至，译. 北京：人民文学出版社，2008

50. 赵一凡. 从胡塞尔到德里达——西方文论讲稿. 北京：生活·读书·新

知三联书店，2007

51. [德]本雅明. 发达资本主义时代的抒情诗人. 张旭东，魏文生，译. 北京：生活·读书·新知三联书店，2007

52. [法]弗朗西斯·雅姆，等. 法国九人诗选. 树才，编译. 上海：上海人民出版社，2009

53. [法]菲利普·雅各泰. 菲利普·雅各泰诗选（1946—1967）. 姜丹丹，译. 上海：上海人民出版社，2009

54. [法]让·巴拉凯. 德彪西画传. 储围围，等译. 北京：中国人民大学出版社，2004

55. [德]黑格尔. 美学（第三卷）. 北京：商务印书馆，1984

56. 杨匡汉. 中国新诗学. 北京：人民出版社，2005

57. 韩耀成，王逢振，主编. 外国争议作家·作品大观. 南京：译林出版社，1992

58. 陈振尧，主编. 法国文学史. 北京：外语教学与研究出版社，1989

59. [法]洛特雷阿蒙. 马尔多罗之歌. 车槿山，译，郑州：河南人民出版社，1995

60. 童庆炳，主编. 现代心理美学. 北京：中国社会科学出版社，1992

61. 李伟昉. 黑色经典：英国哥特小说论. 北京：中国社会科学出版社，2005

62. [法]保罗·里克尔. 恶的象征. 公车，译. 上海：上海世纪出版集团，2005

63. [法]蒂费纳·萨莫瓦约. 互文性研究. 邵炜，译. 天津：天津人民出版社，2003

64. 廖星桥. 法国现当代文学论. 长沙：湖南师范大学出版社，1991

65. 郑克鲁，编著. 法国文学史. 上海：上海外语教育出版社，2003

66. 龙泉明. 中国新诗流变论. 北京：人民文学出版社，1999

67. 摩罗等，编著. 速读中国现当代文学大师与名家丛书·鲁迅卷. 北京：蓝天出版社，2004

68. 袁可嘉，等选编. 外国现代派作品选（第一册）. 上海：上海文艺出版社，1980

69. 张泽乾，等. 20 世纪法国文学史. 青岛：青岛出版社，2004

70. [法]于斯曼. 逆流. 余中先，译. 上海：上海译文出版社，2016

71. [德]彼得-安德雷·阿尔特. 恶的美学. 宁瑛，王德峰，钟长盛，译. 北京：中央编译出版社，2015

72. 傅浩. 二十世纪文学泰斗——叶芝. 成都：四川人民出版社，2003

73. 王家新，编选. 叶芝文集卷三：随时间而来的智慧——书信·随笔·文论. 北京：东方出版社，1996

74. 张德兴，主编. 二十世纪西方美学经典文本——世纪初的新声（第一卷）. 上海：复旦大学出版社，2000

75. 张剑. T. S. 艾略特：诗歌和戏剧的解读. 北京：外语教学与研究出版社，2006

76. 董洪川. "荒原"之风：T. S. 艾略特在中国. 北京：北京大学出版社，2004

77. [法]罗兰·巴特. 恋人絮语. 汪耀进，武佩荣，译. 上海：上海人民出版社，2016

78. Pierre Nora. Les Lieux de mémoires. Paris：Gallimard，1995

79. Arthur Rimbaud. Poésies，Une saison en enfer，Illuminations. Paris：Gallimard，1984

81. Alain Buisine. Verlaine：Histoire d'un corps. Paris：Tallandier，1995

82. Antoine Adam. L'âge classique I：1624-1660. Paris：Arthaud，1968

83. Arthur Rimbaud. Oeuvres III Illuminations suivi de Correspondance (1873-1891). Paris：Flammarion，1989

84. Bernard Valette. Baudelaire，Spleen et Idéal. Paris：Ellipses，1984

85. Henry Nicolas. Mallarmé et le symbolisme. Paris：Larousse，1972

86. Henri Peyre. Qu'est-ce que le symbolisme?. Paris：P. U. F.，1974

87. Jacques-Henri Bornecque. Verlaine. Paris：Seuil，1966

88. Paul Bénichou. Selon Mallarmé. Paris：Gallimard，1995

89. Valéry Hugotte. Les Chants de Maldoror. Paris：P. U. F.，1999

90. Bertrand Marchal. Lire le Symbolisme. Paris：Dunod，1993

后　记

　　上个世纪八十年代留学法国期间，本人师从法国著名作家雷蒙·让先生，选择研究玛格丽特·杜拉斯作品中的东方空间。与此同时，本人始终对法国现当代诗歌有着浓厚的兴趣，在普罗旺斯大学埃克斯·马赛一大（现埃克斯·马赛大学）文学院选修著名诗人让·玛丽·格莱茨先生关于法国现当代诗歌的课程，对诗歌的热爱促使本人开始关注法国象征主义诗歌，这样的研究一直延续至回国后。上个世纪九十年代起，本人在西安外国语大学开设了法国象征主义诗歌的课程，在教授的过程中，自己关于诗歌的研究也逐渐丰富和深入，成为生活中不可或缺的内容。发现新奇的快乐伴随着研究，使人无法停下来。

　　从古希腊时期赋予象征的最初涵义开始，到波德莱尔用诗歌诠释象征的意义，现代性中的象征和现时内涵被反复提及。波德莱尔之后的诗人，诸如兰波、魏尔伦、马拉美等都表达了自己对诗歌的理解和认识。他们从他者的角度、从音乐的视角、从召唤的角度反复地挖掘着诗歌的内涵。他们的诗歌美学思想逐渐脱离了歌以咏志的传统，他们的诗歌创作也逐渐呈现出对诗歌自身意义和内涵的反复挖掘。那是多么令人激动的发现，他们让诗歌进入大众的生活，进入日益变革的法兰西社会，进入风景如画的异国他乡。诗歌从来没有像那个时代那样表达自我，表达自身的需要。色彩、芳香、音乐反复撞击着诗人的感受，让诗人感受到了它们之间的相互联系和交错融合，人与自然和谐共生的思想出现在诗歌中。诗人们同时也把这样的感受和体验传递给他人，所以诗人不再仅仅是创作者，他可以是任何他者。

　　热爱成为坚守的唯一理由，这份热爱也吸引我的学生喜欢上了诗歌，他们的研究也使我对象征主义诗歌的研究不断深入、扩展。我与让·玛丽·格莱茨先生在里昂高等师范学校联合指导的博士研究生向征,用五年多时间全方位地研究了洛特雷阿蒙,她的研究成果在法国出版。根据象征主义诗歌研究的需要,她的初期研究成果经过修改入选了《法国现当代文学》一书,也收入本书。关于保罗·瓦莱里的研究是我布置给西安外国语大学法语语言文学专业学生于长飞的作业,经过多次修改,也被收入本书。对里尔克、叶芝和艾略特的研究是西安外国语大学比较文学与世界文学专业的学生尹利华、梁宇彬和张海峡的硕士论文的内容,为与本书前几章的写作风格保持一致,这些内容在反复修改后收入本书。即便如此,还有许多研究内容需要不断补充,还有许多应列入研究范畴的重要诗人,如克洛岱尔、庞德等,需要花比较长的时间去研究。因此,本书不是终点,仅仅是研究过程的阶段性成果。

最后,需要特别指出的是,本书之所以能完成,一方面要感谢参与部分章节撰写的向征(第六章)、于长飞(第七章)、尹利华(第八章)、梁宇彬(第九章)和张海峡(第十章),感谢西安外国语大学副校长党争胜的大力支持和热心帮助;另一方面要感谢北京师范大学出版社的诸位编辑所贡献的智慧与劳动。至此拙作出版之际,我们谨对各位的付出表示敬意。由于水平和认知所限,书中所论,难免偏颇甚至错误,衷心期望广大读者不吝批评,慷慨赐教。

户思社

2020 年 8 月于北京